FANPRO

Michael Diel wurde 1980 in Bochum geboren, wo er auch zur Schule gegangen ist. Nachdem ihn die Bundeswehr vorrübergehend nach Münster getrieben hat, ist er nach Bochum zurückgekehrt und studiert Kerninformatik an der Universität Dortmund.

Die BattleTech-Sucht erfasste ihn schon während der Schulzeit. In der Schulbücherei entdeckte er den Heyne-Roman *Der Söldnerstern.* Einmal infiziert, hörte er nicht vor *Finale* auf. Michael Diel greift auch oft auf die Hintergrundinformationen der Hardware Handbücher und auf sonstiges Regel-Material zurück, wenn er nicht BattleTech (das Brettspiel) spielt – natürlich auch für diesen Roman.

Das Schreiben ist schon lange ein Hobby von Michael Diel, beispielsweise Fan-Fiction zu diversen SF-Welten – erstaunlicherweise auf Englisch. Erst mit dem Studium begann er auf Deutsch zu schreiben: sowohl Artikel für Fachzeitschriften als auch Glossen.
Als Vorbilder betrachtet er Autoren wie Isaac Asimov, John Grisham oder Ephraim Kishon.

Michael Diel

Über dem Gesetz

Das Goldene Zeitalter – Zweiter Band

Ein Roman in der Welt von
Classic BattleTech©

Originalausgabe

FanPro
Band 31005

Titelbild: Swen Papenbrock

Redaktion: Catherine Beck
Lektorat: Catherine Beck
Satz und Layout: Sarah Nick
Umschlaggestaltung: Ralf Berszuck
Druck und Bindung: OldenbourgTaschenbuch GmbH,
Kirchheim

Besuchen Sie unsere Website
http://www.fanpro.com

Printed in the European Union.
3 4 5 6 08 07 06 05

ISBN 3-89064-517-8

Danksagungen

Zuallererst möchte ich mich bei den Leuten bedanken, ohne die dieses Buch gar nicht möglich gewesen wäre: Catherine, die mir immer für Fragen zur Verfügung stand; Chris, der sich hoffentlich gut vom Fachlektorat erholt hat und mir meine schrägen Witze verzeiht; Sarah, die trotz des kleinen Joshua immer noch Zeit hat, um auch mal über etwas anderes als nur BattleTech zu reden; Marc für den Tipp mit der Generalbundesanwaltschaft und Werner, der mir mit Rat und Tat zur Seite gestanden hat und mich aus seinem reichhaltigen Erfahrungsschatz hat schöpfen lassen.

Weitherhin danke ich meinen beiden Korrekturlesern, ohne die ich völlig aufgeschmissen wäre: Andreas für seine gründliche und nagende Art, auch noch den letzten Fehler durch die Mangel zu drehen und Stefan, der so freundlich war, mir bei jedem Bruch der Gesetze der Thermodynamik kräftig vor das Schienbein zu treten. Vielen Dank auch natürlich an Jordan Weisman und L. Ross Babcock, ohne die das CBT-Universum überhaupt nicht existieren würde.

Ich danke ebenfalls meinen Eltern für ihre Unterstützung und meinem Onkel Thomas für eine hochkompetente Einsicht in die Organisation des deutschen Rechtssystems. Außerdem bedanke ich mich auch noch bei der Generalbundesanwaltschaft für ihre schnelle Antwort und die Liste ihrer Amtsbezeichnung.

Mein besonderer Dank gilt allerdings allen BattleTech-Fans, die dieses wunderbare Universum erst richtig lebendig machen. Vielen Dank!

Und wie immer, für alle, die sich direkt an mich wenden wollen, hier meine email-Adresse:

sternenbund@hotmail.com

Innere Sphäre und Peripherie AD 2575

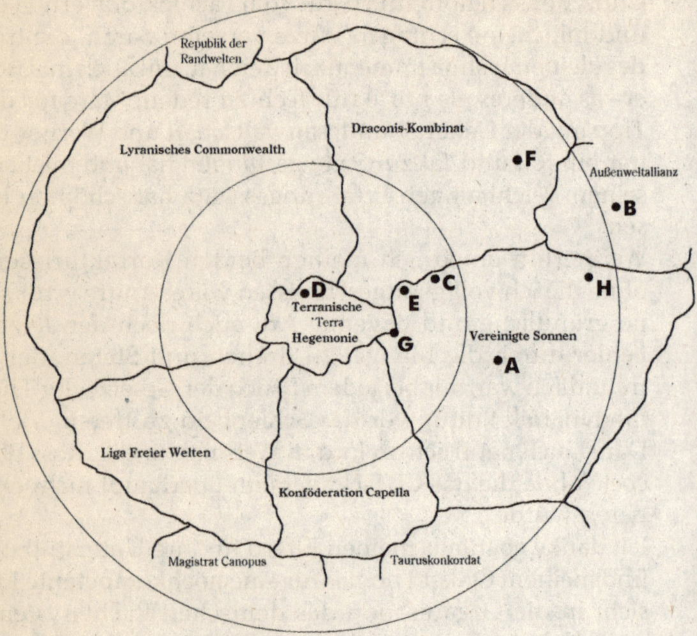

A – New Avalon
B – Alpheratz
C – New Mendham
D – Asta
E – Cylene
F – New Samarkand
G – Logandale
H – Brookland

Prolog

Der Winter hatte New Avalon fest im Griff. Auch wenn er im Hinblick auf Kälte und Wildheit nicht an den auf Tharkad heranreichen konnte, tat er doch sein Möglichstes, um die auf der Nordhalbkugel lebenden Menschen schnell von den Straßen und zurück in die warmen Wohnungen zu scheuchen. Schneeregen wehte durch die im Stil des terranischen Mittelalters gehaltene Altstadt von Avalon City. Die Enteisungschemikalien auf den Straßen verwandelten den Schnee in Matsch und trieben ihn in die Rinnsteine. Überall sonst sammelte sich jedoch die weiße Pracht und überzog den Regierungsdistrikt sowie den Rest der Millionenmetropole mit einer weichen, strahlenden Schicht.

Die meisten Hochhäuser im Bankenviertel von Avalon City waren dunkel – mit einer Ausnahme: Die obersten Etagen des Firmengebäudes von Bergan Industries, Hersteller von BattleMechs und Militärausrüstung, waren hell erleuchtet. Trevor Vaughn, der Aufsichtsratsvorsitzende der Firma, hatte zu einem besonderen Empfang geladen, bei dem nur ausgesuchte Gäste anwesend waren. Der schwarzhaarige Mann im Anzug, der in diesem Augenblick aus dem Aufzug trat, gehörte nicht dazu.

Ein gut gekleideter Angestellter mit einem Datenblock in der Hand begrüßte ihn, trat ihm jedoch höflich, aber bestimmt in den Weg.

»Ihr Name, Sir?«

»Ian Sinclair«, antwortete der Mann mit einem ebenso höflichen Lächeln. Fast nebenbei reichte er dem Angestellten eine Verigraphkarte und die dazugehörige Einladung. Dieser nahm beides an sich, überprüfte die Einladung und dann die Identität seines Gegenübers. Verigraphkarten galten als fälschungssicher, und so war der Bedienstete davon überzeugt, einen reichen Industriellen und Börsenmagnaten mit besten Verbindungen zu Direktor Vaughn vor sich zu haben. Freundlich lächelnd reichte er die Karte zurück und gab den Weg zum Empfang frei.

»Viel Spaß, Mister Sinclair. Genießen Sie den Abend.«

Der Mann nickte dem Angestellten zu und trat an ihm vorbei, während er die Verigraphkarte in die Innentasche seines Jacketts zurückgleiten ließen. Er war immer wieder aufs Neue erstaunt, welch ausgezeichnete Arbeit die Ausrüstungsdivision leistete.

David Gibbs, Agent des Sternenbund-Geheimdienstkommandos, rückte seine Krawatte zurecht, folgte dem kurzen Gang hinunter und betrat die vom sanften Stimmgewirr erfüllte Empfangslobby.

Der weite Raum wurde von einer Fensterzeile an der Ostseite dominiert, von der aus man einen atemberaubenden Ausblick auf Avalon City hatte. Etwa vor der Hälfte der Fensterreihe war eine lange Bar, hinter der Bedienstete die hohen Sektgläser der Anwesenden bei Bedarf nachfüllten. Zwar gab es einige niedrige Tische mit formschönen Polstersitzen, doch niemand saß.

David nickte einer Frau in einem hautengen, goldbestickten schwarzen Samtkleid freundlich zu, als er die zwei kurzen Stufen hinauf in die Lobby nahm. Die Frau ignorierte ihren Gesprächspartner und blinzelte ihm verschwörerisch zu. Der schwarzhaarige Mann nahm ein volles Sektglas vom Tablett eines vorbeikommenden Kellners und trank einen Schluck, während er sich umsah.

Aus dem Empfangsraum führten drei Türen hinaus. Eine war für das Personal bestimmt, durch die zweite kam man zu den Toiletten. Die dritte, eine teuer ausgekleidete Doppeltür an der Nordwand, öffnete sich zum Präsentationsraum.

Während er seinen Blick schweifen ließ, bemerkte David, dass eine Frau am Fenster stand und in das Schneetreiben hinausblickte. Langsam ging er zu ihr herüber.

»Die Aussicht hier oben ist fantastisch«, stellte er mit einem Seitenblick auf den vom smaragdgrünen Seidenkleid freigegebenen, bronzefarbenen Rücken fest. David fing ihren Blick über die Spiegelung des Glases auf und sah sie grinsen.

»Ich warte mit solchen Beurteilungen gewöhnlich bis spät in die Nacht«, hielt sie ihm entgegen und drehte sich langsam um.

»Ein schönes Kleid«, nickte David ihr zu, während er einen Schritt näher kam. »Passt zu Ihren schönen Augen.«

»Oh, ich wusste gar nicht, dass auch Koryphäen aus der Mode-Branche geladen sind.« Sie hob spöttisch eine Augenbraue und musterte ihn.

»Ian Sinclair, New Earth Trading Company.«

»Chi-Yen Lao«, stellte sich die Frau mit den mandelförmigen Augen vor und erwiderte Davids Lächeln.

»Und in welcher Branche sind Sie tätig?«

»Personenschutz«, antwortete Lao und schob ihre Hand durch die Armbeuge eines älteren Herrn, der zu ihnen trat und den neuen Gesprächspartner seiner Begleitung abschätzig musterte.

»Zu schade, dass Sie heute schon vergeben sind«, meinte David bedauernd. »Ich habe das Gefühl, als könnte meine Person heute Nacht etwas Schutz gut gebrauchen.«

»Ein anderes Mal mit Vergnügen, Mister Sinclair.« Lao zwinkerte ihm zu und verschwand dann mit dem sichtlich verärgerten Mann in der Menge. David warf ihr noch einen Blick hinterher und bewunderte die Anmut ihres Ganges. Dann lief ein leises Raunen durch die Anwesenden, als die Doppeltüren geöffnet und die Gäste in den Präsentationsraum gelassen wurden.

David schloss sich ihnen an. Er suchte sich einen Platz im hinteren Teil des Saales und ließ sich als einer der Letzten am Rand der Sitzreihe nieder. Der Saal wurde leicht abgedunkelt, sodass die wenigen Privatgespräche erstarben. Alle Augen richteten sich auf den gut gekleideten

Mann im dunkelblauen Blazer vor den großen, rahmenlosen Fenstern auf der Ostseite.

Trevor Vaughn, Aufsichtsratsvorsitzender von Bergan Industries und passionierter Spieler, hieß alle Gäste mit einem warmen Lächeln willkommen. »Ich habe Sie heute Abend geladen«, fuhr er nach der Begrüßung fort, »damit Sie an meiner privaten Auktion teilnehmen können. Das erste und einzige Stück heute Abend ist dies ...«

Vaughn trat in dem Augenblick zur Seite, als ein in dem Boden eingelassener Holoprojektor zu surren anfing und ein längliches Gebilde in die Luft über der kleinen Rednertribüne projizierte. Das Gebilde war ein langes Rohr mit einer Öffnung an der einen Seite und vielen Aufbauten an der anderen. David hätte auch ohne den Vorbericht erkannt, was es war.

»Dies, meine Freunde«, erklärte Vaughn, während er mit seiner Hand auf die sich langsam drehende Projektion deutete, »ist die neueste Errungenschaft in BattleMech-Waffentechnologie. Basierend auf der bekannten Autokanone kann diese etwas sperrigere, modifizierte Ausführung zusätzlich zu den normalen Explosivgeschossen spezielle Bündelmunition abfeuern. Das Projektil zerfällt dabei nach Verlassen des Laufs in viele kleine, die die Panzerung des Ziels großflächig angreifen und damit die Chance auf einen kritischen Treffer erhöhen. Durch die breite Fächerung wird das Zielen außerdem erheblich erleichtert.« Während der Aufsichtsratsvorsitzende sprach, erschienen die Projektile unterhalb der Autokanone und zeigten in einer Animation, was Vaughn gerade beschrieb. Ein Raunen ging durch den Saal.

David beobachtete die Leute um ihn herum. Obwohl die meisten Industrielle waren und nicht viel Ahnung auf diesem Gebiet hatten, wirkten alle doch höchst beeindruckt. Tatsächlich erging es dem SBGK-Agenten nicht so viel anders. David wäre allerdings noch beeindruckter gewesen, wenn er nicht gewusst hätte, dass durch die breite

Streuung der Bündelmunition auch die Gesamtschadenswirkung herabgesetzt wurde.

Die LB-X-Autokanone war eine Erfindung der Terranischen Hegemonie und unter Lizenz an Bergan Industries ausgeliehen, damit der Konzern einen neuen BattleMech um diese Waffe herum konstruieren konnte.

»Offiziell«, rief Vaughn die Anwesenden sanft zur Ordnung, »läuft diese Waffe unter der Bezeichnung LB-X-Autokanone – ›LB-X‹ steht dabei für ›Large Bore-Extended‹ – Großkaliber mit erweiterter Reichweite. Allerdings nennen unsere Techniker sie inoffiziell ›BattleMech-Schrotflinte‹.«

David hatte genug gehört. Das Bieten würde gleich beginnen und er hatte eine Aufgabe zu erfüllen. Er erhob sich und schlich im Schutz der Dunkelheit aus dem Raum. Die Anwesenden um ihn herum waren von der Show, die Vaughn abzog, viel zu abgelenkt, um sein Verschwinden zu bemerken.

David schob sich durch die Tür und zog sie leise hinter sich zu. Dann verließ er die leere Lobby durch den Personaleingang.

Die Tür schwang hinter ihm zu und der SBGK-Agent ging den langen Flur entlang, bis er schließlich zu einer Ecke kam. Er bog ab und steuerte direkt auf eine weitere Tür zu, vor der ein Wachmann mit geschultertem Gewehr stand. Der Mann beäugte ihn misstrauisch, als er auf ihn zuhielt, und verbaute ihm dann den Weg.

»Zutritt verboten, Mister.«

»Das ist in Ordnung. David Gibbs, Terra Importe/Exporte.« David zog eine Brieftasche aus der Innenseite seines Jacketts, klappte sie auf und hielt dem Wachmann einen Ausweis entgegen.

»Häh?« Der Mann blinzelte verwirrt und starrte auf die Karte, die den Inhaber als Mitglied eines örtlichen Golfvereines auswies.

»Ich komme, um was abzuholen.« David schwenkte den Ausweis zur Seite und veranlasste so den Wachposten, seinen Kopf mitzudrehen. Dann schnellte seine zur Faust geballte Rechte hervor, erwischte den Mann am Kinn, knackte mindestens einen Knochen an und schickte ihn zu Boden. David machte einen Schritt vorwärts und fing den Bewusstlosen auf, bevor dieser am Boden aufschlagen konnte. Er zog ihn in eine dunkle Nische an der Seite und lehnte ihn dort sitzend an die Wand. Dann öffnete er die Tür mit der Schlüsselkarte des Wachpostens und stahl sich in den dahinter liegenden Korridor. Er zog sie hinter sich zu, während er mit der anderen Hand seine unter der Achselhöhle versteckte Waffe zog. Der SBGK-Agent schaute sich wachsam um und ging dann den Korridor hinab, nachdem er die schallgedämpfte Pistole entsichert und feuerbereit gemacht hatte.

Bergan Industries hatte zwar einen Vertrag mit dem Quartiermeisterkommando der Sternenbund-Verteidigungsstreitkräfte. Der Subkontrakt über die neuartige Autokanone erlaubte dem Konzern allerdings nicht, sie nach eigenem Gutdünken weiter zu verkaufen. Es war eine Tatsache, dass die Technologien der Terranischen Hegemonie, besonders auf dem militärischen Sektor, weit fortgeschritten waren. Alle fünf anderen großen Häuser leckten sich die Finger danach und würden alles tun, um sie in die Hände zu bekommen. Damals hatte es gerade einmal sechzehn Jahre gedauert, bis Anfang Februar 2455 ein Kommandoteam – bestehend aus Mitgliedern des Lyranischen Nachrichtencorps und des Randweltengeheimdienstes AsRoc – die Baupläne der ersten BattleMechs aus einer SBVS-Anlage auf New Earth gestohlen hatten.

Das Sternenbund-Geheimdienstkommando hatte nachgeforscht und festgestellt, dass Trevor Vaughn auf eigene Faust handelte – deshalb gab es keinen Großeinsatz. Die Hegemonie konnte es sich trotzdem nicht erlauben, dass ihre taktischen Vorteile wie heruntergesetzte Ware während des Sommerschlussverkaufes über die Ladentheke gingen. Vaughn würde deshalb sehr bald feststellen, dass seine Unterstützung im Aufsichtsrat von Bergan Industries sank. In zwei Wochen würde er dann zum Rücktritt gezwungen sein. David Gibbs war hier, um ihm auch noch heute Abend einen Strich durch die Rechnung zu machen.

Es gab zwei identische Datenkristalle mit den Entwicklungsdaten der LB-X-AK außerhalb der Hegemonie: Einer der beiden war im Augenblick auf Solaris VII, in einem sicheren Safe auf dem Testgelände von Bergan Industries. Der zweite Kristall jedoch, eine nicht autorisierte Kopie, befand sich hier auf New Avalon – zwei Stockwerke oberhalb von Davids momentaner Position.

Der SBGK-Agent linste vorsichtig um die Ecke und zog seinen Kopf wieder halb zurück, als zwei Wachen mit gezogenen Gewehren auf einem Parallelgang den Korridor überquerten.

David hatte den Grundriss des Gebäudes studiert und dabei bemerkt, dass die Lüftungsschächte im oberen Drittel des Wolkenkratzers je zwei Stockwerke gemeinsam versorgten. Er schlich den Gang hinab und drückte die Tür zum Wartungsraum auf. In dessen Inneren versah ein von roten und grünen Leuchtdioden spärlich beleuchteter Generator seinen Dienst. David steckte seine Waffe weg und kletterte auf den Generator, sodass er an die Abdeckplatte der Lüftung an der Decke heranreichte.

Als er den Lüftungsschacht entlangkrabbelte, kam er sich vor wie in einem schlechten Agentenvid. Darin kroch der Hauptdarsteller immer erst drei Stunden lang durch das Abwassersystem, bevor er in das gesicherte Versteck des Oberbösewichtes eindrang.

David selbst hatte es bisher vermeiden können, durch Kloaken zu kriechen – und das war auch gut so.

Die meisten Menschen vergaßen, dass, sollte es wirklich hart auf hart kommen, ein richtiger Geheimdienstler nur selten gute Karten hatte. Deshalb stecke in seiner Berufsbezeichnung ja auch das Wort ›geheim‹ und nicht etwa ›offensichtlich‹ oder ›Sprengstoff‹.

David achtete darauf, so wenig Lärm wie möglich zu machen, als er sich langsam zum nächsten Stock vorarbeitete. Wenn die Wachen, die um ihn herum patrouillierten, etwas von seiner Anwesenheit bemerkten, würden sie erst schießen und dann fragen. Und das lag nicht nur daran, dass es Crucier waren.

Zum Glück erreichte er jedoch sein Ziel ohne Probleme und verließ das Lüftungssystem in einem weiteren Generatorraum. Seine schallgedämpfte Pistole, eine Axton/Whitefire 9mm, hatte er schon in der Hand, bevor er sich in den Raum herunterließ. Er schob die Tür vorsichtig auf und blickte den Korridor dahinter hinab.

Niemand war zu sehen, und so beeilte sich David, durch die halbdunklen Gänge zu dem Privataufzug zu huschen, der ihn weiterbringen sollte.

Er hatte sein Ziel fast erreicht, als plötzlich direkt vor ihm ein Wachmann aus dem Seitenkorridor geschlendert kam.

David, der mit einer solchen Situation gerechnet hatte, überwand seine Überraschung schneller als sein Gegenüber. Seine Pistole zuckte hoch und hustete drei Mal. Die Augen des Sicherheitsmannes weiteten sich für einen Sekundenbruchteil, bevor die Kugeln ihn in Brust und Gesicht trafen, den Kopf nach hinten rissen und ihn gegen die Wand schleuderten, wo er zusammensackte. David verlor keine Zeit und warf sich in einer Rolle über den Gang und feuerte noch zwei weitere Male.

Seine schnelle Reaktion zahlte sich aus, als der Partner des Wachmannes von den Geschossen erwischt wurde, aufschrie und sein Sturmgewehr fallen ließ. David gab dem anderen Mann keine Zeit zu reagieren, sondern pumpte zwei weitere, besser gezielte Schüsse in dessen Körper. Der zweite Wachmann brach ebenfalls blutüberströmt zusammen und rührte sich nicht mehr.

Der Schaden war allerdings bereits angerichtet. Ohne Zweifel hatten die restlichen Wachen – zumindest eine Streife musste noch in der Nähe sein – den Kampflärm mitbekommen und schlugen gerade Alarm. David rappelte sich auf, griff die fallen gelassene Waffe des Wachmannes, rannte den Korridor hinunter, um die Ecke an einigen Büros vorbei und auf den Aufzug zu.

* * *

»Verstanden, Sir.« John Rockfort, Angestellter bei Bergan Securities, nickte unwillkürlich, obwohl sein Kommunikator diese Bewegung natürlich nicht übertrug. Die gesamte Wachmannschaft war in erhöhte Alarmbereitschaft versetzt worden. Er warf einen Blick zu seinem Streifenpartner für heute, zuckte mit den Achseln und zog sein Heckler & Koch-Sturmgewehr von der Schulter.

Sein Partner, William Charles, hatte das Gespräch mitgehört und sein Gewehr schon in der Hand.

Rockfort und Charles waren während des Empfangs dazu eingeteilt, den Zugang zum Penthouse zu bewachen. John war damit nicht im Mindesten zufrieden – alle anderen Sicherheitsleute konnten öfters einen Abstecher in die Lounge machen und dort kurz etwas essen und trinken. Das war natürlich nicht unbedingt erwünscht, aber auch nicht verboten. William und er hingegen standen schon den ganzen Abend herum und bewachten den schmalen Gang, der Aufzug und Penthouse verband.

John dachte, der Alarm wäre wieder nur eine Ubung, bis plötzlich das Anforderungssignal an der Lifttür aufleuchtete: Jemand kam zu ihnen hoch. William war schneller als er und rief die Einsatzzentrale über Komm. Nach einem kurzen Gespräch stand fest: Wer auch immer aus dem Lift stieg, dürfte nicht hier oben sein.

Die beiden Sturmgewehre schnappten metallisch, als die Sicherheitsleute die Waffen scharf machten und auf den Aufzug anlegten. Sekunden später glitt die Tür auch schon auf.

Die Mündungen der H&Ks spien grelle Flammenzungen, die einen Meter tief den Gang herunterleckten und ihn erleuchteten. Der ohrenbetäubende Krach schlug noch ein Stockwerk tiefer durch und endete nach zwei Sekunden so abrupt, wie er begonnen hatte. Als sich der Qualm verzog, starrten die beiden Sicherheitsleute in einen völlig perforierten, aber leeren Aufzug.

»Was zur Hölle ...«, murmelte Rockfort, als er sein Gewehr sinken ließ.

Plötzlich krachte das Wartungspaneel aus der Decke des Lifts heraus. Kopfüber aus der Öffnung schwingend, mit dem entsicherten Sturmgewehr in den Händen, gab David Gibbs einen Feuerstoß erst auf den einen, dann auf den anderen Wachmann ab. Die Körper der Sicherheitsleute taumelten gegen die Wand und brachen blutend zusammen.

David zog sich wieder hoch, nur um sich kurze Zeit später erneut in die Aufzugkabine herabzulassen – diesmal allerdings mit den Füßen zuerst.

Er verlor keine Zeit und hastet zur Tür des Penthouse. Sie war verschlossen! David trat einen Schritt zurück, richtete das Gewehr auf das Schloss und durchsiebte es mit einer weiteren Salve. Dann trat er die Tür auf.

Das Penthouse war verlassen und nur spärlich erleuchtet. Vom Eingang kam man in einen Bereich, der wohl ebenso für einen entspannten Abend wie auch für einen inoffiziellen Empfang geeignet schien. Eine riesige Fensterfront dominierte die gesamte Wohnung, bei der die einzelnen Räumlichkeiten – wenn überhaupt – nur durch schmale Treppchen oder kleine Höhenunterschiede abgetrennt waren. Vor der drei Meter hohen Fensterzeile befand sich ein niedriger Tisch, der von sehr einladend wirkenden Sofas umrahmt wurde. Hinter dem Sofa auf der Nordseite, noch vor dem Glas, gegen das das unaufhörliche Schneetreiben trommelte, war ein Sockel aufgestellt. Auf diesem lag unter einer Glaskuppel der Datenkristall.

David hastete auf den Sockel zu, als plötzlich eine Tür im hinteren Bereich des Penthouse aufflog und die Verstärkung von Bergan Securities hereinströmte.

»Da ist er! Feuer!«, schrie der befehlshabende Offizier. Einen Wimpernschlag später bellten die Waffen der Sicherheitsleute los. David sprang und warf sich mit einem Hechtsprung hinter das Sofa, dessen Bezug sofort explodierte, als es von Kugeln getroffen wurde.

Im Schutz der Couch robbte er auf den Datenkristall zu. Am Sockel angekommen, lehnte er sich zur Seite und gab einige Feuerstöße auf die hereinströmenden Wachmänner ab.

Das Antwortfeuer kam schnell und präzise. Querschläger zuckten an dem Sockel vorbei, an den sich David drückte und von dem er hoffte, dass er nicht aus Spanholz gefertigt war. Die Glaskuppel über dem Datenkristall zerbarst, als sie von einer Salve getroffen wurde. Entlang der Glaswand schlugen die Projektile der Sturmgewehre ein und hinterließen gesplitterte Einschusslöcher, durch die der Wind hineinwehte. David sah, wie sich schon die ersten Glasrisse von ihnen ausdehnten.

Die Wachleute hörten auf zu schießen und gaben ihm ungewollt die Gelegenheit, hinter seinen Kopf zu langen und den Datenkristall zu greifen.

»Geben Sie auf! Sie können nicht entkommen!«, rief der Offizier.

David winkelte das H&K an und betrachtete das Spiegelbild des Penthouse hinter ihm im Glas.

»Wissen Sie«, gab der SBGK-Agent zurück, »an Ihrer Stelle würde ich das wahrscheinlich auch so sehen!«

Dann stemmte er sich gegen seine Deckung, richtete das Gewehr auf das Fenster und feuerte so lange, bis das Magazin leer war. Das Fenster, das schon stark unter den Querschlägern und Fehlschüssen der Wachleute gelitten hatte, zeigte erst Risse, die sich in Sekundenschnelle wie Spinnennetze über die gesamte Front zogen, und explodierte dann in einem Splitterregen.

David drehte sich zur Seite und schütze sein Gesicht mit dem Ärmel, als der Schneesturm das Glas in das Penthouse blies. Dann sprang er auf, sprintete die kurze Entfernung zum Fensterrahmen und stürzte sich aus dem Wolkenkratzer in die Nacht.

* * *

David fiel an der Fassade des riesigen Gebäudes hinunter, der Schneeregen peitschte ihm ins Gesicht. Innerhalb einer Sekunde hatte er sich auf den Bauch gedreht und hieb auf einen Sensor am Handgelenk. Der Rücken seines Jacketts wurde aufgerissen, als sich ein nachtschwarzer und ultradünner Fallschirm entfaltete und seinen Fall mit einem harten Ruck abbremste. Kurze Zeit später segelte David Gibbs sicher in die dunklen Schluchten von Avalon City.

Eins

1. Kapitel

»Der Ostscout *ist der neueste Geniestreich der Kong Interstellar Corporation. Zwei Jahre sind seit der ersten Ankündigung vergangen und wir haben für Sie einen Blick hinter die Kulissen werfen dürfen. Der* Ostscout *hat sich während des ersten Testlaufs ausgezeichnet geschlagen und die ersten Modelle sind schon an die Sternenbund-Verteidigungsstreitkräfte ausgeliefert worden. Exklusiv für Sie, liebe Zuschauer, jetzt die ersten Bilder von Solaris VII.«*

— *LifeTech*, Crucis Holovision,
Robinson, Vereinigte Sonnen, 2. Januar 2600

SBGK-Hauptquartier, Berlin
Terra, Terranische Hegemonie

3. Januar 2600

Tausende Sternensysteme. Milliarden und Abermilliarden Menschen. Mehr Computerchips und intelligente Systeme, als ein einzelnes Individuum aufzählen konnte. Die Sternenbund-Kommandos hatten den modernsten computergestützten Verwaltungsapparat im gesamten von Menschen besiedelten Weltraum – aber noch immer gab es keinen Computer, der Davids Berichte schrieb.

Mit einem Seufzer schloss er den letzten Satz. Er speicherte das Dokument mit einem Wink der Hand über ein Sensorfeld an dem Holoprojektor vor ihm und ließ den holographischen Arbeitsplatz verschwinden. Zurück blieben der Sockel der Projektionsapparatur, die Tastatur und der abgewinkelte Arm des nun ebenfalls erloschenen Sensorfeldes.

David Gibbs lehnte sich zurück und massierte seinen verspannten Nacken, während er durch die Panzerglasscheibe im zweiten Stock auf den Park und die dahinter liegende, stark frequentierte Hauptstraße blickte. In diesen Breiten Terras gab es meist wenig Schnee. Aber für ein paar Tage um den Jahreswechsel herum fielen auch hier einige Flocken.

Die meisten Leute glaubten, dass das Leben eines Geheimagenten eine aufregende Aneinanderreihung von Kreuzfahrten, Verfolgungsjagden und Frauenabenteuern war, an dessen Ende die Konfrontation mit irgendeinem Oberbösewicht stand. David wusste zwar nicht, welche inoffiziellen Vorgehensweisen beim Lyranischen Nachrichtencorps oder dem MGUO gerade hoch im Kurs standen – auf seinen Spesenabrechnungen fanden sich allerdings weder schnelle Autos noch literweise teurer Champagner wieder.

Ein rotes, blinkendes Licht auf der Kommunikationsanlage des Schreibtischs rang um seine Aufmerksamkeit.

»Gibbs, Division Zehn«, meldete er sich.

»Scott hier«, ertönte die Stimme von George Scott, dem Adjutanten des General SBGK. »Buchholz will dich sprechen.«

»Komme sofort«, antwortete David und war schon fast aus seinem Stuhl aufgestanden, als er die Verbindung unterbrach. Stirnrunzelnd griff er nach seiner Uniformjacke, die über der Lehne hing. Ihm fiel auf Anhieb kein Grund ein, warum der Leiter des Sternenbund-Geheimdienstkommandos ihn sprechen wollte – und das war ein schlechtes Zeichen.

Er schloss die Tür zu seinem Büro, zog den Reißverschluss der Jacke zu und trabte den kurzen, geschmackvoll eingerichteten Gang hinab zum Aufzug. Das Büro des General SBGK lag etwa fünf Minuten vom Bürokomplex von Division Zehn entfernt und David musste einmal quer durch den Park in die Mitte des Regierungsareals gehen.

Das gesamte Sternenbund-Geheimdienstkommando war auf einem kasernenartigen Gebiet in der Mitte von Berlin-Tempelhof in der Nähe des Raumhafens untergebracht. Hohe Betonmauern, die noch zusätzlich durch Stacheldraht und Selbstschussanlagen gesichert waren, grenzten das Gebiet ab. Im Inneren befanden sich, der neuesten Architektur entsprechend, die trapezförmigen Gebäude, in denen die zwölf Divisionen des SBGK untergebracht waren.

Auf den ersten Blick erschien es unlogisch, dass sich gerade ein so wichtiges Kommando wie der Sternenbund-Geheimdienst nicht in Unity City in unmittelbarer Nähe des Königlichen Hofes befand. Diese augenscheinliche Schwäche war allerdings in Wirklichkeit eine Stärke: Durch eine dezentralisierte Struktur wurde es potenziellen Aggressoren erschwert, mit einem Angriff alle wichtigen Regierungsapparate gleichzeitig auszuschalten. Dazu kam, dass die exzellente Vernetzung und die modernsten Kommunikationsanlagen trotzdem eine permanente Verbindung mit Unity City erlaubten.

David ging an dem langen Teil des L-förmigen Gebäudes von Division Acht – Informationsauswertung und Archivierung – vorbei und hielt direkt auf das Zentralgebäude in der Mitte des James McKenna-Gedächtnisparks zu.

Am Eingangsbereich angekommen, bemerkte er sofort die beiden schwer bewaffneten Marineinfanteristen der Royal Black Watch. Während er langsam näher kam, musterte er die gepanzerten Soldaten. Die Sicherheitseinrichtungen des SBGK-Areals waren gut genug, Wachen waren normalerweise nicht notwendig. David näherte sich der Doppeltür aus Panzerglas und warf einen flüchtigen Blick zu dem Retinascanner. Die hoch entwickelten Sensoren tasteten nicht nur sein Auge ab, sondern sammelten auch unbemerkt andere wichtige Eckdaten wie Größe, Gewicht, Gestik und Mimik, und glichen sie mit den Daten in ihrem Speicher ab. Dann glitt die Doppeltür zur Seite und erlaubte ihm, das Gebäude zu betreten.

Ohne seinen Schritt zu bremsen, durchmaß David die große Eingangslobby, warf der Empfangsdame hinter ihrem Marmorpult ein Lächeln zu und betrat einen der zwei Aufzüge im hinteren Teil.

Kurze Zeit später stand er vor der Tür zum Vorzimmer des General SBGK. David zog sie nach einem weiteren Iris-Abgleich auf und trat ein.

»Morgen, David«, begrüßte ihn George Scott und sah von einigen Berichten auf Löschfolie auf.

»Morgen, George.« David knöpfte seine Jacke auf und beobachtete den Adjutanten im Dienstgrad eines Captains verwundert. Er wirkte nervös und seine Bewegungen waren fahrig. David erinnerte sich, dass seine Stimme über Komm merkwürdig geklungen hatte.

»Alles okay mit dir und deinem neuen Freund?«, erkundigte er sich mit einem Seitenblick auf zwei weitere Royal Black Watch Wachen, die die Tür zu Buchholz Büro flankierten.

»Wie? Oh, ja. Richard ist ein Schatz«, murmelte Scott abwesend. Dann legte er die Berichte zur Seite und meinte: »Buchholz erwartet dich. Du kannst reingehen.« Als der Adjutant den SBGK-Agenten durch die Gegensprechanlage anmeldete, warf er Scott einen fragenden Blick zu. Dieser war jedoch schon wieder in seinen Folien versunken. Also ging David an den beiden Wachen vorbei, die ihn kurz nach Waffen absuchten, und betrat das Büro.

»Captain David Gibbs meldet sich wie befohlen«, nahm der SBGK-Agent Haltung an, als sich die holzgetäfelte Tür hinter ihm geschlossen hatte.

»Guten Morgen, Mister Gibbs«, begrüßte ihn Horst Buchholz, der Leiter des Sternenbund-Geheimdienstkommandos.

»Guten Morgen, General.«

»Stehen Sie bequem«, forderte der ältere Mann ihn auf, nachdem er den Gruß erwidert hatte. David verschränkte die Arme locker hinter dem Rücken. Buchholz drückte ein paar Knöpfe auf einem Tastfeld an seinem Schreibtisch und dunkelte damit den Raum leicht ab. Auf der Stirnseite des Büros begann ein Holoprojektor leise zu summen, als er ein Bild aufbaute.

»Um null-sechs-dreißig TNZ am 31. Dezember letzten Jahres gelang es einer Gruppe von vier Terroristen, in die privaten Büros des Generalbundesanwalts in der Nähe der Rocky Mountains einzudringen.«

Der General nahm hinter dem breiten Schreibtisch Platz und bedeutete David, es ihm gleichzutun. Der SBGK-Agent setzte sich und drehte sich so, dass er den Holoprojektionen folgen konnte.

»Sie arbeiteten sich durch das streng gesicherte Gebäude, ohne Alarm auszulösen. Etwa zwei Stunden nach der geschätzten Infiltration drangen sie in das Kaminzimmer vor und eröffneten dort das Feuer aus einer kleinkalibrigen Automatik auf den Assistenten des Generalbundesanwalts, Bundesstaatsanwalt Joshua Turner. Er starb an Ort und Stelle. Der Generalbundesanwalt selbst war zu diesem Zeitpunkt im Nebenzimmer und konnte dem Anschlag entkommen.«

Die Bilder wechselten von der Landkarte zu einer Risszeichnung der Residenz und dann zu dem zerstörten Kaminzimmer. Glas und Holzsplitter waren überall verstreut und die Inneneinrichtung vollständig demoliert. Danach kamen mehrere Aufnahmen der Leiche.

»Zwar wurde sofort der Alarm ausgelöst und die Wachen alarmiert, doch die vier Eindringlinge konnten entkommen.«

Buchholz schob David einen Datenblock über die Tischplatte zu.

»Weiß man, wie die Terroristen in die Residenz eingedrungen sind?«, fragte er, während er den Bericht von Division Eins aufnahm.

Buchholz schüttelte den Kopf. »Bisher nicht. Eine ganze Reihe von Sicherheitskameras sind durch einen Computervirus ausgeschaltet worden, der ständig einen kleinen Teil der Aufzeichnung wiederholt hat und dadurch den Eindruck erweckte, das System würde normal arbeiten. Im Haus selbst haben wir den Weg der Eindringlinge auf drei Routen einengen können.«

»Sofortmaßnahmen?«

»Einige. Natürlich haben wir auch sofort die Spurensicherung daran gesetzt, das Gelände zu durchkämmen. Bradleys Jungs haben tatsächlich einen kleinen Schnipsel eines TriVids sicherstellen können, auf der alle vier Personen für kurze Zeit zu sehen sind. Sie tragen Schleichanzüge und Nachtsichtgeräte, aber wir können mit Sicherheit sagen, dass es drei Männer und eine Frau sind.« Buchholz gab David Zeit, den Bericht zu überfliegen, bevor er weitersprach. »Division Elf beschäftigt sich mit der Ballistikanalyse. Laut vorläufigem Bericht sollen heute die Ergebnisse vorliegen. Colonel Ling von der Informationsauswertung geht nach den vorliegenden Daten davon aus, dass sich die Terroristen noch auf Terra befinden.«

David lehnte sich auf seinem Stuhl leicht nach vorne. Das war interessant! Wenn diese Leute tatsächlich noch auf Terra waren – und Colonel Ling war berüchtigt dafür, niemals falsch zu liegen – existierte hier eine Spur, die noch warm war. Mit einem Mal war sein Jagdinstinkt geweckt.

»Ich brauche natürlich nicht zu erwähnen«, fuhr Buchholz fort, »dass der Generalbundesanwalt äußerst ungehalten über das Versagen der Sicherheitskräfte ist – Joshua Turner stand Amanda Blair äußerst nahe.«

»Ich werde mich darum kümmern, General«, versprach David. »Ich werde herausfinden, wer diese Leute geschickt hat und die Verantwortlichen festsetzen. Miss Blair kann ihnen dann den Prozess machen.«

»Sie gehen davon aus, dass es Attentäter waren. Warum?« Buchholz runzelte die Brauen.

»Wenn es unabhängige Terroristen gewesen wären«, erklärte David, »hätte mittlerweile eine Organisation die

Verantwortung für das Attentat übernommen, und zwar so öffentlich wie möglich. Außerdem haben Sie kein Bekennerschreiben erwähnt – dies stützt meine Vermutung ebenfalls. Im Übrigen«, fuhr er fort, »war diese Aktion viel zu professionell und präzise. Richtige Terroristen hätten eher auf brutale Gewalt als auf einen fast schon chirurgischen Eingriff gesetzt.«

David dachte nach und klopft mit der Faust rhythmisch gegen sein Kinn. »Warum haben die Attentäter nur auf Mister Turner geschossen?«, dachte er laut nach. »Wenn der Generalbundesanwalt das Ziel gewesen wäre, hätten sie weiter nach ihr gesucht und alles daran gesetzt, sie zu töten. Niemand kommt so weit und zieht das dann nicht bis zum Ende durch.«

»Die Sicherheitssysteme haben die Tür zwischen den beiden Räumen, in den sich Turner und Blair befanden, automatisch abgeriegelt.«

»Aber für Amanda Blair stellte das kein Hindernis dar«, gab David zu bedenken.

»Richtig«, stimmte Buchholz ihm zu. »Aber der Generalbundesanwalt hat, genauso wie ein Teil seines Stabes, auch die Möglichkeiten, einzelne Systeme abzuschalten und Verrieglungen aufzuheben.«

»Das hatten die Attentäter offensichtlich auch, sonst wären sie nicht entkommen. Nein«, David schüttelte den Kopf, »Joshua Turner war eindeutig das Ziel dieses Anschlages – nicht Amanda Blair.«

Der General SBGK nickte zustimmend und zog das Oberteil seiner Uniform glatt. »Wir verlassen uns auf Sie, Gibbs. Finden Sie die Schuldigen.«

* * *

David verließ das Kommandogebäude und stemmte sich gegen den aufkommenden frostigen Wind, der über das SBGK-Areal fegte. Während er sich zum Fuße eines lang gestreckten Gebäudes hinarbeitete, um im Windschatten der Wand südwärts zu seinem neuen Ziel zu gelangen, warf er einen Blick zu den beiden BattleMechs, die langsam über das Gelände patrouillierten. Die Lackierung wies beide Kampfkolosse als zur 277. Leichten Reiterei gehörend aus. Der *Night Hawk* und der brandneue *Ostscout* waren beides leichte Maschinen mit einem Gewicht von 35 Tonnen. Als ScoutMechs waren sie natürlich keine wirklichen Gegner für einen richtigen Mechangriff – aber das war auch gar nicht nötig. Die beiden Maschinen dienten lediglich der Abschreckung und einer ersten Schadensbegrenzung, falls tatsächlich etwas passieren sollte. Für alles andere konnten Elemente der 277. innerhalb von zehn Minuten vor Ort sein.

David war mittlerweile beim Komplex von Division Elf angekommen. Vor ihm erhob sich ein fünfstöckiges Trapezoid mit acht um ihn herum gruppierten, kleineren Gebäuden. Ein Schild am Fußweg, der zum Haupteingang führte, trug eine große römische Elf mit dem Titel ›Ausrüstung und Entwicklung‹ darunter. Er beschleunigte seinen Gang und betrat das Gebäude.

Im Inneren herrschte rege Betriebsamkeit. Ein halbes Dutzend Ordonnanzen und Adjutanten eilten dienstbeflissen von einem Quergang in den anderen, während an der Westseite der Lobby eine Führung für eine Hand voll hochrangiger Offiziere stattfand.

Der mit Holzimitat ausgekleidete Aufzug trug David in den zweiten Stock, wo von einem kreisförmigen Raum aus sechs Gänge sternförmig in alle Richtungen führten. Zwei der Gänge waren durch schwere Panzerglastüren gesichert: Dahinter befanden sich die Labore.

Davids Retina verschaffte ihm auch hier Zugang. Die Labore waren im südlichen Teil des massiven Gebäudes untergebracht und nahmen, zumindest auf diesem Stockwerk und den beiden darüber, den meisten Platz ein. Der SBGK- Agent fand die Person, die er suchte, nach kurzer

Zeit in einem der Räume für Materialanalysen über ein Computerterminal gebeugt und den Bildschirm studierend.

David blieb vor der Glastür stehen, auf der ein gelbes Schild vor Lasereinsatz warnte, und klopfte an die Scheibe. Nach dem zweiten Klopfen hatte er die Aufmerksamkeit der Laborantin erregt. Die schwarzhaarige Frau blickte zu David herüber, deutete dann auf einen Drucker in ihrer Nähe und bedeutete ihm zu warten. Er trat von der Tür zurück, verschränkte die Arme vor der Brust und lehnte sich an die gegenüberliegende Wand.

Er musste nicht lange warten, bis die Glastür geöffnet wurde und die Frau aus dem Labor kam, den Arm voller Computerausdrucke. Mit der freien Hand schob sie sich eine durchsichtige Schutzbrille von den smaragdgrünen Augen in die Stirn und musterte David.

Die Frau trug, wie auch die vielen anderen Angestellten, die durch die Korridore und Labore in der Nähe streiften, einen weißen Laborkittel. Das dichte schwarze Haar reichte ihr bis zu den Schultern. Die Haut der Wissenschaftlerin wies einen leichten Gelbton auf, ihre Züge allerdings waren westlich.

»Oh. Du lebst«, begrüßte sie David trocken.

»Ja. Als ich nach New Avalon aufbrechen wollte und den Fallschirm mit meinem Namen darauf und der handgeschriebenen Notiz ›Guten Flug und schönen Aufprall‹ gefunden habe, entschied ich mich dafür, einen anderen zu nehmen.«

»Schade«, entgegnete die Frau enttäuscht. »Ich hatte gehofft, dich und das dreckige Geschirr vom letzten Jahr in einem Aufwasch loszuwerden.«

»Ich freue mich auch, dich wiederzusehen, Katya. Frohes Neues Jahr.«

Captain Katya Days Mundwinkel zuckten leicht und die Haut um ihre Augen spannte sich ein wenig. »Frohes Neues, David.«

Die Wissenschaftlerin setzte sich in Bewegung und David folgte ihr.

»Ich komme wegen der Analyse«, erklärte er. »Hast du schon Ergebnisse?«

»In meinem Büro.« Sie nickte ihm über die Schulter zu. Dann hielt sie vor der schweren Glastür am Ende des Laborkomplexes an und trat zu dem Retinascanner. David hielt ihr die Tür auf, nachdem sich das Schloss mit einem hörbaren Klicken entriegelt hatte.

Katya Days Büro befand sich auf derselben Ebene, und so brauchten sie nicht lange laufen, bis sie es erreichten. Die Wissenschaftlerin ließ den Stapel Ausdrucke auf ihren heillos überfüllten Schreibtisch fallen, nachdem sie einen Haufen Datenkristalle zur Seite geschoben hatte. David ließ sich auf einem Stuhl nieder, der unter der Kolorierung einer von einer *Congress*-Fregatte startenden Staffel aus *Sparrow Hawk*-Luft/Raumjägern an der Wand stand.

Katya gab einen alphanumerischen Code in einen Nummernblock an der Rückseite des Schreibtisches ein und öffnete damit eine der Schubladen. Sie zog eine Hand voll Löschfolien heraus und reichte sie David. Er nahm sie entgegen und begann zu lesen.

Löschfolien waren mit Flüssigkristallen durchsetzt, die durch unterschiedliche Stromspannung verschiedene Farben annehmen konnten und sich dadurch ausgezeichnet dafür eigneten, Text und Bilder darzustellen.. Rollte man die Folie zusammen und knickte sie kräftig, registrierte ein kleiner Sensor die stark gestiegene Oberflächenspannung und sandte einen Stromstoß aus, der alle Kristalle wieder auf einen neutralen Farbwert setzte.

Natürlich war es sinnlos, einen Bericht wie die Ballistikanalyse vom Schauplatz des Attentats nur auf Löschfolie festzuhalten. Diese Folien waren eine speziell für David angefertigte Kopie des Endberichtes, der vermutlich verschlüsselt irgendwo in den Speicherbänken von Division Elf abgelegt war.

»Die Tatwaffe war eine vollautomatische Maschinenpistole mit einem Kaliber von neun Millimetern. Die Zugspuren auf den Projektilen sowie die Markierungen, die der Auswurf auf den Hülsen hinterlassen hat, weisen daraufhin, dass es eine Mauser & Gray MP65 war.« Katya hatte sich an den Schreibtisch gesetzt, nachdem sie die dort liegenden Datenkristalle auf ihre Unterlagen gelegt hatte, und deutete auf die entsprechenden Stellen, während David gleichzeitig las und ihr zuhörte.

»Militärstandard«, stellte er fest.

»Richtig. Die MP65 wird von einer ganzen Reihe Streitkräfte benutzt, inklusive der SBVS. Die Patronenhülsen weisen allerdings einen kleinen waagerechten Schnitt auf. Dieser Schnitt rührt von einem Metallgrat an der Auswurföffnung der Waffe. Dieser Grat führt bei längerem Gebrauch zu einer Verstopfung der Kammer, weil der Auswurf blockiert. Das ist ein Fehler, der nur bei der zweiten Produktreihe von vor zwei Jahren auftrat. Mauser & Gray hatte dieses Problem schnell erkannt und eine Rückrufaktion gestartet. Wir haben die entsprechenden Daten von der Rüstungsfirma angefordert und sind gerade dabei, sie durch den Rechner zu jagen. In einigen Tagen sollten wir eine Liste von Kunden haben, die ihre Waffen damals nicht zurückgegeben haben.«

»Nicht schlecht«, meinte David anerkennend. In Katyas Augen glitzerte gerechtfertigter Stolz.

»Das ist vorläufig alles. Wenn wir mehr herausfinden, erfährst du es als Erster.«

David rollte die drei Folien zusammen und reichte sie der Wissenschaftlerin. Day nahm sie und knickte die beiden Enden kurz aufeinander, bevor sie die Plastikfolien wieder in die Schublade steckte. Er beobachtete, wie die Folien mit einem Mal halb durchsichtig wurden, als Text und Bilder verschwanden.

Katya Day blickte geistesabwesend über den Schreibtisch und stellte einen blau glimmenden Datenblock ab. Dann fiel ihr etwas ein. »Bevor ich es vergesse – McKinley möchte dich noch sehen, bevor du abreist.«

»Ist er im Haus?« David schob sich aus dem Stuhl hoch, ging zur Tür und drückte sie auf.

Katya nickte bestätigend. »Hals und Beinbruch«, meinte sie, als er sich anschickte, das Büro zu verlassen.

»Ich mochte diese Redewendung noch nie.«

»Das ist auch eine Redewendung?« Katya Day lächelte ihn aus großen smaragdgrünen Augen unschuldig an.

David bleckte die Zähne, schlüpfte aus dem Büro und zog die Tür zu.

2. Kapitel

»Der unerwartete und tragische Tod von Lady Shandra Noruff-Cameron trifft uns alle hart. Erster Lord Ian Cameron hat einen kompletten Monat Staatstrauer angeordnet. TNB widmet diesen Abend dem Angedenken dieser großartigen Frau. Im Anschluss an die Nachrichten folgt deshalb ein Portrait Lady Shandras – von ihren Anfängen als Tochter des Herzogs von New Earth, über ihren Rücktritt als Commanding General der Sternenbund-Verteidigungsstreitkräfte im Jahre 2575 bis hin zu der Ersten Lady mit dem Herzen aus Gold. Ich bin Deborah Watson, guten Abend.«

— *The Sphere In A Nutshell,* Terra News Broadcasting,
Terra, Terranische Hegemonie, 6. Januar 2600

Amtssitz des Präsidenten, Famindas
Alpheratz, Außenweltallianz

7. Januar 2600

»*Komban-wa,* Kurita Leonard-*sama.*« Barton Avellar, Präsident der Außenweltallianz, neigte seinen Kopf, um eine Verbeugung anzudeuten.

»Guten Abend, Präsident Avellar«, antwortete der Koordinator und erwiderte die leichte Verbeugung, wenn auch nicht ganz so tief. Dann reichte er seinem Gegenüber die Hand. Der Präsident ergriff und schüttelte sie.

Barton Avellar war ein Mann von mittlerer Statur mit Halbglatze und grauen Haaren. Ein sorgfältig gestutzter Vollbart verlieh ihm ein distinguiertes Äußeres, das er mit einem dunklen Anzug und heller Krawatte noch unterstrich. Avellar streckte seinen Arm aus und lud den Koordinator des Draconis-Kombinats ein, mit ihm die breite, säulengesäumte Empfangshalle herunterzugehen. Kurita, der eine Aura der Selbstsicherheit ausstrahlte, schritt voran, während Avellar sich beeilte, wieder auf gleiche Höhe zu kommen.

Leonard Kurita war ein Mann von hoher Statur mit scharfen Gesichtszügen, nachtschwarze Augen und hohen Wangenknochen. Er hatte das dunkle Haar sorgfältig nach hinten gekämmt und trug ebenfalls einen schwarzen Anzug – wenn auch von eindeutig militärischem Schnitt. Die Jacke hatte eine Knopfreihe auf der rechten Seite und war, wie auch die Hose, schlicht geschnitten und mit messerscharfen Bügelfalten versehen. Auf der linken Brustseite prangte das Drachen-Mon des Draconis-Kombinats, während auf dem hohen Kragen der achtstrahlige Stern des Koordinators angebracht war, auf dem sich ebenfalls der schwarze Drache auf rotem Grund wand. Ein ebenfalls schwarzer Umhang wurde von goldenen Epauletten an den Schultern gehalten. Die Epauletten waren das einzige Zugeständnis an die Wichtigkeit der Person und gleichzeitig ein Akzent auf der Einfachheit der Kleidung des Koordinators.

Avellar führte Kurita durch die Empfangshalle in das ebenfalls säulengestützte Rondell, in dessen Marmorboden das runde Feuerball-Wappen der Außenweltallianz eingelassen war.

Kuritas Leibwache, zwei schwer gepanzerte und bewaffnete VSDK-Soldaten, blieben in respektvollem Abstand stehen. Avellars eigene Sicherheitsbeamte hatten sich unauffällig an den Säulen postiert.

»Bitte, kommen Sie doch mit«, lud der Präsident den draconischen Hauslord mit einer Geste zu der großen Tür seines Büros am Ende des Rondells ein. Kurita folgte Avellar hinein und ließ sich dort auf einem Brokatsessel nieder, während sein prüfender Blick durch den Raum wanderte.

Avellars massiver Eichenholzschreibtisch war aufgeräumt. Eine Kommunikationseinrichtung sowie der Flachbildschirm eines Computers waren zusammen mit einer Papierablage und einem kleinen, von einer Holzstange hängendem Fähnchen der Außenweltallianz die einzigen Objekte auf der Tischplatte. Vor dem Schreibtisch waren zwei bequeme Lehnstühle platziert. Kurita selbst saß auf einem der beiden teuren Sessel, die zusammen mit der dazugehörigen Couch um einen niedrigen Tisch herum eine weniger offiziellere Arbeitsumgebung schafften.

»Äh, ja. Wie ich sehe, haben Sie schon Platz genommen.« Barton Avellar ließ sich in dem anderen Sessel gegenüber nieder und deutete auf eine kleine Bar in Griffweite. »Kann ich Ihnen etwas anbieten, Koordinator?«

»Gerne. Haben Sie Kurosawa-Sake von Alshain?«

»Zwei Flaschen. Eine davon ist drei Jahre alt.« Avellar öffnete die Bar und füllte zwei Gläser mit hellgelber Flüssigkeit. Es war kein Zufall, dass sich das Getränk in seinem Vorrat befand – ausnahmsweise hatte das Informationsministerium einmal gute Arbeit geleistet und den bevorzugten Geschmack seines heutigen Gesprächspartners herausgefunden.

Kurita hob das Glas an die Lippen und leerte es mit einem Zug.

»Zu Beginn lassen Sie mich betonen, wie erfreut ich bin, dass Sie die lange Reise von New Samarkand auf sich genommen haben, Koordinator.«

Kurita nickte huldvoll und drehte das leere Glas zwischen seinen Fingern hin und her.

»Ich bin überzeugt, eine wirtschaftliche Übereinkunft ist für unser beider Reiche von Vorteil«, stelle der Koordinator leicht gelangweilt fest. Seine Augen schweiften im Raum umher, bis sie wieder an seinem Glas hängen blieben. Dieses Mal verstand Avellar den Wink und schenkte nach.

»Ganz gewiss, Leonard – ich darf Sie doch Leonard nennen?«

»Nein, dürfen Sie nicht.« Kuritas Augenbrauen zogen sich zusammen wie eine Gewitterwolke. Er entschied sich jedoch, den Fauxpas des Präsidenten zu Gunsten eines weiteren Glases Sake zu ignorieren.

»Äh ...« begann Avellar, aus der Fassung gebracht. Hatte er tatsächlich gedacht, nur weil sie eine Grenze teilten, machte sie das gleich zu Blutsbrüdern?

»Wie dem auch sei, wir haben eine Reihe unserer besten Firmen für Sie ausgewählt, in die Sie investieren können. Darunter sind Biotechnik- und Wasserforschungsfirmen sowie natürlich Rüstungsindustrie.«

»Wasserforschung?« Kurita wurde hellhörig. Vielleicht bot sich hier eine Möglichkeit, dem Ryan-Kartell ein Schnippchen zu schlagen. »Beinhaltet dies Projekte zum kostengünstigen Transport von Wasser?«

»Nicht bei den Firmen, die wir ausgewählt haben«, gab Avellar zu. »Aber es besteht natürlich die Möglichkeit, den Markt noch einmal unter diesen Gesichtspunkten zu durchleuchten. Auch, wenn dieser Mehraufwand natürlich wertvolle Ressourcen meines Regierungsapparates beansprucht.«

Der Präsident der Randwelten lehnte sich in seinem Sessel zurück und schnippte ein imaginäres Staubteilchen von der Schulter.

»Und wie könnte man diesen Mehraufwand kompensieren?«, wollte Kurita wissen. Er hatte Avellars kleines Spielchen sofort als das erkannt, was es war: Ein Versuch, auf gleiche Höhe mit dem Koordinator zu ziehen und dabei vielleicht noch ein paar zusätzliche Boni herauszuschlagen. Was der Präsident allerdings nicht begriff, war, dass Leonard niemals einen Randweltler – oder *irgendjemanden* außerhalb des Draconis-Kombinats – als gleichberechtigt ansehen würde.

Der Koordinator lehnte sich leicht nach vorne und spießte Avellar mit seinem Blick auf. »Sehen Sie, die Außenweltallianz ist stolz auf ihre lange pazifistische Geschichte. In den heutigen Zeiten kann Frieden allerdings nur durch Abschreckung aufrechterhalten werden. Wenn Sie aber ein Geschwader Luft/Raumjäger an das Allianz-Militärcorps als Zeichen Ihres guten Willens übergäben, könnten meine Stabschefs in Sicherheit und Ruhe arbeiten.« Avellar verzog keine Miene, während Kurita ihn mit seinem Blick geradezu sezierte.

»*Baka*!« Der Koordinator griff nach der Sake-Flasche. »Sie werden gar nichts bekommen. Und wenn Sie sich nicht mit der Marktanalyse beeilen, überdenke ich noch mal die Gründe dafür, warum ich bisher nicht einfach die gesamte Allianz erobert habe.«

»Das wagen Sie nicht!«, protestierte Avellar mit hochrotem Kopf. »Die Außenweltallianz ist Mitglied des Sternenbundes! Lord Cameron würde nie zulassen ...«

»Was Cameron wird und will, ist mir herzlich egal!«, schnitt Kurita dem Präsidenten das Wort ab. »Wenn ich entscheide, die Grenzen des Kombinats auszuweiten, hält mich niemand davon ab.«

Er goss den Sake in das Glas, bis es randvoll war und stürzte es hinunter. Ein schwarzes Feuer loderte in seinen Augen, als er sich Avellar wieder zuwandte. Als er weitersprach, hatte er sich wieder einigermaßen im Griff.

»Wenn Sie die entsprechenden Dokumente dann vorbereiten, können wir aufhören, wertvolle Zeit zu verschwenden, und uns wieder den Geschäften zuwenden.«

Barton Avellar musste einsehen, dass er dieses Mal den Kürzeren gezogen hatte. Er war allerdings nicht bereit, sich so einfach geschlagen zu geben.

»Lord Kurita«, begann er und stand aus dem Sessel auf, um zu seinem Schreibtisch zu gehen. Er zwang dadurch den Koordinator, den Kopf zu drehen, um den Blickkontakt nicht zu unterbrechen. »Ich gebe zu«, fuhr er fort, »dass meine Forderung zunächst überzogen scheint. Dies ist allerdings nicht im Geringsten der Fall. Natürlich profitieren unsere beiden Reiche von einem wirtschaftlichen

Arrangement. Eine militärische Allianz wäre jedoch noch profitabler.«

Kurita beobachtete Avellar argwöhnisch. Seine Augen verengten sich zu Schlitzen, als er bedächtig seinen Sake nachfüllte.

»Wenn die Außenweltallianz ein militärisches Bündnis mit dem Draconis-Kombinat einginge, würden Sie damit ohne Zweifel die erhöhte Aufmerksamkeit Alexander Davions auf sich ziehen.«

Die Außenweltallianz war traditionsgemäß ein pazifistischer Staat. Bürger der Allianz verwiesen oft stolz auf die Tatsache, dass sie – mit Ausnahme der Vereinigungskriege – noch nie an einem Krieg teilgenommen hatten. Trotzdem machte ihre Lage am spinwärtigen Rand der Inneren Sphäre zwischen Draconis-Kombinat und Vereinigten Sonnen die Allianz zu einem wichtigen Faktor in der Politik der beiden großen Häuser. Da die Beziehungen zwischen Kurita und Davion schon immer eisig, wenn nicht gar offensichtlich feindlich, gewesen waren, brachte dies den kleinen Peripheriestaat in eine Situation, wo er ständig den Einmarsch feindlicher Truppen von einer oder sogar beiden Seiten befürchten musste.

»Davion würde noch nicht einmal warten, bis die Tinte unter dem Vertrag trocken ist.« Kurita hob das Glas an seine Lippen.

Avellar faltete die Hände auf dem Rücken und wartete, bis der Koordinator wieder trank. »Das ist mir bewusst. Deshalb habe ich auch kein Interesse an einer offenen Allianz. Wenn Sie uns allerdings das geeignete Material liefern, bin ich bereit, eine inoffizielle Vereinbarung abzuschließen.«

Leonard Kurita leerte das kleine Glas erneut und genoss das Gefühl, als sich der Reiswein seine Kehle hinunterbrannte. Langsam merkte er auch, wie der Alkohol Wirkung zeigte – er entspannte sich unmerklich. Dann richtete er seine Aufmerksamkeit wieder auf Barton Avellar, der sich offensichtlich vorgenommen hatte, ihm heute Abend besonders viele Schwierigkeiten zu bereiten.

»Das Draconis-Kombinat wird Ihnen niemals auch nur ein Lasergewehr überlassen«, macht er klar. »Und wenn Sie weiterhin meine Zeit mit Ihren größenwahnsinnigen Plänen verschwenden, sorge ich dafür, dass in kürzester Zeit über Alpheratz die draconische Flagge weht.«

Barton Avellar nahm die Drohung wortlos hin. Sein Teint war etwas bleicher geworden und er hatte die Lippen zu einem dünnen Strich zusammengepresst.

»Da das dann ja geklärt wäre«, fuhr der Koordinator fort, »können wir zu der Unterzeichnung der Verträge schreiten.«

Mit sichtlichem Widerwillen ging Avellar um seinen Schreibtisch herum und entnahm ihm die besagten Dokumente. Als er sich wieder Kurita gegenüber niederließ, reichte der ihm die leere Flasche Reiswein.

»Und wo Sie gerade dabei sind, seien Sie doch so freundlich und machen Sie einen neuen Sake auf. Der Vertragsabschluss sollte begossen werden, meinen Sie nicht?«

Barton Avellar starrte Leonard Kurita wütend und vor Zorn bebend an. Dann griff er nach der leeren Flasche.

3. Kapitel

»Guten Abend, hier ist CNN. Die bestürzende Nachricht über den Schlaganfall und das viel zu frühe Dahinscheiden der Ersten Lady hat die Vereinigten Sonnen schwer getroffen. Auch wenn Vereinigte Sonnen und Terranische Hegemonie in der Vergangenheit ihre Differenzen hatten – und immer noch haben –, war Prinz Alexander Davion der Erste der Hauslords, der sein tiefstes Beileid ausgesprochen hat. In einer ergreifenden Rede erinnerte er gestern an Shandra Noruff-Cameron, die Person und die Politikerin. Ein Verlust nicht nur für die Terranische Hegemonie, sondern für die gesamte Innere Sphäre.«

— *A Slice Of The Sun*, Crucis News Network,
New Avalon, Vereinigte Sonnen, 10. Januar 2600

***Pinafore*, Logandale**
Mark Crucis, Vereinigte Sonnen

24. Januar 2600

Eine leichte Brise wehte von Osten über das Promenadendeck, als eine milde Nacht den Rückzug gegen einen warmen Tag antreten musste. Logandales Sonne schob sich gemächlich hinter dem weit entfernten Horizont hervor; eine karmesinrote Scheibe, deren träge Strahlen die Schwärze der Nacht nur langsam vertrieben.

Chi-Yen Lao genoss den Augenblick der Stille, in der die MS *Pinafore* lautlos durch die endlosen Weiten des Brighton-Ozeans glitt. Zwar hatte der Schichtwechsel schon stattgefunden, doch an Bord war noch alles ruhig. Die ersten Sonnenanbeter würden in den nächsten Stunden allmählich das Sonnendeck füllen – dann war es mit der Stille sowieso vorbei.

Lao hatte sich die Ruhe verdient. Ihren letzten Auftrag hatte sie zur Zufriedeheit ihres Auftraggebers ausgeführt und der nächste wartete bereits. Ihr Ziel würde allerdings erst im nächsten Hafen an Bord kommen. Da alle Vorbereitungen abgeschlossen waren – beziehungsweise erst in Far Ocean erledigt werden konnten –, gab es im Augenblick nichts zu tun.

Die blutrote Sonne hatte sich mittlerweile zur Hälfte aus dem tiefblauen Ozen gekämpft. Wo im Westen der Himmel noch schwarz gewesen war, wurde er jetzt heller, und die letzten Sterne verblassten langsam.

Trotzdem hatte sich mehr verändert. Laos in unzähligen Einsätzen geschärfte Sinne registrierten die Anwesenheit einer zweiten Person. Die brünette Frau mit den moosgrünen Mandelaugen gähnte herzhaft. Ihre rechte Hand bedeckte kurz den Mund, bevor sie der linken dabei half, das hinten zusammengesteckte Haar zu öffnen. Lao drehte sich um, die Haarnadel in der rechten Faust hinter dem Rücken.

Dann entspannte sie sich, ihre Schultern sanken herab – nur ein Kind. Der kleine Junge starrte sie aus großen blauen Augen an. Lao lächelte ihm zu, während sie ihre Haare wieder zusammensteckte.

Natürlich war die Haarnadel ein Klischee wie es im Buche stand. Über lange Jahre hatte die Frau mit der bronzefarbenen Haut allerdings festgestellt, dass auch Klischees hin und wieder von Nutzen sein konnte. Die Nadel war aus Eisenkeramik gefertigt und sorgfältig angespitzt. Mit ausreichend Kraft konnte man damit einen Menschen töten – oder zumindest schwer genug verletzen, dass er starb. Lao hatte das schon ein paar Mal unter Beweis gestellt – stets mit letalen Folgen.

»Na du? Hast du dich verlaufen?« Die schlanke Frau beugte sich zu dem kleinen Jungen herunter und tippte ihm spielerisch auf die Nase. Der Junge, höchstens sechs oder sieben, kicherte und versuchte, nun nach ihrer Nase zu greifen.

»William!«, ertönte plötzlich eine strenge Stimme, die zu einer resoluten Frau in den späten Vierzigern gehörte. Die Frau, ganz offensichtlich Williams Mutter, kam mit schnellen Schritten eine Treppe aus dem Swimmingpoolbereich herunter und über das Promenadendeck auf sie zu. William drehte sich schuldbewusst um, bevor seine Mutter seine Hand ergriff und ihn wieder in Richtung Treppe zerrte. Sie warf Lao über die Schulter ein hastiges »Entschuldigen Sie« zu, bevor sie ihren Sohn halblaut belehrte, nicht mit Fremden zu reden.

Immigranten aus der Mark Capella, schloss Lao aus dem Blick, den die Frau ihr zugeworfen hatte.

Ihr konnte es allerdings egal sein. In einer Woche war sie nicht mehr auf Logandale und in einer weiteren noch nicht einmal mehr in den Vereinigten Sonnen.

An die Reling gelehnt, beobachtete die schlanke Asiatin, wie nach und nach das riesige Vergnügungsschiff zum Leben erwachte. Nach einer Weile stieß sie sich von dem Geländer ab und setzte sich in Richtung unteres Promenadendeck in Bewegung. Sie hatte nur noch wenig freie Zeit, also musste sie sie gut nutzen.

David Gibbs lehnte ebenfalls an einer Reling, allerdings zwei Decks höher in der Nähe der Strandbar. Gut, es war keine Strandbar im eigentlichen Sinne – schließlich gab es keinen Sand in der Nähe des Hauptpools. Die kleinen Schirmchen und Strohhalme in den Getränken trösteten aber gut über diese Tatsache hinweg. Beide Unterarme auf das Geländer gestützt, zuzzelte David an seinem alkoholfreien Fruchtcocktail, während er die brünette Frau durch die Gläser seiner Sonnenbrille wachsam beobachtete. Mit der khakifarbenen Stoffhose und dem Hawaii-Hemd tauchte er problemlos in der Menge unter.

Er tippte leicht auf einen Tastsensor an seinem Handgelenk-Kommunikator und löste damit die Minikamera im Sonnenbrillengestell aus. Der eingebaute Zoom ließ kurz darauf ein Bild der Asiatin vergrößert auf der Innenseite des linken Glases erscheinen. Ein blassblauer Fortschrittsbalken darunter wanderte langsam nach rechts, als sich der Minicomputer in Davids Komm mit der SBGK-Niederlassung in Far Ocean abglich. Dann waren alle relevanten Informationen gefunden und wurden neben das Bild projiziert:

Name: Zhang, Major Jin
Staatsangehörigkeit: Capellanisch
Größe: 169cm
Geburtsdatum: 21.07.2576
Geburtsort: Sarna, Konföderation Capella
Status: Verstorben

Es folgte eine Liste von Fähigkeiten und Spezialisierungen sowie der Lebenslauf. David blinzelte überrascht. Verstorben? Die Frau, die gerade die Stufen zum unteren Promenadendeck nahm, sah doch recht lebendig aus. Der SBGK-Agent schlürfte an seinem Drink und blickte auf einen kleinen, digitalen Pfeil am unteren Ende der Anzeige. Sensoren im Brillengestell registrierten die Ausrichtung seiner Pupillen, extrapolierten den Weg und stellten fest, wohin David blickte. Dann begann der umfangreiche Text langsam nach oben zu rollen, sodass David mehr über den Hintergrund des verstorbenen Majors erfahren konnte.

Der Lebenslauf las sich am Anfang relativ uninteressant: Geboren und aufgewachsen auf Sarna; dort an einer der Universitäten Sport studiert. Dann vermerkte die Akte allerdings den ersten Kontakt mit der Maskirovka – Zhang war von dem capellanischen Geheimdienst rekrutiert und weiter ausgebildet worden. Der Liste im Anhang nach in bewaffnetem und waffenlosen Nahkampf sowie der Handhabung kleinkalibriger Waffen. Danach gab es nur noch wenige Einträge, die schließlich damit endeten, dass Zhang bei einer ›aggressiven Gegenspionageaktion‹ im Februar letzten Jahres gegen das SBGK umgekommen war.

Angeblich umgekommen, verbesserte sich David in Gedanken. Tote Agenten, die urplötzlich wieder zum Leben erwachten, kamen zwar nicht häufig vor, waren aber auch nicht unbekannt.

Er fühlte, dass er schon einen ganzen Schritt weiter war, aber immer noch zu wenige Informationen für eine vernünftige Schlussfolgerung hatte.

David nahm die Brille ab und hakte sie in die Knopfreihe seines Hemdes. Er wollte keine unnötige Aufmerksamkeit dadurch erregen, dass er schon am frühen Morgen mit einer Sonnenbrille auf der Nase herumlief.

Wieder einmal hatte McKinleys Team ausgezeichnete Arbeit geleistet, denn die Brille kombinierte nicht nur modernste Elektronik mit einem ausgefeilten und kleinen Kommunikationssystem, sondern sah auch noch gut aus.

Jin Zhang aufzuspüren war nicht leicht gewesen. Nachdem der Zentralcomputer von Division Elf alle Daten gesichtet und sortiert hatte, war David selbst noch einmal über die Ausdrucke gegangen. Er hatte eine Unzahl Querverbindungen eingegeben und alles noch einmal durch den Rechner gejagt – Katya Day war dabei eine nicht unerhebliche Hilfe gewesen. Zusammen hatten sie die Suche so weit eingeengt, dass am Ende nur noch gestohlene bzw. ›verlorene‹ Warenlieferungen übrig blieben. Neun dieser Diebstähle und Verluste ließen sich mit einer Terroristengruppe, die restlichen vier mit einem oder mehreren Geheimdiensten einer der sechs großen Häuser zusammenbringen – diese letzten vier Vorfälle waren die interessanten. Einer von ihnen fiel sofort weg, als weitere Nachforschungen ergaben, dass das Landungsschiff, auf dem die Waffen geschmuggelt wurden, von Elementen der SBVS-Flotte abgefangen und zerstört worden war. Ein zweiter schied ebenfalls aus, weil die Waffenladung zwei Wochen später sichergestellt werden konnte. Bei den beiden Zwischenfällen, die übrig blieben, gab es eindeutige Hinweise darauf, dass die Maskirovka involviert war.

David hatte hier zunächst gestoppt und sich den Passagierlisten aller Raumhäfen Terras von einem Jahr vor dem Anschlag bis zum jetzigen Datum zugewandt. Die Datenfülle war immens – aber mit Hilfe des Zentralcomputers hatte er es geschafft, die Liste so einzuengen, dass sie nur Personen zeigte, die in diesem Zeitraum angekommen und nach dem Attentat wieder abgeflogen waren. Leider hatte ihn das nicht sehr weit gebracht – die Anzahl war zu groß, um Einzeluntersuchungen durchzuführen. Also war er dazu übergegangen, die Listen mit allen bekannten Tarnidentitäten der Maskirovka abzugleichen. Tatsächlich gab es nur fünfzehn Personen, auf die diese Kriterien zutrafen und die vor dem Attentat angekommen, und sieben, die nachher wieder abgeflogen waren. Vier Identitäten entsprachen jeweils einer unter den fünfzehn angekommenen – die anderen drei waren bisher noch nicht aufgetaucht.

Nun hatte David allerdings endlich eine Datenmenge, klein genug, um vernünftig damit zu arbeiten. Er ließ den kompletten Hintergrund aller sieben durchleuchten und außerdem jede Bewegung innerhalb der letzten zwei Jahre rekonstruieren. Dabei stellte sich heraus, dass es bei zwei Personen *vor* deren Ankunft und bei zweien *danach* keinerlei Aufzeichnungen gab. Dieses Muster passte zu einem Agenten, der nach der Ankunft eine andere Identität annahm. David suchte zwar vier Attentäter, zwei taten es aber für den Anfang auch. Die nachfolgende Untersuchung ergab, dass einer der beiden Agenten zu keinem Zeitpunkt nahe genug an die Winterresidenz herangekommen war – bei dem anderen landete David allerdings einen Volltreffer.

Er hatte die Spur für die Zeit nach dem Attentat bis zum Michael Cameron-Raumhafen in Rio de Janeiro in Südamerika verfolgt, wo ihm die Überwachungskameras ein Bild von einer Frau geliefert hatten. Die Qualität des Bildes war nicht gut genug gewesen, um eine Identifizierung zu ermöglichen – trotzdem hatte es ausgereicht, um sie zu verfolgen.

Als David Jin Zhang dann heute Morgen erkannt hatte, konnte er sich nur wieder wundern, wie klein das Universum doch war.

Er setzte sich in Bewegung und schlenderte langsam an der Reling entlang auf das Promenadendeck zu, das das gesamte Heck der MS *Pinafore* einnahm. Zhang war nicht hier, um Urlaub zu machen – so viel stand fest.

4. Kapitel

»Die Spannungen an der draconisch-Terranischen Grenze sind mittlerweile so stark wie nie zuvor. Der Tod Lady Shandras ist vielleicht genau der Impuls, der diese bis zum Äußersten gespannte Situation in eine handfeste Krise verwandeln könnte. Bei uns im Studio zu Gast ist heute Abend Professor Doktor Daniel Souza, Politikwissenschaftler und Historiker an der Universität von Tharkad. Herzlich Willkommen, Herr Souza.«
»Guten Abend Frau Wittmann.«
»Zum Thema: Wie lange, glauben Sie, kann die ganze Sache noch gutgehen?«
»Nun, das hängt ganz davon ab, was sie als ›gutgehen‹ definieren. Lassen Sie mich zuerst einmal kurz auf die unterschiedlichen Denkstrukturen von Leonard Kurita und Ian Cameron eingehen ...«

— *Wittmann*, Antenne Donegal,
Donegal, Lyranisches Commonwealth, 23. Januar 2600

Parlamentsgebäude, Famindas
Alpheratz, Außenweltallianz

24. Januar 2600

Barton Avellar ging schnellen Schrittes den langen Gang zum Plenarsaal herunter. Sein Sekretär reichte ihm im Gehen eine Hand voll Unterlagen, die er rasch abzeichnete.
»Stürmen Sie nicht zu rasch in den Saal«, riet ihm Mercedes Wood, seine Pressesprecherin und PR-Beraterin. »Und tun Sie etwas gegen diese Krawatte, um Himmels Willen!«

»Es stimmt mich unsäglich traurig, dass Ihnen mein Outfit nicht zusagt, Miss Wood«, erklärte der Präsident der Außenweltallianz sarkastisch. »Vielleicht wäre es Ihnen lieber, wenn ich gar nichts anhätte?«

»Ich mache nur meine Arbeit, Herr Präsident«, gab Mercedes Wood zurück. »Es gibt keinen Grund, gleich aus der Haut zu fahren.«

O doch, den gab es. Aber das musste Avellar Wood ja nicht gleich auf die Nase binden.

»Sie haben Recht, entschuldigen Sie«, meinte er stattdessen. Er reichte seinem Sekretär die Akten und fuhr sich mit der Hand über den kahlen Schädel, auf dem einige Schweißtropfen glitzerten. Das Treffen mit dem Koordinator war ganz und gar nicht so verlaufen, wie er es sich vorgestellt hatte. Sicher, die Verträge standen, und in wenigen Wochen würden die ersten Gelder fließen. Trotzdem hätte es besser ausgehen können, wenn er sich nicht diese Schnitzer geleistet hätte.

Als Avellar vor der massiven Tür mit den Messingbeschlägen, die zum Plenarsaal führte, angekommen war, verlangsamte er seinen Schritt. Der Präsident richtete das Jackett, während Wood ihm noch eben über die Schultern ging. Er warf ihr einen kurzen Seitenblick zu, der mit dem Daumen-Hoch-Signal quittiert wurde. Dann griff er nach dem Knauf und öffnete die Tür.

Gerade noch rechtzeitig, erkannte Avellar, als er gemessenen Schrittes zum Rednerpult ging, das im Augenblick noch von Reinhart Kirsten besetzt war. Dieser war allerdings am Ende seiner Rede angelangt und beugte sich noch einmal zum Mikrofon herunter, als Avellar den Saal betrat.

»Und hier kommt auch schon der Präsident«, stellte er mit einem Seitenblick auf Barton fest. »Wir sind erfreut, dass er uns doch noch Gesellschaft leisten kann.«

Vereinzeltes Lachen ertönte und durchbrach hier und dort das Gemurmel im halbrunden Saal. Reinhart Kirsten war Abgeordneter des Planeten Jordan und gleichzeitig Fraktionsvorsitzender der KU – der Konservativen Union. Als Rädelsführer der Opposition ließ er keine Möglichkeit aus, Avellar eine Spitze zu verpassen.

Der Präsident knirschte mit den Zähnen und beschleunigte den Gang. Dadurch war er etwas schneller am Rednerpult und zwang Kirsten dazu, es eher als beabsichtigt zu verlassen.

Nachdem er den Oppositionsführer wieder auf seinen Sitz auf der rechten Seite des vom Pult aus ansteigenden Saals verjagt hatte, konzentrierte sich die gesamte Aufmerksamkeit auf Barton Avellar.

Der parlamentarische Präsident schob einen dünnen Stapel Blätter zusammen und begann seinen Bericht.

Die zweimonatlichen Generalsitzungen des Allianzparlamentes waren immer wieder eine absolute Geduldsprobe. Avellar verlas erst seine Berichte über Haushalt und Richtung der Politik, und machte einige Prognosen für die kommende Zeit – sowohl kurz- als auch langfristige. Danach ging es in die offene Debatte, die je nach Streitsucht der Opposition bis zum späten Abend dauern konnte. Avellar musste seine Projekte rechtfertigen und verteidigen, während er gleichzeitig die KU in die Schranken verwies. Bisher hatte er jedoch immer gute Rückendeckung von seiner eigenen Fraktion bekommen. Auch dieses Mal würde es zwar nervenaufreibend, aber nicht wirklich gefährlich werden. Mit dem Vertrag zwischen Kombinat und Allianz hatte er dann auch noch ein Ass im Ärmel, das ihn bei den Wahlen im August einen großen Vorsprung sichern konnte.

Die 37 Abgeordneten des Parlamentes, jeder repräsentierte einen Planeten innerhalb der Allianz, waren während der Berichtsphase recht zurückhaltend. Avellar bemerkte, wie Gregor Ben-Vice von Kinkaid II in einer der mittleren Reihen den Kopf auf seine gekreuzten Arme gelegt hatte und selig schlummerte.

Der Präsident beendete die Prognose für die Haushaltsmittel in den nächsten zwei Jahren, die vergleichsweise gut ausgefallen war.

»Hiermit ist die Debatte eröffnet«, stellte er dann fest. Sofort blinkte eine ganze Reihe Lichter an einer Konsole in seiner Nähe auf, die Wortmeldungen signalisierten.

»Abgeordneter Kirsten«, erteilte Avellar dem Oppositionsführer leicht gelangweilt das Wort. Es war ein Ritual, das sich alle zwei Monate wiederholte. Kirsten konzentrierte sich jedes Mal auf die Ausgaben für Erziehung und Bildung. Glücklicherweise gehörte dieser im Augenblick zu den herausragenden Sektoren. Daher bereitete es dem Präsidenten keine Schwierigkeiten, eine gute Verteidigung zu errichten.

Auch heute wurde er nicht enttäuscht. Kirsten warf ihm vor, das Budget für Bildung gekürzt zu haben, um damit den Verteidigungshaushalt aufzustocken. Avellar zimmerte ihm eine Reihe von Statistiken und Berichte ins Gesicht, die klar das Gegenteil bewiesen. Unterstützt vom Finanzminister genoss es Avellar, Kirsten zurückzudrängen. Für den Rest seiner Redezeit beschränkte sich der Oppositionsführer dann darauf, über die mangelnden Subventionen für Jordan zu lamentieren. Der Präsident entzog ihm das Wort.

Als Nächstes gab es einen Versuch aus der radikalen Mitte, seine Investition im Rüstungssektor zu attackieren. Brenda Smith, die Verteidigungsministerin, schmetterte den Versuch mit Leichtigkeit ab, in dem sie überzeugend und klar darlegte, wie die momentanen Mittel gerade eben dazu ausreichten, das Allianzmilitärcorps betriebsfähig zu halten.

Dann erregte eine einzelne Meldung Avellars Aufmerksamkeit. Sie kam aus dem linken Drittel des Saals von einem blondschopfigen Mann mit sorgfältig gestutztem Kinn- und Oberlippenbart. Der Mann in den späten Vierzigern war offensichtlich angespannt. Avellar hätte niemals eine Wortmeldung aus dieser Ecke erwartet.

»Abgeordneter Avellar«, erteilte Barton seinem Cousin Rodrigo das Wort. Der Fraktionsvorsitzende der Vereinigung der Bürger der Allianz, Bartons eigener Partei, erhob sich.

»Herr Präsident«, begann er. »Was ist wahr an den Gerüchten, Sie hätten eine heimliche Allianz mit Leonard Kurita und dem Draconis-Kombinat geschlossen?«

Ein lautes Raunen ging durch den großen Saal. Kameras der öffentlichen Medien refokussierten sich und Abgeordnete tuschelten mit ihren Nachbarn. Barton starrte seinen Cousin an und beachtete die vielen aufflammenden Lichter auf seinem Pult nicht. Wie hatte Rodrigo davon erfahren können? Die wenigen Leute, die von seiner Übereinkunft – eine Übereinkunft, *keine* Allianz – wussten, waren sein Sekretär, Brenda Smith und weniger als ein halbes Dutzend loyaler Stabsmitarbeiter.

Der kahlköpfige Mann ergriff langsam das Pult, um seinen Blick über das Auditorium wandern zu lassen. Er fasste dabei Matthias Jedriak scharf ins Auge. Der Sekretär, der die Debatte von einem Platz am Rande des Saals mitverfolgte, war jedoch ebenso schockiert.

»Ich weiß nicht, wovon Sie sprechen«, mauerte Avellar, als er wieder das Wort an seinen Cousin richtete. Er hätte nie erwartet, dass ihm seine eigene Partei in den Rücken fallen würde – und schon gar nicht sein Cousin.

»Mir liegen unbestätigte Informationen vor, nach denen Sie vor genau einer Woche bei Ihrem Treffen mit dem Koordinator diesem angeboten hätten, eine militärische und politische Allianz mit dem Draconis-Kombinat einzugehen. Nicht nur, dass Sie ohne eine Majoritätsentscheidung dieses Parlamentes überhaupt nicht dazu befugt sind – es würde unseren Staat auch in große Schwierigkeiten bringen.«

Barton suchte im Gesicht seines Cousins nach irgendwelchen Hinweisen auf seine Motivation. Der blonde Abgeordnete strich sich mit einer Hand über den kurzen Bart, trug aber sonst einen stoischen Ausdruck zur Schau.

Bevor das allgemeine Getuschel zu laut werden konnte, hob Barton die rechte Hand und bat um Ruhe.

»Abgeordneter Avellar«, begann er. »Ich bin genauso überrascht wie der Rest von Ihnen« – dabei wandte er sich dem Plenum zu – »kann Ihnen aber guten Gewissens versichern, dass an diesen *unbestätigten* Gerüchten nichts dran ist. Eine solche Abmachung existiert nicht.«

»Dann werden Sie ja sicher nichts dagegen haben, wenn ein Ausschuss eingesetzt wird, um diesen Sachverhalt zu untersuchen«, unterbrach ihn Reinhart Kirsten.

Barton musste zugeben, dass ihn der Parteivorsitzende der KU mittlerweile außerordentlich nervte.

»Diese Anschuldigungen sind haltlos und verleumdend«, hielt er ihm entgegen. »Das Einsetzen eines Ausschusses würde ihnen nur mehr Substanz verleihen.«

»Wenn Sie nichts zu verbergen haben, haben Sie ja auch nichts zu befürchten!«, schoss Kirsten zurück.

»Nein, natürlich nicht«, antwortete Avellar mit einem gequälten Lächeln. Er hatte Kirsten versehentlich die Vorlage geliefert, und dieser hatte sie verwandelt. Jetzt blieb dem Präsidenten keine andere Wahl mehr.

Das Raunen im Saal war zwar teilweise abgeebbt, aber immer noch vorhanden. Es wurde für kurze Zeit wieder lauter, als Avellar verkündete, dass er zu diesem lächerlichen Thema keine weiteren Fragen beantworten werde.

Danach ging die Debatte wieder ihren üblichen Gang – allerdings mit einer unterschwelligen Note des Misstrauens. Avellar wusste, dass es keine Rolle spielte, ob an den ›Gerüchten‹ etwas Wahres dran war oder nicht. In der Politik ging es um Schein und Ruf – und beides war gerade zielsicher torpediert worden. Das Dumme war, dass er ja tatsächlich Kurita eine solche Allianz angeboten hatten – auch, wenn dieser sie nicht angenommen hatte. Und Barton beschlich das dumpfe Gefühl, dass dieser kleine Unterschied für den Untersuchungsausschuss nicht von Belang war ...

»Herr Präsident, was sagen Sie zu den Vorwürfen?«

»Was werden Sie jetzt tun?«

»Wer leitet den Ausschuss?«

»Herr Präsident ...!«

Verärgert schob Avellar die Mikrofone aus seinem Gesicht. In der Minute, in der er den Parlamentssaal verlassen hatte, hatten sich schon die Reporter auf ihn gestürzt wie eine Horde ausgehungerte Springhunde auf eine Wüstenmaus.

»Kein Kommentar«, hörte er Mercedes Woods neben ihm die Reporter abwimmeln, als sich Barton an dem Kameramann von Kanal Neun vorbeidrängelte und schnellen Schrittes den breiten Gang entlang in den hinteren Bereich eilte. Der hintere Bereich war für die Öffentlichkeit gesperrt, und der Präsident atmete erleichtert auf, als er der Traube von Reportern die Tür vor der Nase zuschlug.

»Wie konnte das nur geschehen?«, zischte er an seinen Sekretär gewandt. Matthias Jedriak hatte in dem großen Raum mit Springbrunnen und Arkadengang auf ihn gewartet. Jetzt zuckte er hilflos mit den Achseln.

»Ich weiß es nicht«, meinte er ehrlich. »Ich kann Ihnen versichern, dass von meiner Seite keine Informationen durchgesickert sind.«

»Smith!«, erkannte Avellar und knirschte wütend mit den Zähnen.

»Herr Präsident, Miss Smith hat genauso viel zu verlieren wie Sie. Ich halte es für unwahrscheinlich ...« Der Sekretär beendete seinen Satz nicht, als er bemerkte, dass Avellar ihm überhaupt nicht zu hörte. Stattdessen hatte er etwas – oder besser: jemanden – am anderen Ende der Halle entdeckt. Jedriak folgte Bartons Blick und sah Rodrigo Avellar aus einer der Seitentüren kommen. In der nächsten Sekunde hielt der Präsident auch schon auf ihn zu.

»Rodrigo!«, giftete er, als er ihn erreicht hatte. »Was sollte das?«

»Es tut mir Leid, Barton«, erwiderte dieser wenig beeindruckt, »aber es gibt Grenzen, die man nicht überschreiten darf.«

»Wovon redest du? Ich habe keine ›Grenzen‹ überschritten.«

»Das hast du sehr wohl. In dem Augenblick, in dem du mit Kurita diesen Handel abgeschlossen hast.« Rodrigo war vor der Tür stehen geblieben und hatte die Hände in die Hüften gestemmt. Sein Anzug spannte leicht an Schultern und Oberkörper – er ging gerne ins Fitnessstudio.

»Das habe ich nicht!«, entrüstete sich Barton.

»Das werden wir noch sehen«, stellte sein Cousin fest. »Das Parlament hat mich zum Vorsitzenden des Ausschusses ernannt. Ich werde mein Bestes tun, um die Wahrheit ans Licht zu bringen. Guten Tag, Herr Präsident.«

Mit diesen Worten verließ Rodrigo Barton und seinen Sekretär. Der Präsident der Außenweltallianz starrte wütend hinter seinem Cousin her, die Hände zu Fäusten geballt. Widerwillig zwang er sich dazu, sie wieder zu öffnen. Er musste sich jetzt darauf konzentrieren, Schadensbegrenzung zu leisten. Sobald das geschehen war, würde Barton dafür sorgen müssen, dass der Untersuchungsausschuss nichts Inkriminierendes fand – und zu diesem Zweck ...

»Jedriak«, wandte sich Barton an seinen Sekretär. »Sagen Sie Verteidigungsministerin Smith Bescheid, dass ich sie in einer halben Stunde in meinem Büro sehen möchte. Sie auch«, fügte er noch hinzu. Der Sekretär nickte und verschwand, um Brenda Smith zu suchen. Barton machte sich auf den Weg zu seinem Büro. Irgendwie liefen die letzten Tage für ihn verdammt beschissen.

5. Kapitel

»Sie glauben also, dass die großen kulturellen Differenzen zwischen Leonard Kurita und Ian Cameron der eigentliche Grund für die Geschehnisse der letzten Zeit sind, Herr Souza?«
»Unter normalen Umständen vielleicht, Frau Wittmann. Immerhin würde eine solche Analyse auf alle Mitglieder der Herrscherfamilie des Draconis-Kombinats zutreffen ...«
»... was die Frage aufwerfen würde, warum Hehiro Kurita, Leonards Vater, überhaupt den Wega-Vertrag unterzeichnet hat.«
»Ganz recht. In der Tat sind die Gründe eher in der Natur und Persönlichkeit von Leonard Kurita zu suchen, der, wie allgemein bekannt, eine unkonventionelle Regierung führt.«
»Sie meinen, überhaupt keine.«
»So weit würde ich nun auch wieder nicht gehen, Frau Wittmann.«

— *Wittmann,* Antenne Donegal,
Donegal, Lyranisches Commonwealth, 23. Januar 2600

MS *Pinafore* im Hafen von Far Ocean, Logandale
Mark Crucis, Vereinigte Sonnen

28. Januar 2600

»Willkommen an Bord, Mister Conners«, wurde Ben Conners, der Sternenbund-Distriktadministrator, auf der Brücke der MS *Pinafore* von dem weiß-uniformierten Kapitän begrüßt. Conners ergriff die ihm dargebotene Hand und schüttelte sie herzlich.

»Vielen Dank, Kapitän Redleaf. Die *Pinafore* ist ein großartiges Schiff. Seit ich im Amt bin, wollte ich sie schon immer einmal sehen. Ich bin froh, dass meine diesjährige Tour es endlich einmal zulässt.«

»Ich fühle mich geehrt, Mister Conners«, erwiderte Garrison Redleaf mit stolzgeschwellter Brust. »Darf ich Ihnen einen Rundgang durch das Schiff anbieten?«

»Aber sehr gerne! Ich habe Logandale schließlich nicht umsonst zu dem Zeitpunkt besucht, an dem die *Pinafore* von Far Ocean aus zu ihrer achttägigen Fahrt nach Menelaus aufbricht.«

Conners' Grinsen war ansteckend. Redleaf führte den Distriktadministrator zum Steuer des 56.000-Tonnen-Schiffes und umfasste mit einer Handbewegung die fünfzehn Männer und Frauen, die an zwei Instrumentenringen vertikal versetzt ihren Dienst versahen.

»Das hier ist die momentane Brückencrew«, erklärte Redleaf. »Wir arbeiten hier in drei neun-Stunden-Schichten.«

Conners stützte sich auf die Messingstange, die sich quer über die Abtrennung zwischen Ruder und Navigation zog und blickte interessiert auf den Radarschirm einen Meter unter ihm.

Benjamin Conners war der Sternenbund-Distriktadministrator für die Mark Crucis der Vereinigten Sonnen. Es gab noch zwei weitere Administratoren, jeweils einen für die Mark Capella und die Mark Draconis. Genauso wie Richard Green, der Sternenbund-Staatsadministrator für die gesamten Vereinigten Sonnen und offizieller Botschafter des Sternenbundes, sorgten Conners und seine zwei Kollegen dafür, dass die Sternenbundgesetze und Regulationen auf allen Planeten eingehalten wurden. Während Staatsadministrator Green direkt mit Cameron und Davion zusammenarbeitete, besuchten die Distriktadministratoren in Rundreisen die Planeten ihres jeweiligen Wirkungsbereiches und trafen sich mit den dortigen Planetaradministratoren. Der 34-jährige Benjamin Conners war dabei ein gern gesehener Gast. Er ließ den Planetaradministratoren relativ freie Hand, wachte aber mit Argusaugen darüber, dass keine crucischen Rechte verletzt wurden, wenn eine neue Sternenbunddirektive durchgesetzt werden musste. Wenn es zu einem Konflikt zwischen crucischem und terranischem Recht kam, galt er als fairer und unparteiischer Schlichter. Er achtete sorgfältig darauf, die Planetaradministratoren nicht über den planetaren Adel zu stellen. Im gleichen Zug war er dafür bekannt, so wie im Augenblick, viel Zeit mit normalen Leuten zu verbringen. Dazu kam noch, dass er Junggeselle war – eine ideale Partie.

»Ich nehme doch an, dass Sie mir heute Abend an meinem Tisch Gesellschaft leisten?«, lenkte Redleaf Conners vom Sonar ab.

»Aber sehr gerne«, erwiderte dieser.

»Ausgezeichnet!« Der Kapitän war sichtlich erfreut. Leicht enttäuscht meinte er dann: »Wir legen jedoch gleich ab – ich fürchte, wir müssen die Führung für etwa eine Stunde unterbrechen.«

»Das ist in Ordnung«, wiegelte der Distriktadministrator ab. »Ich werde meine Suite beziehen, meine paar Habseligkeiten auspacken und dann wieder hierher zur Brücke kommen.«

»Das halte ich für eine gute Idee. Ich werde einen Steward schicken, der Sie zu Ihrem Quartier geleitet und auch wieder abholt.«

»Nur keine Umstände, Kapitän«, erklärte Conners. »Ich finde mich schon alleine zurecht.«

»Wie Sie wünschen. Auf Wiedersehen, Mister Conners.«

»Bis nachher.«

Damit verließ der Distriktadministrator die Brücke, und Kapitän Redleaf gab Befehl zum Ablegen.

Ein netter Mensch, dachte er.

Benjamin Conners trat durch das Brückenschott auf den schmalen Gang und schlenderte zu der mit Messing verkleideten Stahltreppe, die dahinter an der Backbordseite auf den Rundgang über die oberen Decks führte. Auch wenn die *Pinafore* noch im Hafen lag, wehte schon eine steife Brise von Westen übers Meer und zersauste sein dichtes schwarzes Haar.

Conners schob die Hände in die warmen Taschen seiner gefütterten Jacke und stieg die Treppe hinab. Die Kleidung des Distriktadministrators war weder prunkvoll, noch wies sie in irgendeiner Weise auf den Status ihres Trägers hin.

Ben hasste Uniformen. Durch seine Position musste er zwangsläufig viel Zeit mit Adeligen verbringen – Zeit genug, um den ständigen Kleinkriegen und snobistischen Attitüden überdrüssig zu werden. Aus diesem Grund zog er legere Kleidung vor: braune Winterjacke, eine einfache Hose und feste Stiefel. Innerhalb der Mark Crucis kannten die meisten Leute sein Gesicht – irgendwelche Abzeichen brauchte er gar nicht erst.

Conners fühlte das Wummern des massiven Kreuzers unter sich, als dieser sich langsam vom Hafenkai löste. Die *Pinafore* machte einviertel Fahrt vorwärts und trieb langsam durch das Hafenbecken in Richtung Meer. Der Distriktadministrator schlug die generelle Richtung seines Quartiers ein und schlenderte an der Reling entlang. In Gedanken versunken, bemerkte er die Frau erst, als er mit ihr zusammenstieß.

»Verzeihen Sie!« Er reagierte schnell genug, um sie zu fassen, bevor sie stürzen konnte.

Die Frau, ein ganzes Stück kleiner als er, drehte sich zu ihm um. Ihre mandelförmigen Augen glühten vor Ärger.

»Können Sie nicht aufpassen?«, fuhr sie ihn an, stockte aber sofort. »Oh, verzeihen Sie mir, Distriktadministrator. Ich habe Sie nicht sofort erkannt.«

Die schlanke Frau senkte den Kopf und wollte zur Seite treten. Sie konnte es aber nicht, weil Conners sie immer noch an der Hüfte festhielt. Beide bemerkten es gleichzeitig und der dunkelhaarige Mann ließ sie los.

»So ein Unfug!«, erwiderte er. »Ich habe mal wieder nicht auf den Weg geachtet. Es tut mir Leid.«

Die Frau blickte auf und lächelte.

»Vielleicht haben wir beide nicht genug aufgepasst, Mister Conners.«

Conners betrachtete sie. Der bronzefarbene Ton ihrer Haut und die Mandelaugen wiesen auf eine capellanische Abstammung hin. Ihr Englisch war jedoch nahezu akzentfrei, und so kam Ben zu dem Schluss, dass sie vermutlich aus der Mark Capella stammte.

»Sie sind mir gegenüber im Vorteil«, stellte er fest. »Sie kennen meinen Namen, aber ich nicht den Ihren.«

»Denise Hon«, stellte sie sich vor. Conners ergriff ihre Hand und beugte sich zu einem Handkuss über sie. »Sehr erfreut, Sie kennen zu lernen, Misses Hon.«

»*Miss* Hon«, korrigierte sie ihn lächelnd, während sie mit der rechten Hand eine Strähne aus dem Gesicht strich. Der Seewind machte den Versuch zunichte und peitschte ihre Haare sofort wieder zur Seite.

»Miss Hon, wenn sie heute Abend noch nichts vorhaben, würde ich Sie gerne zum Essen einladen. Als Wiedergutmachung für meine Ungeschicklichkeit.«

»Es wäre mir eine Ehre, Mister Conners«, erwiderte Hon mit dunklen Wangen. Ben konnte nicht sagen, ob das am Wind lag.

»Sehr schön. So gegen acht im Speisesaal?«

»Gerne, ich freue mich schon sehr.«

Conners nickte ihr lächelnd zu und setzte dann seinen Weg fort. Die Kreuzfahrt hatte bisher sehr vielversprechend begonnen – hoffentlich blieb es so.

»Ist er das?«

»Nein.« Jin Zhang zog die weiße Bluse enger, um sich gegen den Wind zu schützen. Die *Pinafore* hatte mittlerweile den Hafen verlassen. Far Ocean war zwar noch zu sehen, aber mit der Küste wurde auch die planetare Hauptstadt mit ihren vielen Türmen und Zitadellen langsam immer kleiner.

Neben der Capellanerin hatte sich ein Hüne mit kurzen blonden Haaren und einem Ring im rechten Ohr aufgebaut. Die oberen zwei Knöpfe seines leichten Hemdes waren offen und ließen die braun gebrannte Haut darunter zur Geltung kommen. Der Mann war der absolute Paradetyp eines Football-Linebackers mit viel Muskeln und wenig Grips. Ironischerweise hatte Zhang ihn bei einem Spiel der Far Ocean Sharks aufgegabelt.

Die brünette Frau drehte sich zu dem Ex-Footballer um und reichte ihm ein Foto, das sie aus der Blusentasche zog.

»*Das* hier ist er. Er heißt David Gibbs, und ich möchte, dass du ihn heute Abend erledigst.«

»Kein Problem«, grunzte der Linebacker. »Wenn ich Geld sehe.«

»Du bekommst die eintausend Pfund, wenn Gibbs keinen Ärger mehr macht – und keine Sekunde eher.«

Der Unterton in Zhangs Stimme ließ keinen Zweifel daran, dass das Gespräch damit beendet war. Der Hüne musterte sie noch kurz, sah dann aber ein, dass er besser tat, was sie verlangte, und zog von dannen.

Zhang lehnte sich wieder an die Reling und blickte Ben Conners nach, der mittlerweile die Stufen zum Sonnendeck hochlief. Sie musste zugeben, dass Conners freundlich, charmant und ausgesprochen gut aussehend war. Eine Schande, dass Clarence Brook ihn tot sehen wollte. Obwohl es Zhang eigentlich egal sein konnte, was die verschiedenen Distriktadministratoren für Probleme miteinander hatten, kam sie doch nicht umhin, nachzudenken. Zweifel kamen in ihr auf, wie vor einigen Wochen auf Terra.

Tat sie wirklich das Richtige? Was wäre, wenn sie einfach alles hinwerfen würde – konnte sie das überhaupt? Die schlanke Capellanerin ließ ihren Blick auf die See hinausschweifen, betrachtete die sanften Wogen und das tiefe Blau des Ozeans. Gab es für sie überhaupt eine andere Zukunft?

David hatte Zhang während ihres kurzen Abstechers nach Far Ocean beschattet. Als dann Distriktadministrator Conners an Bord gekommen war, hatte er nur noch Zwei und Zwei zusammenzuzählen brauchen.

Während des Tages waren zu viele Leute aktiv. Man konnte keine zehn Meter gehen, ohne auf eine alte Oma, eine dicke Frau mit ihrem Kind oder ein frisch verliebtes Ehepaar zu treffen – ganz zu schweigen von den vielen Stewards und Bediensteten. David wusste, dass Zhang zumindest bis zum Abend nichts unternehmen würde, also begnügte er sich damit, in ihrer Nähe zu bleiben. In diesem Fall bedeutete dies: auf einem Hocker an der Strandbar, umgeben von Sonnenanbetern.

Es war später Nachmittag und die Sonne hing tief über dem Horizont.

David wandte sich wieder seiner Gesprächspartnerin zu, einer blondsträhnigen Frau Mitte Zwanzig, die ein Tuch um die Hüften gebunden hatte und ansonsten nur mit einem türkisfarbenen Bikini bekleidet war.

»Und wo kommen Sie her?«, wollte sie neugierig wissen.

»Terra«, antwortete David und nahm einen Schluck von seinem Cocktail.

»Wirklich? Wie interessant!« Die Frau, von der David mittlerweile wusste, dass sie Melissa Hedrick hieß, ledig, Tochter eines reichen Börsenspekulanten, ledig, passionierte Reiterin und ledig war, beugte sich an dem Tresen in seine Richtung. »Ich war noch nie auf Terra. Es soll dort sehr schön sein.«

»Das ist es«, bestätigte er. »Es würde Ihnen gefallen.«

Die Zeit verging in dahinplätscherndem Smalltalk und es wurde langsam Abend. Noch gab es genügend Licht, sodass die Nachtbeleuchtung des riesigen Kreuzfahrtschiffes noch nicht angeschaltet werden brauchte. Melissa Hedrick verabschiedete sich kurz darauf mit einer Einladung zum Essen und dem anschließenden Besuch im großen Tanzsaal. Der SBGK-Agent hätte sehr gerne angenommen, musste aber dankend ablehnen. Manchmal war es schon lästig, wenn ihm die Arbeit in die Quere kam.

Jin Zhang hatte sich mit Benjamin Conners getroffen. Gemeinsam waren sie dann zum Bankett gegangen. David beschloss, ihnen ein wenig Vorsprung zu lassen und erst später zu folgen.

Zunächst stand er allerdings an der Strandbar und hielt Ausschau nach dem Barmann. Als er nach angestrengter Suche dennoch niemanden fand, nahm er an, dass dieser vermutlich gerade Pause machte. Über den Tresen gelehnt, griff David nach zwei Flaschen mit klarer Flüssigkeit und dem stählernen Shaker. Mit dem linken Ellenbogen auf dem Holzfurnier der Bar schob er den Verschluss des mit Eiswürfeln gefüllten Behältnisses zurück und goss erst Martini und dann Vodka hinein.

Die Strandbar war mit der Rückseite zur Reling gebaut, deshalb wandte David dem Schiff den Rücken zu. Eine verdächtige Reflektion auf dem Shaker ließ ihn dieses Arrangement jetzt allerdings noch einmal ernsthaft überdenken.

Er hob das Emaillegefäß, als wollte er prüfen, ob es schon voll genug war. Auf der spiegelnden Oberfläche konnte er sehen, wie sich ein muskelbepackter, kurzhaariger Mann an ihn heranpirschte. David ließ ihn noch ein paar Meter näher kommen und griff mit der Rechten den Shaker fester. Plötzlich funkelte etwas in der Hand des Angreifers – ein Messer!

David wirbelte herum und riss den Shaker mit. Das Stahlgefäß beschrieb einen weiten Bogen und krachte dem Muskelberg mitten ins Gesicht. Der Angreifer heulte auf und ließ das Messer fallen. David schwang den Arm durch und setzte nach. Der Shaker durchschnitt die Luft und explodierte auf der anderen Seite des Gesichtes. Der Vierkantschädel des Angreifers wurde zur Seite geschleudert und er ging stöhnend in die Knie. David setzte nach und ließ das emaillierte Stahlgefäß auf den Zwei-Meter-Mann heruntersausen. Es gab ein ekeliges Geräusch und der Angreifer sackte zusammen.

Während ein Rinnsaal Blut aus dem Mundwinkel des jetzt regungslosen Fleischberges rann, schob David den Deckel des Shakers mit einer Hand zurück und goss den Inhalt in ein Martini-Glas. Er betrachtete den Haufen Mensch vor sich am Boden und nahm einen Schluck von seinem Drink.

* * *

Zum späten Abend hin verlagerte sich das Treiben der nimmermüden Urlauber unter Deck und konzentrierte sich auf die verschiedenen Vergnügungen, allen voran natürlich das Kasino.

Eingehakt bei Ben Conners betrat Jin Zhang den Eingangsbereich, in dem zwei Stewards hilfsbereit die Garderobe abnahmen. Das Abendessen am Tisch des Kapitäns war nicht nur ausgezeichnet, sondern auch sehr unterhaltsam gewesen. Mister Conners – Ben – hatte einige haarsträubende Geschichten zum Besten gegeben, die ihm während seiner Rundreisen passiert waren. Zhang hatte ein paar Mal herzhaft und ehrlich lachen müssen. Als dann das Diner beendet war, lud Ben sie ein, mit ihm noch das Kasino zu besuchen. Die schlanke Capellanerin hätte schlecht ablehnen können, und so tauchten sie jetzt zusammen in die glitzernde Welt aus Roulette, Black Jack und Credchips ab.

»Sie sehen in diesem Kleid zauberhaft aus«, bemerkte der Distriktadministrator. Zhang strich unwillkürlich über das dunkelblaue Kostüm, als sie lächelnd das Kompliment entgegennahm. Das Kleid sparte die linke Schulter aus und betonte die rechte mit einem raffinierten Faltenwurf. In den Stoff eingenäht waren Edelsteine, die sich zu einem Muster formten. Die Steine waren in Blautönen gehalten, sodass sie den Farbton des Kleides unterstrichen.

»Vielen Dank.« Zhang beschloss, mit der Ausführung ihres Auftrages noch wenigstens einen Tag zu warten. Vielleicht zwei. Schließlich musste sie ihre Arbeit sorgfältig vorbereiten und gewissenhaft erledigen – überstürztes Handeln brachte da gar nichts.

»Entscheiden Sie, wo wir zuerst hingehen«, ließ Conners ihr die Wahl. Zhang lächelte und blickte in die Runde. Im Grunde genommen war es ihr egal, also entschied sie sich für den Tisch, der ihnen am nächsten war: Black Jack.

Der Tisch war zwar voll, aber als sich Conners näherte, machten zwei Spieler ihre Plätze frei. Ganz Gentlemen, zog der Distriktadministrator den Stuhl für sie zurück. Er nahm Platz, nachdem die Capellanerin sich gesetzt hatte. Conners ließ Zhang gar nicht erst nach ihrem Handtäschchen greifen.

»Ich lade Sie selbstverständlich ein«, stellte er fest und platzierte einen Stapel Chips auf der mit einer grünen Matte ausgelegten Oberfläche des Tisches.

Das erste Spiel lief nicht gut. Einer von Zhangs Gegenspielern erreichte genau einundzwanzig und gewann. Conners beschränkte sich währenddessen aufs Zusehen – er selbst spielte nicht. Zhang hingegen gewann die nächsten zwei Runden, woraufhin sein Gegner das Handtuch warf. Er stand auf und machte seine Box frei.

Die Capellanerin nickte Conners dankbar zu, als der sich anbot, Getränke zu holen. Sie blickte gerade rechtzeitig wieder auf den Platz gegenüber, als sich dort ein Spieler niederließ, den sie bereits kannte.

»Die Aussicht hier ist fantastisch«, stellte David Gibbs fest, während er sich setzte. Er trug ein weißes Jackett zu schwarzer Hose und Fliege.

»Ich warte mit solchen Beurteilungen gewöhnlich bis spät in die Nacht«, erwiderte Zhang mit einem raubtierhaften Lächeln. Sie wusste nicht, was schief gegangen war, aber offensichtlich hatte der blonde Aushilfsschläger versagt.

Na schön, dachte sie. *Spielen wir nach deinen Regeln.*

»Hatten Sie eine schöne Neujahrsfeier?«, erkundigte er sich.

»Ein einschlagender Erfolg. Was ist mit Ihnen?«

»Im engen Kreis auf Terra – waren Sie schon einmal dort?«

»Nur kurz. Mit ein paar Freunden.« *Wenn er spielen will, kann er das gerne haben. Wir werden sehen, wer am Ende gewinnt.*

Der Croupier teilte die Karten aus. Als Gibbs seine erste bekam, meinte er: »Ach wirklich? Skifahren in den Rocky Mountains?«

»Familienbesuch.«

Die Capellanerin nahm eine dritte Karte und deckte auf: Zwanzig. Sie blickte zu dem SBGK-Agenten, dessen dunkelblaue Augen sie fixierten. Langsam legte er seine Karten auf den Tisch – Black Jack.

»Herzlichen Glückwunsch, dieses Mal haben Sie gewonnen. Bilden Sie sich aber nicht ein, dass das zur Gewohnheit wird.« Zhang funkelte ihn an und erhob sich. »Und jetzt entschuldigen Sie mich, ich gehe mich frisch machen.«

* * *

David beobachtete, wie Jin Zhang den Tisch verließ und in der Menge untertauchte. Er schüttelte den Kopf, als der Kartengeber ihn fragend anblickte. Dann stand er ebenfalls auf und folgte der Capellanerin. Zhang war zwischen den vielen Menschen schwer auszumachen. Am Ausgang des Kasinos erhaschte er jedoch für kurze Zeit einen Blick auf ihr weites blaues Kleid.

Er nickte dem Steward in der Lobby freundlich zu und folgte dem breiten, elegant ausgekleideten Gang, der sich bald verzweigte. Sobald er außer Sichtweite war, zog er seine Waffe.

David spähte vorsichtig die Abzweigung hinunter, sah aber nur das fahle Mondlicht durch die Glasflügeltür zum Backbordrundgang scheinen. Die Tür öffnete sich automatisch, als er sich ihr näherte. Die schallgedämpfte Axton/Whitefire im Anschlag, wirbelte er um die Ecke und auf den Rundgang.

Plötzlich zuckte ein Schemen heran und traf Davids Handgelenk. Seine Waffe hustete zwei Mal und stanzte Löcher in die nahe Schiffswand, konnte seine Gegnerin aber nicht treffen, bevor sie ihm die Pistole aus der Hand und über Bord trat. Die Capellanerin versuchte schnell, einen Tritt in den Magen hinterherzusetzen. David reagierte sofort und fing ihren Fuß auf. Zhang konterte, indem sie sich abstieß, herumwirbelte und ihn mit dem anderen mitten im Gesicht erwischte. Beide Kombattanten gingen zu Boden. David keuchte auf, als er auf die Deckplatten krachte. Zhang hinter ihm war schneller wieder auf den Beinen und stürzte sich auf ihn. Diesmal reagierte David schnell genug. Er zog ein Bein nach vorne und stieß es mit aller Kraft wieder nach hinten. Die Capellanerin wurde getroffen und keuchte auf, stolperte zurück in Richtung Achterdeck.

Als David sich aufrappelte, stellte er fest, dass seine Waffe mittlerweile vermutlich schon am Meeresgrund angekommen war. Zornig starrte Zhang ihn an.

»Warum müssen Sie sich immer einmischen?!«, giftete sie.

»Ist mein Job«, gab er zurück und versuchte, sie mit einer linken Geraden zu erwischen. Zhang drehte sich zur Seite in den Schlag hinein, langte über seine Brust und trieb ihn mit aller Gewalt gegen die Schiffswand. David grunzte, als er gegen den kalten Stahl schlug. Die Capellanerin verpasste der Bordwand eine Schramme, als er sich unter einem weiteren Tritt duckte.

Aus der geduckten Haltung heraus sprang David seine Gegnerin an und schleuderte sie gegen die Absperrung, wo der Rundgang einen Knick machte und über dem Deck darunter weiterführte. Er erwischte sie so hart, dass sie nach hinten über die Reling stürzte.

Die Capellanerin schrie auf und David hörte etwas reißen. Er war schnell wieder auf den Beinen und blickte über die niedrige Wand auf das Achterdeck mehrere Meter unter ihm, wo Zhang aufgeschlagen war. Sie hatte Glück gehabt – offensichtlich hatte sich ihr Kleid zwischen zwei Rohren verfangen und ihren Fall gebremst. Der SBGK-Agent beeilte sich, die nahen Treppen herunterzuhasten, während sich Zhang bereits wieder aufrappelte.

Noch bevor David unten angekommen war, ging der Kampf mit ungebrochener Wildheit weiter. Die ›tote‹ Maskirovka-Agentin schnellte aus dem Schatten am Fuße der Treppe hervor und rammte ihm den Ellenbogen in den Solarplexus. David stöhnte auf und taumelte zurück. Er ließ sich die restlichen Stufen auf das Deck fallen, wo er sich mit Mühe unter einem waagerechten Sicheltritt wegrollte.

»Das war mein bestes Kleid!«, rief die Capellanerin erzürnt, während sie sich die letzten Fetzen vom Körper riss, um kurz darauf nur noch in Unterwäsche dazustehen.

»Erwarten Sie von mir, dass ich mich entschuldige?« Der SBGK-Agent hob spöttisch eine Augenbraue.

»Nein, Mister Gibbs«, erwiderte Zhang. »Ich erwarte von Ihnen, dass Sie sterben!«

In einer fließenden Bewegung zog sie die Eisenkeramiknadel aus ihrer Frisur und stürzte auf ihn zu – David konnte dem Angriff gerade so ausweichen.

Sie umkreisten sich. Ihre Blicke trafen sich, rangen miteinander, tasteten nach Schwachstellen in der Verteidigung des Gegners. Stechendes Grün focht mit eiskaltem Blau, während die Nachtbeleuchtung der *Pinafore* flackernde Schatten über das Achterdeck warf. David zog das Jackett aus, behielt es aber noch in der Hand.

Dann griff Zhang an. Wie eine Viper schnellte sie vorwärts, bereit zum tödlichen Biss – oder, in diesem Fall, Stich.

Er wich der Nadel abermals aus. Noch während er sich zu Seite drehte, schlug er mit dem Jackett nach dem Arm, griff das zurückschnellende Ende und fesselte so ihr Handgelenk. Bevor Zhang reagieren konnte, griff er mit der rechten Hand nach ihrer Schulter und nutze ihren eigenen linken Arm als Hebel. Sie stöhnte auf, als sie mit vollem Schwung gegen die Reling kracht.

David setzte nach. Ein harter Schwinger erwischte die Frau und brachte sie aus dem Gleichgewicht. Jin Zhang kippte erneute rückwärts über die Reling – dieses Mal gab es darunter aber kein weiteres Deck, das sie retten konnte.

David langte rasch hinterher und bekam gerade noch ihre Hand zu greifen, bevor sie vollends von Bord stürzen konnte. Die Capellanerin hing am Heck des Schiffes, die schweren Schiffsschrauben ein halbes Dutzend Meter knapp unterhalb des gischtwerfenden, nachtschwarzen Meeres. Die Schrauben machten einen solchen Lärm, dass David sich nur schreiend verständigen konnte: »Wer hat Sie geschickt? Für wen haben Sie gearbeitet?«

»Ich weiß es nicht!«, rief Zhang zurück. In ihren grünen Mandelaugen stand die Angst. Der Fall von Bord selbst würde sie nicht töten. Da die *Pinafore* aber mittlerweile schon auf hoher See war, gab es für sie keine Rettung, sollte sie jetzt stürzen. David war nicht zufrieden.

»Wer waren die anderen drei?«

»Ziehen Sie mich rauf, dann sage ich Ihnen alles!«

»Sagen Sie es mir, dann ziehe ich Sie rauf!«, gab er zurück und lockerte leicht seinen Griff. Panisch griff Zhang auch mit der anderen Hand zu.

»Also gut!«, gab sie auf. »Ich kenne nur die Nachnamen – LePaies, Price und Bradforth!«

»Wer hat den Anschlag befohlen?«, brüllte David. Ein starker Wind war aufgekommen und machte die gesamte Konversation noch etwas schwieriger.

»Ich habe doch gesagt, ich kann es Ihnen nicht sagen! Wir haben alle Anweisungen von Bradforth bekommen – ich habe Ihnen alles gesagt, was ich weiß! Ziehen Sie mich rauf!«

»In Ordnung«, rief David. »Geben Sie mir Ihre andere Hand!« Zhang ließ sich nicht lange bitten und griff nach Davids anderem Arm. Er zog sie hoch und wieder auf das Achterdeck.

»Vielen Dank, Mister Gibbs«, begann Zhang, als sie wieder festen Boden unter den Füßen hatte. »Und jetzt ...«

David bemerkte die Bewegung aus den Augenwinkeln und wich gerade rechtzeitig aus, bevor die Capellanerin ihn mit einem harten Stoß vom Deck fegen konnte. Reflexartig duckte er sich und die brünette Frau griff ins Leere. Durch ihren eigenen ungebremsten Schwung taumelte sie vorwärts. David wirbelte herum, rammte ihr den Ellenbogen in den Rücken und katapultierte sie damit erneut über die Reling. Ein heiserer Aufschrei kündete davon, dass Zhang dieses Mal endgültig über Bord gegangen war.

David warf ihr einen kurzen Blick nach, dann hob er das Jackett vom Boden auf und zog es an. Als er sich umdrehte, kam ihm Distriktadministrator Conners entgegen, ein volles Cocktailglas in jeder Hand.

»Entschuldigen Sie«, wandte er sich an ihn. »Wissen Sie, wo Miss Hon ist?«

»Ich glaube, sie ist erst mal für eine Weile untergetaucht«, antwortete David trocken, richtete sein Jackett und verließ das Achterdeck. Zurück blieb ein verwirrter und stirnrunzelnder Benjamin Conners.

6. Kapitel

»Der Mai ist gekommen und die Bäume schlagen aus. Nun, was für die Bäume gilt, gilt in stärkerem Maße auch für die sechs Lordräte, die sich für die nächsten zwei Monate hier auf Terra zu ihrer Frühjahrssitzung treffen und versuchen werden, ihre jeweiligen Interessen durchzusetzen. Das heißeste Thema ist natürlich immer noch die massiven Truppenbewegungen an der terranisch-draconischen Grenze. Die Sitzung selbst wird wie immer eine Menge Gesprächsstoff geben – doch das wirkliche gefundene Fressen ist natürlich das Zusammenkommen des riesigen Hofes. Hier jagt ein Gerücht das nächste, werden geheime Allianzen geschmiedet und wieder gelöst. Wir bei TNB halten sie auf dem Laufenden.«

— *Deborah Watson,* Terra News Broadcasting,
Terra, Terranische Hegemonie, 1. Mai 2600

Kammer des Hohen Rates, Unity City
Terra, Terranische Hegemonie

2. Mai 2600

Die Kammer des Hohen Rates, tief unter Unity City gelegen und stark gesichert, war der Platz, an dem alle sechs Lordräte zwei Mal im Jahr für jeweils zwei Monate und in Sonderfällen zusammenkamen, um die Geschicke der Inneren Sphäre zu leiten.

Die Kammer selbst war ein riesiger, eiförmiger Raum mit einem Durchmesser von zwölf Metern. Die konusförmige Decke reichte gut anderthalb mal so hoch. Der Boden war mit weißem Marmor ausgelegt, in den mittig ein silberner

Cameron-Stern eingelassen war. Der weiße Marmor wurde an den Wänden weitergeführt, ging dort aber sanft in schwarzen über, sodass die Decke dem Nachthimmel in der momentanen Konstellation mit tausend glitzernden Sternen ähnelte – ein Meisterstück Hegemoniearchitektur, das dem Raum den Spitznamen ›Sternenkammer‹ eingebracht hatte. Versteckt in den Wänden waren unzählige Holokameras, die während des öffentlichen Teils der Sitzung jede Bewegung und jedes Wort der sechs mächtigsten Männer und Frauen zu den Milliarden und Abermilliarden Bürgern ihrer Reiche trugen.

In der Kammer selbst befanden sich fünf Throne für die Lordräte, halbkreisförmig um den Mittelpunkt angeordnet. Ihnen gegenüber saß der Erste Lord – eine Erinnerung daran, dass er Erster unter Gleichen war. An der Frontseite der ebenfalls marmornen Throne prangte das Symbol des jeweiligen Herrschers: Der Marik-Adler, das zum Schlag erhobene Katana im grünen Dreieck von Haus Aris, das Sonnenschwert der Davions, der von Katherine Steiner bei ihrer Thronbesteigung als Archon des Lyranischen Commonwealth 2408 eingeführter Panzerhandschuh auf blauem Grund und der schwarze Drache vor der roten Scheibe von Haus Kurita. Die Kammer selbst war zusätzlich mit allen technischen Raffinessen ausgerüstet – inklusive einer Anzahl Holoprojektoren, die den Raum in einen gigantischen Holotank verwandelten. Jeder Hauslord konnte die Projektionen durch eine Konsole seines Thrones manipulieren und verändern.

Die Sternenkammer bot weiterhin Platz für die vier Militärgouverneure der Peripherienationen, obgleich diese weder einen prunkvollen Thron noch Stimmrecht besaßen. Die eigentlichen Regierungsoberhäupter der Peripherie wurden nicht als Repräsentanten geladen. Der Hohe Rat konnte allerdings entscheiden, sie wie jeden anderen Bürger des Sternenbundes anzuhören, wenn sie ein Anliegen hatten.

Die Frühjahrssitzung hatte noch nicht begonnen, die Öffentlichkeit war noch ausgeschlossen, und so herrschte im Augenblick eine entspannte Atmosphäre. Generalhauptmann Brion Marik II, seine Tochter Rhean und Erster Prinz Alexander Davion unterhielten sich leise in der Nähe des Thrones der Liga Freier Welten. Alexanders Sohn Zane war ebenfalls mit von der Partie und führte ein Gespräch mit Archon Kevin Dinesen. Normann Aris, der Kanzler der Konföderation Capella, war auch schon eingetroffen, beschäftigte sich aber mit einem Datenblock und zweien seiner Berater.

Die Gespräche verstummten, als Ian Cameron, Erster Lord, Begründer des Sternenbundes und mächtigster Mann im gesamten von Menschen besiedelten Weltraum, die Sternenkammer betrat. Er trug eine weiße, mit Gold eingefasste Jacke, über deren gepolsterte Schultern ein Umhang der gleichen Farbkombination drapiert war. Am Kragen des modern geschnittenen Oberteils war auf der rechten und linken Seite ein silberner Cameron-Stern angebracht und der Umhang wurde rechts und links neben dem Kragen von Messingknöpfen gehalten. Die ebenfalls weiße Hose mit goldenen Litzen fiel über seidig schwarze Schuhe.

Camerons blonde Haare waren mittlerweile ergraut, wichen jedoch nicht vor dem Alter zurück. In das Gesicht des Ersten Lords hatten sich die Sorgen und Schicksalsschläge eines ganzen Jahrhunderts eingegraben, konnten jedoch nicht den Ausdruck der Stärke und Unnachgiebigkeit trüben, der Zeit seines Lebens das Markenzeichen Ian Camerons gewesen war.

Hinter dem Ersten Lord betraten auch sein Sohn Nicholas und Generalbundesanwalt Blair den Raum. Der Oberbefehlshaber der Sternenbund-Verteidigungsstreitkräfte war normalerweise ebenfalls anwesend – Commanding General Kinnol verspätete sich allerdings aufgrund einer Stützpunktinspektion, die länger dauerte als erwartet.

Nachdem er für einen Augenblick am Rande der Sternenkammer stehen geblieben war, durchmaß Cameron den Raum zielstrebig und begrüßte zuerst den ungleich jüngeren Archon des Lyranischen Commonwealths, Kevin Dinesen. Beide Männer schüttelten sich die Hände, während sie ein paar Worte wechselten. Nicholas sah seinen Vater kurz lächeln.

»Wie gehen die Untersuchungen voran?«, wollte Amanda Blair mit gedämpfter Stimme wissen, als sie und Nicholas außer Hörweite der zwei Royal Black Watch-Soldaten waren, die den Ersten Lord überall hin begleiteten.

»Wir sind den Tätern auf der Spur«, entgegnete Nicholas ebenso leise. Der Generaldirektor der Terranischen Hegemonie hatte die braunen Haare seiner Mutter und die funkelnden grünen Augen seines Vaters geerbt. Er war ebenso zielgerichtet wie Ian Cameron, besaß aber zusätzlich noch das ausgeprägte diplomatische Geschick von Shandra Noruff-Cameron.

»Das sind sie jetzt schon seit vier Monaten«, schoss der Generalbundesanwalt zurück. Sie hatte die Arme vor der Brust verschränkt und spannte die Kiefermuskeln an. Ihre Schultern bebten leicht.

»Passen Sie auf, was Sie sagen«, wies Nicholas sie zurecht. »Ich bin immer noch der Generaldirektor der Hegemonie.«

»Sie sind nicht mein Vorgesetzter, sondern Ian Camerons Sohn«, korrigierte ihn Blair, während sie über ihr.perfekt sitzenden Kostüms strich. »Wenn die Leute wüssten, was hier in Wirklichkeit vor sich geht, würde Lord Cameron in der Wählergunst tief sinken.«

»Sehen Sie sich vor!«, zischte Nicholas und trat der hoch gewachsenen Frau in den Weg. Sein Blick kreuzte den ihren, und sie machte unwillkürlich einen Schritt zurück. »Auf Hochverrat steht immer noch die Todesstrafe.«

»Zweifeln Sie etwa an meiner Loyalität?«

»Nicht, solange Sie mir keinen Grund dazu geben.« Nicholas funkelte sie an.

»Das werde ich sicherlich nicht«, versicherte Blair. Aus ihrer Stimme war die Härte gewichen – sie gab sich geschlagen.

»Wir sind alle daran interessiert, dass dieser Fall so schnell wie möglich aufgeklärt wird«, erklärte Nicholas, als beide zu ihren Plätzen in der Nähe des Thrones des Ersten Lords gingen. Die Berater der einzelnen Hauslords sowie die Staatsadministratoren und Gouverneure der Peripheriestaaten hatten bequeme Sessel mit eingebauten Displays und Computerkonsolen in der Nähe des jeweiligen Lordrates zur Verfügung – im Falle der Peripheriegouverneure zwischen Cameron und den anderen Herrschern.

Amanda Blair nickte und ließ sich auf ihrem Platz nieder, Nicholas neben ihr.

Während sich Generaldirektor und Generalbundesanwalt gedämpft weiter unterhielten, trat Ian Cameron zu Brion Marik, Rhean Marik und Alexander Davion und schüttelte allen die Hand. Der Erste Prinz war Ian Camerons Stellvertreter als Vorsitzender des Hohen Rates, sozusagen der Zweite Lord des Sternenbundes.

»Mein Beileid«, sagte Rhean Marik leise. »Shandras Tod trifft uns alle hart.« Alexander Davion nickte bestätigend.

»Danke«, entgegnete Ian. »Ich weiß, Sie und meine Frau waren gute Freunde.«

Marik, eine resolute Frau Anfang Dreißig, strich sich eine Haarsträhne hinter das Ohr, während für einen Augenblick keiner etwas sagte.

»Warten wir schon wieder auf Kurita?«, wollte Davion dann veächtlich wissen.

»Er kommt wie immer zu spät«, beschwerte sich auch der Generalhauptmann. »Ich habe Besseres zu tun, als jedes Mal mehrere Stunden zu warten.«

»Das haben wir alle, Brion«, meinte Cameron besänftigend. Ihm stand allerdings die Verärgerung ebenfalls ins Gesicht geschrieben. »Eine Konventionalstrafe sollte ihn zur Räson bringen.«

»Seine Truppen stehen jetzt schon seit zwei Jahren an der Grenze zur Hegemonie, Lord Cameron.« Davion ließ die Knöchel seiner linken Hand knacken. »Das gefällt mir überhaupt nicht.«

»Mir genauso wenig, Alexander«, entgegnete der Erste Lord. »Aber ich will einen offenen Krieg vermeiden.«

»Warum?« Der Erste Prinz presste verächtlich Luft durch die geschürzten Lippen. »Die SBVS sind stark genug, um ihn zu gewinnen«, stellte er kampfeslustig fest. »Die Armee der Vereinigten Sonnen würde euch sofort unterstützen, Mylord.«

»Es wird keinen Krieg geben!«, fuhr Cameron ihn an. »Der Sternenbund existiert, um den Menschen Wohlstand und Frieden zu bringen!«

»Natürlich, Lord Cameron«, steckte Davion die Zurechtweisung ein. Seine Brauen zogen sich zusammen, als er den plötzlichen Ausdruck von Schmerz auf Camerons Gesicht sah.

»Geht es Euch gut?«, wollte Brion Marik wissen, als sich der Erste Lord mit verkniffenem Gesicht über die Brust strich. Rhean wollte ihn stützen, aber Cameron winkte mit der anderen Hand ab.

»Danke, Rhean ... es geht wieder.«

»Euer Herz?«

»Ja«, nickte Cameron, dessen Züge sich wieder entspannten. »Die Ärzte haben mir jegliche Anstrengung, sowohl psychisch wie auch physisch, verboten.«

»Es tut mir Leid, ich wollte Euch nicht aufregen«, entschuldigte sich Alexander Davion. Die Tochter des Generalhauptmannes warf ihm einen tadelnden Blick zu.

Kurze Zeit später traten auch Zane Davion und Kevin Dinesen in die Runde. Mit zwanzig Jahren war Zane der Jüngste im Raum, stand Dinesen damit aber auch nur fünf Jahre nach. Normalerweise hätte Ian Davion, Alexander Davions Enkel, an den Ratssitzungen teilgenommen. Dieser hatte allerdings klar gemacht, dass er kein Interesse am Amt des Ersten Prinzen der Vereinigten Sonnen hatte, also fiel die Aufgabe der Nachfolge Ians Sohn Zane zu.

Kevin Dinesen lächelte Rhean Marik zu, die das Lächeln mit einem Zwinkern zurückgab. Dann wandte er sich an den Ersten Lord.

»Wir sollten mit der Sitzung anfangen«, schlug er vor. »Wenn Kurita immer so spät kommt, ist das sein Problem.« Zane nickte zustimmend – offensichtlich hatten die beiden sich schon ihre eigenen Gedanken gemacht.

Cameron musterte den jungen Hauslord und wägte ab, ob es nicht sinnvoller wäre, trotzdem zu warten, als das leise Zischen der Westtüren ihm eine Antwort abnahm.

Begleitet von einem einzelnen Berater betrat Leonard Kurita die Sternenkammer. Er wirkte verstimmt – ja, fast gelangweilt – als er zu seinem Thron ging und sich dort in die Polster fallen ließ. Dass er von allen Seiten mit finsteren Blicken bedacht wurde, schien ihn nicht zu stören.

Ian Cameron musterte derweil die Person in Kuritas Schlepptau. Die drei apfelgrünen Balken auf einem helleren grünen Untergrund an der linken Kragenseite wiesen ihn als *Tai-sa* des Unterstützungspersonals aus. Cameron legte die Stirn in Falten, als er sich an den Namen zu erinnern versuchte. Yamato oder Yatamo? Tetsuo Yatomo – genau.

Seltsam. Was machte ein einfacher Colonel hier?

»Da der Koordinator des Draconis-Kombinats jetzt endlich anwesend ist«, verkündete Cameron und legte seinen momentanen Gedankengang erst einmal ad acta, »können wir mit der Frühjahrssitzung endlich anfangen.«

Kurita wedelte mit der Hand, als ob er sagen wollte ›Ich habe nicht den ganzen Tag Zeit‹.

Nachdem alle fünf übrigen Ratsmitglieder Platz genommen hatten, eröffnete Ian Cameron die Sitzung. Am Anfang waren die Berichte noch relativ zivil. Als es jedoch an die jüngsten Truppenbewegungen der VSDK ging, wurde die Stimmung zusehends feindlicher.

»Es sind ausgedehnte Truppenübungen«, erklärte Kurita.

»Zwei Jahre lang? Machen Sie sich nicht lächerlich!«, wischte Alexander Davion Kuritas Erklärung beiseite.

»Haben Sie etwa Angst, das Draconis-Kombinat würde in Ihren erbärmlichen Staat einfallen und ihn erobern?« Leonard Kuritas Stimme troff vor Spott.

»Wenn sich Ihre Truppen genauso verspäten wie ihr Oberbefehlshaber, dann ist mit einer Offensive wohl kaum vor den nächsten zehn Jahren zu rechnen«, schoss Davion zurück.

»Das reicht jetzt!«, dröhnte Camerons Stimme. »Alle beide!«

Der Erste Lord blickte zwischen Kurita und Davion hin und her. Dann gab Cameron einen kurzen Befehl in die schlanke Tastatur auf der rechten Lehne seines Throns ein und dunkelte damit die Sternenkammer ab. Unsichtbare Holoprojektoren begannen zu surren und zeichneten eine dreidimensionale Karte der Inneren Sphäre in die Luft. Der kernwärtige Rand der Terranischen Hegemonie wurde vergrößert und zeigte den Grenzverlauf zwischen Camerons und Kuritas Reich. Ausnahmslos alle Grenzwelten sowie einige weitere innerhalb des Kombinats glühten rot.

»Lord Kurita«, begann Cameron und sicherte sich damit die Aufmerksamkeit des Koordinators, der Davion einen letzten giftigen Blick zuwarf, bevor er sich der Karte widmete. »Ein großer Teil der Vereinigten Soldaten sowie der Admiralität des Draconis-Kombinats ist bereits an die Grenze verlegt worden. Meinen Berichten zufolge sind dies vierundsiebzig Prozent der mobilen Streitkräfte – dazu kommen dann natürlich noch alle an der Grenze stationierten Garnisonstruppen. Das sind eindeutig zu viele Einheiten für ein Manöver – selbst für ein ausgedehntes.« Camerons Blick spießte Kurita durch die halb durchsichtige Projektion auf. »Ich verlange, dass Sie bis Mitte des Jahres damit beginnen, die Truppen zu verschiffen und wieder an ihren ursprünglichen Standort zu verlegen.«

»Und wenn nicht?« Kurita betrachtete interessiert seine Fingernägel. Dann blickte er auf, und Cameron sah, wie seine Augen gefährlich funkelten.

»Wenn nicht«, entgegnete der Erste Lord entschlossen, »werde ich Ihre ›ausgedehnten Manöver‹ nicht mehr als Provokation, sondern als Kriegserklärung betrachten. Wenn es so weit kommt, stehen die SBVS schon auf New Samarkand, bevor Sie überhaupt erst die Nachricht von Kampfhandlungen erhalten. Habe ich mich klar ausgedrückt, Leonard?«

Der Koordinator knirschte mit den Zähnen und starrte Ian Cameron wie ein ausgehungerter Wolf durch die Projektion hindurch an. Dann entspannte er sich und lehnte sich in seinem Thron zurück.

»Ich werde sehen, was sich machen lässt«, erwiderte er schließlich.

»Gut.« Cameron tippte auf einen kleinen Knopf und ließ die holographische Karte verschwinden. »Sie haben zwei Monate Zeit.«

Nicholas Cameron hörte mit halbem Ohr zu, wie sein Vater zum nächsten Punkt der Tagesordnung überging. Leonard Kurita war gefährlich. Nicholas traute ihm zu, ohne weiteres einen Krieg vom Zaun zu brechen, nur um seinen Stolz zu befriedigen.

Der Blick des Generaldirektors wanderte wieder zu seinem Vater. Ian Cameron war alt. Er verbarg es gut, aber Nicholas sah, dass ihm das Herz wieder Probleme machte. Der Sternenbund, Ians größter und wohl ehrenhaftester Traum, war Wirklichkeit geworden. Aber leider brachte dieser Traum nicht nur Frieden und Wohlstand mit sich, sondern auch Stress und Magengeschwüre. Hehiro Kurita, Tracial Steiner, Terrence Liao und Albert Marik, die anderen Mitbegründer des Sternenbundes, waren schon tot –

Alexander Davion und Ian Cameron hatten sie alle überlebt. Doch wie lange konnte Ian noch die Kraft aufbringen, die das Führen des größten Staatenbundes im von Menschen besiedelten Weltraums kostete? Wie lange konnte er noch die aufmüpfigen und widerspenstige Lordräte unter Kontrolle halten und in ihre Schranken weisen?

Nicholas Cameron fürchtete, dass bald der Tag kommen würde, an dem sein Vater einfach nicht mehr weiterkämpfen konnte. Er konnte nur hoffen, dass dieser noch in weiter Ferne lag.

7. Kapitel

»Obwohl es einige Zeit so aussah, als würde Leonard Kurita Ian Camerons Ultimatum ignorieren, bestätigte heute der Einheitskommandant des 15. Regulären Benjamin Regiments, Tai-sa Hasui Watanabe, *dass die Einheit abgezogen werden würde. Die Verlegungsbefehle treten somit zwei Tage vor Ablauf des Ultimatums in Kraft. Da das 15. allerdings jetzt erst damit beginnt, ihren einstweiligen Stützpunkt zu verlassen, wird der tatsächliche Abzug wohl erst in den nächsten Monaten stattfinden.«*

— *News At Noon*, Cylene Global Broadcasting,
Cylene, Draconis-Kombinat, 2. Juli 2600

Bresco, New Mendham
Gemeinsam verwaltete Grenzwelten, crucisch-draconische Grenze

24. Juli 2600

»Mach die verdammte Kippe aus!« Mason Price, ein durchtrainierter Schwarzer in weiter Hose und ärmellosem Shirt, wartete, bis der andere Mann in dem kleinen Zimmer widerwillig seine Zigarette ausgedrückt hatte, bevor er weiter nervös hin und her tigerte.

»Was ist denn jetzt wieder? Geht es um den Auftrag?«

»Nein, Mann, es geht um Zhang.«

»Die Capellaner-Schnecke?« Jacq LePaies runzelte die Stirn. Ein breites Grinsen huschte dann über sein Gesicht, als er sich an sie erinnerte. »Wo liegt das Problem?«

»Scheiße, sie ist tot, Mann!« Price wollte sich die Haare raufen, stellte dann aber fest, dass er sich ein Kopftuch umgebunden hatte. Er begnügte sich damit, seine Hände über den schwarzen Stoff gleiten zu lassen.

»Und? Ist zwar schade drum, aber: Pech gehabt.« Sein Gegenüber zuckte mit den Achseln und spielte mit einer neuen Zigarette. »Es war ein Unfall.«

»Das war kein Unfall – das war das SBGK.«

»So ein Unsinn.« LePaies, ein schlanker, hoch gewachsener Mann mit dünnem Oberlippenbart, beobachtete, wie sein Partner das enervierende Rumgelaufe einstellte und sich stattdessen auf den Holzstuhl ihm gegenüber setzte. »Der Job auf Terra ist reibungslos gelaufen. Die haben keine Ahnung, dass wir es waren.«

»Hast du eigentlich eine Ahnung, *wen* wir umgebracht haben?!« Prices Stimme überschlug sich. LePaies musterte ihn ernst.

»Natürlich weiß ich das. Aber alles lief sauber, also beruhige dich.« Der schlanke Mann ließ sein Sturmfeuerzeug kurz über die Finger wandern, bevor er es öffnete und sich die Zigarette anzündete. Bei Price kam er damit aber schlecht an. Der durchtrainierte Schwarze riss ihm den Glimmstängel aus dem Mundwinkel und zertrat ihn unter seinen Armeestiefeln. Dann packte er die Zigarettenschachtel und schleuderte sie quer durch das abbruchreife Hotelzimmer.

»Wie oft soll ich dir noch sagen, dass du den Scheiß in meiner Gegenwart lassen sollst?«, fuhr er LePaies an. »Ich bin Nichtraucher, verdammt!«

»Krieg dich wieder ein, Mason!«, schalt LePaies, der seine Geduld langsam zerrinnen spürte. »Wir haben in den nächsten Tagen noch einen Job vor uns, auf den wir uns jetzt ganz konzentrieren müssen!«

Price antwortete zuerst nicht, sondern vergrub das Gesicht in den Händen. Dann blickte er auf und meinte: »Ja, du hast Recht.«

LePaies schüttelte den Kopf. Wie war Bradforth nur auf diesen Typen gekommen? Price war der Professionalität in etwa so nah, wie eine Heirat zwischen Archon und Erstem Prinz realistisch. Price war Anfang des Jahres hauptsächlich dabei gewesen, weil er ein MechKrieger war und gute Verbindungen zu Bergan Industries aufweisen konnte. Ohne ihn wäre die Gruppe wohl kaum erfolgreich gewesen.

»Lass uns die Unterlagen ansehen«, schlug LePaies vor. Der ehemalige Geheimdienstler wischte einen Haufen Holovids von einer Stadtkarte und breitete sie dann auf dem wackeligen Tisch aus. Sein sorgfältig manikürter Finger stieß auf ein Gebäude in der Innenstadt herab.

»Das ist das öffentliche Gebäude der hiesigen Sternenbundforschungseinrichtung. Es gibt außerhalb von Bresco einen abgeschirmten Komplex, wo der Großteil der Experimente durchgeführt wird. Dort reinzukommen ist nahezu unmöglich – aber Gott sei Dank brauchen wir das auch gar nicht.«

Mason Price suchte in dem Haufen Holovids nach einem bestimmten Umschlag und fand ihn schließlich. Der MechKrieger zog eine Hand voll Fotos heraus, die alle dieselbe Frau zeigten.

»Yo, wie heißt die Alte noch gleich?«

»Cassie DeBurke«, antwortete LePaies. »Sie ist Physikerin und eine Koryphäe auf ihrem Gebiet. Im Augenblick arbeitet sie an einem Projekt über n-dimensionale Feldforschung.«

»Wie kommst du darauf, dass sie ihre Forschungsergebnisse dabei hat, wenn sie im Verwaltungsgebäude ist?«

»Weil sie erstens einen Teil ihrer Versuche dort in den unterirdischen Labors durchführt und zweitens alle Wissenschaftler halbjährlich dem Leiter der Einrichtung Bericht erstatten müssen.«

Mason Price griff nach dem einzigen Datenblock und schaltete ihn ein.

»Hast du die Pläne bekommen?«, wollte er von seinem Partner wissen.

»Natürlich.« LePaies zog eine Datendisk aus der Brusttasche seines Hemdes und reichte sie Price. Der Schwarze schob sie in den Datenblock und rief den Grundriss des Gebäudes auf. Er betrachtete die einzelnen Stockwerke eine Weile und dachte nach.

»Der große Präsentationsraum ist im zehnten Stock«, meinte LePaies. Er hatte die Stadtkarte zu sich gedreht und betrachtete die Umgebung um das Verwaltungsgebäude.

»Der Zehnte ist durch Treppen und Fahrstühle zu erreichen«, stellte Price fest. »Wir könnten DeBurke dort abfangen, wenn sie gerade auf dem Weg ist.« Er reichte seinem Partner den Datenblock. LePaies nahm das Gerät und sah sich den Grundriss genauer an.

»Keine schlechte Idee«, gab er zu. »Und ich weiß auch schon, wie wir sie in die Tat umsetzen.« Er drehte die Stadtkarte so, dass Price sie sehen konnte, und deutete auf ein Gebäude in der Nähe ihres Ziels. Dann erläuterte er ihm seinen Plan.

* * *

David Gibbs nahm einen tiefen Schluck aus der weißen Keramiktasse, in der man ihm seinen Kaffee serviert hatte. Die heiße Flüssigkeit verbrannte ihm fast die Zunge, schmeckte aber gut. Der SBGK-Agent saß in einem Bistro gegenüber dem Verwaltungshochhaus der Sternenbundforschungseinrichtung und beobachtete aufmerksam den Eingang.

Nachdem sich Jin Zhang so abrupt entschieden hatte, die Kreuzfahrt verfrüht abzubrechen, war David in ihre Kabine eingebrochen und hatte ihre Sachen durchsucht. Weitere Informationen über den Mord an dem Bundesstaatsanwalt hatte er nicht finden können. Dafür war ihm jedoch eine verschlüsselte Datendisk mit interessantem Inhalt in die Hände gefallen. Offensichtlich handelte es sich um einen Folgeauftrag, gerichtet an drei der vier Mitglieder, die auch an dem ursprünglichen Attentat teilgenommen hatten. Der Absender hieß zwar nicht Sean Bradforth, David war jedoch sicher, dass er es war. Bradforth tauchte nicht unter den Addressaten auf – und Zhangs Aussage, er wäre der Anführer der Gruppe, untermauerte die Theorie, dass er als Liaison zu den anonymen Hintermännern diente.

Eine bestimmte Sache zwang David allerdings dazu, seine bisherigen Ergebnisse noch einmal zu untersuchen und gründlich unter die Lupe zu nehmen: Auf der Datendisk war die Rede von einer ›üblichen Bezahlung‹ für einen gelungenen Auftrag. Dies indes bedeutete, dass Zhang, Bradforth, LePaies und Price keine Agenten, sondern Söldner waren.

David nahm einen weiteren Schluck aus der Tasse, die das grüne, runde Logo der Bistro-Kette trug, und dachte weiter nach. Natürlich schloss diese neue Erkenntnis nicht die Beteiligung eines der neun Sternenreiche aus, etablierte aber gleichzeitig auch die Möglichkeit einer Privatperson als Auftraggeber.

David hatte sich sofort mit Katya Day in Verbindung gesetzt und sie gebeten, Joshua Turners Hintergrund zu durchleuchten. Als Assistent des Generalbundesanwalts hatte er genug Möglichkeiten gehabt, jemandem auf die Füße zu treten.

Irgendetwas störte ihn jedoch. Warum sollte sich jemand damit begnugen, nur den Assistenten auszuschalten? Das war verdammt viel Aufwand für eine einzelne, von seinem Standpunkt aus unwichtige Person.

Während David noch grübelte, betraten ein schlanker, hoch gewachsener Mann mit sorgfältig gestutztem Vollbart und eine junge Frau das Bistro. Der Mann bestellte bei der Kellnerin Mittagessen, während sich seine Freundin, eine etwas untersetzte und viel zu braun gebrannte Blondine, einen Platz in der Nähe von Davids Sitzecke suchte. Nach kurzer Zeit kam ihr Freund ebenfalls und ließ sich ihr gegenüber nieder.

David konnte sich ein Grinsen nicht verkneifen. Nachdem er von Zhang die Identitäten der anderen Attentäter bekommen hatte, hatte er sie durch den Zentralcomputer in Berlin jagen lassen. Nach umfangreicher Recherche tauchte ein ›Bernard Deveraux‹ auf der Angestelltenliste der Sternenbundforschungseinrichtung New Mendham auf. Weitere Nachforschungen ergaben, dass Deveraux in einem für LePaies oder Price günstigem Zeitraum eingestellt worden war. Day hatte ein Raster mit bekannten Agenten über seine Personaldaten gelegt und ihn mit neunzigprozentiger Sicherheit identifizieren können. Von Price gab es zwar im Augenblick keine Spur. David wusste aber, dass er alles aus LePaies rausquetschen konnte, was er an Informationen brauchte.

Am Nebentisch begann sich Deveraux/LePaies mit seiner Freundin zu unterhalten.

»Wie hat dir der Film gestern gefallen?«, hörte David ihn fragen.

»›Am Rande der Nacht‹?«, antwortete die Frau. »Im Großen und Ganzen nicht schlecht – Lance Brooke war wie immer in Höchstform.«

»Aber?« LePaies hackte nach.

»Einige Sachen waren doch recht unlogisch«, erklärte sie. »Zum Beispiel, dass der Funktranceiver von Brookes Luft/Raumjäger genau dann eine Macke hat, wenn der eine Typ die Bombe hochgehen lassen will.«

»So unlogisch ist das gar nicht.« LePaies Stimme hörte sich etwas gereizt an – vermutlich war er ein glühender Lance Brooke-Fan. »Wenn das Trägersignal das Bombenzünders auf derselben Frequenz lag wie der eingestellte Kanal, kann das durchaus sein.«

»Und was ist mit der Freundin?«, fragte LePaies Freundin.

»Was soll mit ihr sein?«

»Seit zwanzig Jahren haben sich beide nicht gesehen, und dann werden sie plötzlich zum selben Geschwader versetzt?« Mittlerweile klang auch die Stimme der Frau aggressiv.

David leerte seinen Kaffee und bedeutete der Kellnerin, ihm aufzufüllen.

»Kann doch sein«, verteidigte LePaies gerade sein Filmidol.

»Alles zu weit hergeholt.«

»Weißt du, Shawna, mir reicht es langsam.« Der schlanke Mann wurde zickig. »Wenn die Leute einen Film sehen, bei dem nicht John Smiths langweiliger Bürojob gezeigt wird, heißt es immer gleich ›unlogisch!‹ und ›das würde im richtigen Leben nie passieren!‹. Dabei«, fuhr er fort, »vergessen sie, dass gerade das echte Leben ein Musterbeispiel an unlogischen und unglaublichen Zufällen ist. Was einen Film in den Augen der meisten Menschen glaubhaft macht, ist, wenn immer die höchstwahrscheinlichsten Ereignisse eintreten. Weicht der Erzählstrang auch nur um ein Epsilon von dem Erwartungswert ab, gilt er als unlogisch und absurd.«

»Werd nicht mathematisch mit mir!«

»Stell dich nicht dümmer als du bist. Du weißt genau, was ich meine. Die Leute wollen unterhalten werden, aber weinen gleich los, wenn etwas passiert, von dem sie sich nicht auf Anhieb erklären können, wie es möglich ist.«

»Aber Bernard«, hielt Shawna ihm entgegen, »du musst zugeben, dass es manchmal Szenen und Ereignisse gibt, die einfach viel zu unwahrscheinlich sind.«

David hatte sich mittlerweile so gesetzt, dass er das Pärchen halbwegs gut beobachten konnte. LePaies gestikulierte energisch und wollte gerade zu einer Erwiderung ansetzen, als die beleibte Kellnerin mit dem Essen an den Tisch kam. Er hielt sich deshalb zurück und wartete, bis sie wieder verschwunden war.

»›Unwahrscheinlich‹«, sagte er dann, »bedeutet nicht ›unmöglich‹.« Shawna griff ihre Gabel und machte sich über ihren Salat mit warmer Putenbrust her.

»Und wo ziehst du die Grenze?«, wollte sie wissen. »Wo wird bei dir aus ›unwahrscheinlich‹ ein ›unmöglich‹?«

»Bei allem, was offensichtlich gegen die Wissenschaft verstößt«, antwortete der schlanke Mann nach kurzer Überlegung. »Wenn jemand zum Beispiel im Weltraum atmet. Das ist natürlich abhängig von der fiktiven Wissenschaft des Filmes – und nicht der realen«, schränkte er ein.

»Was soll das nun wieder heißen?«

»Nimm zum Beispiel irgendeinen Fantasy-Film«, schlug LePaies vor. »Wenn dort der Hauptcharakter anstelle eines Schwertes plötzlich eine Golan und Harpard in der Hand hält – dann ist *das* unlogisch.«

»Mhm«, nuschelte Shawna, der Konversation überdrüssig. »Was auch immer du sagst, Bernard.«

»Ich schwöre dir, wenn irgendjemand einen Film über das wirkliche Leben dreht, würden die Zuschauer nach den ersten fünfzehn Minuten den Saal verlassen, weil er ihnen zu fernab der Realität wäre.« Wütend stach er nach seinem Steak mit Kräuterbutter.

»Ja, Schatz. Können wir jetzt bitte in Ruhe essen?«

LePaies grunzte unbestimmt und säbelte an dem Fleisch herum. Damit war das Gespräch beendet.

David dachte über das nach, was LePaies gesagt hatte. Ein interessanter Standpunkt – aber einer, den er in nächster Zeit nicht würde überprüfen können. Seine Arbeit ließ ihm nicht viel Zeit für solche Sachen.

LePaies noch immer im Auge behaltend, sann er nach. Selbst wenn er die Wahl gehabt hätte, seinen Beruf frei zu wählen, so würde er sich doch immer wieder für das SBGK entscheiden. David liebte seine Arbeit. Es gab für ihn nichts Erfüllenderes als den Nervenkitzel und den Adrenalinrausch bei einer Außenmission. Auch wenn ein Großteil seiner Arbeit aus Recherche und Berichte-Schreiben bestand, erlaubte sie ihm regelmäßig, sich mit den Besten der Besten zu messen. Dabei machte es keinen Unterschied, ob er im Zentralcomputer Spuren ausländischer Spione hinterherjagte oder durch ein Fenster im obersten Stock eines Wolkenkratzers sprang. Bei Davids Arbeit standen ständig Menschenleben auf dem Spiel, häufig auch sein eigenes. Es gab keine zweite Chance, gab es keinen Zweitplatzierten. Er musste immer sein Bestes geben und immer perfekt sein. David genoss die Anforderung, die an ihn gestellt wurden – geistig und körperlich. Er genoss es, ständig auf Messers Schneide zu wandeln, das Adrenalin durch seine Adern strömen zu fühlen.

Er genoss allerdings auch noch etwas ganz anderes: Der Sternenbund war die Kulmination des menschlichen Strebens nach Frieden und Freiheit. Seit seiner Gründung und der späteren Eingliederung der Peripheriestaaten war für den gesamten besiedelten Weltraum ein Zeitalter des Friedens angebrochen. Der wirtschaftliche Aufschwung, der durch die fortschrittliche Technologie der Terranischen Hegemonie hervorgerufen worden war, brachte Wohlstand und Wissen über jeden Planeten. Jeder Bürger konnte nachts ohne Furcht auf die Straßen gehen, in der Gewissheit, dass er Teil einer großartigen, alle Menschen umfassende Gemeinschaft war, die schützend ihre Hand über ihn hielt.

David wusste, er sorgte dafür, dass die schützende Hand auch weiterhin ausgestreckt blieb. Er war es, der die Verbrecher und Terroristen jagte, die Chaos und Zerstörung säen wollten. Normalerweise gab es keine simple Unterteilung in schwarz oder weiß, gut oder böse. Und doch es gab eine Ausnahme: Der Sternenbund hatte ausschließlich das Wohl seiner Bürger im Sinn – das hatte er oft genug unter Beweis gestellt –, und es gab Personen, die genau das zerstören wollten. David war hier und kämpfte im Namen des Friedens und der Freiheit für diejenigen, die nicht für sich selbst kämpfen konnten und gegen Unterdrückung und Terror. Er schöpfte Kraft aus dem Wissen, dass er für das Gute kämpfte, die Wahrheit im Rücken hatte. Er wusste, er tat das Richtige.

8. Kapitel

»Ich begrüße die Ernennung von Rodrigo Avellar zum Vorsitzenden des Untersuchungsausschuss. Avellar ist in dieser Sache nicht voreingenommen, was er ja auch schon auf der Parlamentssitzung unter Beweis gestellt hat. Meine Ernennung als Vizevorsitzender stellt weiterhin eine vollkommene und gerechte Untersuchung dieser Angelegenheit sicher. Sollte Präsident Avellar tatsächlich mit der draconischen Regierung kollaborieren, werden wir das herausfinden, das verspreche ich.«

— *Reinhart Kirsten in einem Interview*, Alpheratz Radio, Alpheratz, Außenweltallianz, 21. Juni 2600

Amtssitz des Präsidenten, Famindas
Alpheratz, Außenweltallianz

24. Juli 2600

Müde rieb sich Barton Avellar die Augen. Die einzige Lichtquelle in seinem Büro war der Computerbildschirm, der den Präsident der Außenweltallianz in ein kaltes, grünes Licht tauchte. Avellars zweireihiger Anzug war schon leicht zerknittert, die Jacke hing über der Lehne eines der Brokatsessel. Den Kopf auf die Hände gestützt, wanderte sein Blick zu der Minibar, in der noch die Flasche Reiswein stand, die Leonard Kurita fast geleert hatte.

Als der Untersuchungsausschuss zusammengetreten war, hatte man Barton zu einer ersten Anhörung geladen. Es war nicht mehr als ein erster Test gewesen, ein gegenseitiges Beschnüffeln. So wiederholte er dann auch nur das, was er während der Parlamentssitzung gesagt hatte.

Sobald die erste Anhörung vorbei gewesen war, begann jedoch das Rennen gegen die Zeit. Der Untersuchungsausschuss unter der Leitung von Rodrigo setzte alles daran, Beweise zu finden, die die Anschuldigung einer Kollaboration untermauerten. Barton versuchte auf der anderen Seite, mit der Unterstützung von Verteidigungsministerin Smith und seinem Sekretär, eben diese Beweise aus der Welt zu schaffen.

Dass Barton sich mit Kurita getroffen hatte, war allgemein bekannt. Es zu verheimlichen, wäre unmöglich gewesen. Die kleine Gruppe um den Präsidenten konzentrierte sich deshalb darauf, alle verfänglichen Mitteilungen, Befehle und Aufzeichnungen verschwinden zu lassen.

Bartons Gegensprechanlage blinkte verhalten. Der Präsident der Außenweltallianz tippte auf ein bestimmtes Bedienfeld und nahm damit die Meldung entgegen.

»Verteidigungsministerin Smith«, ertönte eine weibliche Stimme.

»Soll reinkommen.« Barton streckte sich nervös und beobachtete die Tür. Kurze Zeit später öffnete sie sich, und die schwarzhaarige Ministerin trat ein. Ungeduldig winkte Avellar sie heran und bedeutet ihr, sich zu setzen.

»Ich habe mich um die Anforderungen gekümmert«, nahm Smith ihren Bericht auf. Um Kurita ein möglichst günstiges Angebot entlocken zu können, hatte Barton eine Bestandsaufnahme von einigen Einheiten gebraucht. »Ich habe ähnliche Befehle an weniger offensichtliche Regimenter ausgegeben und versucht, so die ursprünglichen Anforderungen zu kaschieren. Dazu kommt eine Reihe weiterer, unwichtiger Anordnungen, die den Untersuchungsausschuss in die Irre führen sollen.«

»Gute Arbeit, Brenda.« Avellar seufzte erleichtert auf. Das war schon einmal eine gute Nachricht.

»Wo bleibt Jedriak?« Avellar wurde wieder nervöser. Smith zuckte hilflos mit den Achseln. Der Präsident der Außenweltallianz stand auf und ging um seinen wuchtigen

Schreibtisch herum. Er griff die kleine Fahne, die auf der Arbeitsfläche stand, und spielte abwesend mit ihr. Barton zwang sich dazu, Ruhe zu bewahren. Wenn er jetzt einen Fehler beging, konnte ihn das Kopf und Kragen kosten.

Während Smith etwas mehr ins Detail ging, öffnete sich kurze Zeit später erneut die Tür und Matthias Jedriak eilte in den Raum. Er hatte einen Datenblock in der Hand, nickte Smith zu und wandte sich dann an Barton.

»Die Verspätung tut mir Leid, Herr Präsident. Auf dem Weg hierher bin ich Ihrem Cousin über den Weg gelaufen und musste ihm Rede und Antwort stehen.«

»Sind sie nicht separat vorgeladen?«

»Doch.« Jedriak nickte. »Trotzdem lässt Vorsitzender Avellar keine Möglichkeit aus, um nach Informationen zu bohren. Er ist sehr penetrant.«

Barton nickte grimmig – das sah Rodrigo ähnlich.

»Er hat mir sogar Amnestie angeboten, wenn ich gegen sie aussagen sollte. Ich habe natürlich mit der Bemerkung abgelehnt, es gäbe nichts, wogegen ich aussagen könnte.«

Ein Lächeln spielte um Avellars Mundwinkel – echte Freunde und loyale Mitarbeiter waren unbezahlbar.

»Was ist mit den Akten?«, wollte er dann wissen.

»Dazu wollte ich gerade kommen.« Jedriak zog eine Datendiskette aus der Hosentasche und schob sie in den Block. »Ich denke, mir ist es gelungen, alle Konzernakten, die während des Auswahlverfahrens angelegt wurden, verschwinden zu lassen. Es gibt jetzt nur noch eine Kopie – und das ist diese hier. Soll ich sie ebenfalls vernichten?«

Die fragenden Blicke von Matthias Jedriak und Brenda Smith ruhten auf Barton Avellar, als er nachdachte. Er strich sich mit einer Hand durch den Vollbart und meinte dann: »Nein, geben Sie sie mir. Ich glaube, ich kann sie noch verwenden.«

»Wie Sie wünschen.« Jedriak zog die Disk wieder aus dem Datenblock und reichte sie dem Präsidenten.

»Es gibt sieben Personen«, fuhr er fort, »die ein für uns gefährliches Wissen besitzen. Vier sind absolut loyal, zwei letzten Monat in die Grenzregionen versetzt worden. Die letzte, ein Abteilungsleiter im Amt für statistische Erhebungen, ist im Augenblick unser größtes Problem.«

»Wieso das?«

»Tja, es sieht so aus, als hätte er vor, die Situation zu seinem Vorteil zu nutzen. Er hat mich wissen lassen, dass er jetzt seit zehn Jahren auf seinem Posten wäre, und es doch mittlerweile an der Zeit sei, ihn finanziell sowie politisch höher einzustufen.«

»Dieser Bastard!« Barton knirschte mit den Zähnen und krallte sich in der Fahne fest. Der hölzerne Stab bog sich gefährlich durch.

»Ganz Ihrer Meinung, Herr Präsident«, kommentierte der Sekretär. Barton verengte die Augen zu Schlitzen und versuchte herauszufinden, ob er in Jedriaks Stimme ein Unterton von Sarkasmus oder Ironie mitschwingen hörte.

»Hat er gesagt, was er will?«, fragte Avellar.

»Er will eine Millionen terranische Credits, den Posten des Amtsleiters und eine Einstufung in eine zwei Stufen höhere Gehaltsklasse.«

»Bescheiden ist er nicht gerade«, schnaubte Brenda Smith. Barton wollte gerade antworten, als ihm das sanfte Signal der Gegensprechanlage das Wort abschnitt. Er hieb auf das Antwortfeld und fuhr seine Rezeptionistin an: »Ich habe Ihnen doch gesagt, dass ich nicht gestört werden will, wenn ich in einer Besprechung bin!«

»Es tut mir Leid, Herr Präsident«, entschuldigte sie sich, »aber Vorsitzender Avellar ist auf dem Weg zu Ihnen – ich dachte, Sie sollten das wissen.«

»Ja, da haben sie Recht. Gut gemacht.« Barton trennte die Verbindung und blickte zu seinen Vertrauten. Smith und Jedriak warfen sich verwunderte Blicke zu.

»Ich frage mich, was dieser nervtötende ...«, die Tür schwang auf und Rodrigo Avellar betrat das Büro, »... sollten Sie deshalb noch einmal den Verteidigungshaushalt überprüfen und die wichtigsten Posten abschätzen«, beendete Barton seinen Satz. Gespielt überrascht blickte er auf.

»Rodrigo ... was für eine Freude, dich zu sehen.« Er hatte versucht, seine Stimme ehrlich klingen zu lassen, aber jedes Wort war wie eine riesige Staumauer, die einen ganzen See aus Sarkasmus zurückhielt. Rodrigo Avellar, heute im Anzug mit einer kleinen Anstecknadel in der Form des Allianz-Feuerballs am Revers, schoss einen kurzen, abschätzigen Blick zu Matthias Jedriak und richtete dann seine Aufmerksamkeit auf Barton.

»Ich hoffe, ich störe nicht bei einer Konspiration.«

»Aber bitte, Rodrigo«, antwortete der Präsident mit einem Lächeln. »Wir besprechen gerade den Verteidigungshaushalt.«

»Ich bin nicht taub.« Nachdem sein Cousin es an – zumindest vorgetäuschter – Höflichkeit mangeln ließ, beschloss auch Barton, auf die Samthandschuhe zu verzichten – sie waren eh schon durchgescheuert.

»Was willst du?«

»Ich komme, um dich darüber zu informieren, dass du in einer halben Stunde zur Ausschusssitzung geladen bist.« Rodrigo verschränkte die Arme hinter dem Rücken.

»Das ist gegen das Protokoll, Vorsitzender«, beschwerte sich Matthias Jedriak. »Die Vorladung des Präsidenten ist angesetzt für übermorgen, fünfzehn Uhr.«

»Das ist korrekt, Mister Jedriak«, stimmte der Mann zu. »Nach Paragraph Dreizehn, Absatz Vier der Verfahrensordnung, ist jedoch der Untersuchungsausschuss dazu berechtigt, Zeugen zur Vernehmung ohne vorherigen Termin zu laden.«

»Präsident Avellar ist das Ziel der Untersuchungen«, warf Jedriak ein.

»Er ist allerdings auch gleichzeitig ein Zeuge«, hielt Rodrigo ihm entgegen. Dann wandte er sich wieder an seinen

Cousin: »Ich lasse dich dann mal wieder alleine. Wir sehen uns in einer halben Stunde.«

Barton knirschte mit den Zähnen und würdigte ihn keiner Antwort. Der blonde Ausschussvorsitzende nickte Brenda Smith zum Abschied zu, drehte sich um und verließ das Büro.

Nachdem die Tür ins Schloss gefallen war, senkte sich eine unheimliche Stille über die Anwesenden, die abrupt durchbrochen wurde, als die kleine Fahnenstange zwischen Bartons Händen mit einem lauten Knacken zerbarst.

»Jedriak«, wandte er sich an seinen Sekretär, nachdem er den Rest der Fahne achtlos beiseite geworfen hatte. »Erklären Sie mir eines: Wenn von den sieben Leuten, die uns belasten könnten, sechs nicht als Verräter in Frage kommen und der Siebte uns gerade erpresst – wie zur Hölle konnte Rodrigo dann von dieser Sache erfahren?«

Der Sekretär faltete die Arme vor der Brust und starrte nachdenklich ein Loch in den massiven Holzschreibtisch. Bartons fragender Blick wanderte zu Brenda Smith, die nur hilflos mit den Schultern zuckte.

»Ich kümmere mich darum«, versprach Jedriak. Dann wedelte er mit dem Datenblock. »Was soll ich wegen dem Abteilungsleiter unternehmen?«

»Machen Sie ihn mundtot«, ordnete Avellar an. »Egal wie. Seinen Forderungen nachzugeben, kommt auf keinen Fall in Frage.«

»Wird erledigt.«

»Ausgezeichnet.« Der Präsident der Außenweltallianz fuhr sich mit einer Hand über den glänzenden Schädel. »Und beeilen Sie sich – wir haben nicht mehr viel Zeit.«

* * *

Matthias Jedriaks Schritte hallten laut von den Wänden der Rotunde wider, als er Avellars Büro verließ, das Allianzsymbol im Boden überquerte und zum Ausgang schritt.

Er zog ein abgerissenes Stück Papier aus der Hosentasche und entfaltete es. Darauf war ein Name geschrieben: Brian Straczynzki.

Der Sekretär steckte den Zettel wieder weg. Bevor er das Gebäude verließ, machte er noch einen Abstecher zu seinem Büro, um seinen anthrazitfarbenen Trenchcoat überzuziehen. Er nickte der Rezeptionistin hinter dem kugelsicheren Glasverhau zu, schlug den Kragen des Mantels hoch und trat nach draußen in den strömenden Regen.

Das Gewitter hatte die planetare Hauptstadt fest im Griff und verwandelte den frühen Abend in finstere Nacht. Fette Regentropfen peitschten in Matthias Jedriaks Gesicht, als er die breiten Stufen des Eingangs hinuntereilte und auf eine Limousine in der Auffahrt zuhielt. Die Scheinwerfer des Wagens flammten auf, als der Fahrer den Sekretär erkannte und das Fahrzeug in Bewegung setzte. Jedriak wartete nicht darauf, dass der Chauffeur ausstieg, um ihm die Tür aufzuhalten, sondern riss sie selber auf und rutschte in den Font der Limousine.

Die Tür hinter sich ins Schloss ziehend, schüttelte der den Kopf, um zumindest einen Teil des Wassers loszuwerden.

»Zur Hauptverwaltung, Chris«, wandte er sich an den Fahrer, der ihn erst durch den Rückspiegel anblickte, dann bestätigend nickte und losfuhr.

Die Fahrt ging quer durch die regendurchflutete Stadt, sodass Jedriak genug Zeit hatte, um nachzudenken. Es war nicht unbedingt Loyalität, die in dazu trieb, hinter Barton Avellar aufzuräumen wie der Halter des Elefanten im Porzellanladen. Als Privatsekretär und ausführendes Organ des Präsidenten hatte er selbstverständlich von allem gewusst. Deshalb galt in diesem Fall ›mitgehangen, mitgefangen‹. Avellar in den Rücken zu fallen und ihn seinem Cousin auszuliefern, kam nicht in Frage. Matthias Jedriak war kein Heiliger – aber wenn er jetzt die Seiten wechselte, sanken die Chancen, seinen Job unter einem neuen

Präsidenten zu behalten, doch recht rapide. Natürlich galt das auch für den Fall, dass der Untersuchungsausschuss sein Mitwissen an der Angelegenheit feststellte.

Jedriak starrte durch die getönten Scheiben auf die Straße, wo einige wenige Menschen durch den strömenden Regen hasteten und versuchten, irgendwo unterzukommen. Die Straßenlaternen tauchten die Umgebung in ein trübes, gelbes Phosphorleuchten.

Nach einiger Zeit endete die Fahrt schließlich vor der Hauptverwaltung, einem großen, klotzförmigen Hochhaus.

»Warten Sie hier, Chris«, bat Jedriak und stieß die Tür des Wagens auf. Er zog den Kopf ein und schob sich aus der Limousine hinaus in den Regen. Der Sekretär gab der Tür einen erneuten Stoß und ließ sie zufallen, als er auch schon über den Bürgersteig in die Empfangshalle eilte.

Einmal im Warmen angekommen, faltete er die Aufschläge der Jacke zurück und ging strammen Schrittes zu dem Aufzug, der ihn sechs Stockwerke höher in die Flure des Amtes für statistische Erhebungen trug. Jedriak entknotete den Gürtel um seine Hüften und öffnete den Trenchcoat. Dann suchte er Straczynzkis Büro.

»Kann ich Ihnen helfen?« Eine ältere Frau mit hängenden Wangen und einer unglaublich hässlichen Hornbrille sezierte Matthias Jedriak, als dieser den Vorraum des Büros betrat.

»Matthias Jedriak, Generalsekretär des Präsidenten«, stellte dieser sich vor. Offensichtlich sah die Frau nicht oft Nachrichten.

»Haben Sie einen Termin?«

»Ich brauche keinen«, entgegnete er. »Ich will mit Mister Straczynzki sprechen.«

Die hängewangige Oma musterte ihn und langte dann zum Telefon. Ohne den Blick von ihm zu wenden, presste sie einen Knopf auf der Anlage. »Mister Straczynzki, hier ist ein Matthias Jedriak, der Sie sprechen möchte.« Sie wartete die Antwort ab, nickte dann.

»Sie können reingehen«, eröffnete sie Jedriak.

»Haben Sie vielen Dank«, entgegnete der Sekretär und versuchte, höflich zu bleiben. Rodrigo Avellar hatte ihn heute schon genug Nerven gekostet. Er betrat das Büro.

»Ah, Mister Jedriak«, begrüßte ihn Brian Straczynzki, ein schlanker Mann mit kurzen Haaren und öligem Lächeln. »Setzen Sie sich – möchten Sie etwas trinken?«

»Nein, danke.« Jedriak entledigte sich seines nassen Mantels und drapierte ihn über der Rückenlehne eines der zwei Ledersessel, wohl wissend, dass er ihn damit ruinierte. Dann ließ er sich in den anderen sinken und fixierte sein Gegenüber. Dieser blickte missmutig zuerst auf den Sessel und dann zum Generalsekretär.

»Rodrigo Avellar hat vorhin mit mir gesprochen«, eröffnete Straczynzki. »Er suchte nach Informationen, und ich weiß nicht, wie lange ich sie ihm noch vorenthalten kann. Ich hoffe, Sie haben gute Neuigkeiten?« Er entblößte die Zähne und verrenkte seine Gesichtsmuskeln zu etwas, was beim ihm wohl als Lächeln durchging.

»Nicht für Sie«, entgegnete Jedriak. Er faltete die Hände auf dem Schoß und lehnte sich zurück. »Der Präsident ist nicht bereit, auf Ihre Forderungen einzugehen.«

»Was?!« Straczynzki wurde wütend, seine Wangen röteten sich. »Ich werde Sie ans Messer liefern!«

»Nein, das werden Sie nicht.« Die Stimme des Sekretärs war kühl und kontrolliert. Bevor er vorhin in Avellars Büro gewesen war, hatte er sich mit einem Freund getroffen, der zufällig auch Archivar war und ebenfalls für die Regierung arbeitete. Jedriak hatte vorausgesehen, dass Straczynzkis Forderungen zu überzogen gewesen waren, um ihnen nachzugeben. Deshalb hatte er seinen Bekannten damit beauftragt, ein bisschen in den Archiven herumzuwühlen. Tatsächlich war es höchst interessant, was er über den Abteilungsleiter herausgefunden hatte.

Matthias Jedriak gestattete sich ein Lächeln, bevor er weitersprach.

»Es gibt Aufzeichnungen vom Januar '98, nach denen Sie einige größere Posten für ihre Abteilung angefordert haben – Haushaltsmittel, die zur Anschaffung von modernen Computern und Einrichtungsgegenständen bestimmt waren.« Brian Straczynzki musterte Jedriak argwöhnisch, hielt aber den Mund.

»Diese Mittel«, fuhr der Sekretär fort, »sind vollständig aufgebraucht worden. Die Rechnungen waren aber alle frisiert. Betrug ist eine sehr unschöne Sache, Mister Straczynzki«, meinte er gelassen. »Genauso wie Erpressung. Wenn ungünstige Informationen ihren Weg zu Rodrigo Avellar finden, wandern Sie für einige Jahre hinter Gitter.«

Straczynzki nahm die Drohung mit hochrotem Kopf entgegen. In seinen Augen glomm Wut.

»Wenn die Informationen allerdings verschwinden und vergessen werden, bin ich bereit, Ihre frisierten Rechnungen anpassen zu lassen und Ihnen außerdem eine einstufige Erhöhung Ihrer Gehaltsklasse zu gewähren.«

Der Abteilungsleiter grummelte, wog aber seine Optionen gründlich ab. »Ich denke, das ließe sich einrichten«, stimme er dann zu, froh, doch noch etwas Gewinn gemacht zu haben.

Matthias Jedriak stand auf und griff zufrieden nach seinem Mantel. Zuckerbrot und Peitsche waren am effektivsten, wenn man sie gleichzeitig einsetze.

»Guten Tag, Mister Straczynzki«, verabschiedete er sich. Der Sekretär verließ das Büro und hielt durch die mit Teppich ausgelegten Flure auf den Fahrstuhl zu, der ihn in einen anderen Trakt des Gebäudes bringen würde. Eine der beiden Aufgaben war erledigt.

9. Kapitel

»Das ist alles lächerlich.«
»Wieso wurde dann eigens ein Untersuchungsausschuss einberufen, Herr Präsident?«
»Weil Reinhart Kirsten und Rodrigo Avellar mit ihrer Oppositionspolitik am Ende sind und keine andere Möglichkeit sehen.«
»Aber Vorsitzender Avellar ist doch nicht Teil der Opposition?«
»Nominell nicht.«
»Trotzdem zählen sie ihn dazu?«
»Lassen Sie es mich so formulieren: In nächster Zeit wird es eine gründliche Evaluierung der Arbeit des Fraktionsvorsitzenden und gegebenenfalls eine Neuwahl geben.«

— *Präsident Avellar in einem Interview,* Alpheratz Radio, Alpheratz, Außenweltallianz, 23. Juli 2600

Bresco, New Mendham
Gemeinsam verwaltete Grenzwelten, crucisch-draconische Grenze

24. Juli 2600

David Gibbs war jetzt beim vierten Becher Kaffee und konnte mit Fug und Recht behaupten, dass ihm die Observation langsam auf die Nerven ging. Durch den Eingang des Verwaltungsgebäudes strömten Angestellte und Besucher – er hatte sogar zwei Techs in blauen Overalls gesehen.

Deveraux/LePaies ließ das alles kalt. Er nahm sich Zeit für sein Essen und versuchte, die abgekühlte Stimmung mit ein wenig Schmeichelei zu lösen. Seine Freundin sprang nach einer Weile auch darauf an.

David schnaubte unruhig. Von Mason Price war weit und breit nichts zu sehen und nach seinen Informationen würde Cassie DeBurke schon sehr bald bei der Forschungsleitung vorsprechen müssen. Zweifel regten sich in ihm. Wollten LePaies und Price heute vielleicht gar nicht zuschlagen? Hatten sie es sich anders überlegt? Doch nein, das war nicht wahrscheinlich. Wenn sie DeBurke heute nicht erwischten, müssten sie einen ganzen Monat warten.

David blickte zu dem Pärchen in der nahen Sitzecke. Widerwillig musste er zugeben, dass LePaies' Tarnung äußerst gelungen war. Einen kompletten sozialen Hintergrund aufzubauen, für einen einzelnen Monat, in dem man einen eher einfachen Auftrag durchführte, zeugte von Professionalität. Eine Freundin zur Tarnung war das Tüpfelchen auf dem I – aber auch gleichzeitig äußerst gefährlich. Dass LePaies ein Profi war, erkannte man auch an der Abgebrühtheit, mit der er hier im Bistro saß, während die Zeit verrann.

Außer natürlich ... Davids Augen weiteten sich.

»Verdammte Scheiße!«

Der SBGK-Agent sprang aus seiner Sitzecke auf. LePaies saß deshalb so abgebrüht da, weil er gar nicht LePaies war! David verließ das Bistro, blickte sich hastig um und eilte dann auf den Eingang des Verwaltungsgebäudes zu. Er konnte nur hoffen, dass es nicht zu spät war.

Die großen Glasflügeltüren rotierten langsam um die gemeinsame Achse und schaufelten Personen aus dem Gebäude heraus und gleichzeitig andere hinein. David drängte sich an einer Menschentraube vorbei, ging den blau gekleideten Techs aus dem Weg und hielt auf den Mann an der Rezeption zu.

Der Mann, ein älterer Herr mit lichtem Haar, strenger Brille und Hakennase, thronte hinter dem halbkreisförmigen Pult in der Mitte der riesigen Lobby wie ein Habicht in seinem Horst.

»David Gibbs, SBGK.« David hielt ihm seine ID unter die Nase. »Ich muss dringend mit Miss DeBurke sprechen – wo ist sie jetzt?«

Der Rezeptionist beäugte die schmale Plastikkarte und deutete dann auf den hinteren Bereich der Empfangshalle.

»Miss DeBurke ist in einer Besprechung mit der Forschungsleitung im obersten Stock.«

»Danke!« Gibbs war schon halb auf dem Weg, als der ältere Mann ihm noch nachrief: »Sie können die Aufzüge wieder benutzen – sie sind gerade repariert worden.«

David nahm die neue Information gerade eben auf und näherte sich den Fahrstühlen. Er presste die Rufknöpfe aller drei und wartete ungeduldig darauf, dass die Aufzüge langsam in seine Richtung fuhren.

Mit einem ›Bing‹ ging schließlich die ganz rechte Tür auf und gab den Weg in die in neutralen Grau- und Weißtönen gehaltene, volle Kabine frei. David wollte gerade zusteigen, als sein Blick zufällig auf eine der beiden Treppenaufgänge fiel, deren Tür angelehnt war. Er stutzte kurz und sah dann, was seine Aufmerksamkeit im Augenwinkel erregt hatte: Eine auf dem Boden liegende Hand, die durch den Türspalt gerade eben zu erkennen war.

Im Nu war er am Treppenaufgang und stieß die Tür auf, im Rücken das Gezeter der Fahrgäste, die auf dem Weg nach oben waren und jetzt auf seinen Nichteinstieg ungehalten reagierten.

Die Hand gehörte zu einer dunkelblonden Frau, die reglos am Treppenabsatz lag. David erkannte Cassie DeBurke augenblicklich an ihrem Gesicht, dem Laboranzug und – hauptsächlich – am Namenschild.

Der SBGK-Agent kniete neben ihr nieder und überprüfte die Atmung. Erleichtert stellte er fest, dass sie nicht tot, sondern lediglich bewusstlos war. Er richtete die Wissenschaftlerin auf, schüttelte sie vorsichtig und tätschelte ihre Wangen.

»Wachen sie auf!«

Die Frau stöhnte und öffnete die Augen. Als sie zu sich kam, weiteten sie sich, und sie versuchte aufzustehen. David half ihr hoch.

»Meine Forschungsergebnisse!« DeBurke war außer sich. »Sie haben sie gestohlen!«

»Wer?«

»Die beiden Techs!«

»Ich schnappe sie mir!«, versprach David. »Sie bleiben hier.«

»Kommt gar nicht in Frage!« DeBurkes Augen funkelten. »Das sind zwei Jahre unersetzliche Forschungsarbeit. Ich komme mit!«

David setzte zu einer Erwiderung an, verstummte jedoch. Jede unnütze Diskussion kostete nur Zeit. Er stieß die Tür auf und sprintete durch die Eingangslobby an der Drehtür vorbei und nach draußen auf die belebte Straße. Er reckte den Kopf und versuchte, die beiden Techs im Gewühl zu erkennen.

»Dort drüben!« DeBurke war ihm gefolgt und deutete die Straße hinunter zu der großen Kreuzung, in deren Nähe ein Lastschweber vom Boden abhob. David sah gerade noch den Beifahrer einsteigen und erkannt das Logo der Wartungsfirma.

»Sie entkommen uns!« Die blonde Wissenschaftlerin war drauf und dran, die Straße hinunterzurennen, aber David hielt sie fest. Er griff in die Jackentasche, machte ein paar Schritte auf die Straße und blockierte eine der vier Fahrspuren. Ein chromglänzender 98er T-Bird konnte gerade noch so eben die Schubpropeller drosseln, um ihn nicht zu überfahren. David wedelte mit seiner ID vor dem windschnittigen Sportschweber und rannte zur linken Seite, wo er den verdutzten Fahrer mit einem »Ich arbeite für die Regierung, brauche Ihren Wagen« aus dem Fahrzeug zog.

»Los, einsteigen!«, rief er der Wissenschaftlerin zu, die bereits die Beifahrertür aufgerissen hatte. Der Besitzer, ein sonnenbankgebräunter Blondschopf in den Zwanzigern, stolperte zurück und fiel auf den Hosenboden, als David hinters Steuer rutschte und ihm die Tür vor der Nase zuschlug.

»Hey! Das ist mein Wagen!«, protestierte er nutzlos.

Der leistungsstarke Motor des T-Bird heulte auf, als David das Gaspedal in die Karosserie trat und den Schweber damit nach vorne riss.

LePaies und Price – David war sich sicher, dass sie es waren – mussten mitbekommen haben, was hinter ihnen passierte, denn der Lieferschweber zog kräftig an. Der weiße Hovervan mit der rechteckigen, blauen Markierung der Wartungsfirma drängte sich an einem Cabrio vorbei auf die linke Fahrspur und hielt auf die Kreuzung zu.

David schnitt einem von hinten kommenden Transporter den Weg ab und zog ebenfalls rüber. Die Rotorblätter des Schwebers sangen laut, als der T-Bird noch weiter beschleunigte.

»Die sind wahnsinnig!«, entfuhr es DeBurke, die sich mit weißen Knöcheln an der Deckenhalterung festhielt, als der Lieferschweber bei Rot in die Kreuzung einfuhr.

Sofort ertönte ein lautes Hupkonzert, als links und rechts die Fahrzeuge aus der kreuzenden Straße auszuweichen versuchten. Ein gelbschwarzes Taxi krachte mit voller Fahrt in einen blauen Offroader und schleuderte quer über die riesige Kreuzung. Glas- und Metallsplitter sausten durch die Gegend und verteilten sich auf dem Asphalt.

David schaltete eine Stufe höher und schoss hinter dem Van her, den Unfall umfahrend. Der weiße Lieferschweber wich einem entgegenkommenden Fahrzeug aus und geriet ins Schlängeln. Das Fahrzeug, ein nagelneuer Avanti mit einem alten Mann mit Hut am Steuer, schoss direkt auf Davids T-Bird zu.

Er riss das Steuer zur Seite und ließ den verchromten Sportwagen zur Seite gleiten. Er hatte Glück, dass er nicht ins Schleudern geriet wie LePaies. Oder wie der Avanti hundert Meter hinter ihm, der mit einem berstenden Geräusch durch die Glasfront eines Geschäftes fuhr und mit einer rotgoldenen Explosion in die Luft flog. David sah im Rückspiegel einen rotschwarzen Feuerball aufsteigen und qualmende Autoteile über die Fahrbahn schleudern.

»Übernehmen Sie das Steuer!«, rief er DeBurke über den Motorenlärm hinweg zu. Der SBGK-Agent klappte den Sitz in der Sekunde nach hinten, in der die Wissenschaftlerin beherzt nach dem Lenkrad griff. David kletterte nach hinten und wartete, bis DeBurke auf die Fahrerseite gerutscht war und den Sitz wieder hochgeklappt hatte. Dann zwängte er sich auf den Beifahrersitz und zog seine Pistole.

Cassie DeBurke sah das Aufblitzen der Waffe aus den Augenwinkeln.

»Wer zur Hölle sind Sie eigentlich?«, rief sie, während der Fahrtwind durch die beiden offenen Fenster schlug und ihr die Haare um den Kopf peitschte.

»Gibbs ...«, begann er und lehnte sich halb aus dem Fenster, um ein paar Schüsse auf den Van abzugeben. Passanten sprangen zur Seite, als der Schweber wieder schlingerte, um den Schüssen zu entgehen. Der Van rutschte über den Mittelstreifen in den Gegenverkehr, wo er ein erneutes Hupkonzert auslöste. David sah, wie die Zugmaschine eines riesigen Tanklasters ins Schleudern kam, als der Lieferschweber sie fast touchierte. Die Fliehkraft wirbelte den langen Anhänger herum und direkt in die Bahn.

DeBurke riss das Steuer herum und sandte den T-Bird in eine harte Drehbewegung auf den Bürgersteig. Das Heck des Tanklastzugs schwang wie eine Sense nach dem chromglänzenden Sportschweber, verfehlte ihn um Haaresbreite und knickte stattdessen eine Straßenlaterne mit einem hörbaren Knirschen um. Dann, wie in Zeitlupe, kippte der gesamte Zug und krachte funkensprühend auf den Asphalt. Die Zugmaschine und der Hänger rutschten unkontrolliert einige Dutzend Meter weiter, bis einer der Funken in den Tank schlug und das Benzin entzündete. Eine gewaltige Explosion hob den Transporter in die Luft, zerriss ihn und schickte eine meterhohe Feuerwalze durch die Straßen und in die angrenzenden Geschäfte. Der Druck der Explosion reichte , um alle Glasfassaden zu sprengen.

Auch der T-Bird wurde vom Boden gehoben, als die Scheiben zerbarsten und Glassplitter auf den Geheimdienstler und die Wissenschaftlerin regneten. Cassie DeBurke schaffte es gerade noch, den Sportschweber wieder auf die Straße zu drücken, bevor das Luftkissen unter den Schürzen zerstört werden konnte.

»SBGK«, beendete David seinen Satz und strich mit einer Hand die Überreste der Frontscheibe von seiner Schulter. Dann schoss er erneut auf den fliehenden Van – dank einer fehlenden Scheibe musste er sich auch nicht mehr aus dem Fenster lehnen.

Mit einem hohlen Klopfen stanzten sich Einschusslöcher über die Hintertüren des Wagens, kurz bevor diese zur Seite flogen, um Jacq LePaies mit Zigarette im Mundwinkel und einer Mars Military Model 347 im Anschlag das Schussfeld frei zu machen.

»Oh. Nicht gut«, kommentierte David.

Der Attentäter Schrägstrich Terrorist Schrägstrich Fahrstuhlmechaniker ließ den Sicherungshebel nach vorne schnellen und eröffnete das Feuer.

Eine Flammenzunge schlug aus dem Lauf des vollautomatischen Gewehres, als dieses Projektil um Projektil in Richtung T-Bird abgab.

»Runter!« David langte zur Seite und drückte DeBurkes Kopf hinter das Armaturenbrett, als sich eine Reihe von Einschusslöchern die Motorhaube hocharbeitete und das Futter der Kopfstütze explodieren ließ.

Der Schweber geriet ins Schlingern, aber die junge Frau fing ihn ab und setzte sich wieder hinter den Van. Davids Axton/Whitefire bellte auf und veranlasste LePaies dazu, den Kopf einzuziehen.

Passanten schrien in Panik auf, als sich der Lieferschweber weiter seine Bahn brach wie das sprichwörtliche heiße

Messer durch Butter. Ein Transporter mit gelben Warnleuchten konnte gerade eben so ausweichen, bevor er einen Briefkasten am Straßenrand abrasierte und mitten in ein parkendes Auto knallte.

David warf einen Blick über die Schulter auf das Blechchaos und meinte: »Wissen die nicht, dass man überschwere Transporter nur mit Vorsicht und genügend Abstand überholen sollte?«

»Auf so was hat mich meine Fahrschule nicht vorbereitet«, murmelte Cassie DeBurke.

LePaies verschwand aus dem Sichtfeld der beiden, als der Van auf heulenden Rotoren nach links abbog und den Franklin Boulevard in westlicher Richtung hinabbrauste.

David wurde in den Sitz gepresst, als DeBurke den T-Bird in eine enge Linkskurve riss und dem Lieferschweber nachsetzte.

»Wir müssen sie aufhalten!«, rief sie, als der Van wieder in Sicht kam.

Der Boulevard war sechsspurig ausgebaut und stark abschüssig, sodass man die Verkehrslage gut überblicken konnte.

»Was soll ich Ihrer Meinung nach tun? Ihnen in die Reifen schießen?«, gab David zurück, während er ein neues Magazin in seine Pistole rammte. LePaies gab eine weitere, nicht so zielsichere Salve ab und versuchte, die beiden von der Verfolgung abzubringen. Price, der offensichtlich fuhr, musste einem stehenden Lkw ausweichen und verriss damit LePaies' nächste Salve.

David warf einen Blick über das Dach des Lieferschwebers und sah mehrere hundert Meter entfernt einen großen Fußgängerüberweg, auf den beide Fahrzeuge zusausten. In der Menschenmenge waren Eltern mit Kindern, Einkaufsbummler und zwei Handwerker, die eine große Glasscheibe vorsichtig auf die andere Straßenseite bugsierten.

Der SBGK-Agent versuchte sorgfältig zu zielen, schaffte es bei der rasanten Fahrt aber nicht, LePaies zu erwischen.

Die Kugeln sausten links und rechts an dem Van vorbei oder schlugen in dessen Karosserie ein.

Mit einer unglaublichen Geschwindigkeit rasten die beiden Schweber auf den Fußgängerüberweg zu, von dem die Menschen schreiend wegspritzten wie Dreckwasser aus einer tiefen Pfütze.

Der weiße Lieferschweber rauschte über den Überweg – an dessen Seite sich die beiden Handwerker mit der Glasscheibe hatten in Sicherheit bringen können – und jaulte auf die enge Kurve dahinter zu, wo der Franklin Boulevard in die Western Avenue überging.

DeBurke zog mit dem T-Bird nicht nach, sondern stieg voll in die Bremsen. David knallte gegen das Armaturenbrett und pfiff, als ihm die Luft aus dem Brustkorb gepresst wurde.

»Nette Bremsung«, hustete er dann, als er erkannte, was DeBurke als Einheimische gewusst hatte: Die Kurve verlief viel steiler als erwartet. Als der T-Bird sie durchquerte, sahen sie, wie der flüchtige Van herumgerissen wurde und völlig außer Kontrolle geriet. Der weiße Lieferschweber drehte sich wieder und wieder um die eigene Achse, während er auf seinem Luftkissen weiter die Fahrbahn herabschoss. David sah noch, wie ein großer, grüner Transporter die Avenue kreuzen wollte und mitten in die Bahn des Vans geriet.

Mit einem ohrenbetäubenden Krachen bohrte sich der weiße Lieferschweber in die Seite des Getränketransporters, gab einen Großteil seiner kinetischen Energie an ihn ab und riss ihn um. Der Transporter knallte auf den Asphalt, seine Ladung zerbarst, und literweise teurer Champagner ergossen sich auf die Straßen von Bresco.

»Sie versuchen zu fliehen!« DeBurke brachte den T-Bird herum, als LePaies und Price mehr oder weniger unverletzt aus ihrem Fluchtwagen kletterten. Die Rotoren heulten auf, als der chromglänzende Sportschweber zum Stillstand kam.

David legte an, schoss und schickte einen der beiden zu Boden – der andere konnte sich in eine Seitenstraße retten.

DeBurke machte keine Anstalten, den Motor auszustellen, sondern sprang aus dem Schweber und folgte Gibbs, der schon auf die getroffene Gestalt zurannte.

Als David bei dem Mann ankam, erkannte er Jacq LePaies. Er brauchte nicht erst den Puls zu fühlen, um festzustellen, dass er tot war.

Schon etwas außer Atem erreichte ihn auch Cassie DeBurke und blickte auf den leblosen Körper hinab. David erhob sich aus den Knien und zertrat LePaies Zigarette, die neben ihm auf dem Boden noch glühte.

»Raucher sterben früher.«

10. Kapitel

»Willkommen zurück bei ›The Sphere In A Nutshell‹, ich bin Deborah Watson. Thema unserer Sendung heute Abend ist – zum wiederholten Male – die Spannungen an der Grenze. Nach Lord Camerons Ultimatum begann das Oberkommando der VSDK tatsächlich die relevanten Befehle auszugeben. Jeder, der geglaubt hatte, die Sache wäre damit bereits ausgestanden, hatte sich jedoch schwer getäuscht. Die einzigen Einheiten, die bisher tatsächlich abgezogen sind, sind das 15. Reguläre Benjamin und das 2. Reguläre Dieron. Offiziellen Berichten zufolge verzögert die große Anzahl der Truppen die Weiterleitung der spezifischen Befehle.«

— *The Sphere In A Nutshell,* Terra News Broadcasting,
Terra, Terranische Hegemonie, 24. Juli 2600

Bresco, New Mendham
Gemeinsam verwaltete Grenzwelten, crucisch-draconische Grenze

24. Juli 2600

Die Seitenstraße war zwar nicht so groß wie die Western Avenue, trotzdem war sie breit ausgebaut und stark befestigt. Normalerweise wurden auf solchen Straßen BattleMechs transportiert.

David blickte an den Hochhauszeilen vorbei und sah, wie einige hundert Meter entfernt Mason Price an einem Torposten vorbei auf ein riesiges Firmenareal schlüpfte. Er brachte seine Waffe in Anschlag, konnte aber kein freies Schussfeld bekommen.

»Er hat die Datenkristalle nicht«, stellte Cassie DeBurke fest, als sie sich von LePaies' Leichnam erhob. »Der andere muss sie haben!«

»Beeilen Sie sich«, drängte David und rannte los, sobald die Wissenschaftlerin wieder auf den Beinen war. Price hatte einen Vorsprung von vielleicht dreißig Sekunden. Als er allerdings hinter die hohen Mauern des Firmenkomplexes geflüchtet war, hatte er sich damit selbst den Fluchtweg abgeschnitten.

Der Geheimdienstler und die Wissenschaftlerin kamen bei dem schwer bewaffneten Torposten an, der beim Anblick von Davids Axton/Whitefire sofort seine eigene Waffe anlegte und entsicherte.

»Bleiben Sie zurück, Sir!«, rief er drohend schon von weitem.

»David Gibbs«, gab der SBGK-Agent zurück und hob die Pistole zur Seite, um zu zeigen, dass er keine feindlichen Absichten hegte. »Ich arbeite für die Regierung.«

»Zeigen Sie mir Ihren Ausweis!«

David griff mit der Linken vorsichtig in die Jackentasche und fischte seine ID heraus. Der Wachposten befahl ihm, die Verigraphkarte auf den Boden zu legen und ließ sie dann von seinem mittlerweile alarmierten Partner holen. Unruhig wartete David darauf, dass die beiden seine Identität überprüften. Sein Blick wanderte zu der großen bronzenen Plakette an der Mauer, die den Komplex als Testareal und Forschungseinrichtung von Bergan Industries auswies.

Der erste Wachposten bekam endlich ein Okay von seinem Partner, nahm das Gewehr runter und winkte sie näher.

»Tut mir Leid, Mister Gibbs«, entschuldigte er sich. Der Mann schob mit der behandschuhten Hand das Visier des Helms halb nach oben. »Ma'am.«

»Wieso haben Sie den Tech nicht aufgehalten, der hier gerade durchgekommen ist?«, wollte David wissen, als er seine ID wieder einsteckte.

»Er hatte einen gültigen Bergan Industries-Ausweis«, entschuldigte sich die Wache.

»Er ist ein gesuchter Verbrecher – geben Sie Alarm.«

»Sofort, Sir.«

Der Postenführer gab seinem Partner ein Handzeichen, der daraufhin zurück an das Visiphon in der Wachkabine sprintete. Cassie DeBurke hatte sich mittlerweile schon an dem Wachposten vorbeigedrängt und lief auf den trapezförmigen Firmenkomplex zu, der sich vor ihnen erhob. Sie gestikulierte zu David und bedeutete ihm, sich doch zu beeilen. Der SBGK-Agent schwang sich über die rotweiße Fahrzeugschranke und schloss zu ihr auf.

David achtete darauf, nicht sofort Hals über Kopf in das Firmengebäude zu stürzen. Er hielt die Wissenschaftlerin mit ausgestrecktem Arm davon ab, direkt in die Eingangshalle zu rennen. Mason Price hatte zwar einen Vorsprung, aber das gab ihnen keine Garantie, dass er nicht hinter der nächsten Ecke auf sie wartete. Mit Sicherheit war er auch bewaffnet.

Die Eingangshalle, ein kapellenartiger, großer Raum, dessen Decken von einem Dutzend Säulen getragen wurden, diente als Hauptverteiler für den Komplex. Einige Gänge zweigten tiefer in das Gebäude ab, und eine Reihe von Fahrstühlen links und rechts warteten darauf, Angestellte in die oberen Ebenen zu tragen.

David betrat die Halle vorsichtig mit der Waffe im Anschlag. Er ging in Deckung hinter einer der Säulen und suchte angestrengt nach Hinterhalten. Cassie DeBurke duckte sich bei der dem Eingang nächsten Säule und blickte hinüber zu ihm. David streckte die offene Hand aus und bedeutete ihr zu warten, als er aus einem Gang auf der anderen Seite Schritte hörte. Er legte an und wartete, bis die Person näher kam. Sein Finger spannte sich um den Abzug, bereit, Mason Price mit einem gezielten Schuss niederzustrecken, als er bemerkte, dass die Schritte nicht zu einer einzelnen Person, sondern zu mehreren gehörten.

Kurze Zeit später strömte eine Abteilung schwer bewaffneter und ebenso gepanzerter Wachleute in die Empfangshalle und verteilte sich. David verließ seine Deckung und wurden von dem hochschnellenden Lauf einer Golan und Harpard begrüßt. Als DeBurke ebenfalls hinter ihrer Säule hervorkam, entspannte sich die Lage jedoch.

»Sie sind der SBGK-Mann?« Einer der blau-schwarz uniformierten Wachen von weiter hinten kam näher und schob das dunkle Visier seines Schutzhelmes hoch. Dahinter musterten David wachsame grüne Augen.

»Ja.«

»Captain Lewis lässt ausrichten, dass Sie zu ihm in den Wachraum kommen sollen, weil Sie dort den Eindringling mit den Kameras suchen helfen können.«

»Welche Richtung?«

»Den Gang hoch und dann am Ende rechts.« Der Wachmann deutete auf den Korridor, aus dem er mit seinen Leuten geströmt war. »Wir bewachen den Hauptausgang.«

»Alles klar. Kommen Sie, Cassie.« Der SBGK-Agent setzte sich schon in Bewegung. Der Streifenführer klappte das Visier wieder zu und gab seinen Leuten ein Handzeichen, um sie weiter über den Eingangsbereich zu verteilen.

»*Cassie*?« Die Wissenschaftlerin blinzelte überrascht und etwas entrüstet, während sie hinter dem Geheimdienstler hereilte.

Die schwere Stahltür zum Wachraum wurde geöffnet, als David und DeBurke dort ankamen. Ein ungepanzerter Wachmann winkte sie an einer Hand voll Leute vorbei, die wissen wollten, was los war.

»Captain Lewis«, stellte er sich vor und deutete gleich auf eine Monitorwand, die den gesamten hinteren Teil des abgedunkelten Raumes einnahm. »Wir haben den Eindringling irgendwo auf dem Weg in die unterirdischen Levels verloren.«

»Sein Name ist Mason Price.« David steckte die Waffe ein und blickte angestrengt über die Monitore. Lewis wurde unterstützt von zwei weiteren Angestellten, von denen einer ebenfalls die Bildschirme im Auge behielt und der andere die restlichen internen Sicherheitssysteme überwachte.

»Wenigstens kann er uns nicht entkommen«, bemerkte der SBGK-Agent.

»Äh, das stimmt nicht ganz«, ließ sich der Wachleiter vernehmen. »In Sublevel Vierzehn gibt es einen Verladebahnhof, der dieses Gebäude mit dem BattleMech-Trainingsareal mehrere Kilometer nördlich verbindet. Eine unterirdische Magnetbahn transportiert Personal und Material zwischen den beiden Stationen hin und her.«

»Wie stark ist die Station in diesem Gebäude gesichert?«, fragte David. DeBurke sah dem Wachmann an den Sensoren über die Schulter und sprach leise mit ihm.

»Es sind Wachleute vor Ort«, erwiderte Lewis, »aber leider nur zwei Streifen. Die Wachmannschaft wird nur bei einem Überfall verstärkt. Selbst wenn wir jetzt noch Leute hinunterschicken, könnten sie nicht mehr rechtzeitig eintreffen, bevor Price sein Ziel erreicht – trotzdem schicken wir ein Team hinunter.«

»Was ist mit internen Abwehrmaßnamen? Schotttüren, Selbstschussanlagen?«

»Keine.« Lewis schüttelte den Kopf.

»Ich glaube, ich habe eine Idee«, unterbrach Cassie DeBurke plötzlich das Gespräch der beiden Männer. Sie blickte von den Computerbildschirmen auf und winkte sie heran.

»Indem wir die Hitzesensoren der Branderkennungssysteme in ihrer Empfindlichkeit verändern, können wir alle im Gebäude befindlichen Personen präzise genug erkennen.« Die schlanke Wissenschaftlerin deutete auf die Risszeichnung des dreizehnten Untergeschosses, die auf einem der Flachbildschirme angezeigt wurde. Der Wachmann an den Monitoren blickte fragend zu Lewis hoch. Der Wachleiter nickte, und der Mann nahm die erforderlichen Änderungen vor.

»Hier ist eine Signatur, die sich zielstrebig durch das Stockwerk abwärts bewegt«, erkannte er nach einigen Sekunden.

DeBurke hatte die Arme vor der Brust gekreuzt und lächelte triumphierend.

»Er ist auf dem Weg zum Verladebahnhof. Informieren sie sofort ihre Leute vor Ort, Mister Lewis.«

»Wird gemacht.« Der Captain beugte sich zu einem Kommunikationsterminal, schnappte sich das handtellergroße Mikrofon und begann die Streifen zu kontaktieren.

»Wie komme ich am schnellsten nach dort unten?«, wandte sich der SBGK-Agent an den Mann vor den Computermonitoren. Dieser schickte einige Befehle über die Tastatur und ließ einen Weg quer durch die verschiedenen Stockwerke blau aufleuchten.

»Die Personenfahrstühle sind nicht nur aufgrund des Alarms automatisch blockiert«, erklärte er, »sondern würden aus Sicherheitsgründen auch nicht vollständig nach unten fahren. Stattdessen können Sie durch zwei Wartungskorridore einige Minuten Zeit sparen. Sehen Sie, hier und hier verbinden diese Korridore die Hauptgänge. Normalerweise wären sie verriegelt, aber ich kann die Blockierung von hier aufheben.«

David musterte den Streckenverlauf und prägte ihn sich ein. Im Grunde ging es nur eine ganze Menge Treppen hinunter.

»Die Streifen sind informiert«, berichtete Lewis, als er das Mikro wieder weglegte. »Sie sind angewiesen, Price festzunehmen. Ich habe sie außerdem auch darüber in Kenntnis gesetzt, dass wir nicht ausschließen können, dass er bewaffnet ist.«

»In Ordnung. Lassen Sie Ihr Team so schnell wie möglich nachkommen. Und legen Sie die Steuerung der Magnetbahn lahm«, befahl David, während er die schwere Tür des Wachraums aufdrückte.

»Ich werde es versuchen, Sir«, antwortete der Mann an den Terminals. »Ich kann aber nichts versprechen.«

* * *

Gehetzt blickte sich Mason Price um. Wo zur Hölle war der Typ hergekommen? Alles lief glatt, bis zu dem Augenblick, in dem sie eigentlich nur noch hätten wegfahren müssen. DeBurke war schnell überwältigt worden und Jacq hatte die Datenkristalle sofort gefunden. Dann war der T-Bird auf sie losgegangen und alles schief gelaufen.

Mason hastete durch den Korridor in Richtung des Verladebahnhofs und rannte fast einen Büroboten um. Als Alarm gegeben worden war, war der Teil der Angestellten, der keine essentiellen Arbeiten verrichtete, über diverse Ausgänge des Komplexes nach draußen geschleust wurde.

Der Bote schimpfte hinter Price her und der muskulöse Schwarze winkte ihm unbestimmt mit der linken Hand über die Schulter zu. Seine Rechte steckte unter der leichten Jacke, wo sie einen Peaceful Acres-Handnadler schussbereit umklammert hielt. In der anderen Jackentasche schlugen die vier Datenkristalle schwer gegen seinen Körper. Price konnte es noch schaffen – er musste sich nur beeilen.

Zum Glück war hier unten nicht ganz so viel los. Der Alarmzustand sorgte dafür, dass sich fast niemand auf den Gängen befand und wundern konnte, was eine schwitzender, in einem Blaumann steckender Unbekannter hier verloren hatte.

Mason war sicher, dass der Typ, der LePaies umgelegt hatte, ihm folgte. Es war nur eine Frage von Minuten, bis die Wachmannschaft von einem Angestellten informiert wurden und ihm den Weg abschnitt. Es wurde Zeit, von der Bildfläche zu verschwinden.

Price verließ den Hauptkorridor und bog in einen der zahlreichen Nebentrakte ab. In diesem Gang war überhaupt kein Verkehr, und so konnte der Attentäter ungehindert tiefer in den Komplex eindringen. Seine Tarnung war zerstört – er hatte keine Zeit zu verlieren.

Mason zog den Nadler aus der Jackentasche und stieß sanft die Tür zur Cafeteria auf – niemand da. Eilig schritt er an den Metalltischen vorbei auf die Küche zu. Von dort führte ein anderthalb Meter hoher Speiseaufzug direkt in den unterirdischen Bahnhof.

Der Attentäter schob sich an langen Herdzeilen vorbei, öffnete die Tür des Aufzugs und zog den Trolly mit Nachtisch heraus. Er hatte Glück, dass die Küche ebenso verlassen war wie die Cafeteria – Mittagspausen machen oder essen war im Alarmszenario von Bergan Industries nicht vorgesehen.

Mason gestattete sich ein breites Grinsen, als er sah, dass der Versorgungsaufzug nicht blockiert war. Offensichtlich rechnete der Sicherheitsbeauftragte des Komplexes nicht damit, dass ihn jemand zur Infiltration benutzen könnte.

Der muskulöse Mann zwängte sich in den Lift, hieb auf den Rufknopf an der Außenseite und zog die Tür aus rostfreiem Edelstahl zu. Mit einem Rattern setzte sich sein Gefährt in Bewegung und trug ihn ein Stockwerk tiefer.

Als der Fahrstuhl stoppte, drückte Mason die Tür vorsichtig auf. Er hatte den Nadler im Anschlag und war bereit zu feuern.

Der Verladebahnhof war ein großes, unterirdisches Gewölbe, in dessen Mitte die Schienen von zwei Magnetzügen endeten. Die Gleise verschwanden in einem spärlich von gelben Industrielichtern erhellten Tunnel. Um den Bahnsteig herum stapelten sich Kisten mit Versorgungsgütern, aber auch Rüstungserzeugnissen – Bergan Industries stellte schließlich keine Teddybären her.

Der Bahnsteig mit den beiden Gleisen lag in einer Senke, von der nach beiden Seiten rostige Metalltreppen nach oben führten. In einer U-Form um diese Senke herum befand sich der Verladeplatz für ankommende und abgehende Güter. Ein großer gelber Kran glitt parallel zum Boden an Führungsschienen die Decke entlang und konnte bis in die angrenzende Montagehalle fahren. Vom Verladeplatz selbst führten schwere Doppeltüren weiter in den Komplex hinein.

Dort wo Mason jetzt gerade ausstieg, befand sich ein separater Raum für Lebensmittel. Mehrere Trollys mit verschiedenen Speisen waren hier abgestellt, eine E-Meise stand verlassen in der Ecke.

Geduckt schlich der Attentäter an belegten Brötchen und Shrimpcocktails vorbei und spähte durch eine Glasscheibe in den Verladebahnhof. Auf Anhieb konnte er zwei Wachmänner sehen, die den Bereich patrouillierten. Die Wachleute waren schwer gepanzert und trugen jeder eine Mauser & Gray MP65 Maschinenpistole sowie die bei den Sternenbund-Verteidigungsstreitkräften so beliebte 9mm Axton/Whitefire.

Mason duckte sich, als einer der beiden auf dem Absatz kehrt machte und sich anschickte, den rückwärtigen Bereich einer langen Reihe von Containern zu inspizieren.

Das war die Gelegenheit! Der Attentäter kroch in geduckter Haltung unter dem Fenster her und zum Ausgang des Raumes. Er schob die Tür so leise wie möglich auf und stahl sich hinaus. Dann hastete er über den dunklen Bereich zwischen Wand und Container und drückte sich gegen die Seite einer Ladung Handaktivatoren.

Der Wachmann hatte nicht bemerkt, was hinter seinem Rücken vorging und marschierte weiter auf das Ende der Containerstrecke zu. Immer noch geduckt pirschte sich Mason an ihn heran, bis er ihn fast berühren konnte. Der Wachmann stockte – sein Instinkt sagte ihm, dass etwas nicht stimmte. Er wollte sich gerade umdrehen, als Mason ihn an der Schulter rückwärts gegen die Containerwand riss, ihm den Lauf seiner Waffe zwischen Helm und Panzerjacke stieß und abdrückte.

Ein Nadler war eine hinterhältige und heimtückische Waffe, speziell darauf ausgelegt, auf kurze Distanz gegen ungeschützte Personen maximalen Schaden anzurichten. Der Mechanismus der Peaceful Acres-Waffe drückte den Plastikblock, der als Munition diente, in die Vorkammer. Dort wurde er in Fetzen gerissen, die dann mit Überdruck aus der Mündung herausgeschossen wurden. Für die vielen kleinen, scharfen Plastiknadeln stellte der Rollkragenpullover des Wachmanns kein großes Hindernis dar – sie zerfetzten Stoff, Haut und Fleisch gleichermaßen.

Der gepanzerte Mann gurgelte, als das Blut aus seiner zerrissenen Kehle sprudelte und auf den Boden strömte. Mason riss seine Waffe weg, bevor diese zu dreckig werden konnte, und griff die Maschinenpistole des Wachmanns, als dieser sie losließ, um mit beiden Händen verzweifelt die Blutung zu stoppen versuchte. Price schlüpfte durch einen engen Spalt zwischen den Containern und beachtete ihn nicht weiter. Der Angestellte der Bergan-Industries-Sicherheitsmannschaft klappte zusammen, zuckte am Boden noch ein wenig – dann war alles vorbei.

Mason war klar, dass seine Zeit jetzt nur noch schneller verrann. Er presste seinen Rücken gegen den kalten Stahl eines der Frachtcontainer und atmete tief durch. Dann machte er einen Schritt aus der Deckung, drehte sich um hundertachtzig Grad und zog den Abzug durch.

Das Rattern der MP65 hallte ungedämpft von den Wänden wider, als der Attentäter die Mündung der Waffe einmal quer über sein Sichtfeld zog und zwei Wachleute von den Füßen riss.

Mason sprintete los und rollte sich in Deckung hinter einem hüfthohen Kühlmitteltank, als das Antwortfeuer des dritten Wachmanns funkensprühend über die Container hinter ihm schlug. Er rollte sich herum, ließ sich an der Seite des Tanks zu Boden fallen und durchsiebte den letzten Mann mit einem langen Feuerstoß, während dieser gerade in Deckung hechten wollte. Als sich in der Halle nichts mehr rührte, sprang er auf und hastete zu den Magnetbahnen.

* * *

David und Cassie nahmen die letzten Stufen der Metallstiegen mit einem großen Satz und sprinteten zu der doppelflügeligen Tür am Ende des niedrigen, ölverdreckten Korridors. David warf einen Blick durch das in den Stahl eingelassene kleine Fenster und versuchte, so viel wie möglich zu überblicken. Er stieß die Tür auf, sicherte mit der Pistole erst den offenen Bereich vor ihm und dann den abgesenkten Bahnsteig. Die drei toten Wachen hatte er schon durch das Türglas gesehen – das Fehlen der Personenbahn verriet, dass Mason Price nicht mehr im Gebäude war. Trotzdem erkundete David vorsichtig und rasch den Raum.

»Zwei werden es überleben«, rief Cassie DeBurke ihm durch die Halle zu, nachdem sie sich bei den reglosen Körpern hingekniet hatte. David kam aus dem Containerlabyrinth heraus und deutete mit dem Daumen über die Schulter.

»Da hinten liegt noch eine Leiche.«

Er machte einen Bogen um eine große Pfütze Kühlmittel, die von mehreren sprudelnden Löchern in einem Tank gespeist wurde, und steckte seine Waffe weg. Cassie schloss sich ihm an, als er die Metallstufen in den Verladehof hinabstieg und dort in die Kontrollkabine für die Magnetbahnen kletterte.

»Er hat die Personenbahn genommen und sie dann drüben irgendwie blockiert«, stellte David mit einem Blick auf die Schalttafeln fest. »Seltsam. Die Frachtbahn ist bereits auf dem Weg zu uns.«

Er blickte sich um und fand nach kurzer Suche das hausinterne Kommunikationssystem. Die Wachzentrale war praktischerweise auf einer der Schnellwahltasten.

»Gibbs hier. Einige der Wachmänner leben noch, schicken Sie Sanitäter.«

»Verstanden, Sir«, antwortete Lewis. »Juniper hat es übrigens geschafft, die Verladebahn in Ihre Richtung zu schicken – damit können Sie etwas aufholen.«

»Habe ich gesehen, danke.«

Er trennte die Verbindung. Die zweite Magnetbahn war ungleich langsamer als die erste. Dazu kam noch, dass sie auch noch erst in den Verladenbahnhof einfahren musste. David konnte nur hoffen, dass Prices Vorsprung nicht zu groß wurde.

11. Kapitel

»Wir sind hier live im Verkehrsüberwachungshubschrauber von Channel Six und haben einen ausgezeichneten Blick auf das, was hier etwa dreihundert Fuß unter uns passiert. Ein Hovervan und ein windschnittiger T-Bird liefern sich eine rasante Verfolgungsjagd mitten durch die Innenstadt von Bresco! Im Augenblick befinden sie sich auf der Main in Richtung Norden. O mein Gott! Ein Tanklastzug ist außer Kontrolle geraten und explodiert!«

— *Sondersendung von Channel Six News*, Channel Six, New Mendham, gemeinsam verwaltete Grenzwelten, crucisch-draconische Grenze, 24. Juli 2600

Bresco, New Mendham
Gemeinsam verwaltete Grenzwelten, crucisch-draconische Grenze

24. Juli 2600

Die Magnetbahn glitt durch den in Zwielicht getauchten Tunnel und schwebte langsam aber sicher ihrem Ziel entgegen. Zu langsam, fand David. Er saß in einem der Cockpitsessel und kontrollierte das Magazin seiner Pistole. Cassie DeBurke überflog ein letztes Mal die Anzeigen auf dem Armaturenbrett und drehte ihren Sessel dann so, dass sie zu David hinüberblickte. Die Leuchtstoffröhren des Tunnels zeichneten wandernde Schatten über ihr Gesicht.

»Was passiert, wenn wir ihn erwischen?«, fragte sie.

David schob das Magazin zurück in die Axton/Whitefire und langte nach der MP65, die er einem der toten Wachleute abgenommen hatte.

»Wenn Price sich ergibt, nehme ich ihn fest.«

»Und wenn nicht?«

David schwieg. Er blickte auf und ihre Blicke trafen sich in dem halbdunklen Cockpit. Für einen Augenblick sagte keiner etwas. Dann winkelte der SBGK-Agent die Maschinenpistole an, zog an dem Spannhebel und ließ ihn zurückschnappen – ein Geräusch, das in der Stille der Fahrerkabine wie ein Donnerschlag klang.

Als die Lastschwebebahn schließlich in den Bahnhof des Testareals einfuhr, war von Mason Price nichts zu sehen. David und Cassie duckten sich neben der Cockpittür. Er sicherte seine Pistole und hielt sie der Wissenschaftlerin hin. »Können Sie damit umgehen?«

Anstelle einer Antwort griff die Frau nach der Waffe, wechselte sie in die rechte Hand, entsicherte sie mit einer kurzen Daumenbewegung, griff den Verschluss und spannte ihn mit einem hörbaren Klacken. David hob amüsiert eine Augenbraue.

»Gut. Wenn Sie Price sehen, schießen Sie. Versuchen Sie, nach Möglichkeit keine lebenswichtigen Organe zu verletzen, aber Ihre Sicherheit geht vor.«

»Verstanden.« Die Wissenschaftlerin nickte ernst und strich sich eine Haarsträhne aus der Stirn. David hieb auf den Türöffner und machte sich bereit. Während die Cockpittür leise zischend aufglitt, blickte er in den Bahnhof dahinter, die Maschinenpistole im Anschlag.

Das Areal hier war ähnlich dem im Inneren des Verwaltungsgebäudes. Auch hier war der eigentliche Bahnsteig abgesenkt, und ein gelber Schwerlastkran hing an Führungsschienen unter der Decke. Im Gegensatz zu dem anderen Bahnhof war dieser jedoch auf Bodenhöhe und nicht unterirdisch. David sah den Ausgang der zehn Meter hohen Halle als von künstlichem Licht erhellten Halbkreis dort abgezeichnet, wo es von der Stirnseite der Halle aus auf das Areal ging. Von dem Bahnsteig führte zusätzlich zu den Treppen auch noch eine sanft ansteigende Rampe nach oben, an deren Seite zwei Niederflurwaggons auf eine Zugmaschine warteten.

David sprintete von der Lastbahn zum Personenzug und blickte durch die Sichtscheiben in das Fahrerhäuschen. Die Überreste des Schaltpultes verrieten, dass die Magnetbahn sich nicht mehr so schnell vom Fleck rühren würde.

Vorsichtig arbeiteten sie sich durch die Halle vor. Es gab keine Menschenseele weit und breit, genauso wenig wie irgendeinen Hinweis auf den flüchtigen Verbrecher. Als sie das Ende der Halle erreicht hatten, spähte David hinaus und nahm die Umgebung in Augenschein.

Zusammen mit der Bahnhofshalle befanden sich noch gut ein halbes Dutzend weitere im näheren Umfeld – vielleicht sogar noch mehr. Alle Hallen hatten eine Höhe von wenigstens zehn, fünfzehn Metern und waren durch rudimentäre Straßen verbunden, wie man sie auch von Militärstützpunkten her kannte. Spartanische Hinweisschilder und kleinere Wachhäuschen verstärkten den Eindruck nur noch.

»O mein Gott ... sehen Sie das?« Cassie lugte auf der anderen Seite hinter einem Altmetallcontainer aus der Halle heraus. David folgte ihrem Blick und sah die verbrannten Überreste von zwei menschlichen Körpern in der Nähe einer der Hallen gegenüber, wo der Boden rußgeschwärzt und die Sandbefestigungen der Straßen stückweise glasiert waren. Er sagte nichts, sondern suchte den Vorplatz mit den zwei Wachhäuschen ab, die Augen zu Schlitzen verengt.

»Ich habe den Eindruck, dass Price hier vorbeigekommen ist«, gab er mit gedämpfter Stimme zurück. »Seien Sie vorsichtig.«

Damit lief er in geduckter Haltung zu Cassie, verharrte für einen Augenblick bei ihrer Deckung und schlich dann aus der Halle. Der Vorplatz war leer, und so sprintete David zu einer der beiden Wachkabinen. Cassie folgte ihm nach kurzem Zögern. Sie lehnte sich gegen die kalte, schmale Wand, während sie aufmerksam die Umgebung absuchte und weitere Kampfspuren entdeckte.

»Ich habe ein ganz schlechtes Gefühl bei dieser Sache«, murmelte sie.

David wollte ihr gerade zustimmen, als sich etwas auf der anderen Seite des Platzes bewegte. Mehr reflexartig als willentlich sank er auf ein Knie, brachte die Maschinenpistole in Anschlag und richtete die Mündung auf die Person, die hundert Meter entfernt in einen offenen Türrahmen von der Halle bei den verkohlten Leichen getreten war und wild herumfuchtelte.

»Los!«, rief die Person. »Kommen Sie hier rüber – er ist vollkommen verrückt!« David nahm den Finger vom Abzug – nur ein Techniker. Allerdings ein ziemlich panischer Techniker.

Dann fing plötzlich der Boden an zu zittern und ein Motor jaulte auf. David wirbelte herum und sah, wie ein Militärjeep mit qualmenden Reifen um die Ecke eines hohen und lang gezogenen Gebäudes in der Nähe rutschte und über den Platz raste. Dann erkannte er, warum die Leute flüchteten und was den Tech so in Panik versetzt hatte. Das Zittern des Bodens löste sich in einzelne, regelmäßige Stöße auf, als ein *Chameleon* um die Ecke des Gebäudes getrottet kam.

David sah mit an, wie der mittelschwere BattleMech seinen in einem dunklen, tödlichen Geschützlauf endenden Arm hob und auf ihn und Cassie richtete ...

* * *

»Heilige Mutter Maria!«, entfuhr es Cassie beim Anblick des Metallgiganten. Gebannt starrte sie auf die zehn Meter Tod und Vernichtung, nur hundert Meter entfernt. David reagierte sofort. Er griff ihren Arm und zerrte sie auf die Füße. Der *Chameleon* hatte anscheinend Probleme – er feuerte nicht sofort, sondern schwankte stattdessen leicht.

»Laufen Sie!«

David und Cassie sprinteten los, weg von dem Wachhäuschen, weg von dem offenen Platz, auf dem sie wie auf dem Präsentierteller saßen.

Dann bekam sich der *Chameleon* wieder unter Kontrolle. Der schwere Magna Mk. III-Laser zischte, als aus der Mündung ein rubinroter Lichtstrahl auf sein Ziel zuschoss und das Holz des Wachhäuschens explodieren ließ und in Brand steckte.

David gab über die Schulter einen Feuerstoß aus der MP65 ab, wohlwissend, dass er damit höchstens den Piloten ärgern konnte. Sie hasteten über die schmale, zweispurige Fahrbahn und sprinteten um die Ecke einer halb offenen Montagehalle.

»Da rüber!« Cassie deutete auf eine Metalltür wenige Meter entfernt in der gegenüberliegenden Hallenwand. Sie zögerte nicht lange und rannte darauf zu. David blieb keine andere Wahl, als ihr zu folgen.

Der Boden zitterte und bebte in immer kürzeren Abständen, als sich der *Chameleon* eine Querstraße weiter in Bewegung setzte. Cassie griff nach dem Türknauf – verschlossen! Sie trat einen Schritt zurück, hob die Pistole und feuerte einmal, zweimal, dreimal – dann war der Schließmechanismus zerstört. Die Frau stieß die Metalltür mit der Schulter auf und verschwand in dem dunklen Inneren des Raumes. David schlüpfte hinter ihr her, gerade als der *Chameleon* in Sicht kam.

Der Raum, in den Cassie sie geführt hatte, war ein Ersatzteillager mit grobmechanischen Geräten wie Lichtmaschinen oder Getriebewellen. Der SBGK-Agent wagte nicht, die Tür zuzudrücken – bisher hatte Price das Gebäude nicht unter Beschuss genommen, und es bestand kein Anlass, ihm mitzuteilen, wo seine Beute war. David knirschte mit den Zähnen. Er war keine Beute, er war der Jäger.

»Was nun?« DeBurke blickte sich in dem fast dunklen Raum um.

»Weiter hinein. Wir müssen ihn abhängen.« David schob sich an ihr vorbei zwischen zwei Regalen hindurch, sah die Erregung in ihren Augen, spürte ihren schnell gehenden Atem. Dann war er auf der anderen Seite und zog die Tür aus dem Lagerraum in die Halle dahinter auf.

Es war nur eine Frage der Zeit, bis Price auf Infrarot wechselte und die Wärmesilhouetten von ihm und Cassie aufspürte. Die Schritte der beiden hallten von den Wänden wieder, als sie an Jeeps und Personentransportern vorbeihasteten.

David war nur wenige Meter vom Hinterausgang entfernt, als mehrere Explosionen die Stille zerrissen und ihn nach vorne warfen. Er blickte hustend zurück und sah noch, wie eine Flammenwalze die Reste der südlichen Wand verschlangen. Dort, wo sich gerade noch der Lagerraum befunden hatte, klaffte jetzt eine unregelmäßige Bresche. Price hatte sich mit einer KSR-Salve den Weg frei gesprengt.

David rappelte sich auf. Durch den Fuhrpark um ihn herum war er gut geschützt. Das Gleiche galt zum Glück auch für Cassie, die ebenfalls wieder auf die Beine kam. Ihr Laboranzug hatte schon einiges aushalten mussen, aber jetzt waren auch ein Ärmel und das Oberteil eingerissen. David rannte zu der Hintertür, riss sie auf, nachdem er die Blockierung gelöst hatte, und scheuchte Cassie hindurch.

An den hohen Hallenwänden vorbei rannten sie – zugegebenermaßen ohne großen Plan – weg von dem *Chameleon*. Das Feuer der Explosion überdeckte ihre Hitzesignaturen zeitweilig, sodass sie einen Vorsprung herausholen konnten.

Sie liefen an Baracken vorbei und schlidderten auf dem Asphalt, als sie hakenschlagend zwischen den verschiedenen

Gebäuden zu entkommen suchten. Mitarbeiter von Bergan Industries flohen auf Jeeps oder in ihren privaten Autos und nahmen keine Rücksicht auf Verluste.

Als David um die Frontseite einer weiteren Wartungshalle bog, rannte er dabei fast einen hageren Mann über den Haufen. Der Mann erschrak, hatte sich aber schnell wieder im Griff. Gehetzt blickte er über die Schulter des SBGK-Agenten, wo in einiger Entfernung der marodierende BattleMech unter Getöse ein niedriges Gebäude zerstampfte.

»Wer sind Sie?«, fuhr David ihn an, als der Mann keine Anstalten machte, wegzulaufen, und ihn aufhielt. Der Geheimdienstler hatte die Waffe drohend erhoben, die Mündung auf den Magen seines Gegenübers gerichtet. Cassie kam hinter ihm zum Stehen und rang hörbar nach Atem.

»AsTech Barry«, stieß der Mann hervor, die Hände gehoben und vor der Waffe zurückweichend. »Ich habe Sie gesehen, als Sie aus dem Verladebahnhof gekommen sind. Kommen Sie mit, ich weiß, wo wir uns verstecken können, bis Verstärkung eintrifft!«

David überlegte schnell. Price war hinter ihm und Cassie her, daran bestand kein Zweifel. Er blickte zurück, die lange Hauptstraße entlang, auf der gerade ein Laster mit gepanzerten Sicherheitsmännern auf den BattleMech zuraste. Der *Chameleon* registrierte ihn früh genug und feuerte seine Laser. Zwei rubinrote Strahlen zuckten rechts und links an dem Fahrzeug vorbei, das zwar nicht getroffen wurde, aber trotzdem ins Schlingern geriet. Mit qualmenden Reifen kam der Laster laut quietschend zum Stehen. Hinten sprang ein Teil des Sicherheitstrupps raus, alle mit tragbaren KSR bewaffnet, während die restlichen an einer halb mobilen PPK auf der Ladefläche arbeiteten und sie auf den Mech ausrichteten. Der *Chameleon* gab einen erneuten Feuerstoß aus seinen Lasern ab und ersetzte dieses Mal den schweren durch den leichten. Einer der Sicherheitsleute verdampfte sofort, ein anderer wurde in Brand gesetzt, bevor auch nur einer dazu kam, einen Schuss abzugeben.

Hoffnungslos.

»In Ordnung, laufen Sie los, wir folgen Ihnen.«

AsTech Barry ließ sich das nicht zweimal sagen und gab Fersengeld. Am Verladebahnhof vorbei führte er David und Cassie in eine der Werkshallen gegenüber. Er schlug die Tür hinter der Wissenschaftlerin zu und führte beide dann an einem Tieflaster vorbei auf die riesige Stahlkonstruktion zu, die fast die gesamte Halle einnahm. Durch das gedämpfte rote Notlicht erkannte David nicht gleich, worum es sich handelte.

»Barry! Alles in Ordnung?« Drei weitere Techs tauchten hinter verschiedenen Geräten und Maschinen auf. Zwei waren sogar bewaffnet, hielten ihr Pistolen aber so zittrig, dass sie noch nicht einmal ein Landungsschiff aus zehn Meter Entfernung getroffen hätten.

Eine Explosion draußen auf dem Gebäude ließ die Techs zusammenzucken. David musterte die beiden Bewaffneten und überlegte gerade, welche Möglichkeiten im Augenblick noch offen standen, als sein Blick auf das Stahlgerüst hinter ihnen fiel. Er erkannte klar das Bein eines BattleMechs. Der Blick des Geheimdienstler wanderte weiter hoch, und er stellte fest, dass es zu einem 80-Tonnen-*Victor* gehörte, der stumm zwischen den Verstrebungen stand. In einem weiteren Stellplatz auf der linken Seite stand ebenfalls eine andere, kleinere Maschine.

»Was soll das?! Warum steuert niemand diese Mechs?«

»Die Piloten sind tot«, erklärte Barry. »Der *Chameleon* hat sie erwischt, als sie auf dem Weg hierher waren.«

»Und was ist mit Ihnen? Sie können doch auch einen Mech steuern!«

»Das schon ...« Barry blickte auf den Boden und druckste herum. Die anderen Techs wichen ebenfalls Davids Blick aus.

»Aber?«

»Wir sind nur Techs – keine MechKrieger.« Nackte Angst und Verzweifelung brachte die Stimme des hageren Mannes zum Zittern. Der Geheimdienstler hatte Verständnis dafür – allerdings lief draußen gerade ein Terrorist in einem Mech Amok und musste gestoppt werden.

Eine erneute Explosion mit nachhallendem Getöse. Cassie DeBurke hatte die kurze Zeit genutzt und durch die halb offene Seitentür gelugt.

»Er fängt an, Häuser in Schutt und Asche zu legen«, erstattete sie Bericht.

David überlegte nicht lange und traf eine Entscheidung. »Machen Sie den *Victor* startklar«, wandte er sich an Barry. »Ich werde ihn aufhalten.«

Der AsTech wechselte einen Blick mit einem der anderen. »Sind Sie ein MechPilot?«, fragte er hoffnungsvoll.

»Ich bin ausgebildet, einen zu steuern«, erwiderte David. Das genügte Barry. Der hagere Mann lief zu einer Konsole an der Seite des enormen Wartungsgerüsts und bearbeitete den Touchscreen. Die drei anderen Techs zögerten, schlossen sich ihm dann aber an. Einer langte nach der von der Decke hängenden Knopfleiste, um den Fahrstuhl zu holen, während ein anderer im Schatten einiger frei stehender Spinde verschwand.

»Verdammt!« Verzweifelt hieb Barry plötzlich auf die Konsole. »Ich hatte ganz vergessen, dass wir ja den Computerkern des *Victor* gelöscht haben, um das System neu aufzuspielen. Der Mech ist nutzlos.«

David schnaubte und sah sich um. Sein Blick fiel auf den anderen Mech. Er deutete auf den Schatten im Wartungsgerüst.

»Was ist mit dem?«

»Der *Champion*-Prototyp? Er ist noch nicht getestet ...«

»Das ist egal – ist er funktionsfähig?«

Barry sah, wie einer der anderen Techs nickte.

»Wir denken schon.«

»Na dann los!«

Der Geheimdienstler legte die Maschinenpistole auf eine Werkzeugkiste und zog das Jackett aus. Barry hastete zu dem Kontrollpult am Wartungsgerüst des *Champion* und fuhr dort die Systeme hoch. Der Tech, der hinter den Spinden verschwunden war, tauchte jetzt wieder auf, eine Kühlweste in der Hand.

David zog das Hemd über den Kopf und streifte sich die Weste über. Die Leitungen hakte er in den Gürtel.

Überall an dem Wartungsgerüst flammten Lichter auf, als Relais schalteten, Stromkreise geschlossen wurden und der schlafende Riese langsam zum Leben erwachte.

Die Stahlkabine des Aufzugs war am Boden angekommen, und David stieg ein. Er zog die Tür gerade zu, als sich die Kabine auch schon wieder mit einem Ruck vom Boden löste und ihn an der Seite des Gerüsts hochtrug.

David begutachtete den *Champion*. Der Rumpf war humanoid, die Arme verstümmelt. Der Oberkörper wirkte nach vorne geneigt und verschaffte dem Mech ein geducktes Profil, das durch das vorgelagerte Cockpit und den dahinter ansteigenden Torso noch verstärkt wurde.

Er hieb auf die Kontrollleiste und brachte die Gondel damit ruckartig zum Stehen. Er machte einen großen Schritt auf das Metallgitter und suchte nach einer Cockpittür. Tatsächlich schwang an der Seite des Torsos ein Schott mit hörbarem Klicken auf. David trat über zwei Hilfsstiegen am linken Arm und schlüpfte in das dunkle Innere.

Wie in jeder Mechkanzel war auch hier nur Platz genug für die Pilotenliege und zur Not einen weiteren Passagier, der auf einem herausklappbaren Sitz Platz nehmen konnte.

Er glitt auf die Kunststoffliege und langte unter den Sitz, von wo er vier Velcrostreifen mit eingebauten Sensoren hervorzog. Die Streifen schnallte er mit einigen kurzen Handgriffen um Oberschenkel und Oberarme und fädelte die dazugehörigen Kabel durch die Schlaufen an der Kühlweste. Normalerweise benutzten MechKrieger Sensorpflaster, um die Nervenimpulse einzulesen. Da Trainings- und TestMechs jedoch auch von Techs gesteuert werden mussten, gab es die Sensorstreifen. Zwar war durch den fehlenden Kontakt mit dem Körper eine gewisse Signalschwäche gegeben, aber wenigstens musste sich der jeweilige Ersatzpilot dann nicht jedes Mal bis auf die Unterhose ausziehen.

David rollte das Versorgungskabel der Kühlweste aus einer kleinen Seitentasche und schloss sie ebenfalls an. Für einen Augenblick versteifte er sich, erwartete die eiskalte Liebkosung des zirkulierenden Kühlmittels. Der Kälteschock blieb jedoch aus und nichts passierte.

Außerhalb des Mechs begann die Transportgondel zu rütteln, als sie sich wieder in Bewegung setzte. David warf einen kurzen Blick durch die immer noch offene Cockpittür und griff dann nach hinten über seinen Kopf, wo der schwere Neurohelm auf einer Ablag wartete. Er hob ihn heraus und setzte ihn sich auf. Der SBGK-Agent versicherte sich, dass er fest auf den Schulterpolstern der Weste auflag und begann dann, die Verbindungen von Sensorenstreifen und Neurohelm herzustellen.

Das Ganze hatte nur ein paar Sekunden gedauert, aber die Transportgondel war schon wieder oben angekommen. Jemand tippte ihm auf die Schulter, und David musste sich den Hals verrenken, um durch die dreieckige Sichtscheibe Cassie DeBurke zu erkennen.

»Kanal 34«, teilte sie ihm mit. Er tippte einen Zahlencode in die Tastatur neben seiner rechten Hand und wurde von leiser Statik im Funkempfänger begrüßt.

»Barry?«

»Die Verbindung ist gut«, gab der AsTech zurück.

»Hören Sie, Barry«, sagte David, als er methodisch die einzelnen System des BattleMechs hochfuhr. »Die Kühlweste ist defekt – das Kühlmittel zirkuliert nicht.«

»Sie ist in Ordnung«, erklärte Barry. »Der *Champion* wird von einem terranischen Computerkern gesteuert, der die

Weste nur bei Bedarf in Betrieb nimmt und auch dann noch entsprechend reguliert.«

David stieß einen anerkennenden Pfiff aus. Er hatte nicht erwartet, terranische Technik in einem Mech außerhalb der SBVS zu finden. Das hieß ...

»Ich nehme an, die Hauptbewaffnung besteht aus einer LB-X-Autokanone?«

»Woher wissen Sie das?« Barry klang erstaunt und ungläubig.

»Ich war bei der Akquirierung der Waffendaten dabei«, antwortete David. »Gehen wir durch den Pre-Check.«

Von draußen ertönte eine Explosion – und dann noch eine. Das Surren der Aktivatoren des *Chameleon* klang noch entfernt. Price würde jedoch jeden Augenblick die Signatur des startenden Reaktors erfassen und dann ging es nur noch um Sekunden.

»Der Mech ist startfertig, der Zündcode ist fünf, fünf, drei, Sigma, neun.«

David tippte die alphanumerische Folge in die Tastatur ein und spürte, wie das Fusionsherz des *Champion* unter ihm zu schlagen begann. Sofort überkam ihn ein Schwindelgefühl, gefolgt von unglaublicher Übelkeit. Vor Davids Augen verschwamm alles und der Mech wäre umgefallen, wären die Kniegelenke nicht noch verriegelt gewesen.

»Oh, richtig«, erinnerte sich Barry über Funk. »Der *Champion* ist nicht auf Ihr Gehirnwellenmuster geeicht.«

Der Geheimdienstler stöhnte auf und warf dem Funkgerät einen bösen Blick zu.

»Dann sollten wir das nachholen«, schlug er verärgert vor, einen erneuten Würgereiz bekämpfend. Durch die Sichtscheibe sah er einen verwaschenen Schemen vor den *Champion* laufen und zu ihm hochwinken.

»Das würde zu lange dauern – ich werde den Computer nach einem ähnlichen Muster suchen und es benutzen lassen. Vermutlich werden Sie mit Gleichgewichtsproblemen und leichtem Schwindel kämpfen müssen.«

»Großartig.« David beugte sich nach vorne und biss die Zähne zusammen. Dann bemerkte er, dass Cassie immer noch im Cockpit war.

»Was machen Sie noch hier?«

»Alles in Ordnung?« Er drehte seinen Oberkörper, um sie anzusehen. Ehrliche Besorgnis lag in ihrem Blick, als sie sich vorbeugte und ihn durch die Sichtscheibe ansah. Oder war es vielleicht doch nur professionelle Sorge? Sie war ein Doktor, also musste sie auch Ärztin sein.

Dann geschahen mehrere Dinge gleichzeitig: Irgendwo in David machte es ›Klick‹, als der Bordcomputer endlich auf ein anderes Muster umschaltete und sich Schwindel und Desorientierung merklich reduzierten. Zeitgleich explodierte die Hangartür, als mehrere Kurzstreckenraketen in sie einschlugen und in feurigen Blumen detonierten. Der *Chameleon* durchbrach die Überreste des Tores und stapfte durch das qualmende Feuer wie ein Dämon aus der Hölle. Er richtete den rechten Arm auf den *Champion* und feuerte. Ein rubinroter Lichtstrahl zuckte durch die Halle, ließ das Kontrollterminal explodieren und setzte AsTech Barry in Brand, dessen Schmerzenschreie die Halle erfüllten.

»Tür zu!«, hustete David, der sich mühsam wieder unter Kontrolle bekam. Cassie langte nach dem Schott und riss es ins Schloss. Der Bordcomputer stellte einen leichten Überdruck her und ließ die Ohren von Geheimdienstler und Wissenschaftlerin knacken.

Der *Chameleon* wandte sich jetzt dem *Champion* zu. Der mittelschwere Mech richtete alle Waffen auf seinen Gegner und feuerte. Laserstrahlen griffen nach dem Bergan Industries-Prototypen und brannten schwarze Spuren über Torso und Arme. Panzerung wurde verflüssigt und rann an dem immer noch in seinem Gerüst stehenden Mech herab. Vier KSR starteten aus ihren Rohren und drehten sich korkenzieherförmig auf ihr Ziel zu, detonierten an Schulter und Beinen, sprengten weitere Panzerplatten ab und schüttelten die Insassen durch.

Endlich schlug David auf den Knopf für die Kniegelenke und machte den Mech frei. Der *Champion* stolperte nach vorne, Wartungsleitungen rissen und zuckten funkensprühend über die Metallstreben. Der SBGK-Agent bemühte sich, die sechzig Tonnen Stahl und Myomere unter Kontrolle zu bekommen. Er nahm gerade eben wahr, wie Cassie in dem engen Cockpit zurückstolperte und den Notsitz aus der Wand riss.

David hatte Glück – irgendwer (vielleicht Barry?) hatte den Bordcomputer darauf programmiert, die Bewaffnung ohne zusätzliche Autorisation freizugeben. Auf dem rechten Primärschirm blinkten in rascher Folge die Kürzel für die Waffen des *Champion* auf und meldeten Betriebsbereitschaft.

Der *Chameleon* feuerte erneut, allerdings nur mit mittelschwerem und leichtem Laser. David riss den Mech zur Seite, schaffte es aber nicht, auszuweichen. Weiteres Ferrofibrit wurde von dem Körper des BI-Prototyps geschmolzen, als dieser seine Waffensystem aktivierte.

Zwei mittelschwere Laser im linken Torso – check, darüber eine sechsschüssige KSR – check, zwei leichte Laser in der Torsomitte – check, Torso rechts: LB-X-Autokanone. Auch die Primärwaffe des *Champion* blinkte grün auf. Zeit, zurückzuschlagen.

David machte mit dem Mech einen Schritt zur Seite und brachte ihn für teilweise Deckung in die Nähe des Wartungsgerüsts. Dann zog er das Fadenkreuz über Price' insektenähnlichen Kampfkoloss, wartete eine Sekunde, bis es golden aufblinkte, und stieß mit beiden Daumen auf die Auslöser.

Vier Lichtlanzen griffen nach dem *Chameleon*, verfehlten ihn teilweise, brannten aber auch Panzerung von den Schultern. Sechs Kurzstreckenraketen katapultierten auf das Ziel zu und explodierten in Feuerbällen auf der tonnenförmigen Brustpartie. Die Autokanone bellte auf und hustete ihre Projektile in Prices Richtung, perforierte aber nur die Außenwand des Hangars. Eine Hitzewelle durchflutete das Cockpit und verschlug David den Atem. Die Kühlweste fing an zu arbeiten und leitete die Hitze von seinem Körper ab. Cassie keuchte jedoch auf und rang nach Luft.

Price antwortete mit einem Schuss aus den beiden leichteren Lasern, traf aber nur das Wartungsgerüst. Der *Chameleon* drehte zur Seite, rannte in die Hangarwand, durchbrach sie und war verschwunden.

David steuerte den *Champion* hinter seiner Deckung hervor und näherte sich der klaffenden Bresche. In seinem Kopf pulsierte ein dumpfer Schmerz, der bei jeder Richtungsänderung für einen Augenblick tief in seinen Schädel stach. Dann war der BI-Prototyp aber auch schon aus der Halle raus und wurde von der glühenden Liebkosung eines schweren Lasers empfangen, dessen rubinroter Strahl sich über den eiförmigen Rumpf zog und eine Spur der Vernichtung hinterließ.

Der *Chameleon* hatte den Torso gedreht und einen Schuss auf seinen Gegner abgegeben, während er die niedrige Zubringerstraße in Richtung Messehallen hinabrannte. David drehte den *Champion*, bekam Price unter das Fadenkreuz und feuerte.

Er machte den Fehler, Raketen und Autokanone gleichzeitig abzufeuern. Dadurch verfehlten die sechs KSR ihr Ziel um Längen und schlugen in einem Wartungskomplex hinter dem *Chameleon* ein. Die Autokanonensalve traf allerdings und riss den Panzerschutz über der rechten Torsoseite in Fetzen.

Price rammte die Füße seines Mechs flach und breitbeinig auf den Asphalt und schlidderte ein ganzes Stück, um den Schwung abzufangen. Dann rannte er weiter.

David zog die Augenbrauen zusammen, eine einzelne Strähne seines dunklen Haares hing ihm in die Stirn. Die Projektile der Autokanone taten nicht das, was er erwartet hatte. Er überprüfte den Status der Waffe und sah dann, was die Ursache war: Die ersten fünf Magazine der Autokanone waren normale Munition, erst danach kamen fünfzehn Bündelmunitionskartuschen.

Ob normale oder Bündelmunition machte aber erst mal keinen Unterschied – Hauptsache, Price entkam nicht.

Leider tat dieser gerade genau das. Der Geheimdienstler erhaschte noch einen Blick auf die 50-Tonnen-Maschine, bevor diese hinter einer Montagehalle verschwand.

David setzte Price nach. Als er ebenfalls um die Ecke der Halle rannte, war der *Chameleon* weg. Das Surren der Aktivatoren wurde von den hohen Wänden zurückgeworfen, als er den *Champion* an eine T-Kreuzung steuerte.

Plötzlich stieg der *Chameleon* auf lodernden Flammenzungen hinter der gegenüberliegenden Montagehalle in die Luft und brannte wieder mit dem schweren Laser Sturzbäche aus Ferrofibrit von Davids Mech. Zwei der ebenfalls abgefeuerten KSR senkten sich drehend auf Oberschenkel und untere Torsohälfte, um dort zu explodieren und qualmende Panzerplatten zu Boden zu schleudern.

David trat die Pedale durch und ließ den *Champion* durch die Querstraße unter seinem Gegner hersprinten. Price landete mit einem lauten Krachen auf der Mitte der Kreuzung und zerstörte dort den Asphalt. David riss seinen Mech schliddernd herum, zielte und feuerte.

Die Autokanone bellte auf und fraß sich pockennarbig über den linken Arm des *Chameleon*. Kurz darauf schlugen alle sechs Kurzstreckenraketen auf der Brustpartie und in den malträtierten Arm des mittelschweren Mechs ein und brachen die Panzerung dort auf wie frische Röstkastanien.

»Guter Schuss!«, jubelte Cassie vom Notsitz aus.

»Nicht von mir«, erkannte David. Er tippte eine kurze Buchstabensequenz in die Tastatur und ersetzte im linken Primärmonitor die Drahtgitterdarstellung des *Champion* durch eine Detailanzeige der KSR-Lafette. »Artemis-IV-

Feuerleitsystem. Führt Kurskorrekturen nach dem Datenfeedback eines Ziellasers durch.«

Prices Mech stolperte nach hinten, als der Attentäter um die Kontrolle rang. Für einen Augenblick sah es so aus, als könnte er das Gleichgewicht bewahren – dann stürzte der Kampfkoloss mit einem Schlenker zur Seite und zerstörte noch mehr von der Straße.

David vollendete die Drehung und pflanzte den BI-Prototyp breitbeinig zwischen den hohen Hallen zweier Mechhangars auf. Der *Chameleon* zitterte und zog den linken Arm unter den Rumpf, um sich hochzuhebeln. Das Fadenkreuz auf der Sichtprojektion des Geheimdienstlers senkte sich auf ihn, blinkte auf und signalisierte eine sichere Zielerfassung.

David bedauerte Cassie. Er hätte ihr gerne ein weiteres Inferno erspart, aber die momentane Behinderung von Prices Mech war ein taktischer Vorteil, den er ausnutzen musste. Also drückte er die Knöpfe tief in ihre Verschalungen und bombardierte den *Chameleon* mit allem, was er hatte.

Zwei mittelschwere und zwei leichte Laser sengten über Price' Kampfkoloss, verflüssigten Panzerung und stachen in das verwundbare Innere, ohne allerdings einen kritischen Treffer zu erzielen. Die Autokanone röhrte und pflügte den Boden neben dem *Chameleon* auf, um Dreck auf ihn zu schleudern, während vier der KSR den mittelschweren Mech durchschüttelten und ihm weiter zusetzten.

David biss die Zähne zusammen, als ihn der Hitzeschwall traf. Der BI-Prototyp reagierte träge, die Zielerfassung kam nur langsam nach, als er versuchte, dem bevorstehenden Angriff des *Chameleon* auszuweichen. Hinter ihm keuchte Cassie auf, röchelte nach Luft. Normalerweise trug der zusätzliche Passagier ebenfalls eine Kühlweste – oder man vermied Gefechtssituationen.

Price hatte mittlerweile seinen Kampfkoloss wieder aufgerichtet und unter Kontrolle. Kohärentes Licht loderte aus den Mündungen aller drei Laser, als der Attentäter die Innentemperatur seiner eigenen Maschine in die Höhe peitschte. Unter der feurigen Liebkosung der rubinroten Strahlen verflüssigte sich weitere Panzerung an Schulter und Oberarm des BI-Prototyps. Eine Kaskade aus Explosionen verkündete das Ende weiteren Panzerschutzes sowie das frühe Ableben des linken Oberarmaktivators, als Price auch seine KSR einsetzte.

Der *Champion* wankte unter den Einschlägen, durch den Verlust von so viel Panzerung aus dem Gleichgewicht gebracht. David kämpfte verbissen mit den Kontrollen und versuchte den pochenden Schmerz hinter den Schläfen zu ignorieren. Er gab dann doch schließlich teilweise nach und ließ die Maschine hinter den Mechhangars in Sicherheit taumeln.

David wusste, dass Price ihm jetzt nachsetzen würde. Er ließ den *Champion* um die Ecke zurückwirbeln und schickte einen ratternden Feuerstoß aus der Autokanone die Straße hinab. Der *Chameleon* war ihm tatsächlich gefolgt, schaffte es aber gerade noch, sich vor dem glühenden Schrapnell zur Seite zu werfen. Der SBGK-Agent zog den Kampfkoloss wieder hinter die Halle. Zwei Laserstrahlen zuckten aus der Straßenöffnung an ihm vorbei und schmolzen das bronzene Firmenlogo von Bergan Industries, das als drei-Meter-Plastik in der Mitte eines nahen Parks stand, zu Klump. David erwartete, den *Chameleon* um die Ecke brechen zu sehen. Stattdessen zuckte eine rubinrote Lichtlanze von schräg oben an seinem Cockpit vorbei, als Price die Sprungdüsen erneut einsetzte und über die Halle und seinen Gegner in Richtung Park segelte. Er folgte dem Mech mit dem Fadenkreuz, wartete bis er aufsetzte, in den Knien abfederte und sich umdrehte. Dann feuerte er.

Das typische Geräusch der Autokanone veränderte sich mit einem Mal. Anstelle einiger weniger Platten flogen Pansersplitter überall von Torso und Armen des *Chameleon*. Der mittelschwere Mech blieb wie von einem Dampfhammer getroffen stehen, Funken sprühten aus den Breschen in der Panzerung. Dann, wie in Zeitlupe, fiel er hintenüber, krachte in einem kleinen Erdbeben zu Boden und regte sich nicht mehr.

David wartete mehrere Sekunden, und als der Bordcomputer das automatische Abschalten des Reaktors des *Chameleon* meldete, verriegelte er die Kniegelenke und schob sich den Neurohelm vom Kopf. Ein Knopfdruck auf dem Schaltpult ließ außen eine metallene Wurfleite herabfallen. Er schälte sich aus der Pilotenliege, riss die Verbindungen zu den Sensorstreifen ab und stieß die Cockpitluke auf.

Cassie nestelte an ihrem Sicherheitsgurt, als ein Schwall frischer, kühler Luft von draußen die Kanzel füllte, Schweiß rann ihr in Sturzbächen über das Gesicht.

»David, hier.« Sie warf ihm etwas Schwarzes zu. David fing seine Pistole geübt auf und verstaute sie im Hosenbund.

»Sie bleiben hier«, befahl er. »Ich weiß nicht, in welcher Verfassung sich Price befindet.«

Die Verfassung, in der sich Mason Price befand, war nicht gut. Das Kanzeldach war durch mehrere Treffer der LB-X-Autokanone eingerissen und halb zerstört. Das Panzerglas war gesplittert und hatte das Cockpit wie ein riesiger Nadler durchsiebt – offensichtlich war es nicht hermetisch abgeriegelt gewesen.

Mit der Pistole im Anschlag ließ sich David in die zerstörte Kanzel des *Chameleon* sinken. Von Price war allerdings keine Gegenwehr mehr zu erwarten: Glassplitter steckten überall in seinem Körper, hatten die Kühlweste zerrissen und ihm den Bauch aufgeschlitzt. Seine Innereien quollen aus der klaffenden Wunde. Kühlmittel hatte sich mit Blut vermischt und tropfte über die verschiedenen Instrumente.

David ergriff den halb bewusstlosen Mann an den Überresten des Kragens seiner Weste.

»Hier ist Endstation, Price. Wer hat das Attentat auf Terra befohlen?« Price röchelte, und David verstärkte den Griff. »Wer?«

»B... Bradforth«, hustete er.

»Wer sind seine Hintermänner? Wer wollte Joshua Turner tot sehen?« Kalte blaue Augen fixierten den Mann, der David eine solch unglaubliche Verfolgungsjagd geliefert hatte und nun in Kürze seinem Schöpfer gegenübertreten würde.

»Wer ist ... Joshua Turner?« Price hustete erneut und spuckte Blut. Sein Blick verschwamm, fokussierte sich dann wieder auf den Geheimdienstler.

»Turner! Der Assistent des Generalbundesanwalts, den Sie, Bradforth, LePaies und Zhang ermordet haben!«

»Sie ... Idiot ...« Ein böses Lächeln verzog Prices Lippen. Blut rann in einem Rinnsaal aus seinem Mundwinkel. »Wir haben ... Turner nicht ... getötet.«

Price hustete noch einmal, dann brachen seine Augen. David hielt ihn immer noch am Kragen gepackt, starrte aber durch ihn hindurch, als ein weiteres Puzzleteil langsam an seinen Platz rückte. Er ließ den Toten los und in die Liege zurücksacken, durchsuchte seine Taschen und nahm die Datenkristalle an sich. Dann arbeitete er sich aus dem Cockpit und hielt auf eine Parkbank zu, um sich dort fallen zu lassen. Cassie DeBurke kletterte gerade die Wurfleiter an dem *Champion* herunter und hastete zu ihm.

»David! Sind Sie in Ordnung?«

Er nickte müde.

»Was ist mit Price?«, wollte Cassie mit einem Blick auf den ruinierten *Chameleon* wissen.

»Tot.« David zog die Datenkristalle aus der Hosentasche und reichte sie der Wissenschaftlerin. »Hier sind Ihre Daten – Gott sei Dank haben wir sie retten können.«

Cassie zog das Oberteil ihrer schweißdurchtränkten Laborkombi aus und schob die Kristalle in eine der Taschen.

»Ich wollte lediglich verhindern, dass sie jemand anderem in die Hände fallen. Glauben Sie im Ernst, ich schleppe die Originaldaten mit mir rum und mache keine Sicherheitskopien?«

David hing vorne übergebeugt auf der Bank, drehte langsam den Kopf und warf ihr einen stummen, fassungslosen Blick zu. Dann entschied er, dass das jetzt auch egal war. Der Geheimdienstler sicherte seine Waffe und entfernte die Patrone aus der Kammer.

Bundesstaatsanwalt Joshua Turner war nicht von den Leuten umgebracht worden, denen David hinterherjagte.

12. Kapitel

»Die Academy-Awards sind erst seit ein paar Monaten vorbei und schon gibt es bereits neue Oscar-Nominierungen. Dies ist keine große Überraschung, denn der neue Film von Lance Brooke, ›Am Rande der Nacht‹ ist der Blockbuster diesen Sommer von Tharkad bis nach New Avalon. Brooke spielt in der Actionkomödie einen Luft/Raumpiloten in den Vereinigungskriegen, der nicht nur gegen aufständische Taurier, sondern auch gegen Terroristen an Bord seines Kriegsschiffes kämpfen muss. Bei all dem Lob hagelte es allerdings auch Seitenhiebe von Kritikern wie Damon Farragut, die Brookes Darstellung als ›unrealistisch‹ und ›überzogen‹ bezeichnen.«

— *A Slice Of The Sun*, Crucis News Network,
New Avalon, Vereinigte Sonnen, 26. August 2600

Avalon City, Albion, New Avalon
Mark Crucis, Vereinigte Sonnen

26. August 2600

Als die TAS *Camelot* 2205 zum ersten Mal in das System sprang und die Scouts den Planeten erkundeten, waren die Berichte über die sanften Hügel, fruchtbaren Wiesen und dichte Wälder so vielversprechend, dass es nicht lange dauerte, bis die ersten Siedler in ganzen Wellen über New Avalon hereinbrachen. Der Planet mit seinen fünf Kontinenten und vier Meeren eignete sich vorzüglich für die Landwirtschaft. Die Menge an Nahrungsrohstoffen, die New Avalon jährlich produzierte und auf allen fünf Kontinenten anbaute, reichte auch noch aus, um fünf weitere

Planeten in der nächsten Umgebung zu versorgen. Dadurch wurde der Regierungssitz der Vereinigten Sonnen auf doppelte Weise eine Schlüsselwelt für die Mark Crucis.

New Scotland war der nördlichste Kontinent und lag manchmal bis zu neun Monate lang unter einer dicken Schneedecke. Felle und Harthölzer waren die Hauptexporte. Zusätzlich befand sich hier auch das einzige Vorkommen von wertvollen Metallen auf dem gesamten Planeten.

Die New Hebridies waren eine Inselgruppe in der Nähe des Äquators. Durch das tropische Wetter wuchs dort eine ganze Reihe exotischer Früchte, die von hier aus in alle Welt verschifft wurden.

Rostock, der drittgrößte Kontinent von New Avalon, war breit und flach – außerdem lag hier die einzige Wüste. Große Teile von Rostock waren Privateigentum von adeligen Familien, die auf ihren Ländereien Schlachtvieh zum Export züchteten.

Dann gab es auch noch Brunswick, den zweitgrößten Kontinent, auf dem sich einige große Ölraffinerien, zwei große Raumhäfen sowie der Hauptteil der planetaren Industrie befanden.

Avalon City, die Hauptstadt, befand sich auf dem letzten Kontinent, Albion, und war eigentlich als Themenpark konzipiert worden. Ein reicher Geschäftsmann hatte damals gemeint, dass zumindest ein Teil von New Avalon einen Bezug zu der Legende seines Namens aufweisen sollte und ließ eine ganze Stadt im Stil des terranischen Mittelalters dort aus dem Boden stampfen, wo sich Albions drei große Flüsse – die Themse, die Cris und die Albion – vereinigten.

Auch wenn Gebäude innerhalb dieses Bereichs, der Isle of Avalon, strengen Bauvorschriften unterlagen, galt dies nicht für diejenigen außerhalb. So kam es, dass die modernen Wolkenkratzer von Avalon City auf eine mittelalterliche

Fassade verzichten und einen modernen Stil annehmen konnten. Die Altstadt bildete damit einen altertümlichen Regierungsbezirk mitten im Herzen einer der größten und modernsten Städte der Inneren Sphäre.

Über der Altstadt erhob sich majestätisch der Royal Palace auf dem Mount Davion. Gut geschützt und schwer bewacht befand sich hier das Nervenzentrum der Vereinigten Sonnen, der Wohn- und Regierungssitz des Ersten Prinzen.

Barton Avellar blickte aus dem Fenster der gepanzerten Limousine und betrachtete ehrfürchtig die langen Reihen brandneuer und kampfstarker BattleMechs, die um den Mount Davion stationiert waren. Eine Kompanie mittelschwerer Maschinen bildete ein Spalier, durch den die Limousine auf den Royal Palace zufuhr – ein beeindruckender Staatsempfang.

Mehrere Hubschrauber der Medien kreisten über dem gigantischen Parade- und Exerzierplatz, der an allen Seiten von einer fünfzehn Meter hohen Permabetonwand umgeben war. An strategisch wichtigen Stellen erhoben sich Geschütztürme. Wachsoldaten patrouillierten überall und ein Landungsschiff der *Lion*-Klasse thronte hoch über dem Stahlbetonlandefeld des palasteigenen Raumhafens.

Barton nahm fasziniert einen der BattleMechs in Augenschein. Die Maschine war annähernd humanoid, auch wenn die wuchtigen Beine und ausladenden Schultern ihr eine gedrungene, muskelbepackte Erscheinung verschafften. Das Cockpit befand sich hoch oben hinter einer kleinen Geschützkuppel, von der aus ein mittelschwerer Laser den kompletten Frontbereich abdecken konnte. In der rechten Hand hielt der BattleMech eine Art Pistole mit kurzem Lauf – wenn Barton sich richtig erinnerte, eine Autokanone. Lackiert war die Maschine so wie die gesamte Kompanie: Ein kirschroter, senkrechter Streifen von der Schulter bis zum Fuß auf der linken Seite wurde flankiert von einem ebenso breiten weißen. Der Rest des Mechs war in ein

Königsblau getaucht, das damit die Farben der Davions komplettierte. Die Limousine fuhr weiter und zwang Barton, seinen Blick von dem *Wolverine* der Davion Brigade of Guards abzuwenden.

Die Fahrt durch den Royal Court und den Mount Davion hoch ging zügig voran, und so fand sich der Präsident der Außenweltallianz bald auf dem ersten Innenhof des Royal Palace wieder. Ein Soldat der Davion Guards in seiner blauen Dressuniform mit der Sonnenhalbweste hielt ihm die Tür auf, während er ausstieg und die Umgebung überblickte.

Der Royal Palace war die vergrößerte Kopie eines Schlosses, das Lucien Davion auf einer Reise nach Terra als kleines Kind gesehen hatte. Natürlich war der Regierungspalast genau wie der eigentliche Hof mit allen technischen Raffinessen ausgerüstet. Trotzdem erwartete Barton, dass jeden Augenblick eine Schar terranischer Ritter aus den Ställen geritten kam und sich zum Kampf bereitmachte.

»Wenn Sie mir folgen würden, Herr Präsident.« Der Royal Guards-Offizier machte eine einladende Handbewegung in Richtung der schweren Haupttore, die weiter in das Innere des Schlosses führten. Barton war von dem Anblick des Palastes, der von vielen immer noch als ›Camelot‹ bezeichnet wurde, so gefesselt, dass er staunend auf dem Hof stehen blieb. Er riss sich zusammen und nickte dem Mann freundlich zu.

»Gewiss.«

Der hellhaarige Offizier der Armee der Vereinigten Sonnen setzte sich in Bewegung und Barton folgte ihm. Obwohl es ihn drängte, den Sitz seines Jacketts zu korrigieren, wartete er damit, bis er in dem Gebäude und außerhalb der Reichweite der Holokameras war.

Im Inneren des Schlosses herrschte eine angenehme Temperatur. Der vollbärtige Mann fragte sich unwillkürlich, was wohl die Ritter damals zu einer Klimaanlage gesagt hätten. Der Allianzpräsident folgte dem Gardist durch die mit kostbaren Teppichen ausgelegte Empfangshalle für hochrangige Besucher und musste einen Augenblick warten, in dem der Offizier die wuchtigen, mehrere Meter hohen Bogentüren aufzog und damit den Weg in den Thronsaal frei machte.

Barton schritt an dem salutierenden AVSler vorbei und trat auf den drei Meter breiten roten Teppich, der durch den Thronsaal direkt zu den Stufen vor dem Thron selbst führte. Der Teppich schluckte jedes Geräusch, als der Präsident der Außenweltallianz mit würdevollen Schritten den riesigen Saal durchmaß und den Blick betont gelassen schweifen ließ.

Je zwei Reihen marmorner Säulen trugen rechts und links des Mittelschiffs die gewölbte Decke. Hinter den Säulen waren in den Wänden Fenster eingelassen, die bis ganz nach oben reichten. Das Fensterglas bestand aus bunten Fragmenten, die zusammen mit ihrer Bleifassung kunstvolle Bilder formten. Barton kannte sich in terranischer Geschichte nicht so gut aus. Aber weil auf einem der Fenster ein goldener Kelch zu sehen war, ging er davon aus, dass sie sich alle mit der antiken Gralslegende beschäftigten. Die Sonne schien durch das Bleiglas im linken Seitenschiff des Thronsaals und sandte bunte, warme Strahlen über Steinbänke und Säulengänge. Zusammen mit kunstvoll in die Architektur des Raumes eingearbeiteten Leuchtstoffröhren erzeugten sie ein diffuses Licht, das ausreichte, um die Finsternis aus dem Saal zu vertreiben.

Barton ging weiter und näherte sich dem Thron. Der mit fragilen Holzschnitzereien und moderneren Kunstmetalleinlagen versehene Sessel besaß eine breite Rückenlehne, die weit hochgezogen war und den Thron noch wuchtiger und mächtiger erscheinen ließ. Auf dem roten Samtbezug, unter dem riesigen marmornen Sonnenschwert, das die komplette Stirnseite des Thronsaals dominierte, saß würdevoll Zane Davion und erwartete seinen Besucher. Neben seinem Thron – wie auch in den Schatten in den

Seitenschiffen – standen Soldaten in den Ausgehuniformen der Davion Brigade of Guards in strenger Formation. Sie rührten sich nicht, aber Barton wusste, dass sie jeden seiner Schritte mit Argusaugen verfolgten.

Der Präsident der Außenweltallianz legte die letzten Meter zurück und blickte die steinerne Treppe hinauf zum Ersten Prinzen der Vereinigten Sonnen. Die Sonnen und die Allianz waren keineswegs gleichberechtigte Partner, und Zane erinnerte ihn daran, indem er ihn auf seinem Thron einem Bittsteller gleich empfing. Jetzt allerdings erhob er sich und schritt die niedrigen Stufen herab, um Bartons Hand mit einem Lächeln zu ergreifen.

»Willkommen auf New Avalon, Herr Präsident.«

»Vielen Dank, Lord Davion.« Die Symbolik des ›vom Thron herunterkommens‹ war Barton entgangen. »Mein Beileid zu Ihrem Verlust«, bemerkte er.

»Danke.« Ein Schatten huschte über das Gesicht des jungen Prinzen. »Mein Urgroßvater war alt. Er hat die Hälfte seiner Söhne und Töchter – selbst seinen eigenen Enkel – überlebt. Er ist friedlich von uns gegangen.« Der ältere Mann nickte. »Kommen Sie, Barton«, meinte Davion freundlich und bedeutete dem Präsidenten, ihm zu folgen. Zane hatte sich schon in Bewegung gesetzt und hielt auf eine doppelflügelige Tür im linken Teil des Saales zu, die von zwei AVSlern bewacht und gerade geöffnet wurde. Barton war immer noch so fasziniert von den Fenstern und der riesigen Marmorscheibe, dass er ein paar Sekunden brauchte, um zu Zane aufzuschließen. Das Cape von Davions Uniform wehte hinter ihm her, als er durch die Holztüren auf einen Arkadengang trat, der in mehreren Metern Höhe um einen reich bepflanzten Innenhof führte, in dessen Mitte ein Springbrunnen fröhlich plätscherte.

Zane blieb zwischen zwei Säulen stehen, stützte sich auf das hüfthohe Steingeländer und blickte in den Garten unter ihm. Barton schloss zu ihm auf und warf ebenfalls einen Blick hinunter. Eine Hand voll Zofen beeilte sich, mit ihrer Arbeit fertig zu werden, um dem Ersten Prinzen und seinem hochgestellten Gast nicht die Aussicht zu verstellen. Aus den Augenwinkeln sah Barton, wie Davions Blick kurz in ihre Richtung zuckte und fragte sich unwillkürlich, was denn hier nun die wahre Aussicht war.

»Lord Davion«, begann er. »Ich würde es begrüßen, wenn wir zum Geschäftlichen kommen könnten.«

»Aber gerne. Ich versichere Ihnen, dass wir hier ungestört sind.« Davion stieß sich von dem Steingeländer ab und schritt zusammen mit Barton den Arkadengang hinab.

»Wie Sie ja sicherlich wissen«, ließ sich der Präsident der Außenweltallianz vernehmen, »hat Ihr Urgroßvater der Allianz gegenüber immer eine eher konservative Außenpolitik verfolgt.« Zuckerbrot und Peitsche für einen Lastesel, den man jederzeit erschießen konnte. »In letzter Zeit hat sich jedoch einiges geändert, nicht nur, was die innenpolitische Lage der Außenweltallianz betrifft, sondern vor allem auch die Beziehungen zwischen unseren beiden Reichen. Die Zeit ist reif für eine Annäherung und den Ausbau unserer gegenseitigen Freundschaft.«

Zane Davion hörte ihm schweigend zu, die Hände auf dem Rücken unter dem Cape verschränkt, während die beiden Männer langsam den Garten umrundeten.

»Alexander Davion hätte sich Ihren Vorschlag wahrscheinlich noch nicht einmal angehört«, meinte der Erste Prinz dann in die Stille hinein.

»Aber Sie sind nicht Alexander Davion«, bemerkte Barton.

»Nein.« Zane blickte zu dem alten Mann mit Halbglatze und Vollbart. Ein Lächeln legte sich auf seine Züge. »Sprechen Sie weiter.«

»Die Idee«, kam Barton der Aufforderung nach, »ist im Grunde genommen relativ simpel: Ich gebe Ihnen eine Liste von lukrativen Allianzfirmen, an denen sich die Vereinigten Sonnen dann indirekt beteiligen. Durch das Kapital, das Sie dort hineinstecken, kann unsere Wirtschaft in Schwung gebracht und ausgebaut werden. Im Gegenzug profitieren

Sie von den Produkten und Forschungsergebnissen unserer besten Firmen und erhalten Exklusivrechte auf breiter wirtschaftlicher Basis.«

Zane Davion verlangsamte seinen Schritt und blickte über die Steinbrüstung auf den marmornen Springbrunnen, aus dem kristallklares Wasser in die Nachmittagssonne plätscherte.

»An welche Firmen haben Sie dabei gedacht?«

»Biotechnologie und Agrarforschung«, antwortete Barton. Zögerlich fügte er dann noch hinzu: »Wenn Sie Interesse haben, auch Wasserforschung. Aquadyne Incorporated sucht im Augenblick nach Möglichkeiten, um Wasser kostengünstiger als Ryan zu transportieren.«

»Wirklich?« Zane drehte sich um. »Das hört sich allerdings interessant an. Ich denke, wir haben da eine gute Basis, auf der wir aufbauen können.«

»Freut mich, dass es Ihnen gefällt.« Barton grinste breit – vielleicht zu breit, denn das Lächeln des Ersten Prinzen wurde für einen Augenblick vom Anflug des Misstrauens verdunkelt, als eine steile, senkrechte Falte seine Stirn zerfurchte. Barton beeilte sich, Davion abzulenken.

»Sie haben ein wunderschönes Schloss hier.«

»Lucien Davion hat es damals errichten lassen«, nickte Zane. »Wenn Sie wollen, führe ich Sie herum.«

»Nur zu gerne, Lord Davion.«

Der Erste Prinz wandte sich wieder zum Gehen, warf Barton aus dem Augenwinkel aber noch einen kurzen, abschätzenden Blick zu. Dieser gab vor, bereits die Wandfresken zu studieren, und so ließ es Davion erst einmal dabei bewenden.

* * *

Die Führung durch das Schloss war tatsächlich sehr interessant. Davion zeigte Avellar die verschiedenen Innenhöfe mit ihren blühenden Gärten, die gut bestückte Bibliothek, die Wehrgänge in und auf den Festungsmauern und den Burgfried, der sich Ehrfurcht gebietend im inneren Bereich erhob. Da es schon spät war, kamen beide Herrscher darin überein, Details und Formalitäten ihrer Vereinbarung auf den nächsten Tag zu verlegen. Davion verabschiedete sich und Barton wurde von einem Kammerdiener zu seiner Suite gebracht. Der Diener händigte ihm außerdem einen versiegelten Datenkristall mit einer Nachricht aus.

Barton schloss die reich verzierte Tür der Luxussuite hinter sich und ging durch den breiten Eingangsbereich zu der Sitzecke in der Nähe des Widescreen-TriVids. Dort ließ er sich in den schwarzen Ledersessel fallen, der am Kopfende des niedrigen Kaffeetisches positioniert war. Das Leder knarzte und ächzte leise, als Barton sich nach vorne beugte und das mobile Datenlesegerät mit LCD-Bildschirm über den Tisch zu ihm hin zog. Er entfernte die Versiegelung von dem Kristall und schob ihn dann seitlich in den schwarzen, flachen Kasten. Der Bildschirm blieb noch für einen Augenblick dunkel, bevor sich der Feuerball der Außenweltallianz aufbaute. Dieser verschwand ebenfalls nach einer Sekunde und wurde durch das Gesicht von Matthias Jedriak ersetzt.

»Herr Präsident«, begann er. »Ich habe wichtige Neuigkeiten.« Barton drehte die Lautstärke etwas herunter – Vorsicht war die Mutter der Porzellankiste.

»Nachdem die Angelegenheit mit dem Abteilungsleiter geklärt war, habe ich begonnen, Nachforschungen wegen dem ...« – er stockte – »... Leck angestellt. Ein paar Freunde von mir waren sehr hilfreich und haben sich Rodrigos Kommunikationslogs besorgt. Auf den ersten Blick war nichts zu erkennen, aber dann fiel uns doch etwas auf: Einige eingehende Anrufe waren nicht beantwortet worden. Moment«, korrigierte er sich, »›nicht beantwortet‹ ist vielleicht missverständlich. Was ich meine ist, dass Ihr Bruder wohl das Gespräch angenommen, aber selbst nichts gesagt hat.«

»Bla, blà, bla«, murmelte Barton und spulte vor. Er hasste es, wenn Jedriak so ausschweifend wurde. Er hielt die Aufzeichnung probeweise an – nein, immer noch nicht weit genug. Da! Barton ließ seinen Sekretär wieder zu Wort kommen.

»... besteht deshalb kein Zweifel, dass Rodrigo diese Informationen von außerhalb der Allianz bekam. Alles was wir haben, deutet darauf hin, dass die Lieferungen aus dem Draconis-Kombinat kamen.« Jedriak stockte erneut. Dann fuhr er fort: »Herr Präsident, es ist höchstwahrscheinlich, dass Leonard Kurita selbst hinter all dem steckt.«

Barton lehnte sich in das Leder zurück – er war erschüttert. Während sein Sekretär noch einige unwichtige Zusammenfassungen übermittelte, fühlte Barton, wie sich die Erschütterung erst in Entrüstung und dann in Ärger umwandelte. Wie konnte Kurita es nur wagen, ihn in seiner eigenen Regierung ausbooten zu wollen?! Er öffnete die Knöpfe des Jacketts mit der linken Hand und trommelte mit den Fingern der rechten auf die Armlehne. Leonard Kurita mochte vielleicht ein größeres Reich sein Eigen nennen, aber auch er konnte und durfte sich nicht alles leisten! Barton hieb auf das Wiedergabegerät und verbannte Matthias Jedriak mit einem Schneegestöber wieder zurück in den Datenkristall.

So sprang man nicht mit dem mächtigsten Mann der Außenweltallianz um – Leonard Kurita würde dafür bezahlen.

13. Kapitel

»Willkommen zurück bei ›Spotlight‹. Bei uns im Studio sind Reinhart Kirsten, der stellvertretende Vorsitzende des Ausschusses, der die angebliche Kollaboration von Präsident Avellar untersucht, sowie der Generalsekretär, Matthias Jedriak. Mister Jedriak, finden Sie es nicht unpassend, dass Präsident Avellar in den nächsten Wochen nach New Samarkand zu einem erneuten Treffen mit Koordinator Kurita reisen wird?«

»Nein. Der Präsident hat Verpflichtungen, die er wahrnehmen muss. Dazu gehören auch die diplomatischen Beziehungen gegenüber dem Draconis-Kombinat.«

»Schwachsinn, Jedriak. Avellar ist vermutlich gerade damit beschäftigt, die Auslieferung unseres Staates an Kurita abzuschließen.«

»Haltlose Anschuldigungen. Machen Sie sich nicht lächerlich, Kirsten.«

— *Spotlight*, Alpheratz Radio,
Alpheratz, Außenweltallianz, 12. September 2600

Palast des Drachen, New Samarkand
Militärdistrikt Galedon, Draconis-Kombinat

7. Oktober 2600

Der Palast des Drachen war eine Sammelbezeichnung für den Regierungspalast des Koordinators sowie die ihn umgebenden administrativen Gebäude. Wenn man im Draconis-Kombinat jedoch vom ›Palast des Drachen‹ sprach, meinte man normalerweise nur die große, schwarzrote Pagode, die sich im Zentrum erhob.

Leonard Kurita saß im Erdgeschoss in einem der zum Garten hin gelegenen Räume. Die Beine unter den Körper gezogen, kniete er auf einer weichen Tatami. Die Nordwand des Raumes bestand aus zwei Papiertüren, die im Augenblick zur Seite geschoben waren, um dem Koordinator einen ungehinderten Ausblick auf den meisterlich geharkten Steingarten zu gestatten. In der Mitte des Raumes war eine Feuerstelle eingelassen, in der eine Hand voll Kohlen glühte.

Kurita saß an der Westwand und hatte damit beides im Blick – im Moment konzentrierte er sich jedoch mehr auf die Hausdienerin und Zeremonienmeisterin, die geräuschlos durch die Tür im Süden geschwebt kam. Mit gesenktem Kopf rutschte sie auf Knien zu der Feuerstelle und begann mit den Vorbereitungen. Sie legte etwas Kohle nach und zog dann ein paar Tannenzweige aus dem Bündel, das sie dabeihatte.

Die schlanke Japanerin ließ einen Zweig nach dem anderen im Feuer auflodern, bis ein würziger Duft die Luft füllte. Leonard ließ sich von ihrer Stille und Methodik nicht täuschen – im Bett war sie wild und ein kleiner Schreihals.

Der Koordinator des Draconis-Kombinats legte den Kopf schief und leckte sich die Lippen. Sobald das Treffen mit Barton Avellar vorüber war, würde er sie wohl für eine ganz private ›Zeremonie‹ in seine Gemächer bestellen.

Die zierliche Frau mit dem sorgfältig nach oben gesteckten Haar starrte verbissen auf den Boden und versuchte, Kurita nicht zu beachten. Sie wartete, bis das Feuer noch heißer wurde, und stelle dann einen reich verzierten Eisenkessel auf eine Halterung darüber. Während sich das kristallklare Wasser langsam erhitzte, gab sie methodisch und konzentriert die Teeblätter hinzu, so, wie es die strengen Regeln für die Zeremonie vorschrieben. Als der Inhalt des Kessels eine saftige grüne Färbung angenommen hatte, verschloss sie die kleine lackierte Box mit den Teeblättern wieder und ließ sie in einem Beutel verschwinden, aus dem sie im Gegenzug eine einfache, metallene Kelle zog. Diese legte sie zu den zwei Trinkschalen, bevor sie mit einem weiteren Tannenzweig den Raumduft auffrischte. Dann rutschte die zierliche Frau auf ihren Knien an die Ostwand und blieb dort demütig und mit gesenktem Blick sitzen.

Leonard Kurita hasste Tee-Zeremonien zutiefst. Symbolik hin oder her, man konnte es auch übertreiben. Der Koordinator war froh, dass er nicht auf Tee angewiesen war, um seinen Durst zu stillen – er wäre mit Sicherheit verdurstet.

Ein Gongschlag hallte leise durch das Erdgeschoss der Pagode und kündete von der Ankunft des hochgestellten Gasts. Kurz darauf wurde die Papierwand der Südfront zur Seite geschoben und Barton Avellar betrat den Raum.

Der Präsident der Außenweltallianz kam durch denselben Eingang, durch den auch die Zeremonienmeisterin eingetreten war. Zwar konnte er das nicht wissen, Leonard Kurita war aber sicher, dass er die Implikation sowieso nicht verstanden hätte. Symbolik *hatte* ihren Platz – und wenn auch nur, damit sich der Koordinator amüsieren konnte.

Avellar hatte seinen zweireihigen Nadelstreifenanzug mit dem kleinen Pin im Knopfloch an. Seine Schuhe hatte er allerdings durch *geta* ersetzt. Avellar zögerte für einen Augenblick und schritt dann auf die freie Tatamimatte zu, die dem Koordinator schräg gegenüber an der Feuerstelle platziert war. Er kniete sich dort hin und verbeugte sich leicht vor Kurita. Dieser nickte – fast huldvoll – und wartete dann darauf, dass die Zeremonie fortgesetzt wurde.

In der Tat bewegte sich die Teemeisterin jetzt wieder auf den Knien rutschend zum Teekessel. Sie nahm eine der beiden Porzellanschüsseln und stellte sie vor sich hin. Dann griff sie nach der Kelle und tauchte sie in die im Fußboden versenkte Wasserkanne. Mit geübten Handgriffen goss die zierliche Japanerin zwei Kellen in die Schale, nahm sie auf und wog sie sanft hin und her, sodass das Wasser über die

Innenseite spülen konnte. Dann setzte sie sie wieder ab, goss noch drei Kellen hinterher und säuberte die Schale erneut. Die fünf Kellen Wasser symbolisierten die fünf Säulen, auf denen der Drache und damit das Kombinat ruhte: Die goldene Säule symbolisierte die herrschende Kurita-Dynastie und ihren Verwaltungsapparat, die stählerne Säule das Militär, die Säule aus Jade ökonomischen Produktivität, Reichtum und Kommerz, Teak für die Kultur und die Säule aus Elfenbein Glaube, Treue und Philosophie sowie den allgemeinen Verhaltenskodex.

Dadurch, dass sie einmal zwei und danach drei Kellen genommen hatte, umging die Teemeisterin auch die symbolträchtige ›vier‹. Im Japanischen konnte das Wort für ›vier‹ auch ›Tod‹ bedeuten.

Nachdem sie die Schale gewaschen hatte, stellte die Dienerin sie neben den Teekessel und griff nach der zweiten, um alles noch einmal zu wiederholen. Als auch die andere Schale sauber war, nahm sie wieder die erste auf, füllte sie mit dem dampfenden Tee und stellte sie mit einer tiefen Verbeugung vor dem Koordinator ab.

Auch Avellar bekam kurz danach seinen Tee. Der Präsident der Außenweltallianz griff nach der Schale und hielt sie fest, stockte, als Kurita in seinen schwarzen Kimono langte und einen silbernen Flachmann mit emailliertem Drachen-Mon hervorzog. Leonard schraubte das Gefäß auf und streckte seinen Tee mit ein, zwei guten Schüssen Sake. Dann verschloss er den Flachmann, ließ ihn wieder unter der schwarzen Seide verschwinden und griff nun ebenfalls nach seiner Schale.

Als er den Alkohol in den Tee gegossen hatte, hatte er aus den Augenwinkeln gesehen, wie die Zeremonienmeisterin zusammengezuckt war. Als er trank, bemerkte er, dass ihr eine Träne die Wange herunterlief.

Leonard war das gleich. Er war der Drache, die Verkörperung des Wesens des Draconis-Kombinats. Er war der alleinige Herrscher und brauchte sich um niemanden zu scheren.

Avellar setzte die Trinkschale schon ab, während Leonard noch genoss, wie der gestreckte Tee seinen Magen wärmte.

»Was kann ich dieses Mal für Sie tun, Barton?«, fragte er jovial. »Brauchen Sie vielleicht ein paar Kriegsschiffe?«

Avellar warf einen kurzen misstrauischen Blick zu der schlanken Japanerin, die immer noch stoisch an der Westwand kniete. Dann knirschte er verärgert mit den Zähnen.

»Ich weiß, was Sie getan haben«, presste er hervor. Leonard hob überrascht die Augenbrauen und nahm einen erneuten Schluck aus seiner Schale. Viel zu viel Tee für seinen Geschmack.

»Und was *habe* ich getan, wenn Sie die Frage erlauben?«

»Sie benutzen meinen Cousin dazu, mich in meinem eigenen Parlament auszumanövrieren! Sie haben Rodrigo von dem Inhalt unseres Treffens berichtet!« Avellar stieß anklagend mit dem Finger nach Leonard.

Die Aura des Koordinators wurde mit einem Mal kalt wie Stein. Jede auch nur vorgetäuschte Freundlichkeit verflog im Nu.

»Ich weiß überhaupt nicht, wovon Sie reden«, antwortete er beherrscht.

»Lügen Sie mich nicht an!« Avellars Wangen verfärbten sich rot und eine Ader auf seiner Stirn pulsierte.

»Sie nennen mich einen Lügner?!« Nun war es an Kurita, aufzufahren. »Die Organisationen, in die ich investieren sollte, sind alle in den letzten Monaten von crucischen Briefkastenfirmen zur Hälfte aufgekauft worden!« Leonards schwarze Augen standen in Flammen, sein Finger wies auf seinen Gast. Avellar sprang ebenfalls auf die Füße und bot ihm die Stirn. »Wenn Sie glauben, Sie könnten Kombinat und Sonnen gegeneinander ausspielen, dann haben Sie sich damit so tief ins eigene Fleisch geschnitten, dass Sie daran verbluten werden!«

Beide Männer starrten sich über die Feuerstelle hinweg an. Das leise Knistern des Tannenzweigs war für einige Sekunden das einzige Geräusch.

»Wagen Sie es niemals wieder, meine Ehre zu beleidigen«, fuhr Leonard mit drohendem Unterton fort. Sein Körper bebte und der schwarze Seidenkimono raschelte leise. Wie konnte dieser Wurm so etwas nur andeuten?!

»Eines sage ich Ihnen, Leonard«, entgegnete Avellar. »Wenn Sie so weitermachen, werde ich Prinz Zane einen Besuch abstatten und ihm einen Bündnisvorschlag unterbreiten. Sie können es sich nicht leisten, die Außenweltallianz als Pufferstaat zu verlieren. Also lassen Sie Ihre Finger aus Angelegenheiten, die Sie nichts angehen. Guten Tag.«

Avellar machte auf dem Absatz kehrt und marschierte aus dem Raum, ohne Kurita eines weiteren Blicks zu würdigen.

Dieser starrte dem Präsidenten kochend nach. Plötzlich griff er den Teekessel und schleuderte ihn mit einem Wutschrei von sich. Der Kessel krachte auf den Holzboden, verschrammte ihn und verspritzte den noch immer heißen Tee.

Die Zeremonienmeisterin, die die ganze Zeit still an der Wand gesessen hatte, zuckte erneut zusammen und senkte ihr Haupt in Scham.

Leonard stapfte aus dem Raum auf die Veranda und riss die Papiertüren hinter sich zu. An zwei schwer bewaffneten Männern der *Otomo* drängte sich draußen eine Frau in einem reich bestickten Kimono mit besorgter Miene vorbei.

»Seid Ihr verletzt?«, wollte Elaine Kurita von ihrem Bruder wissen.

»Lass mich in Ruhe«, fertigte dieser sie ab und trat von der Veranda in den Garten. Elaine wich zurück und ließ sich die Kränkung nicht anmerken, wie so oft in letzter Zeit.

Leonard ignorierte die Trittsteine des Steingartens und trampelte quer durch den sorgfältig in Muster geharkten Kies, bis er einen großen, flachen Findling erreichte, auf den er sich setzen konnte. Mit dem Rücken zur Pagode zog er den Flachmann aus der Robe und schraubte ihn auf.

Als sich der Sake seinen Weg die Kehle hinabbrannte, merkte er, wie er sich langsam beruhigte.

»Dieser Wicht«, grunzte Kurita und nahm einen weiteren Schluck. »Niemand legt sich ungestraft mit dem Drachen an.«

Plötzlich horchte der Koordinator auf – Schritte. Sie waren fast unhörbar, deshalb bemerkte er sie erst, als die Person schon nahe hinter ihm stand.

»Geh weg, Elaine«, fauchte er, den Kopf halb gedreht. »Verschwende nicht meine Zeit mit deinen albernen Lektionen.«

»*Sumimasen, tono*«, erklang eine sanfte Stimme hinter Kurita – die Stimme eines Mannes. Verärgert wandte sich Leonard um.

»*Tai-sa* Yatomo«, erkannte er den kleinen, drahtigen Draconier. Kurita runzelte die Brauen. »Ich hasse es, wenn Sie sich immer so anschleichen. Was wollen Sie?«

»Ich bitte untertänigst um Endschuldigung, *tono*«, behielt der *Tai-sa* seinen Kopf gesenkt und den Oberkörper gebeugt. »Ich bin sofort hierher geeilt, als ich den Lärm vernahm, den Euer Gast verursachte.« Kurita hob eine Augenbraue, ließ ihn aber weitersprechen. »Wie ich sehe, geht es Euch gut, und Ihr benötigt meine Hilfe nicht ...«

Der Koordinator verzog die Lippen zu einem humorlosen Grinsen. Yatomo war ein schlauer Fuchs – unter dem Vorwand der Hilfsbereitschaft bot er Leonard seine Dienste an. Dienste, die schon einmal sehr hilfreich gewesen waren.

»Vielleicht benötige ich Sie doch noch, *Tai-sa.*« Yatomo hatte begonnen, sich rückwärts zu entfernen. Nun blieb er stehen.

»Was ist Euer Begehr, *tono*?«

»Haben Sie ...« Leonard blickte sich um, aber der Garten war leer. Er nahm einen erneuten Schluck Sake und dämpfte seine Stimme. »Haben Sie noch Zugriff auf die Leute, die den Einsatz letztes Jahr erledigt haben?«

»Bedingt«, antwortete der *Tai-sa.* Er hob den Kopf und richtete sich auf, die Arme hinter dem Rücken verschränkt. »Einige Agenten sind mittlerweile ...« Er zögerte, suchte nach einem passenden Wort. »In den Vorruhestand versetzt worden.«

»Avellar macht mir zu viel Ärger«, grollte Leonard. Er leerte den Flachmann und warf ihn achtlos zur Seite. Einer der Diener würde das Metallgefäß nachher aufsammeln, es reinigen und wieder füllen.

Leonard fühlte, wie die wohlige Wärme langsam seinen gesamten Körper ergriff. Zufrieden stellte er fest, dass auch das leichte Zittern seiner rechten Hand aufgehört hatte.

»Sorgen Sie dafür«, wandte er sich wieder an Yatomo, »dass er ausgeschaltet wird. Sofort.«

»*Hai, tono.*« Der *Tai-sa* verbeugte sich tief. Dann ließ er den Koordinator wieder mit seinen Gedanken allein.

Kurita blickte dem ISA-Agenten hinterher, der im Schatten der Pagode verschwand. Tetsuo Yatomo hatte vor zwei Jahren eine Verschwörung des ehemaligen Kriegsherrn des Militärdistrikts Pesht entdeckt. *Tai-shu* Higuchi hatte versucht, einen Planeten in der Republik der Randwelten unter Kontrolle zu bekommen und von dort aus getarnte Angriffe gegen das Lyranische Commonwealth zu starten. Higuchi wollte die daraus entstehende Krise dazu nutzen, Leonard abzusetzen und sich selbst zum Koordinator aufzuschwingen.

Kurita schnaubte abfällig. Selbst ohne Yatomos Einwirken wäre der Kriegsherr niemals mit seinem Plan durchgekommen. So scheiterte Higuchis Plan jedoch noch früher, und ohne zu viele wertvolle BattleMechs zu verschwenden. Nach Bekanntwerden seines Planes beging der Kriegsherr des Militärdistrikts schließlich *seppuku.*

Als Leonard damals zum Koordinator ernannt worden war, hatte es gewisse Unstimmigkeiten zwischen ihm und Etsuya Chiba, dem Direktor der Internen Sicherheitsagentur, gegeben. Chiba hatte keinen Hehl daraus gemacht, dass er Leonards Regierungsstil für ungeeignet hielt. Umgekehrt war Leonard erbost über seine Illoyalität dem Drachen gegenüber. Da die ISA ihr Hauptquartier auf New Samarkand hatte und außerdem dort auch das Interne Sicherheitskolleg unterhielt, hatte es Kurita vermieden, sich für längere Zeit auf New Samarkand aufzuhalten. Als Yatomo dann Higuchi überführt hatte, beförderte er ihn und ernannte den drahtigen Draconier außerdem zum stellvertretenden Direktor der ISA. Ganz im Gegensatz zu seinem Vorgesetzten galt Yatomos Loyalität ganz dem Drachen.

Seine Entscheidung hatte Leonard bisher auch noch nicht bereut. Ganz im Gegenteil – letztes Jahr war es ihm äußerst gelegen gekommen, über Chibas Kopf hinweg eine private Sache abzuhandeln. Durch Yatomo konnte er Chiba kontrollieren. Und solange Chiba unter Kontrolle war, konnte sich Leonard auch wieder auf New Samarkand sicher fühlen – er hatte die zusätzlichen Februartage auf Pesht sowieso immer gehasst.

Kurita erhob sich, blieb kurz stehen, als die Umgebung wankte. Dann, als sich alles stabilisiert hatte, machte er sich auf den Weg hinein in die Pagode, um heute Abend noch ein wenig Spaß zu haben.

14. Kapitel

»Guten Abend, hier ist CNN. Gestern Abend um vierzehn Uhr dreiundfünfzig Ortszeit entging Sternenbund-Distriktadministrator Benjamin Conners auf New Valentia nur knapp einem Anschlag. Der Distriktadministrator, der sich im Augenblick auf einer Rundreise durch die Mark Crucis befindet, verspätete sich zu einem Festbankett in Raiteland, als seine Limousine durch eine Autobombe zerstört wurde. Der Fahrer wurde getötet, Conners blieb unverletzt.«

— *Headlines with Sharon Clarke*, Crucis News Network,
New Avalon, Vereinigte Sonnen, 21. Oktober 2600

Bel Air, Brookeland
Mark Draconis, Vereinigte Sonnen

29. Oktober 2600

Drei Monate. So lange war es her, dass Davids Riecher sich bestätigt hatte. Und so lange versuchte er auch schon, die Wahrheit ans Licht zu bringen. Beim SBGK hatte man seine offiziellen Anfragen abgeschmettert – er hatte es auch nicht anders erwartet. Schließlich war es ja nicht so, dass jemand zufällig vergessen hatte, ihm mitzuteilen, worum es wirklich ging. Nein, David wurde bewusst mit falschen Informationen versorgt. Er wurde benutzt – wie ein Hammer, mit dem man einen Nagel in die Wand trieb, um ihn danach wegzulegen, bis er wieder gebraucht wurde.

Frustration und kalte Wut stauten sich langsam in ihm auf. Er diente der Hegemonie und dem Sternenbund ohne zu zögern. Er war bereit, sein Leben zu opfern, um seine

Aufträge zu erfüllen. David besaß einen starken Gerechtigkeitssinn, und der Frieden und die Freiheit für die Menschen unter dem Banner mit dem Dolchstern waren ihm heilig.

Aber vielleicht war genau das das Problem. Würde er seine Ziele weiter verfolgen, wenn er wüsste, dass sie nicht rechtens waren?

Frustriert trommelte David mit den Fingerkuppen auf den langen polierten Tisch aus Mahagoniimitat. Er saß zurückgelehnt in einem Stuhl in einer der besseren Suiten des Royal Hilton und dachte nach.

So kam er nicht weiter. Das wichtigste Ziel war immer noch, Sean Bradforth gefangen zu nehmen. Auf dem Weg zurück nach Terra konnte er ihn dann verhören – vielleicht kam er der Wahrheit dadurch näher.

Es klopfte an der Tür.

»Zimmerservice.«

David stand auf und glitt zum Eingangsbereich. Er griff die Pistole, die auf der Durchreiche zur Küche neben einer Box Munition lag, entsicherte sie und lud sie durch. Vorsichtig griff er nach dem Knauf und blickte durch den Türspion.

Der Page, der draußen auf dem Flur stand, trug die typische karmesinrote Uniform mit den goldenen Litzen und der runden Kappe. Er hielt ein Päckchen in beiden Händen und blickte sich gelangweilt um. David sicherte mit dem Daumen seine Waffe und schob sie hinten in den Hosenbund. Dann öffnete er die massive Holztür.

»Ja?«

»Lieferung für Sie, Mister.«

Der Geheimdienstler nahm dem Pagen das Päckchen ab und gab ihm ein paar Pfund Trinkgeld. Dann schloss er die Tür wieder und legte das Päckchen auf den Tisch. Als Absender war Terra Importe/Exporte angegeben – die Sendung stammte vom SBGK.

David öffnete es und fand einen Datenkristall, der nur mit einem speziellen Lesegerät entschlüsselt werden konnte.

Der Geheimdienstler schob den Kristall in die dafür vorgesehene Öffnung an seinem Handgelenk-Kommunikator und setzte die Sonnenbrille auf. Kurze Zeit später formte sich vor ihm in der Mitte des Raumes das Abbild Colonel Darragh McKinleys, dem kantigen Leiter von Division XI, Ausrüstung und Entwicklung. Der ergraute, wettergegerbte Mann begann zu sprechen.

GUTEN TAG, MISTER GIBBS.
MEINE ABTEILUNG HAT DIE DATENSPEICHER BEHANDELT UND MODIFIZIERT. SIE SIND JETZT PEILSENDER, DEREN SIGNALE SIE NOCH INNERHALB EINES RADIUS VON FÜNFZIG KILOMETERN LOKALISIEREN KÖNNEN. EIN ENTSPRECHENDER EMPFÄNGER IST BEIGELEGT. MCKINLEY, ENDE.

Der Colonel flackerte und wurde verzerrt, um sich dann wieder als Projektion von Katya Day an derselben Stelle zusammenzusetzen. Sie saß auf der Tischkante – ihrer Tischkante – und hatte einen Datenblock in der Hand, auf den sie hin und wieder schaute.

HALLO DAVID.
ICH HABE DEINER BITTE ENTSPROCHEN UND EIN WENIG NACHGEFORSCHT. DEN OFFIZIELLEN UNTERLAGEN ZUFOLGE IST JOSHUA TURNER LETZTES JAHR BEI DEM ATTENTAT UMS LEBEN GEKOMMEN. SEINE LEICHE WURDE ERST IM GENERAL MERCY HOSPITAL IN CALGARY AUFBEWAHRT UND SPÄTER DANN IN DIE MILITÄRPATHOLOGIE DES KÖNIGLICHEN HOFES ÜBERFÜHRT. DIE UNTERSUCHUNGEN DAUERTEN DREI WOCHEN, DANACH WURDE ER BEIGESETZT.
DAS GRAB EXISTIERT TATSÄCHLICH, UND DIE URKUNDEN SIND NICHT GEFÄLSCHT – DAS HEISST ALLERDINGS ABER AUCH NICHT VIEL. OHNE EINE

EXHUMIERUNG KANN ICH DEINEN VERDACHT NICHT BESTÄTIGEN. EINE SOLCHE AKTION ÜBERSCHREITET JEDOCH NICHT NUR MEINE KOMPETENZEN, SIE LÄSST SICH AUCH NICHT UNTER DER HAND DURCHFÜHREN. ES SEI DENN, DU VERLANGST VON MIR, MICH MIT EINER SCHAUFEL UND EINER TASCHENLAMPE NACHTS SELBST AUF DEN WEG ZU MACHEN.

Katyas Gesichtsausdruck verriet, wie sehr sie von derlei Aktionen begeistert wäre. Sie drückte auf den Datenblock und fuhr fort:

ICH GEBE DIR RECHT, DASS HIER IRGENDETWAS FAUL IST. IM AUGENBLICK KANN ICH JEDOCH NICHTS MEHR FÜR DICH TUN. WIR SEHEN UNS, WENN DU WIEDER AUF TERRA BIST. TA TA.

»Ta ta«, murmelte David, als das Hologramm verschwand. Er nahm die Brille ab und suchte in dem Päckchen nach den Datenkristallen und dem Peilempfänger. Er schaltete das handliche Gerät ein und empfing tatsächlich sofort das Signal.

Es klopfte erneut. David stand auf, trat zur Tür und blickte wieder durch den Türspion. Dann zog er die Tür auf.

»Es ist so weit.« Cassie DeBurke hielt sich nicht mit langen Begrüßungsfloskeln auf. Sie schob sich an dem Geheimdienstler vorbei in die teuer eingerichtete Suite, öffnete den Kühlschrank und wühlte darin.

David schloss die Tür und beobachtete, wie sein Gast eine Packung Orangensaft fand, ansetzte und trank. Er lehnte sich auf die Durchreiche und wartete. Cassie trug ein bauchfreies, blaues Top, passend für den Hochsommer Brookelands, und eine an den Hüften eng anliegende Leinenhose im modischen Dreischnitt, die ihre Rundungen mehr als betonte.

»Bradforth hat sich gemeldet«, stellte David fest.

»Ja. Er will mich heute Abend auf der Pendergast-Plaza treffen«, antwortete die Wissenschaftlerin, nachdem sie die Hälfte des Orangensafts geleert hatte.

»Sehr gut.«

Die Zeit in den letzten Monaten war nicht dafür draufgegangen, nach Sean Bradforth zu suchen, sondern mit ihm ins Geschäft zu kommen. In LePaies' und Prices Verschlag auf New Mendham hatte David einige Nachrichten von Bradforth entdeckt, deren Adresse noch gültig war. Der Geheimdienstler formulierte daraufhin einen Plan, nach dem sich Cassie persönlich bei Bradforth meldete und vorgab, ihre Forschungsdaten an ihn verkaufen zu wollen – für eine entsprechende Summe natürlich. Den Kontakt herzustellen und alle Details auszuarbeiten, war ein langer und schwieriger Weg gewesen, bei dem der SBGK-Agent schon mehr als einmal geglaubt hatte, Bradforth verloren zu haben. Aber heute war es endlich so weit.

»Was ist das?« Cassie deutete auf den Tisch, wo noch das SBGK-Päckchen lag.

»Datenkristalle.«

»Nein, wirklich?«

»Diese sind speziell modifiziert.« David ignorierte den Spott in Cassies Stimme. »Wenn du dich heute mit Bradforth triffst, übergibst du sie ihm. Dann können wir jeden seiner Schritte verfolgen.«

Interessiert betrachtete sie einen der kleinen durchsichtigen Kristalle.

»Faszinierend! Wie funktioniert das?«

»Keine Ahnung.« David zuckte mit den Schultern. »Ich stelle das Zeug nicht her, ich benutze es nur.«

Die Pendergast-Plaza war ein gefliester Platz mit mehreren Springbrunnen und einem Reiterstandbild. Sie schnitt als große Schlucht tief in den Häuserwald von Bel Air. Geschickt mit Sträuchern und Bäumen bepflanzt, bot sie nicht nur eine angenehme Abwechslung von den Glasfassaden der Stadt, sondern eignete sich auch vorzüglich für Feiern und den zweiwöchentlichen Markt.

David korrigierte leicht den Sitz seiner Sonnenbrille, als er die Plaza unter sich absuchte. Er selbst saß auf dem Vordach eines Lokals im Schatten einer Markise und hatte eine Apfelschorle vor sich stehen. Das Lokal befand sich im ersten Stock eines der die Plaza umschließenden Gebäudes und stellte einen perfekten Observierungsplatz dar, wenn man einmal von dem nervenden Oberkellner absah.

Die Automatik in der Brille holte Pflanzen, Springbrunnen und Leute näher, sodass David keine große Mühe hatte, Cassie zu finden. Die schlanke Wissenschaftlerin stand inmitten des Menschengewühls und betrachtete das Angebot eines Fruchthändlers.

»Mhm, sieht lecker aus«, kommentierte der Geheimdienstler.

»Redest du von den Naranji?«

Cassie stand mit David durch ein Mikrofon in Verbindung, das in ihrem Schmuck eingebaut war. Durch einen kleinen Empfänger hinter dem Ohr konnte sie jedes seiner Worte glasklar verstehen.

»Siehst du ihn?«

»Noch nicht.« Cassie kaufte eine Fleischfrucht und biss herzhaft zu. Dabei blickte sie sich unauffällig um.

Zwar war es mittlerweile Abend, aber durch den spitzen Eigenrotationswinkel von Brookeland ging im Sommer die Sonne über Bel Air nicht richtig unter.

David hob den Kopf und suchte die Plaza ab. Dann sah er ihn.

»Er kommt direkt auf dich zu. Drei Uhr, hinter dem Melonenstand.«

Sean Bradforth, ein Mann mit unauffälliger Figur und perfekt sitzendem Haar, glitt durch die Menge der Marktbesucher, ohne dass sie ihn zu berühren schien. Genau wie

David trug er eine helle Stoffhose mit passendem Hemd. Seine Ärmel waren hochgekrempelt, während Davids kurz waren. In der einen Hand hielt Bradforth einen kleinen Metallkoffer, die andere steckte leger in der Hosentasche, wo sie zweifellos eine Minipistole schussbereit umklammerte. Der Attentäter mit dem sorgfältig gestutzten, braunen Haar blickte sich unauffällig um, suchte die Plaza nach einer Falle ab. David bemerkte es nur, weil er ihn direkt beobachtete, jeder andere hätte es nicht gesehen. Bradforth war ein Profi.

»Miss DeBurke.« Die Verbindung stand immer noch.

»Mister Bradforth. Schön, dass Sie kommen konnten.«

David beobachtete, wie Cassie ihre Rolle spielte. Von seinem Platz unter der Markise hatte er eine perfekte Sicht auf die beiden Personen, die inmitten des Gewühls unter vorgespielter Höflichkeit ein heikles Geschäft abwickelten. Die Wissenschaftlerin hatte Nerven aus Stahl – ihre Stimme war fest und kühl.

Mittlerweile wurde es jedoch Zeit. Es würde nicht mehr lange dauern, dann hatten beide ihre Besitztümer an den jeweils anderen übergeben. Danach hinderte Bradforth nichts mehr daran unterzutauchen.

David erhob sich von seinem Platz und steuerte auf den Ausgang des Lokals zu, von wo aus eine Treppe direkt zur Pendergast-Plaza führte – da trat ihm der Oberkellner in den Weg.

»Wo wollen Sie hin?«

»Entschuldigung?«

Der Kellner mit dem dünnen Oberlippenbart, tief liegenden Augen und zurückweichendem Haaransatz deutete auf den Tisch in Davids Rücken, wo immer noch sein Glas Apfelschorle stand.

»Sie haben nicht bezahlt!«

Das stimmte nicht. Er hatte dem Kellner, dem der Tisch gehörte, gleich bei der Bestellung genug Geld gegeben. Und während der Mann vor ihm noch indigniert seinen

Schnurrbart zwirbelte, konnte David hören, wie Bradforth und DeBurke die Übergabe abschlossen. Hastig durchwühlte er die Taschen seiner Hose und drückte dem Oberkellner einen Fünf-Pfund-Schein in die Hand.

»Nichts für ungut.« Er wollte gerade los, als der andere Mann ihn wieder aufhielt.

»Sie bekommen noch Wechselgeld wieder.«

»Behalten Sie den Rest!« David zwängte sich an dem Oberkellner vorbei, hastete auf den Ausgang zu und sprintete die Treppen hinunter auf den gut besuchten Platz.

»David!«, tönte es in seinem Ohr. »Wo bleibst du?!«

»Ich bin unterwegs, behalten Sie ihn im Auge.«

Er kämpfte sich durch die Menschentrauben, schob Touristen zur Seite und sprang über eine Kiste Bananen, um den Weg abzukürzen. Cassie kam ihm schließlich entgegen, wäre fast an ihm vorbeigelaufen.

»Hier bin ich!«

»Dort drüben!« Die Wissenschaftlerin deutete auf eine Gestalt in heller Kleidung, die hinter einem Marktstand verschwand. David rannte los, versuchte so schnell wie möglich aufzuschließen. Er bog um die Ecke und sah die Person gerade noch, bevor eine Gruppe Senioren ihm die Sicht nahm. David setzte Bradforth nach und versuchte ihn noch zu erwischen, bevor er verschwinden konnte. Doch es war zu spät, der Vorsprung einfach zu groß gewesen. Sean Bradforth war untergetaucht und vorerst entkommen.

15. Kapitel

»Willkommen zurück bei News Watch, ich bin Deborah Watson. New Samarkand, Draconis-Kombinat: Das Oberkommando der Vereinigten Soldaten des Draconis-Kombinats ist immer noch damit beschäftigt, Lord Ian Camerons Forderung nach Truppenabzug Folge zu leisten. Obwohl die Frühjahrssitzung jetzt schon ein halbes Jahr her ist, sind immer noch keine größeren Truppenbewegungen zu verzeichnen. Der Oberkommandeur der SBVS, Commanding General Nicholas Kinnol, verweigerte jeglichen Kommentar.«

— *News Watch*, Terra News Broadcasting,
Terra, Terranische Hegemonie, 7. November 2600

**Famindas International Spaceport, Famindas
Alpheratz, Außenweltallianz**

18. November 2600

Barton Avellar glitt auf die bequemen Ledersitze der Limousine, während Matthias Jedriak ihm die Tür aufhielt. Der Sekretär schlug sie hinter dem Staatsoberhaupt der Allianz zu, ging um das Heck des Fahrzeugs herum und stieg auf der gegenüberliegenden Seite ein. Als auch Jedriak im Inneren der Limousine war, setzte sie sich in Bewegung und verließ mit einer Polizeieskorte den Raumhafen.

»Wie ist es gelaufen, Herr Präsident?«

Avellar antwortete nicht, sondern starrte grimmig durch die einseitig verspiegelte Scheibe auf das Flugfeld, wo ein halbes Dutzend Raumtaxis aufgetankt und beladen wurden.

Im Hintergrund hoben sich drei große Landungsschiffe wie Schattenrisse vor der tief stehenden Sonne ab und überragte die kleinen Raumer wie ein Gebirge. Der Präsident der Randwelten strich sich durch den Bart und lehnte sich in die Polster zurück.

»Lassen Sie es mich so ausdrücken, Jedriak«, antwortete er schließlich. »Die Reise nach New Samarkand war äußerst aufschlussreich.«

Jedriak hob eine Augenbraue.

»Die nächsten Tage werden sehr ereignisreich. Wir haben eine Menge zu tun.«

Der Sekretär beeilte sich, seine Unterlagen hervorzukramen, um Avellars Anordnungen entgegenzunehmen. Jedriak beobachtete den Präsidenten der Außenweltallianz dabei aus den Augenwinkeln und wurde den Eindruck nicht los, dass sich an ihm etwas verändert hatte. Er wirkte sicher, bestimmt, energiegeladen.

Was auch immer auf New Samarkand geschehen war, es hatte Avellar verändert.

Bis jetzt waren die Anhörungen eher mäßig verlaufen und Rodrigo gewann zusehends Raum. Das galt nicht nur für den Untersuchungsausschuss, sondern auch für das Parlament und die breite Öffentlichkeit. Während der Präsident seinen Pflichten hatte nachkommen müssen, war sein Bruder im öffentlichen Ansehen gestiegen. Die Leute verstanden nicht, warum Barton inmitten einer solch prekären Situation nach New Avalon und sogar zum Amtssitz des Draconis-Kombinats reiste.

Matthias Jedriak schrieb konzentriert mit, während Avellar Termine machte, Besprechungen ansetzte und Grundzüge einer neuen Taktik diktierte. Der Sekretär hatte sich um eine ganze Hand voll Versicherungen bemüht – wenn Avellar abgesetzt wurde, wollte er nicht arbeitslos dastehen. Nun aber büßten diese Absicherungen an Wichtigkeit ein. Es schien, ein frischerer, stärkerer Präsident war zurückgekehrt. Ein Präsident, der das Steuer herumreißen und seinen Cousin in die Schranken weisen würde. Der Magen des Sekretärs machte einen kleinen Sprung. Alles, was sie jetzt noch brauchten, war ein wenig Glück.

David hatte Bradforth natürlich nicht wirklich entkommen lassen. Die klare Signalpeilung der modifizierten Kristalle verhinderte das. Er hätte nur gerne den Attentäter persönlich beschattet.

»Er bewegt sich ins Stadtzentrum«, stellte der dunkelhaarige Mann mit einem Blick auf das Heads-Up-Display in seiner Sonnenbrille fest. Ein sattroter Punkt schimmerte über der blassblauen Risszeichnung des Stadtkernes inmitten seines Sichtfeldes.

Die Idee hinter dem Sender war natürlich, die immer noch unbekannten Hintermänner Bradforths zu enttarnen. Wenn David Glück hatte, übergab er ihnen die Datenträger persönlich. Wenn er Pech hatte, deponierte sie Bradforth in einem toten Briefkasten. Da die letzte Möglichkeit die wahrscheinlichere war, musste der Geheimdienstler dicht an seiner Beute bleiben, um den Attentäter gefangen zu nehmen, wenn er sich von den Kristallen trennte.

»Ich organisiere uns ein Taxi«, erklärte Cassie und trat durch die parkenden Autos zur breiten Zubringerstraße des Raumhafens. Dass die Wissenschaftlerin immer noch dabei war, hatte einige Gründe, von denen Glaubhaftigkeit der wichtigste war. Die Daten auf den Kristallen waren echt – wohl aber nicht vollständig. Sollte Bradforth das bemerken, war der ganze Plan hinfällig. Cassie könnte in einem solchen Fall durch ihr Fachwissen glänzen und den Attentäter bei Nachfragen davon überzeugen, dass alles in Ordnung war.

David blickte der jungen Frau hinterher. Sie kannten sich jetzt schon seit über vier Monaten und arbeiten seitdem zusammen. Zwischen ihnen hatte sich eine aufrichtige

Kameradschaft entwickelt. Manchmal ging es sogar darüber hinaus – zumindest war das sein Eindruck. Cassie *war* attraktiv, das gab er zu.

Im Moment hatte Bradforth allerdings oberste Priorität, Ablenkung war gefährlich. Wenn diese ganze Angelegenheit erledigt war ... Nun ja, dann konnte man weitersehen.

Ein gelbes Auto, an dessen Seiten sich ein schwarzweißes Schachbrettmuster einmal um die Karosserie zog, hielt neben der Wissenschaftlerin an und schaltete die gelbe Leuchte auf dem Dach aus.

David schob die Sonnenbrille auf die Nasenwurzel zurück und schloss zu Cassie auf. Sie stiegen in das Taxi und fuhren los.

Famindas war eine der drei großen Städte auf Alpheratz. Und obwohl sie während der Vereinigungskriege stark zerbombt worden war, funktionierte die Infrastruktur wieder ohne nennenswerte Probleme. Das war sicherlich zum Teil der Bestimmtheit und der Hingabe der Außenweltler zuzuschreiben, mit dem sie ihre Städte wieder aufgebaut hatten. Zu einem nicht unerheblichen Teil war dies allerdings auch ein direktes Ergebnis der Fördermittel, die Ian Cameron den Peripheriestaaten zugesagt und auch hatte zukommen lassen. Infolgedessen war auch das Untergrundbahnsystem Famindas' wieder voll einsatzbereit und stark frequentiert.

Sean Bradforth nahm die Stufen in den unterirdischen Bahnhof an der Ecke 73. Straße und Main eine nach der anderen und ohne Hast. Er ging durch die Vorhalle an einem Zeitschriftenhändler und einem Stehbistro vorbei und auf die Schließfächer zu, die in langen Reihen in einem gesonderten Trakt untergebracht waren.

Schließfach zweiundvierzig befand sich auf der gegenüberliegenden Seite und etwa auf halber Höhe des Traktes.

Der Schlüssel, den Bradforth dabei hatte, passte. Im Inneren des Fachs waren ein silberner, gerippter Metallkoffer sowie ein Umschlag mit Flugtickets und einem gefälschten Pass. Der braunhaarige Mann nahm beides heraus, stellte den Koffer zuerst ab und ließ den Umschlag unter seinem Jackett verschwinden. Dann klappte er das Fach zu, langte mit der behandschuhten Hand nach dem Koffer und machte sich wieder auf den Weg.

Bradforth ging zum Bahnsteig und nahm die nächste Bahn in südliche Richtung. In der Nähe des Central Parks stieg er aus und verließ die Station.

Die Sonne war bereits gewandert und warf lange Schatten. Der Abend brach über Famindas herein und die Nacht kündigte sich an.

Bradforth zückte eine Sonnenbrille und setzte sie auf. In weiten Schritten hielt er zielsicher auf den Eingang eines Hotels zu und betrat die Empfangslobby. An poliertem Marmor und grünenden Zierbüschen vorbei nahm er einen Aufzug ins oberste Stockwerk. Wenige Minuten später stand er vor der Metalltür am Ende eines schmalen Gangs, die nicht zu einem der Hotelzimmer führte.

Bradforth blickte sich um. Als er sah, dass niemand in der Nähe war, holte er einen kurzen Dietrich aus der Tasche und bearbeitete das Zylinderschloss damit. Mit einem leisen Klicken entriegelte er es und schob die Tür auf. Dahinter führte eine Metalltreppe aufs Dach.

Das Hotel war eines der wenigen noch intakten, höheren Gebäude, und auf dem Dach wehte ein starker Wind. Kies knirschte unter Bradforths Schuhen, als er zur Südseite marschierte. Er ging in die Knie und öffnete den Koffer. Die roten Strahlen der Sonne wurden von dem polierten Metall reflektiert und tanzten als Irrlichter an der Wand von den Aufbauten des Lüftungssystems. Im Innern des Koffers befand sich ein zerlegtes Gewehr, komplett mit Hochleistungszielfernrohr, das Bradforth nun methodisch und sorgfältig zusammensetzte. Er lud die fünf Spezialgeschosse und stellte das Fernrohr auf Wind und Entfernung ein. Dann war er bereit.

Das Zielgebiet konnte er von seinem Aussichtspunkt aus mit bloßem Auge erkennen, das eigentliche Ziel war jedoch noch nicht dort. Bradforth musste allerdings nicht lange warten – ganze drei Minuten später war es so weit. In einer fließenden Bewegung legte er an, stützte den Arm auf die halbhohe Dachmauer. Er ließ das Fadenkreuz locker auf die Person mehrere dutzend Meter entfernt sinken, atmete aus, hielt die Luft an. Dann krümmte er seinen Zeigefinger und betätigte den Abzug.

* * *

Avellars Limousine durchquerte den Stadtkern und näherte sich ihrem Ziel. Nach einem längeren Zwischenaufenthalt im Verteidigungsministerium war nun auch Brenda Smith mit von der Partie.

»Ich werde es kurz und schmerzlos machen«, erklärte Barton an sie gewandt. »Wie stehen unsere Chancen für den Fall, dass wir gegen das Draconis-Kombinat in den Krieg ziehen?«

»Schlecht, Herr Präsident«, antwortete die schwarzhaarige Frau, während sie sich eine Haarsträhne aus dem Gesicht strich. »Mit dem Allianz-Militärcorps können wir vielleicht drei, höchstens vier Systeme gut genug gegen eine Invasion schützen, falls sich Kurita zu einem vollen Angriff entschließt. Wenn er das täte, würde er allerdings gegen die Statuten des Sternenbundes verstoßen. In diesem Fall wären wir in der Lage, alle in der Allianz stationierten SBVS-Einheiten zu Hilfe zu holen.«

»Und wenn wir zusätzlich noch Unterstützung durch die AVS bekämen?«

»Dann könnten wir die VSDK mit Sicherheit aufhalten.« Smith legte die sonst glatte Stirn in Falten. Ihre dunklen Augen blickten besorgt.

»Mit Verlaub, Herr Präsident, wie wahrscheinlich ist ein solches Szenario?« Barton warf einen Seitenblick auf Jedriak.

»Sehr wahrscheinlich, Brenda, sehr wahrscheinlich.«

Die Limousine fuhr auf den Hof des Amtssitzes und kam vor den Treppen zum Stehen.

»Ich werde Ihnen drinnen alles Weitere erzählen«, erklärte ihr Barton und schlüpfte aus dem Wagen, als einer seiner Bodyguards ihm die Tür aufhielt.

Der Präsident der Außenweltallianz schritt federnd die Treppen hinauf, nahm gleich zwei Stufen auf einmal und musste dann sogar auf den Sekretär und die Verteidigungsministerin warten. Matthias Jedriak erreichte ihn als Erster und trat an ihm vorbei, um die Tür aufzuziehen – da legte ihm Avellar eine Hand auf die Schulter.

»Matthias«, begann Barton, »das ist der Beginn einer neuen ...«

Plötzlich zerriss ein Knall die abendliche Stille wie ein Hammerschlag. Barton Avellars Gesicht explodierte, Matthias Jedriak wurde mit Blut bespritzt. Die Schulter des Sekretärs wurde von irgendetwas getroffen und gegen die Tür geschleudert. Er sank zu Boden und musste schockiert und ungläubig mit ansehen, wie der Präsident der Außenweltallianz leblos zusammensackte.

»Scheiße!«, fluchte Cassie wenig damenhaft. Sie und David standen an einer belebten Kreuzung in der Nähe des Amtssitz des Präsidenten. Der Geheimdienstler hielt die vier Datenkristalle in der Hand und stand in der Nähe des Mülleimers, wo er sie gefunden hatte.

»Wie hat er das herausgefunden?«

»Unwichtig.« David steckte die Datenträger ein und blickte sich um. »Er kann noch nicht sehr weit sein – wir dürfen ihn nicht entkommen lassen.«

Mit sinkendem Enthusiasmus suchte der Geheimdienstler die Straßen ab. Dabei blieb sein Blick an dem Konvoi des Präsidenten hängen, der wenige hundert Meter entfernt auf das abgeriegelte Gelände des Regierungssitzes fuhr. Zwei Männer und eine Frau stiegen aus, begleitet von einer Hand voll Bodyguards.

David tippte auf einen Sensor am Handgelenk und vergrößerte einen Bereich seines Sichtfeldes. Ohne Probleme konnte er Barton Avellar und zwei seiner Kabinettsmitglieder erkennen. Er wollte sich gerade wieder zu Cassie umdrehen, als ein lauter Schuss fiel.

Avellar sackte zu Boden, der Mann vor ihm wurde ebenfalls getroffen und gegen die Tür geschleudert. David nahm den Zoom raus und wirbelte herum. Durch den Doppeltreffer gab es nur eine Richtung, aus der der Attentäter hatte schießen können. Außerdem musste er eine erhöhte Position ... da! Der SBGK-Agent suchte das Dach eines der nahe gelegenen, teuren Hotels ab, zoomte durch zweimaliges sanftes Tippen auf eine Bewegung heran.

»Es ist Bradforth!«, stieß er hervor. »Drüben auf dem Dach des Alliance Bellevue!«

David rannte los, Cassie folgte ihm. Die Jagd war wieder eröffnet.

16. Kapitel

»Guten Abend, liebe Zuschauer. Draconis-Kombinat: Unbestätigten Gerüchten zufolge ist der Grund für den langsamen Abzug der Kombinatstruppen an der terranisch-draconischen Grenze ein inoffizielles Memo des Koordinators, in dem er seine Kommandeure anweist, die Truppenbewegungen so sehr zu verlangsamen wie möglich. Die Regierung dementierte dies. Erster Lord Ian Cameron hat eine Stellungnahme zu den jüngsten Ereignissen für seine Neujahrsrede angekündigt.«

— *Day Break mit Deborah Watson,* Terra News Broadcasting, Terra, Terranische Hegemonie, 12. November 2600

In der Nähe des Amtssitzes des Präsidenten, Famindas Alpheratz, Außenweltallianz

18. November 2600

David rannte über die mehrspurige Hauptstraße zum Alliance Bellevue. Einige Autos kamen quietschend und mit qualmenden Radkästen zum Stehen, die Fahrer stießen wüste Beschimpfungen aus. Cassie war ihm auf den Fersen und drängelte sich an den Fahrzeugen vorbei.

Es dauerte zwar einige Zeit, bis sie das Hotel erreichten, aber David wusste, dass die Verzögerung nicht ausreichte, um Bradforth die Flucht zu ermöglichen.

Mit gezogener Waffe stürmte der Geheimdienstler den Eingangsbereich und löste eine mittelschwere Panik aus. Eine Mutter zog ihr schreiendes Kind hinter sich, während diejenigen, die nahe genug am Eingang waren, hinausstürmten. David hastete zur Rezeption.

»In Ihrem Hotel befindet sich der Mörder des Präsidenten – holen Sie die Polizei!«

»Der Präsident ist tot?!« Dem Hotelier klappte die Kinnlade herunter, während jegliche Farbe aus seinem Gesicht wich.

Mit einem hohen, kurzen Glockenschlag kündigte sich der Lift an. Die Türen öffneten sich, und Sean Bradforth betrat die Lobby, eine Sonnenbrille einsteckend. Die Blicke beider Männer trafen sich.

»SBGK! Stehen bleiben!« David richtete seine Pistole auf ihn. Bradforths Augen weiteten sich, dann sprang er plötzlich zur Seite und hinter ein Terrakotta-Blumenbeet. Der SBGK-Agent schoss, ließ Putz von den Wänden abplatzen.

»Runter!« Er riss Cassie an der Schulter hinter die Rezeption, als Bradforth hochkam und zurückfeuerte. Holz splitterte von dem Empfangspult, und Cassie zuckte zusammen. David kniete neben ihr, die Waffe im Anschlag.

»So viel zu den Formalitäten.«

Der Hotelier kam auf Händen und Füßen angekrabbelt und versteckte sich wimmernd hinter einer Box mit der Auslage des hoteleigenen Shops.

Bradforth schoss erneut. David schnellte hoch, zwang den Attentäter mit Gegenfeuer in Deckung und rollte hinter eine der Marmorsäulen. Bradforth und er lieferten sich eine wilde Schießerei, die nur wenige Sekunden dauerte, in deren Verlauf David aber nicht verhindern konnte, dass Bradforth sich von Säule zu Säule und auf den Eingang zuarbeitete. Als der Attentäter schließlich nahe genug war, sprintete er los und rannte auf die Lobbytüren zu.

David zielte und feuerte. Die beiden großen Glastüren zerbarsten in einem Splitterhagel, als David danebenschoss und Bradforth nach draußen hastete.

Sofort setzte der SBGK-Agent ihm nach. Dies war die einzige Gelegenheit, den Attentäter zu erwischen. Wenn er jetzt entkam, war alles verloren.

Vor dem Hotel angekommen, sah David Bradforth zwischen den parkenden Autos hindurchhuschen. Funkensprühend schlugen Kugeln neben ihm in die Fahrzeuge ein, während David seine Flucht aufzuhalten versuchte. Bradforth rannte geduckt zu einem Mann im Anzug, der gerade aus seinem Wagen ausstieg. Er schlug ihn mit dem Gesicht auf das Dach des Autos – einen schwarzen Speedster – und stieß ihn dann weg. Der Attentäter glitt hinter den Fahrersitz, zog die Tür zu und scherte mit aufheulendem Motor in den fließenden Verkehr ein.

Cassie, die das alles mit angesehen hatte, murmelte nur »Nicht schon wieder!«, während David über die Motorhaube eines abgestellten Roadsters auf die Straße rutschte. Er stoppte ein Taxi und riss die Seitentür auf. Cassie sprintete los und konnte sich gerade so eben in den Fonds des Wagens werfen, als David dem Fahrer schon befahl, dem Speedster zu folgen. Der Taxifahrer legte gerade den Gang ein, als plötzlich etwas auf dem Dach des Alliance Bellevue explodierte und Kies auf die davonhastenden Passanten regnen ließ.

»Los, los, los!«

Bradforth durfte nicht entkommen, koste es, was es wolle.

* * *

Sean Bradforth machte keinerlei Anstalten, das Taxi abzuhängen. In der Innenstadt war zu viel Verkehr, um ihn gefahrlos anzuhalten. Stattdessen begnügte sich David vorerst damit, dicht an seinem Ziel zu bleiben. Als Bradforth dann die Hauptstraße hinab auf den Raumhafen zuhielt, war ein Ende in Sicht.

Der schwarze Speedster zog links an einem Laster vorbei und bog auf den Zubringer zum Raumhafen ein. Das Taxi hatte Mühe, mit ihm Schritt zu halten, und der Sichtkontakt brach ab. Cassie entdeckte den Flüchtigen dann kurze Zeit später, wie er vom Zubringer abfuhr und an den Terminals vorbei zum Servicebereich heizte. Dort schlängelte er sich an Lastschwebern und Tankzügen vorbei und verschwand in einer der großen, halbkreisförmigen Ladehallen.

David und Cassie setzten ihm nach. Den Speedster fanden sie abgestellt neben einer Reihe Paletten. Als David aus dem Taxi sprang, sah er Bradforth im hinteren Bereich durch einige Männer vom Wartungspersonal auf die Tore zum Landefeld zurennen. Cassie und David wichen einem grün lackierten LadeMech mit blinkendem Warnlicht auf dem Führerhaus aus, der laut surrend an ihnen vorbeistapfte und einen schweren Container mit seinen in riesigen Zangen endenden Armen ergriff.

An den Toren angekommen, sah David noch, wie ein kleines Einweisungsfahrzeug mit heulendem Motor über das enorme Permabetonfeld auf eines der weit entfernten Raumtaxis zubretterte. Der Fahrer des Einweisers, ein Mann mit braunen Haaren und der dunkelblauen Uniform des Raumhafens, lag reglos ein Dutzend Meter entfernt.

»Er darf auf keinen Fall in den Weltraum entkommen!«

David blickte sich nach einem zweiten Einweisungsfahrzeug um – zu Fuß würden sie Bradforth nicht mehr einholen können. Der kleine Wagen schien aber der einzige in Reichweite gewesen zu sein.

Während David fieberhaft nach einem Ausweg suchte, fuhr plötzlich ein kleiner gelber Transporter mit einem Dutzend mit Koffern beladenen, offenen Anhängern aus der Halle hinter ihnen und in Richtung eines entfernt wartenden Landungsschiffes. David trat dem Transporter schnell in den Weg.

»Hey, was soll das?!« Verärgert lehnte sich der Fahrer aus der halb offenen Kabine und schob seine Ohrschützer nach hinten. »Gehen Sie da weg!«

»David Gibbs, SBGK. Ich brauche Ihr Fahrzeug«, antwortete er und zückte seinen Dienstausweis.

»Was? Ist mir doch egal! Gehen Sie von dem Flugfeld runter, oder ich ...« Der Mann kam nicht dazu, mehr zu sagen, als Cassies Faust ihn von der Seite traf und er kurz erzitterte und dann über dem Steuer zusammenbrach. Die Wissenschaftlerin schüttelte mit schmerzverzerrtem Gesicht ihre Hand, riss dann die Tür auf und zerrte den Fahrer aus seiner Kabine.

»Nun mach schon, David! Er entkommt uns!«

Er hob interessiert eine Augenbraue und beeilte sich dann, ebenfalls in den Transporter zu klettern. Cassie gab Gas und nahm Kurs auf die beiden Raumtaxis auf der anderen Seite des Flugfeldes. Bradforth hatte genug Vorsprung, um bei einem der kleinen Schiffe anzukommen und in ihm zu verschwinden. Als sie dann den Raumern näher kamen, mussten sie mit ansehen, wie die Schotten geschlossen wurden und die Antriebsdüsen vorfeuerten. Die Wartungsteams, die an dem Schiff arbeiteten, wurden davon völlig überrascht. Zwei Leute verbrannten unter den Düsen zu Asche, bevor sie auch nur aufschreien konnten. Die anderen rannten panisch über das Landefeld, um sich vor dem startenden Raumtaxi in Sicherheit zu bringen.

David langte auf die Armaturenablage des Transporters und griff sich das Funkgerät, das dort lag. Er presste den Rufknopf tief in die Verschalung.

»Kann mich jemand hören?«

»Wer sind Sie?«, kam prompt die Antwort. »Identifizieren Sie sich.«

»David Gibbs, SBGK. Auf welcher Frequenz arbeitet der Tower?«

»118,3 natürlich. Gehen Sie gefälligst aus der Leitung!«

»Verbindlichsten Dank.« Der Geheimdienstler stellte die neue Frequenz an dem Gerät ein, blickte währenddessen zu Cassie und deutete mit der freien Hand auf das andere Raumtaxi. Die Wissenschaftlerin nickte und setzte den Transporter wieder in Bewegung.

»Wer ist im Augenblick der leitende Offizier?«, versuchte David das Stimmengewirr zu durchdringen, das ihm aus dem Lautsprecher entgegenschlug.

»Roger O'Mally hier. Wer sind Sie?« Die Stimme klang verärgert.

»David Gibbs, SBGK. Das Raumtaxi, das gerade unerlaubt startet, befördert einen flüchtigen Verbrecher. Zwingen Sie es zur Landung, aber schießen Sie es nicht ab – wir brauchen ihn lebend.«

Statik. Dann: »Was haben Sie gesagt? SBGK?«

»Sternenbund-Geheimdienstkommando.« David sprang aus dem Transporter, als Cassie ihn neben dem zweiten Taxi parkte. Sofort kamen zwei Leute des Bodenpersonals und wollten wissen, was David und sie hier machten. Der Geheimdienstler hielt sie mit der offenen linken Hand auf Abstand.

»Ich weiß, was die Abkürzung bedeutet«, antwortete O'Mally gestresst. »Wir haben eine Staffel Luft/Raumjäger des AMC in ständiger Bereitschaft – die werde ich informieren. Versprechen Sie sich aber nicht zu viel davon – wenn das Shuttle einmal im Weltraum ist, können wir nicht mehr viel machen, außer es abzuschießen.«

»Roger.«

»Ja?«

»Nein, ich meinte ›verstanden‹.«

»Richtig.«

Der SBGK-Agent schaltete das Funkgerät aus und blickte zu den Leuten der Bodencrew, während er in Richtung des Raumtaxis hinter ihnen nickte.

»Wie schnell können Sie dieses Schiff einsatzbereit machen?«

* * *

Auf dem Weg aus dem System hinaus
Alpheratz, Außenweltallianz

Roger O'Mally hatte mit seinen Bedenken Recht behalten. Die AMC-Jäger holten das Raumtaxi mühelos ein, konnte aber nichts machen, ohne die Sicherheit der Insassen zu gefährden. Ein Enterkommando wäre eine realistische Alternative gewesen, aber bis dieses von dem nächsten Kriegsschiff gestartet wäre, hätte Bradforths Raumer sein Ziel schon erreicht. Kurz nach Verlassen der Atmosphäre stellte der Navigator von Cassies und Davids Taxi den Kurs des verfolgten Raumers fest: Ein Eisschiff des Ryan-Kartells, das am Zenith-Sprungpunkt sein KF-Triebwerk auflud.

Die Situation war grotesk. Beide Taxis fuhren mit einer gerade noch vertretbaren Beschleunigung, während sie Alpheratz langsam hinter sich zurückließen. Keiner konnte die Oberhand über den anderen gewinnen. Und so waren Sean Bradforth, David Gibbs und Cassie DeBurke nebst Anhang in eine Verfolgungsjagd quer durch das Sonnensystem verwickelt, die jetzt schon vier Tage dauerte.

Der Kapitän des Ryan-Schiffes war informiert worden. Leider gab er sich am Anfang genauso zuvorkommend und höflich, wie man es bei allen kommerziellen Frachterkapitänen erwartete, denen die Regierung einen Strich durch die Rechnung machte. Als ihm jedoch klar wurde, dass ein skrupelloser Mörder sein Sprungschiff als ›Fluchtwagen‹ missbrauchen wollte, wurde er rasch kleinlaut. Er erklärte sich dazu bereit, die Besatzung in ihre Quartiere zu evakuieren und die Brücke zu versiegeln.

Mittlerweile war auch ein Gefechtstransporter mit einer Abteilung Raumsoldaten des AMC unterwegs. Die AS *Invincible*, eine Fregatte der *Riga*-Klasse, war über einen Piratenpunkt vor zwei Tagen in das System gesprungen und hatte sofort ihre Hilfe zugesagt.

Alles in allem hatte David etwa sechs Stunden Zeit, Bradforth auf dem Ryan-Schiff aufzuspüren und unschädlich zu machen, sobald beide Taxis angedockt hatten. Und bei einem war das bereits der Fall.

Langsam näherte sich Davids Raumer dem Dockkragen und touchierte ihn schließlich. Ein Ruck und ein metallisches Hallen liefen durch das Taxi, als der Pilot es an dem Sprungschiff verankerte.

David und Cassie standen beide schon an der Schleuse bereit. ›Standen‹ war vielleicht der falsche Ausdruck – durch die fehlende Schwerkraft schwebten beide in der kleinen Kabine und hielten sich an verschiedenen Verstrebungen fest. Aus dem Bullauge konnte der Geheimdienstler einen Teil des riesigen, kilometerlangen Eisberges ausmachen, der an mächtigen Trossen und Greifarmen unter dem Ryan-Schiff hing. Das Ryan-Kartell transportierte mit Tausenden solcher Schiffe Eis durch die gesamte Innere Sphäre und versorgte so wasserarme Planeten mit dem lebensspendenden Nass.

»Du bleibst hier«, wandte sich David an Cassie. »Bradforth ist auf dem Schiff, und er weiß, dass ich komme. Wenn ich durch die Schleuse durch bin, machst du sie zu und öffnest sie nicht, bevor die Kavallerie hier ist.«

Cassie sagte nichts und nickte zögerlich. Dann stieß sie sich sanft von der Bordwand ab und schwebte heran, bis sich ihr Gesicht dem Davids bis auf Zentimeter genähert hatte. Sie sah ihm tief in die Augen, während seine Hand ihr sanft über die Wange strich. Ihre Lippen näherten sich, berührten sich aber nicht. Er spürte ihren warmen Atem, als sie langsam wieder zurückglitt.

»David«, flüsterte Cassie. »Sei vorsichtig.«

Der SBGK-Agent glitt zum Schott, um die Öffnungssequenz einzugeben. Er warf keinen Blick zurück, als er in das Dunkel des Ryan-Kartell Schiffes schwebte.

* * *

Das Erste, was David entgegenschlug, war der Geschmack von abgestandener Luft, vermischt mit Schmieröl und altem Schweiß. In dem Gang, der an den Dockkragen vorbeiführte, war nur die Notbeleuchtung aktiv. Alle zehn Meter glühte ein schmutzig gelbes Industrielicht, um zu verhindern, dass sich die Besatzung schwere Verletzungen zuzog. Der Gang war im Augenblick jedoch menschenleer – der Kapitän des Schiffes hatte sich an Davids Anweisungen gehalten.

Mit der einen Hand zog sich der Geheimdienstler an Schotts und Abzweigungen vorbei, die er mit der Pistole in der anderen sicherte. An Bord eines Raumschiffes zu feuern, brachte immer die Gefahr eines Hüllenbruches mit sich, auch wenn das bei dem kleinen Kaliber, das David und Bradforth benutzten, eher unwahrscheinlich war.

Den SBGK-Agent überraschte es, dass er noch nicht auf den flüchtigen Verbrecher gestoßen war. Das Ryan-Schiff war zwar nicht unbedingt klein, aber verstecken konnte man sich hier auch nicht.

Als er dann eine Bewegung aus den Augenwinkeln wahrnahm, war es schon zu spät. David versuchte herumzuwirbeln und schlug dabei hart gegen die Bordwand, als er sich nicht schnell genug bremsen konnte. Am Ende des langen Traktes, der an der Unterseite der KF-Spindel entlangführte, schlug ein Schott schwer zu und wurde verriegelt.

David stieß sich von der Wand ab und segelte durch den kompletten Gang. Auf dem letzten Drittel zog er die Füße an und fing sich mit Armen und Beinen an der Schotttür ab. Durch das eingebaute Sichtfenster konnte er erkennen, dass es sich um eine Luftschleuse handelte. Im Inneren stand eine Person in einem RK-Druckanzug und tippte gerade die Öffnungssequenz für die äußere Tür ein. Die Person drehte den Kopf und für einen Augenblick trafen sich ihre und Davids Blick.

Sean Bradforth musterte den Geheimdienstler kalt, während die Schleuse hinter ihm aufglitt. David starrte zurück und beobachtete, wie der flüchtige Verbrecher sich umdrehte und das Schiff verließ.

Frustriert schlug er gegen das Schott. Er drehte sich um und suchte die Umgebung nach etwas ab, was ihm vielleicht noch helfen konnte. Da fiel sein Blick auf den Bereitschaftsraum des Ryan-Kartell-Ladepersonals. Im Gegensatz zu den Gängen und restlichen Räumen war dieser unter voller Beleuchtung – hier musste Bradforth den Druckanzug her gehabt haben.

David schwebte in den Raum und bemerkte den aufgebrochenen Spind sofort. Er zog sich zum Wandschrank, aus dem er eine schwere Feueraxt nahm und damit einen zweiten Spind aufhieb. Tatsächlich hing dort noch so ein Druckanzug für Arbeiten im Weltall. Er nahm ihn heraus und zog ihn an. Ohne eine zweite Person, die separate Kontrollen durchführte, war das natürlich riskant – doch Bradforth durfte unter keinen Umständen entkommen. Natürlich konnte der Attentäter das Schiff nicht verlassen. Ihn aber unbeaufsichtigt auf der Bordwand herumlaufen zu lassen, wo er weiß Gott was anstellen konnte, war ebenfalls keine Option.

Als David den Bereitschaftsraum verließ und die Luftschleuse betrat, bemerkte er nicht, dass einer der Laserbohrer ebenfalls fehlte.

* * *

Das äußere Schott glitt zur Seite, nachdem die gesamte Luft aus der Kammer gepumpt war. Über David öffnete sich das Weltall mit seinen unzähligen, juwelengleich funkelnden Sternen und mit Alpheratz' Sonne als gleißendem Mond. Laute Stille brach über ihn herein, als er plötzlich erkannte, wie unbedeutend seine Existenz oder die jedes anderen im Vergleich zu den Sternen war. Sein Leben und Schaffen war nicht mehr als ein flüchtiger Herzschlag des Universums, kaum wahrnehmbar und noch schneller wieder vergessen. Die Ewigkeit hatte vor ihm existiert, vor dem Sternenbund und vor der Menschheit selbst. Sie würde noch da sein, nachdem er Staub geworden war, nachdem der Sternenbund zusammengebrochen und es die

Menschheit nicht mehr gab. Für einen Augenblick sah David nur die Endlosigkeit des Alls und hörte nichts außer seinem eigenen, dumpfen Atem.

Doch egal, ob es das Universum interessierte oder nicht, er hatte eine Aufgabe zu erfüllen.

Mit den schweren Magneten in den Stiefeln trat der Geheimdienstler auf die Außenhaut des Eisschiffes und blickte sich um.

Der Sprungpunkt war stark frequentiert. Abgesehen von den AMC-Schiffen gab es eine ganze Reihe Händler, die in der Nähe ihre Sonnensegel ausgefahren hatten, wobei ›Nähe‹ natürlich rein astronomisch gemeint war.

Plötzlich knackte es in Davids Ohren.

»Ah, da sind Sie ja endlich«, ertönte Sean Bradforths Stimme aus den Lautsprechern im Helm des Geheimdienstlers. »Sie haben sich ganz schön Zeit gelassen.«

David blickte auf das rudimentäre HUD des RK-Helmes und stellte fest, dass Bradforth auf einer globalen Broadcasting-Frequenz sendete, die wohl standardmäßig aktiviert war.

»Es gab keinen Anzug in meiner Lieblingsfarbe«, gab der SBGK-Agent zurück und schritt weiter über die Außenhülle auf einen der Greifarme zu, die den Eisberg mit dem Schiff verbanden.

Die Druckanzüge des Ryan-Kartells waren zwar keine terranische Qualität, gehörten aber doch zum Besten, was sich außerhalb der Hegemonie und der SBVS finden ließ. Das war nicht besonders überraschend, waren doch die Eisschiffe stark gefragt. Ryan trug deshalb große Sorge, dass die Arbeiter an den Eisbergen das modernste Equipment benutzen konnten. Infolgedessen waren die RK-Anzüge dünn und beweglich, dabei aber genauso isoliert und robust wie ein herkömmlicher Raumanzug. In den Helm war eine polarisierte Sichtscheibe eingelassen, die bis zur Kuppel hochgezogen war. Ein ähnliches Sicherweiterungssystem wie in BattleMechs verschaffte auch dem RK-

Raumarbeiter eine auf 270° komprimierte Rundumsicht. Außerdem befand sich auf den Stiefeln ein Kunststoff mit speziellen Nanostrukturen, der einem Arbeiter auf dem Eis sicheren Halt lieferte.

David war über den Greifarm zum Eisberg gestapft und setzte nun einen Fuß auf den spiegelnden Boden. Der Kunststoff auf der Unterseite des Stiefels verband Sohle und Eisoberfläche auf molekularer Ebene. Die Verbindung war nicht allzu stark, sie reichte allerdings aus, um sich relativ sicher über den Eisblock bewegen zu können. Für David fühlte es sich an, als würde er über Klebstoff laufen.

»Geben Sie auf, Bradforth. Sie können nicht entkommen.« Die Axton/Whitefire immer noch fest in der behandschuhten Faust, stieg David langsam in die zerklüftete Landschaft des Eisberges hinab. Bald war er überall von hohen Wänden umgeben, Alpheratz' Sonne über sich.

»Wissen Sie«, erwiderte die körperlose Stimme, »an Ihrer Stelle würde ich das wahrscheinlich auch so sehen, Mister Gibbs.«

Diesmal bemerkte David die Bewegung nicht zu spät. Mehrere Dutzend Meter entfernt erhob sich Bradforth auf einem höher gelegenen Absatz und richtete ein gewehrähnliches Gerät auf ihn. Die Mündung spie einen Laserstrahl, der sich auf der Oberfläche spiegelte, als er über David hinwegsengte und eine kleine Eisausbuchtung hinter ihm verdampfte.

David hatte sich noch rechtzeitig ducken können und ließ seine Pistole sprechen. In der Schwerelosigkeit verriss David die Salve, sodass er nicht mehr als einen Schuss zielsicher setzen konnte. Dieser schlug allerdings so nahe bei Bradforth ein, dass der sich wieder hinter seinen Eisblock zurückzog.

David ging in die Hocke. Dann schnellte er vor und segelte quer durch die Senke auf die Ansammlung von Aufwerfungen und Anhöhen zu, hinter der sich der Attentäter versteckt hielt. Der Geheimdienstler fing sich ab, brachte seine Stiefel wieder auf den Boden und ließ sie ihn erneut ›ankleben‹.

»Ganz wie Sie wollen«, grollte Bradforth. »Dann spielen wir eben ein bisschen Katz und Maus.«

David antwortete nicht, sondern schlich geduckt an einem Eisgrat vorbei und lugte auf die Anhöhe dahinter. Genau in diesem Augenblick kam Bradforth hinter einem Monolithen hervor und bemerkte ihn. Der Geheimdienstler tauchte sofort wieder ab und machte einen hastigen Schritt nach hinten, als eine rubinrote Lichtlanze durch seine Deckung hindurch schmolz und ein dreieckiges Stück herausschnitt. David kam wieder hoch, zielte und schickte seinem Gegner eine Salve aus der Axton entgegen. Dieses Mal stützte er die Waffe mit der anderen Hand.

Neben und um Sean Bradforth herum explodierte der Boden in tausenden winziger Eissplitter, die in alle Richtungen davon drifteten. Er brachte den Laserbohrer herum und feuerte ihn erneut auf David ab. Der SBGK-Agent ging wieder in Deckung und wich dem kohärenten Lichtstrahl aus, der abermals in das Eis schnitt und es verdampfte. Der Wasserdampf sublimierte sofort und breitete sich als Wolke aus feinen Eiskügelchen aus.

Geduckt kroch David an der Aufwerfung entlang, bis er einen Canyon in einem anschließenden Berg fand.

»Eines ist mir immer noch nicht klar«, begann er nach mehreren Minuten des Schweigens und stillen Suchens. »Wie sind Sie in den abgesicherten Komplex gekommen, ohne Alarm auszulösen? Wie konnten Sie die Viren in das System einspielen?«

»Wenn man die richtigen Verbindungen hat, ist das gar nicht so schwer«, antwortete Bradforth.

Hohe, glitzernde Eiswände türmten sich links und rechts von David auf, als dieser durch den ansteigenden Canyon stapfte. Der Einschnitt im Berg erhob sich zu einem Pass und führte auf den Bereich der Hochebene, auf der er den Attentäter vermutete. Aus dem Katz-und-Maus- war ein

Versteck-Spiel geworden, bei dem auf den zweiten Sieger der Tod wartete.

»Ein Maulwurf also«, stellte David fest. Bradforth antwortete nicht, aber sein Schweigen sprach Bände. David schlich geduckt an den Rand einer Anhöhe und blickte auf die Ebene unter ihm. Er wollte gerade wieder weitersuchen, als er Bradforth mit seinem Laserbohrer bei einem Eismonolithen knien sah. Er brachte die Waffe in Anschlag und zielt sorgfältig. Sein Zeigefinger krümmte sich um den Abzug ... dann drückte er ab.

Im selben Augenblick drehte sich Bradforth um. Er wurde getroffen und gegen die Eiswand hinter ihm getrieben, während sich seine Füße von der Oberfläche lösten. Funken sprühten aus dem Gehäuse des Bohrers, der den Schuss abgefangen hatte.

»So langsam gehen Sie mir auf die Nerven, Gibbs!«

»Schreiben Sie doch meinen Vorgesetzen einen Beschwerdebrief.«

Wütend holte Bradforth aus und schleuderte das Arbeitsgerät in Davids Richtung. Der Laserbohrer drehte sich langsam um die eigene Achse, bevor er den Eisgrat neben dem Geheimdienstler streifte und einige Brocken herausriss. David hatte den Kopf eingezogen und arbeitete sich in die andere Richtung vor. Der Bohrer segelte weiter, aus der Senke heraus und verschwand lautlos im All.

Der Eisblock war ein einziges Labyrinth aus kantigen Eisformationen und scharfzackigen Bodenaufwürfen. David pirschte sich an ihnen vorbei und versuchte, seinen Gegner zu lokalisieren.

»Sie kommen sich wohl sehr schlau vor, oder?«, fragte Bradforth. »Dabei wissen Sie überhaupt nichts. Sie haben ja keine Ahnung, was im Dezember letzten Jahres wirklich passiert ist.«

David knirschte mit den Zähnen. Die Axton/Whitefire angewinkelt, arbeitete er sich an der Flanke eines großen Eishügels entlang, alle Sinne angespannt.

»Armer kleiner Terraner«, höhnte Bradforth weiter. »Nur ein Bauer in einem Spiel, das er nicht versteht.«

»Was soll das, Bradforth? Wollen Sie mich mit Ihrem Geschwafel zu Tode langweilen?«

»Nein, ganz im Gegenteil!«

David hatte gedacht, die Wand neben ihm wäre durchgängig – ein fataler Irrtum. Bradforths Ellenbogen zuckte vor und traf sein Handgelenk. David keuchte auf, als ihm die Waffe aus der Hand geschmettert wurde und ein stechender Schmerz seinen Arm und die Schulter hinaufzuckte. Sein Gegner setzte nach und landete einen Schwinger in die Magengrube.

David nahm beide Arme hoch und lenkte einen dritten Schlag ab. Er packte Bradforths ausgestreckte Rechte mit seiner eigenen rechten Hand und rammte ihm die linke Faust in die Seite. Der andere schlug ihn weg und befreite sich. Als David einen Fuß nach hinten setzte, riss Bradforth sein Bein hoch und versetzte ihm einen wuchtigen Tritt.

Davids Stiefel lösten sich von dem Eis, und so bekam er nicht nur den Tritt ab, sondern wurde noch dazu quer durch die ganze Senke katapultiert. Dann wurde sein Flug eiskalt und mit einem harten Schlag von einer erhöhten Formation gestoppt.

Unter dem Helm schüttelte er den Kopf, um den einsetzenden Schwindel zu vertreiben. Da sah er, wie sich Bradforth auf der anderen Seite mit aller Macht abstieß und wie ein Torpedo auf ihn zusauste. David, der immer noch schwebte, griff nach einem Grat und zog sich zur Seite. Der Attentäter krachte schmerzvoll mit der Schulter voran in eben die Eisformation, die auch David gebremst hatte.

David griff nach Bradforths Schulter und benutzte sie als Hebel, um ihm die Faust hart in die Seite zu treiben. Der andere Mann zuckte zusammen, riss sich dann aber los. Während er um die eigene Achse rotierte, fing er Davids nächsten Faustschlag ab und zog sich stattdessen an seinem Arm hoch. Im Nu war er im Rücken des Geheimdienstlers und riss an den Versorgungsleitungen, die Sauerstoffflaschen und Helm verbanden.

Ohne Luftwiderstand oder Schwerkraft, die die verschiedenen Drehmomente bremsen konnten, drehten sich beide Männer um sich selbst, während sie über die Senke drifteten. Davids Sicht wechselte zwischen Sternenhimmel mit Sonne und Eislandschaft. Er versuchte Bradforth abzuschütteln, konnte ihn aber nicht richtig treffen. Er hatte nur eine Chance: Er langte nach dem Notfallventil des Luftversorgungssystems auf der Hüfte, entriegelte und öffnete es, als bei einer erneuten Umdrehung Alpheratz' Stern wieder ins Blickfeld rückte. Der Sauerstoff entwich fauchend aus den Tanks und wirkte wie ein Treibsatz, der beide Männer in Richtung Boden beschleunigte. David trieb Bradforth rücklings in die Eisoberfläche und keuchte trotz der guten ›Polsterung‹ noch auf, als der Aufprall ihn wie ein Hammerschlag traf. Schnell schloss er das Ventil wieder und stieß sich vorwärts von Bradforth weg. Seine Sohlen griffen und er stand wieder etwas sicherer. David drehte sich in dem Augenblick um, in dem auch sein Gegner wieder auf die Beine kam.

Sofort begannen die beiden Männer sich zu umkreisen. In der Schwerelosigkeit des Eises wirkte das Ganze wie in Zeitlupe oder vielleicht wie ein sorgfältig einstudiertes Ballet. Dann warf sich Bradforth vorwärts und stürzte sich auf David.

Diesmal fing ihn der Geheimdienstler ab, auch wenn er ebenfalls von den Füßen gehoben wurde. Aneinander geklammert glitten die beiden erbitterten Gegner rückwärts durch die Eislandschaft, bis David Bradforth mit einem wuchtigen Schlag in den Magen in die andere Richtung schickte. Der Attentäter federte senkrecht an einem Monolithen ab und stieß sich abermals in Davids Richtung. Dieser zog die Beine an, griff nach einem Eisstalagmiten, um an der Mittelachse zu rotieren, und trat mit aller Macht zu. Er traf Bradforth in der Körpermitte und schickte ihn in einer Übelkeit erregenden Drehung von ihm weg, während die Gegenbewegung ihn erneut in den Eisboden trieb. Sofort stieß sich David wieder auf die Füße und griff nach seinem Gegner.

Doch es war zu spät. Bradforth segelte aus der Senke und streifte dabei einen der scharfzackigen Stalagmiten. Sein Raumanzug bekam einen Riss, die kostbare Atemluft trat aus und wirkte wie eine Düse, durch die er von dem Eisblock weg und in die Tiefen des Weltraums katapultiert wurde.

»Gibbs!« Nur ein Wort – aber es war voller Wut und Frustration. Dann gab es ein ersticktes Röcheln und die ewige Dunkelheit verschluckte Sean Bradforth, und mit ihm jede Möglichkeit, die Hintermänner des Attentats ausfindig zu machen und den Fall aufzuklären. David blieb alleine zurück, umgeben von unbeantworteten Fragen, die sich um ihn herum auftürmten wie die Wände des zerklüfteten Eisbergs.

Er starrte einige Zeit in die Ferne, bevor ein leises Fiepen ihn wieder in die Realität zurückholte. Auf dem HUD blinkte eine Anzeige, nach der er nur noch für fünf Minuten Sauerstoff hatte. Es wurde Zeit, den Heimweg anzutreten.

17. Kapitel

»Nach einer mehrstündigen Zeremonie wurde Präsident Rodrigo Avellar heute Abend erfolgreich vereidigt. In seiner Antrittsrede erklärte Avellar, wie schwer es ihm falle, das Erbe seines kürzlich ermordeten Bruders anzutreten. Präsident Avellar kämpfte sichtlich, um sich unter Kontrolle zu behalten, als die Sprache auf seinen Vorgänger kam. Er versprach, die Amtsgeschäfte reibungslos zu übernehmen und die politische Linie seines Bruders weiter zu verfolgen – sehr zum Unmut seines jetzt wohl ehemaligen Verbündeten, Reinhart Kirsten.«

— *The Sum Of All News*, Alpheratz Radio,
Alpheratz, Außenweltallianz, 6. Januar 2601

Ministerium der Generalbundesanwaltschaft, Unity City Terra, Terranische Hegemonie

17. Februar 2601

Nicholas Camerons Schritte hallten hohl von den hohen Wänden wider, als er die kuppelförmige Empfangshalle durchmaß. Er war auf dem Weg zum Arbeitszimmer seines Vaters, wollte aber vorher noch kurz beim Büro des Generalbundesanwalts vorbeisehen. Nicholas strich sich durch das Haar, um ein paar vereinzelte Schneeflocken hinwegzufegen. Seine Eskorte aus Leibwächtern hatte er vor dem Eingang stehen gelassen – mit Amanda Blair wollte er privat sprechen.

Der Generaldirektor der Terranischen Hegemonie erklomm die Stufen, die an der Innenseite der Kuppel herumliefen, und lenkte seine Schritte zu Blairs Büro. Wie bei allem, was in Unity City zu den wichtigeren Verwaltungsebenen des Sternenbundes gehörte, herrschte auch hier ein Design vor, das die physikalische Größe der politischen annäherte. Hohe Torbögen, blank polierte, weite Flure und der omnipräsente Cameron-Stern beherrschten das fast schon palastähnliche Gebäude.

Nicholas hielt kurz inne und warf einen Blick auf den Boden des Kuppelbaus, auf dem der silberne, achtstrahlige Stern mit dem Schriftzug des Ministeriums prangte. Der braunhaarige Mann hatte eine leichte Aversion gegen diese, wie er fand, Unsitte entwickelt. Bei ihm entstand immer der Eindruck, als würde man den Sternenbund mit Füßen treten.

Auf dem Weg zum Büro begegnete Nicholas wenigen Leuten, obwohl diese ihm den nötigen Respekt zollten. Durch die hoch entwickelte Technik und eine unglaubliche Arbeitsmoral war der Verwaltungsaufwand innerhalb des Sternenbundes verhältnismäßig gering. Tatsächlich kam der gesamte Staatsapparat mit so wenig Beamten aus, dass es manchmal fast schon unheimlich war.

»Herr Generaldirektor!« Die schwarzhaarige Sekretärin war sichtlich schockiert über den hohen Besuch. »Verzeiht, aber Euer Termin muss mir entgangen sein.«

Nicholas bedeutete ihr, sie brauche nicht extra aufzustehen. »Sie trifft keine Schuld. Ich bin nicht angemeldet«, lächelte er beruhigend. »Wenn Sie so nett wären, mich zu Miss Blair zu lassen ...«

»Gewiss, Herr Generaldirektor. Sofort.«

Die Sekretärin tippte in ein holographisches Interface und sprach über ein drahtloses und formschönes Headset mit ihrer Vorgesetzten. Dann nickte sie Nicholas zu. Dieser bedankte sich bei ihr und betrat dann das geräumige Büro des Generalbundesanwalts durch die automatisch aufgleitenden Milchglastüren.

»Herr Generaldirektor«, begrüßte ihn Amanda Blair, heute in einem moosgrünen Kostüm. Sie trug schlichte aber teure Ohrringe, die mit einer schlanken und ebenso teuren Perlenkette harmonierten. »Was verschafft mir den Umstand Ihres Besuches?«

Die zweite anwesende Person stand von einem schwarzen Ledersessel auf und hielt sich dezent hinter Blair. Der Mann war schlank, hoch gewachsen und trug Anzug und Krawatte. Ein schulterbreiter Stand und locker hinter dem Rücken verschränkte Arme deuteten auf eine militärische Ausbildung hin. Laut Personalakte hieß er John Landon.

»Gut, dass Sie auch hier sind«, ignorierte Nicholas Blairs Frage vorerst. »Wie geht es Ihnen, Mister Landon?«

»Gut, Sir. Danke der Nachfrage.« Landon antwortete höflich, aber mit einer Spur Eis in seiner Stimme. Nicholas konnte ihm das nicht verübeln.

»Was kann ich für Sie tun, Herr Generaldirektor?«, wiederholte Amanda Blair.

»Nun«, wandte sich Cameron wieder an die brünette Frau. »Ich wollte Ihnen nur persönlich mitteilen, dass der SBGK-Agent, den wir auf den Fall angesetzt haben, sehr erfolgreich ist. Sein letzter Bericht klang zuversichtlich – wir sind der Ansicht, dass er bald die Hintermänner des Attentats enttarnen wird.«

»Das sind gute Nachrichten«, stellte Blair fest.

»In der Tat«, pflichtete Landon ihr bei. »Ich nehme an, das bedeutet, dass diese Sache damit bald ausgestanden ist?«

»Richtig. Allerdings«, lenkte Nicholas ein, »wird sich an Ihrer Situation aufgrund der Aufrechterhaltung der Staatssicherheit nichts ändern. Es tut mir Leid.« Die letzten Worte meinte Nicholas ernst. Landon versteifte sich.

»Mit Verlaub, Sir, davon kann ich mir nichts kaufen.«

»Ich weiß, Sie sind wütend. Wenn es eine Möglichkeit gäbe, etwas zu ändern, würde ich sie wahrnehmen. Aber leider gibt es keine.«

»Ich werde dein altes Gesicht vermissen, Josh«, stellte Blair fest und strich Landon sanft über die Wange. Der hoch gewachsene Mann nahm ihre Hand und küsste sie sanft.

»Du hast die Regierung gehört: Du wirst dich an dieses gewöhnen müssen.«

»Was machen wir mit den Attentätern und Hintermännern, wenn wir sie gefasst haben?«, wandte sich Blair wieder an Cameron. Sie bot ihm einen Sitzplatz an, aber er lehnte kopfschüttelnd ab.

»Sie werden natürlich vor Gericht gestellt«, log Nicholas. »Mit Ihnen als Vertreter der Anklage.«

Damit war Amanda Blair sichtlich zufrieden. John Landon räusperte sich und meinte dann: »Entschuldigt meine Unhöflichkeit von vorhin, Sir. Ihr seid an der momentanen Lage nicht schuld.« *Euer Vater ist es.*

Nicholas nickte.

»Wie gesagt: Ich habe Verständnis für Ihre Situation.« Cameron wandte sich wieder an den Generalbundesanwalt. »Ich habe Sie lange genug aufgehalten, Miss Blair. Auf Wiedersehen.«

»Keinesfalls, Herr Generaldirektor. Vielen Dank für die Informationen.«

Nicholas verabschiedete sich auch von Landon und verließ dann das Büro.

Die beiden Marines der Royal Black Watch nahmen Haltung an, als sich Nicholas Cameron ihnen näherte. Er grüßte sie im Gehen und betrat dann das private Büro Ian Camerons.

Der Raum war riesig. Natürlich. Das Büro war so groß wie eine Sechs-Zimmer-Wohnung und wurde aufgelockert durch Sitzecken und Konferenztische – allein ein Balkon fehlte. Der hintere Bereich, in dem Camerons massiger, nierenförmiger Schreibtisch stand, war etwas höher als der vordere, sodass Besucher erst eine kleine Treppe hinaufsteigen mussten. In den Wänden, besonders im hinteren Teil, befanden sich große Bildschirme, die eine Fensteraussicht simulierten. Auf dem mittleren Stück hinter dem Eingang führten Türen aus dem Raum hinaus und in private Quartiere. Eine kleine Bibliothek lud zum Lesen ein.

Ian Cameron blickte von der Arbeit auf und erkannte seinen Sohn durch das breite, holographische Display, das sich in einem eckigen Halbkreis um ihn herum zog.

»Hallo, Nico!« Der Erste Lord tippte auf einen Sensor und brachte das gedämpfte, indirekte Arbeitslicht wieder auf ein normales Niveau. Dann erhob er sich aus seinem Sessel und trat um den Schreibtisch herum, um seinen Sohn zu umarmen.

»Hallo, Dad.« Nicholas lächelte ebenfalls. Ian und er hatten sich seit einigen Monaten nicht mehr gesehen, weil Nicholas den anstrengenden Spagat zwischen seinen alltäglichen Geschäften und der Erziehung seines Sohnes schaffen musste.

»Wie geht es Lydia?«, erkundigte sich Ian und deutete auf einen der Sessel vor seinem Schreibtisch, während er sich auf den anderen setzte.

»Gut.« Nicholas nahm die Einladung an und sank in das weiche Leder. »Sie ist im Augenblick noch in Europa, kommt aber im Laufe des Jahres rüber.«

»Und Joseph?«

»Ein reines Energiebündel.« Nicholas grinste breit. »Er ist schon sehr gut darin, Mama und Papa wach zu halten.« Er deutete mit dem Kopf auf die Holodisplays. »Wie laufen die Staatsgeschäfte?«

»Ärgerlich.« Ian wurde ernst und stand auf. Er drehte einen Tastaturball in seine Richtung und tippte einen Code ein. Die Beleuchtung wurde wieder schwächer, als inmitten des Raumes eine zwei Meter hohe Karte der Inneren Sphäre entstand. Ian gab eine Reihe von Befehlen ein und ließ Terranische Hegemonie und Draconis-Kombinat farblich hervorheben. Die gemeinsame Grenze der beiden Staaten leuchtete golden und wurde ausschnittsweise vergrößert.

»Immer noch Leonard?« Eine rhetorische Frage.

»Ja. Es scheint, als hätte er in den letzten Monaten weniger Zeit für Wein, Weib und Gesang und dafür mehr zum Regieren – oder zumindest das, was er dafür hält.«

Das Gebiet der Terranischen Hegemonie schimmerte silbern, das des Draconis-Kombinats glühte rot. Genau auf der Grenze zwischen Kombinat und Vereinigten Sonnen sowie Lyranischen Commonwealth befanden sich eine Hand voll Systeme, die weiß markiert waren. Auf der draconischen Seite intensivierte sich das Glühen auf fast allen Systemen, die der Grenze am nächsten lagen. Kleinere Symbole erschienen an den Planeten und gaben die Truppenstärke der VSDK an.

»Obwohl ich Leonard angewiesen habe, seine Einheiten zurückzuziehen, stehen immer noch zu viele Regimenter auf diesen Planeten. Seit Anfang letzten Jahres steuert er dem Truppenabzug aktiv entgegen und zögert ihn heraus, wo er nur kann. In der letzten Ratssitzung hat er sich damit herausgeredet, die Nachrichtenwege seien so lang.«

Nicholas hörte aufmerksam zu. Er sah, wie verärgert sein Vater war, als dieser den Tastaturball misshandelte, um weitere Änderungen an der Karte vorzunehmen.

»Ich habe Commanding General Kinnol befohlen, angemessene Gegenmaßnahmen zu ergreifen. Bisher wurde damit begonnen, vier Divisionen der SBVS – BattleMechs und konventionelle Streitkräfte – innerhalb der Hegemonie sowie zehn außerhalb in den Sonnen und dem Commonwealth zu verlegen.«

Im terranischen Gebiet glühten vier Planeten auf, direkt gefolgt von gelben und blauen im crucischen respektive lyranischen Raum.

»Auf den draconischen Planeten werden ebenfalls neue Einheiten stationiert – zum Großteil die Divisionen, die demnächst aus der Peripherie abgezogen werden, darunter einige königliche Regimenter. Die allgemeine Lage ist angespannt und wird nur noch schlimmer werden, sobald die Truppen ankommen.«

»Was ist mit den Grenzwelten?«, wollte Nicholas wissen und deutete auf die weißen Planeten.

Im späten vierundzwanzigsten Jahrhundert hatten die Camerons erkannt, dass die begrenzte Anzahl von Welten in der Terranischen Hegemonie am Ende zu einem Mangel an Rohmaterialen und dem Zusammenbruch von Industrie und Ökonomie führen würde. Ein Krieg kam nicht in Frage – die nach allen Seiten hin von Sternenreichen umgebene Hegemonie war nicht stark genug, um einen Eroberungsfeldzug zu führen. Auch konnte sie nicht einfach in Verhandlungen mit einem der Nachbarstaaten treten, weil jedes Abkommen unweigerlich die Bedingung enthalten würde, die überlegene terranische Technologie zu teilen.

Den Ausweg aus dieser verzwickten Lage fand schließlich David Ocrassa, ein junger Planeteningenieur, der von Generaldirektor Margaret Cameron eingesetzt wurde, um dieses Problem zu lösen. Er schlug vor, die Hegemonie solle mit den benachbarten Häusern verhandeln, um bisher unbewohnbare Planeten bewohnbar zu machen. Als Gegenleistung würde die Hegemonie die Hälfte der Mineralien des Planeten besitzen und in dessen Regierung vertreten sein. Obwohl dieses Arrangement den Verlust einiger streng gehüteter Technologien zu Folge hatte, überwog letztlich der Nutzen die Nachteile. Als die Herrscherin der Hegemonie dem Lyranischen Commonwealth und den Vereinigten Sonnen den Vorschlag solcher gemeinsam verwalteter Planeten machte, nahmen diese begeistert an. Am Anfang des 25. Jahrhunderts hatte die Hegemonie zwanzig dieser Grenzwelten terraformiert. Nachdem sich die Beziehungen zwischen den Reichen nach und nach verbesserte, kamen auch Draconis-Kombinat, Liga Freier Welten und Konföderation Capella zu ähnlichen Abkommen mit der Hegemonie. Innerhalb des folgenden Jahrhunderts war die Hegemonie Mitbesitzer von mehr als einhundert Planeten in der Inneren Sphäre.

»Laut Vertrag dürfen dort keine Truppen stationiert sein«, erinnerte Ian Nicholas. »Sollte es jedoch zu einem Krieg kommen, werden wir sie natürlich als Aufmarschgebiete benutzen.«

Der Erste Lord ging um den Schreibtisch herum und setzte sich in seinen Sessel. Ein kurzer Befehl über eine Tastatur ließ die Holodisplays verschwinden, damit er seinen Sohn ungehindert anblicken konnte.

»Die Sternenbund-Verteidigungsstreitkräfte sind immer noch von den Vereinigungskriegen geschwächt. Ein Großteil der Divisionen ist in der Peripherie stationiert, um dort den Frieden zu sichern. Wenn Leonard jetzt einen Krieg anfängt, bricht die Hölle über uns herein.«

»Er muss doch wissen, dass er damit nur sein Reich in den Untergang führt«, argumentierte Nicholas. »Das Draconis-Kombinat kann gegen die Bundesstreitkräfte nicht bestehen.«

»Leonard ist so sehr auf seinen Hass gegen mich fixiert, dass ihm das egal wäre. In seinen Augen haben wir, die Camerons, ihm ständig nur Ungerechtigkeiten zugefügt.« Ian strich sich mit beiden Händen über das Gesicht. Er war müde und im höchsten Maße verärgert. »Dieser dumme Drac begreift einfach nicht, was er anrichtet!«

»Dad!«

»Ich bin es langsam leid, ihn ständig zu ermahnen, Nico!« Die Augen des Ersten Lords richteten sich auf seinen Sohn – das alte Feuer flammte immer noch stark und unnachgiebig. »Bei der Frühjahrssitzung in drei Monaten werde ich ihm ein endgültiges Ultimatum setzen. Wenn er bis dahin seine Grenze nicht von den zusätzlichen Truppen säubert, gibt es Krieg.«

Nicholas sah den Gesichtsausdruck seines Vaters und erkannte, dass es ihm ernst war. Das Thema war abgeschlossen, die Entscheidung gefallen und jede weitere Diskussion unnütz. Er stand auf und trat zu einem der ›Fenster‹. Der Schirm gewährte ihm einen Ausblick auf den Garten des

Volkes mit seinen unzähligen verschiedenen Pflanzenarten. Die Aussicht vermittelte den Eindruck, das Büro läge im zweiten Stock eines mittig platzierten Gebäudes.

»Der Agent hat sich vor einiger Zeit wieder gemeldet«, begann er unvermittelt.

»Ich weiß, ich habe den Bericht gesehen«, antwortete Ian ungerührt. Für einen Augenblick herrschte Stille. Dann meinte Nicholas: »Dad ...«

»Fang nicht schon wieder mit dieser Diskussion an.«

»Aber was du machst, ist falsch!« Nicholas drehte sich von dem Fenster weg und wandte sich seinem Vater zu. »Egal, was diese Leute getan haben, sie müssen vor Gericht gestellt werden.«

»Wie kannst du nur so reden? Diese Sache betrifft dich genauso wie mich!«

»Mit dem Unterschied, dass ich mich nicht von meinen Rachegelüsten leiten lasse!«, schoss Nicholas zurück.

»Für das, was diese Leute getan haben, verdienen sie und ihre Auftraggeber den Tod.« Ian wurde lauter und erhob sich aus dem Sessel.

»Wir leben in einem Rechtsstaat! Du stellst dich über das Gesetz!«

»Erzähl mir nicht, was ich zu tun oder zu lassen habe!« Wütend hieb Ian Cameron mit der Faust auf den Schreibtisch. »Ich bin der Erste Lord des Sternenbundes! Ich habe die Menschheit unter einer Flagge vereint!«

»Dad, hör zu ...« Nicholas hob beschwichtigend die Hände und versuchte, seinen Vater zu beruhigen. Aber da kam er bei ihm schlecht an.

»Nein, *du* hörst zu!«, ereiferte sich Ian. »Diese Terroristen haben eine Grenze überschritten – und das hätten sie nicht tun sollen. Sie werden gefasst und hingerichtet!«

»Ja, Dad.« Nicholas schluckte einen Kloß im Hals hinunter. Das Gesicht seines Vaters hatte sich dunkelrot verfärbt, eine Ader auf der Stirn pochte. Er öffnete die linke Hand und ballte sie sofort wieder.

Nicholas selbst saß in einer Zwickmühle: Zum einen verstand er seinen Vater nur zu gut, aber andererseits war das nicht der Weg des Sternenbundes. Bevor sich der Streit aber noch weiter zuspitzen konnte, ertönte ein leises Summen von Ians Schreibtisch. Der Erste Lord wischte über einen Bewegungssensor.

»Ja?«

»Ein Kurier des SBGK ist soeben angekommen, Eure Lordschaft. Er sagt, Ihr hättet befohlen, bei einer der momentanen Untersuchungen sofort und persönlich informiert zu werden, sollte sich etwas Neues ergeben.«

»Soll reinkommen.«

Ian warf Nicholas einen vielsagenden Blick zu, als er das Gespräch beendete.

»Hört sich endlich nach guten Nachrichten an«, meinte er, als er seine Hand wieder zur Faust ballte und öffnete.

Die Innentüren des großräumigen Büros flüsterten leise, als sie sich in die Wand zurückzogen. Ein Mann in Zivil kam herein, begleitet von zwei Black Watch-Soldaten. Er salutierte.

»Lieutenant Quentin Aldridge meldet sich wie befohlen.«

»Stehen Sie bequem, Lieutenant«, begrüßte ihn Ian. Er kam um den Schreibtisch herum, nahm einen versiegelten Datenkristall entgegen und entließ den Kurier. Als er und Nicholas wieder allein waren, griff er sich einen Datenblock, entfernte den alten Kristall und schob dafür den mit dem Geheimdienstbericht hinein.

Der Erste Lord blätterte durch den Bericht und las ihn so schnell er konnte. Je weiter er jedoch kam, desto mehr versteinerte sich sein Gesicht.

»Nein ...«, flüsterte Ian und ließ den Datenblock achtlos auf den Tisch fallen.

Nicholas runzelte die Brauen und langte danach, um ihn selbst zu lesen. Er sah aus den Augenwinkeln, wie sich sein Vater in einen der Ledersessel setzte. Er überflog den Bericht ebenfalls und erkannte dann, was seinem Vater so zusetzte. Als er wieder aufblickte, merkte er, dass irgendetwas nicht stimmt. Ian Cameron hatte sich nicht in den Sessel gesetzt – er war darin zusammengeklappt! Aus seinem Gesicht war jede Farbe gewichen und seine rechte Hand langte zur Brust.

»Dad!«

Nicholas stürzte zu ihm. Ian konnte kaum noch sprechen, seine Lippen waren weiß und auf seiner Stirn perlten Schweißtropfen. Panisch langte Nicholas nach der Sprechanlage auf dem Schreibtisch.

»Ein Notfall! Der Erste Lord hat einen Herzanfall!«

»O Gott!«, erklang die Stimme der Sekretärin. »Ich verständige sofort die Sanitäter!«

Die Türen des Raumes glitten auf und die beiden Black Watch-Leibwächter stürzten herein. Sie richtete ihre schweren Gewehre auf Nicholas. Dieser ignorierte sie und beeilte sich, den Kragen von Ians weißgoldenem Jackett zu öffnen. Die rechte Hand des Ersten Lords griff nach dem Arm seines Sohnes, um ihn heranzuziehen.

»Nicholas ...«, flüsterte er mühsam. »Der Sternenbund ... er darf nicht sterben!«

Ian verzog das Gesicht vor Schmerzen und sackte noch tiefer in die Lederpolster.

»Dad!« Nicholas standen Tränen in den Augen. »Halte durch!«

Die Turen hinter ihm glitten abermals auf, und ein Trupp Sanitäter stürmte hinein. Sie bahnten sich einen Weg zu den beiden Camerons und stießen die Black Watch Marines grob zur Seite. Einer der Sanitäter riss Nicholas von seinem Vater weg, während die anderen eine Spritze und Infusion bereitmachten. Jetzt ging es um jede Sekunde.

Zwei

16. Kapitel

*»Bergan Industries hat heute einen neuen schweren Mech vorgestellt, den 60-Tonnen-*Champion. *Der* Champion *ist um eine neuartige Autokanone der Terranischen Hegemonie herum konstruiert und bietet eine gute Mischung aus Geschwindigkeit und Panzerung. Die so genannte LB-X-Autokanone kann Bündelmunition abfeuern, die Panzerung wie bei einer Schrotflinte grobflächig abreibt. Der* Champion *bietet nun die richtige Plattform, um sie einzusetzen. Ross Daniels, Aufsichtsratsvorsitzender von Bergan Industries und Leiter der Pressekonferenz, gab an, der neue Mech wäre auch schon unter echten Gefechtsbedingungen getestet worden – und hätte sich bravourös geschlagen.«*

— *LifeTech*, Crucis Holovision,
New Syrtis, Vereinigte Sonnen, 11. September 2602

Asgard-Klasse Ladestation _Berenger_, Zenith-Sprungpunkt, Asta
Gemeinsam verwaltete Grenzwelten, terranisch-draconische Grenze

25. November 2602

»Straight Flush.« Ensign Beverly Torado breitete ihre Karten auf dem Tisch aus: Steiner Zehn, General des Heeres, Kanzler, Designierter Archon und der Archon selber. »Sorry, Skipper.«

Joseph Goldsteins gute Laune verflog sofort – er hatte angenommen, Torado hätte geblufft. Missmutig griff er in die Tasche, fischte ein paar Papierscheine heraus und packte sie auf den Haufen Spielchips in der Mitte. Lieutenant

Thompson und Crewman Rodriguez schnappten hörbar nach Luft, nachdem sie während des Showdowns vergessen hatten zu atmen.

»Noch ein Spiel?«

»Nein danke, Ensign. Sie haben für meinen Geschmack schon genug von unserem Geld.«

Torado lachte, während sich Goldstein abschnallte und aus dem Stuhl löste. Der glatzköpfige Kapitän lächelte schmal – er war kein schlechter Verlierer. Er wusste allerdings auch, wann es genug war.

»Morgen gibt es die Revanche. Und glauben Sie mir, Ensign, da werden Sie verlieren.«

»Mit Verlaub, Sir, das liegt daran, dass mein Sold es einfach nicht erlaubt, so lange mit Ihnen mitzuhalten.«

»Sie hat Sie erwischt, Skipper«, kommentierte Thompson, der gerade die Karten neu mischte.

»Ich sehe Sie dann morgen Abend wieder«, verabschiedete sich Goldstein. Er zog eine zerknüllte Mütze aus einer Beintasche und setzte sie auf. Dann schwebte er aus dem Aufenthaltsraum in Richtung Brücke.

»Käpt'n an Deck!« Einer der Wartungscrew hatte Goldstein als Erster erspäht.

»Weitermachen.«

Die Techs wandten sich wieder ihrer Arbeit zu und reparierten zum fünften Mal diese Woche den Steuerbord-Energieverteiler. Eigentlich hätten schon vor Tagen Ersatzteile geliefert werden sollten, aber es gab Probleme auf dem Versorgungsraumhafen auf Asta. Wenn das so weiterging, musste Goldstein wohl ein paar Leuten ordentlich Druck machen.

»Wie sieht's aus, Buzz?«

Commander Buford ›Buzz‹ Cadwell kam dem Kapitän auf halben Weg entgegen, als der weiter auf die Brücke schwebte.

»Alles ruhig«, beantwortete der Erste Offizier die Frage. Er deutete wortlos über Goldsteins Schulter auf den Verteiler.

»Hab's gesehen. Ich werde mich darum kümmern. Irgendwelche besonderen Vorkommnisse?«

»Keine.« Cadwell schüttelte den Kopf. »Wir haben einen Transporter angekündigt für sechzehn dreißig, der überfällig ist. Um diese Zeit gibt es aber immer heftige Sonneneruptionen in Dieron, die den Sprung verzögern können, deshalb machen wir uns keine Sorgen.«

Goldstein nickte. Er hielt sich an einem Griff in der Decke der verhältnismäßig kleinen Brücke fest und ließ den Blick abwesend zu der Sichtscheibe schweifen, die das Weltall draußen hielt.

»Sie können dann jetzt Schluss machen, Buzz.«

»Aye, Käpt'n. Wann laden Sie mich denn einmal zu Ihren abendlichen Pokerrunden ein?«

»Ich wusste gar nicht, dass Sie spielen.« Goldstein war überrascht. »Aber wenn das so ist, sind Sie natürlich gern gesehen. Wenn Sie sich beeilen, erwischen Sie noch Ensign Ich-habe-mehr-Glück-als-gut-für-mich-ist-Torado zusammen mit ihren Chargen in Aufenthaltsraum Zwei.«

»Lief wohl nicht so gut, Skipper?« Cadwell kicherte verhalten. Goldstein warf ihm einen bösen Blick zu.

»Runter von meiner Brücke!«

Der Erste Offizier beeilte sich ein »Melde mich ab« herauszupressen und schwebte breit grinsend von der Brücke. Goldstein nahm den entgegengesetzten Weg und schnallte sich grunzend in seinem Sessel an.

Er hatte sich gerade auf acht Stunden langweiligen Beobachtungsdienst eingestellt, als der Ortungsspezialist durch ein leises Summen aus der Lektüre seines Buches aufgeschreckt wurde. Er legte es in der Luft ab und nahm ein paar Einstellungen an seiner Konsole vor.

»Ankommendes Schiff«, verkündete er. »Der Sprungsignatur nach *Star Lord*-Klasse.«

»Das ist wahrscheinlich der überfällige Transporter«, stellte Goldstein fest.

»Moment, Skipper.« Der Ortungsspezialist, ein Mittdreißiger mit stets zerwühltem dunklen Haar und einem schmalen Oberlippenbart, behielt die Anzeige weiter im Auge.

»Ich zeichne weitere Signaturen. Zwei ... Vier ... Sieben ...«

Mit einem Schlag war Goldstein hellwach. Er schnallte sich ab und hangelte sich über diverse Leitersprossen und Riemen zum Sensorenpult. Der Ortungsspezialist deutete auf die Anzeige.

»Es werden immer mehr«, erkannte der Kapitän.

»Aye, Skipper. Und es sind keine Transporter.«

Dann materialisierten die Neuankömmlinge in kurzen, grellweißen Lichtblitzen, die Goldstein selbst vom Fenster aus sehen konnte.

»Grundgütiger ...«, flüsterte er, als die ersten Transpondersignale eintrafen.

»Schnell! Mister Garrett, welche Schiffe mit aufgeladenem Sprungantrieb befinden sich im System?« Goldstein blickte zu einem untersetzten Mann zu seiner Rechten. Dieser tippte auf seiner Tastatur herum und ließ Zeilen von grünem Text über das Terminal wandern.

»Die FHS *Columbus* and Zenith- und die FHS *Bahrensee* und *Journeyman* am Nadir-Sprungpunkt.«

»Sir, der Frachter ist mittlerweile angekommen und versucht uns zu erreichen. Er klingt panisch.«

»Ignorieren Sie ihn, Goodrich.« An den Raumkontrolloffizier gewandt fuhr Goldstein fort: »Die *Bahrensee* ist eine *Merchant*, richtig?« Garrett nickte.

»Gut. Rufen Sie sie und übermitteln Sie folgende Botschaft ...«

* * *

»Das ist mein Ball!«

»Aber ich habe ihn zuerst gesehen!«

»Du bist doof!«

»Gar nicht wahr!«

»Kinder, Kinder ...« Die blonde Frau kniete sich neben die beiden Jungen und trennte die Streithähne. »Yoshi, du hast die ganze Zeit den Ball gehabt. Gib ihn Tom für eine Weile, okay?«

»Ja, Miss King.« Widerwillig rückte der kleine Sechsjährige den Gummiball heraus und reichte ihn dem anderen. Tom riss ihm den Ball aus den Händen und rannte davon. Yoshi schmollte.

»Na komm«, munterte ihn die blonde Frau auf, während sie sich mit dem Handrücken eine Strähne aus dem Gesicht wischte. »Morgen kannst du ihn ja wieder haben. Geh jetzt wieder zurück zu den anderen.« Der kleine Junge nickte und rannte davon. Zufrieden lächelnd erhob sich die Frau und blickte ihm nach. Die Kleinen konnten manchmal wahre Monster sein – aber ein strahlendes Kindergesicht entschädigte für alles. Die Kindergärtnerin langte nach einer Flasche Mineralwasser, die in einem der Regale mit den Spielsachen stand. Durstig setzte sie an und trank – es war heute wieder so verdammt heiß.

»Verdammt heiß«, erklang eine Stimme vom Eingang des Raumes. Jo Inuzuma, der die Kinder gegenüber betreute, lehnt lässig im Türrahmen. Alexandra King wusste nicht, ob er das Wetter oder sie gemeint hatte, aber das Funkeln in seinen Augen ließ auf Letzteres schließen.

»Hast du nichts zu tun?«

»Nein. Meine spielen draußen.«

Alexandra warf einen Blick durch die offenen Verandatüren auf den Spielplatz des Kindergartens, wo sich auch ihre Schützlinge aufhielten.

»Tut mir Leid«, entschuldigte sie sich unnötigerweise. »Ich bin ein wenig nervös.«

»Wer wäre das nicht mit einer draconischen Invasionsflotte im Anflug?«

»Du hast Recht. Weiß man mittlerweile, was sie wollen?«

»Was schon?« Jo zuckte mit den Schultern und löste sich vom Türrahmen. »Verschiedene Landungsschiffe haben auf alle sechs Kontinente Kurs genommen. Wahrscheinlich wollen sie Asta dem Kombinat angliedern. Gut möglich, dass Kurita endlich seine Drohungen wahr macht.«

»Aber das ist schrecklich! Wie kannst du dabei nur so gelassen bleiben?« Alexandra war schockiert.

»Beruhig dich, Alex. Es wird keine Kämpfe geben – auf Asta sind keine terranischen Truppen stationiert. Die werden landen, eine neue Flagge hissen, und das war's dann auch schon.«

«Lord Cameron wird sich das nicht gefallen lassen. Wenn terranische Truppen hier ankommen, wird es Krieg geben.«

Jo schwieg.

»Miss King! Miss King!« Ein kleines Mädchen zupfte an Alexandras Kleid. Die Kindergärtnerin beugte sich zu ihr runter.

»Was ist denn, Liz?«

»Der Tommy ärgert mich!« Alexandra seufzte. Sie nahm das kleine Mädchen bei der Hand und ging mit ihr nach draußen, um die Angelegenheit zu klären. Jo folgte ihr, damit er nach seinen Kindern sehen konnte. Ein Junge aus seiner Gruppe, Hiro, kam ganz aufgeregt angelaufen. Er deutete mit langem Arm nach oben in Richtung Außenbezirk.

»Mister Inazuma! Sehen Sie, ein Raumschiff!«

Jo folgte Hiros Arm und sah, wie sich ein Landungsschiff der *Vulture*-Klasse aus dem blauen Himmel schälte und mit feuernden Antriebsdüsen zur Erde sank. Kurze Zeit später konnte er es auch hören.

»Sie sind hier.«

* * *

»... fordert die Regierung alle Bürger auf, Ruhe zu bewahren.«

Alexandra stand in der Mitte des Aufenthaltsraums und starrte auf das TriVid, das in einer Ecke von der Decke hing. Die blonde Frau hatte ihre Arme vor der Brust verschränkt und knabberte nervös an einem Fingernagel. Die übrigen Kindergärtner standen um sie herum oder saßen auf einem der herumstehenden Stühle. Jo Inazuma warf ihr einen verstohlenen Seitenblick zu und richtete seine Aufmerksamkeit wieder auf die Sondersendung.

»Merkt ihr das?«

»Was denn?«

»Die Erde bebt!«

Jetzt spürten es alle. Am Anfang war es kaum merklich, aber dann wackelte der Boden mehr und mehr. Wie Schritte von etwas Großem, Schweren.

Alexandra stürzte mit den anderen zum Fenster, um zu sehen, was vor sich ging. Zwei Blocks die Straße hinab entdeckten sie dann den Auslöser des Erdbebens: Ein BattleMech.

Der Mech, eine humanoide Figur mit einer gefährlich aussehenden Waffe in der rechten Hand, stapfte durch die Querstraße auf die Hauptstraße. Nun konnte Alexandra erkennen, dass die Maschine mehreren Panzern folgte. Hinter dem ersten Mech kam kurze Zeit später ein zweiter in Sicht und vervollständigte den Konvoi.

»Warum kommen die in unsere Richtung? Das Polizeirevier liegt nördlich von hier.« Sarah Purdell legte die Stirn in Falten und blickte weiter durch die Glasscheibe. Mittlerweile konnte man das rotschwarze Drachenmon des Draconis-Kombinats auf den Maschinen sehen.

Alexandra schob sich an Sarah vorbei und beobachtete, wie der schwere Panzer die Straße hinunterratterte und schließlich stehen blieb. Ein anderes Fahrzeug hinter ihm, ein Truppentransporter, hielt auf der gegenüberliegenden Seite. Die Heckklappe donnerte auf das Straßenpflaster und eine Abteilung gepanzerter Infanteristen drängte sich ins Freie.

Sarah Purdell hastete aus dem Aufenthaltsraum und den kurzen Gang hinab zur Tür, Alexandra und Jo direkt hinter sich. Die Kindergärtner kamen gerade an, als die Tür aufgestoßen wurde und in den Flur brach.

»Was wollen Sie?!« Sarah stellte sich mutig den hereinstürmenden Soldaten entgegen. Alle waren mit Gewehren bewaffnet, die Gesichter hinter verspiegelten Visieren unsichtbar. Die ersten beiden Infanteristen stießen die Leiterin der Tagesstätte zur Seite und verschwanden in dem Gebäude. Ein halbes Dutzend Soldaten folgten ihnen, während ein einzelner auf Sarah zutrat und sie an der Schulter mit einer Hand gegen die Wand drückte, damit auch der Rest der Infanteristen ungehindert durch den Flur konnten. Am Revers trug der Mann drei königsblaue Balken auf dunkelbraunem Grund.

»Bitte bleiben Sie ruhig, Ma'am, es besteht kein Grund zur Besorgnis.«

»Dies hier ist ein Kindergarten und keine militärische Anlage!«, mischte sich Alexandra ein. Der Mann mit den blauen Balken – dem japanischen Symbol für ›3‹ – drehte sich zu ihr um.

»Genau deshalb sind wir hier. Bringen Sie die Kinder raus und sorgen Sie dafür, dass sie sich in einer Reihe aufstellen.«

»Was haben Sie vor, Sie Bastard?«

»Wir haben nicht vor, Ihnen oder den Kindern zu schaden, Ma'am«, antwortete der draconische Soldat. »Wenn Sie kooperieren, wird niemand verletzt.«

Alexandra blickte Hilfe suchend ihre Chefin an. Sarah nickte.

»Also gut. Aber befehlen Sie Ihren Soldaten, sich aus dem Gebäude zurückzuziehen.«

* * *

Eine gute Viertelstunde später waren alle Kinder der Tagesstätte auf der großen Wiese vor dem Gebäude aufgereiht.

Alle waren verängstigt, einige weinten. Die Kindergärtner hatten alle Hände damit zu tun, sie zu trösten. Die Soldaten der VSDK bildeten einen Kordon um sie, hinter dem sich mittlerweile neugierige und auch wütende Schaulustige und Anwohner angesammelt hatten. Über allem trohnten die beiden BattleMechs, die keinen Zweifel daran ließen, wer hier das Sagen hatte.

Der Soldat mit den blauen Balken, den die anderen Leute mit ›*Chu-i*‹ anredeten, sprach mit einigen Infanteristen. Alexandra beobachtete misstrauisch, wie er zwei seiner Leute sammelte und dann begann, die Reihe der Kinder abzuschreiten. Ihre Klasse kam zuerst dran.

Der *Chu-i* betrachtete die Kinder eins nach dem anderen, bis er schließlich vor dem kleinen Yoshi Halt machte. Der Junge blickte ihn aus großen, verständnislosen Augen an.

»Den da.« Der *Chu-i* deutete auf ihn. Sofort griff einer seiner Leute nach dem Jungen und zog ihn aus der Reihe. Alexandra machte einen Satz vorwärts und riss ihren Schützling an sich.

»Nehmen Sie Ihre Hände von meinen Kindern!«

Der Soldat blickte zu seinem kommandierenden Offizier, der schon weitergegangen war.

»Lassen Sie das Kind los, Ma'am«, befahl der *Chu-i*, als er sich wieder zu ihr umdrehte. »Der Junge kommt mit uns.«

»Nur über meine Leiche!«

»Ich würde es vorziehen, wenn es nicht so weit käme«, gab der Draconier unbeirrt zurück. Er winkte einem Soldaten in Alexandras Nähe, seinen Schockstab zu ziehen.

»Ich werde nicht zulassen, dass Sie die Kinder entführen!« Die blonde Frau schob den Jungen hinter sich in Deckung und funkelte den näher kommenden Soldaten an. Die anderen Kindergärtner waren sichtlich eingeschüchtert durch die Waffen der draconischen Truppen.

Dann war der Infanterist heran und stieß mit dem Schockstab nach ihr. Alexandra wich aus und schlug mit beiden zur Faust gefalteten Händen nach dem Helm des

Mannes. Der Draconier zuckte zusammen als sie traf – vermutlich mehr aus Überraschung denn aus Schmerz. Die Kindergärtnerin wich einem zweiten Stoß erneut aus. Sie sah, dass sie ihr Gegenüber nur wütender gemacht hatte und trat gegen sein Schienbein. Als der Soldat laute fluchend sein Bein massierte – diesmal hatte es offenbar wehgetan – wich sie ein paar Schritte zurück.

»Das reicht jetzt.« Der *Chu-i* zog eine klobige Pistole, die über ein Kabel mit seinem Gürtel verbunden war, aus dem Halfter und richtete sie auf die blonde Frau. »Hören Sie auf, uns zu behindern. Wir werden eine Reihe von Kindern mitnehmen und Sie sind nicht in der Lage, etwas dagegen zu unternehmen. Den Kindern wird kein Haar gekrümmt, und vermutlich werden sie auch wieder zu ihren Eltern zurückgebracht. Also seien Sie doch vernünftig.«

»*Vermutlich?!*« Alexandra warf einen schnellen Blick zu ihren Schützlingen, die immer noch verwirrt und in Tränen aufgelöst herumstanden. Sie suchte in den Gesichtern ihrer Arbeitskollegen nach Hilfe und Unterstützung, doch alle wichen ihrem Blick aus. Selbst Jo starrte stoisch auf seine Stiefel.

Doch eine Alexandra King gab nicht auf. Die anderen mochten Feiglinge sein, aber sie würde für die Kinder bis zum letzten Tropfen Blut wie eine Löwin kämpfen. Alexandra sprang den *Chu-i* an.

Der draconische Offizier drückte ab, und ein kurzer, heller Ton zerriss die Luft, als der Sonarschocker feuerte und die blonde Frau bewusstlos auf die Wiese krachen ließ. Im Nu brandete ein Aufschrei durch die Menge und die Hölle brach los.

Einige der Draconier wurden von dem wütenden Mob, in den sich die Zuschauer von dem einen auf den anderen Moment verwandelten, einfach überrannt. Die Anwohner stürzten sich auf sie wie hungrige Piranhas auf ein saftiges Stück Fleisch. Ein halbes Dutzend Infanteristen wurde zu

Boden gerungen und ausgeschaltet, bevor ihr Kommandeur den Feuerbefehl gab.

Die automatischen Gewehre der restlichen Soldaten bellten laut und schickten viele der Aufständischen zu Boden. Als dann schließlich einer der beiden Mechs mit einem schweren Schritt in die Mitte trat und die zwei großkalibrigen Maschinengewehre im linken Arm sprechen ließ, brach die Menge panisch auseinander und zerstreute sich.

Der *Chu-i* halfterte seine Waffe wieder und blickte kopfschüttelnd auf die vielen Leichen und Verletzten.

»Terraner.«

Dann wandte er sich wieder den Kindergärtnern zu, und bedeutete seinen Leute, die verängstigten Kinder wieder einzufangen, um seinen Auftrag zu Ende bringen zu können.

19. Kapitel

»Guten Abend, hier ist CNN – ich bin Sharon Clarke. Aktuelles: Sternenbund-Distriktadministrator Benjamin Conners wird heute wieder zu seiner Rundreise durch die Mark Crucis aufbrechen. Er wird nacheinander die verschiedenen Planetaradministratoren besuchen und sich einen Überblick über die verschiedenen Situationen und Bedürfnisse der crucischen Systeme verschaffen. Bei seiner letzten Rundreise 2600 entging Conners nur knapp vier Anschlägen auf sein Leben – und das, obwohl er bei der Bevölkerung sehr beliebt ist. Als Reaktion darauf sind die Sicherheitsmaßnamen dieses Jahr entsprechend verstärkt worden.«

— *Headlines with Sharon Clarke,* Crucis News Network,
New Avalon, Vereinigte Sonnen, 15. März 2604

Königlicher Hof, Unity City
Terra, Terranische Hegemonie

1. September 2604

Der Erste Lord schritt die Halle zur Sternenkammer hinab, während er sich letzte Neuigkeiten und wichtige Informationen seiner Berater und Minister anhörte.

Wie immer um diese Zeit pulsierte Unity City vor Energie: Ausnahmslos alle Gästequartiere des Hofes waren belegt und alle Hotels im Umkreis ausgebucht. Der gesamte Hochadel der Inneren Sphäre tummelte sich für zwei Monate in dieser Stadt, jeder mit seinen eigenen Zielen beschäftigt.

Die Zeit der Ratssitzungen war normalerweise eine fröhliche und ausgelassene. Während der zwei Monate gab es

Konzerte, Theateraufführungen, Empfänge und Festivitäten aller Art – bis hin zu Fuchsjagden in den die größte Stadt der Inneren Sphäre umgebenden dichten Wäldern. Dieses Mal jedoch war alles anders. Über dem mit Intrigenspiel durchsetztem Amüsement hing der drohende Schatten der Unsicherheit und des Krieges.

Die Truppenverschiebungen an der terranisch-draconischen Grenze hatten ihr derzeitiges Hoch erreicht. Die halbherzigen Truppenabzüge der letzten Jahre waren durch Leonard Kuritas Bockigkeit Anfang des Jahres wieder egalisiert worden. Seit Mitte 2604 hatte er jede Scheinheiligkeit aufgegeben und seine Regimenter nur noch mehr verstärkt. Die heimkehrenden, kriegsmüden Divisionen der Sternenbund-Verteidigungsstreitkräfte wurden aus der Peripherie direkt an die Grenze verlegt. So standen sich die Regimenter der SBVS und VSDK gegenüber, auf einigen Planeten kaum mehr als eine Tagesreise entfernt. Der randwärtige Militärdistrikt des Draconis-Kombinats war zu einem Pulverfass geworden, dessen Lunte bereits brannte.

Die Beziehungen zwischen Hegemonie und Kombinat waren schockgefroren, als vor zwei Jahren Elemente des 3. Regulären Pesht-Regiments auf Asta gelandet waren und vierzehn Kinder aus den Kindergärten und Waisenhäusern entführt hatten. Besessen von der Vorstellung, Cameron hätte Kuritas Erben aufgespürt und in der Hegemonie versteckt, hatte der Koordinator die vertragswidrige Landung angeordnet und nach Kindern im richtigen Alter suchen lassen, die ihm ähnelten. Der Kapitän der systemeigenen Ladestation hatte schnell gehandelt und einen Freihändler mit einer Nachricht nach Dieron geschickt, wo sofort Elemente des 91. Regulären Heavy Assault nach Asta verschifften. Leider konnte das 91. nicht rechtzeitig eintreffen, bevor die draconischen Einheiten schon wieder abgezogen waren. Die Kinder waren am Ende zurückgebracht worden, aber der Schaden – vor allem der politische – war erheblich.

Für den Ersten Lord wurde es immer schwieriger, überhaupt ein vernünftiges Gespräch mit dem Koordinator zu führen, denn Kurita verlor zusehends die Kontrolle. Er ergab sich dem Suff und scherte sich immer weniger um sein Reich. Leonard war kurz davor zu fallen, und er drohte, das Draconis-Kombinat mit sich zu reißen. Sollte es jemals so weit kommen, würde die Innere Sphäre abermals im Krieg versinken. Der Sternenbund, dessen oberstes Ziel der Frieden und die Freiheit jedes Bürgers war, würde abermals zu den Waffen greifen müssen. Ian Camerons Traum drohte in einem Meer aus Wahnsinn und Blut unterzugehen.

Nicholas würde das niemals zulassen. Er hatte sich schon vor zwei Jahren geschworen, alles in seiner Macht stehende zu tun, um die Situation zu entschärfen.

Der Erste Lord nahm einen Datenblock von Commanding General Kinnol entgegen und strich abwesend über den weißen Stoff seines bis zum Stehkragen geschlossenen Jacketts. Es war das gleiche Kleidungsstück, das sein Vater immer bevorzugt hatte.

Nicholas kämpfte die aufkommenden Tränen nieder, als er an seinen Vater dachte und daran, in welche Fußstapfen er treten musste.

Ian Cameron hätte nicht so lange gewartet – er hätte Leonard eiskalt ein letztes Ultimatum gestellt. Dann hätte er angegriffen und das Kombinat mit der geballten Macht der SBVS einfach überrollt. Und mit großer Wahrscheinlichkeit hätte das auch funktioniert, sehr gut funktioniert. Ian hätte vor keinem Mittel zurückgescheut.

Aber Nicholas war nicht sein Vater. Er zog es vor, Probleme auf diplomatischem Weg zu lösen. Denn wie schon Sun Tzu schrieb: In allen Schlachten zu kämpfen und zu siegen, war nicht die größte Leistung. Die größte Leistung bestand darin, den Widerstand des Feindes ohne einen Kampf zu brechen.

Den Sternenbund zu errichten, hatte ein hartes Auftreten und den großzügigen Gebrauch aller verfügbaren Mittel erfordert. Doch um den Sternenbund zusammenzuhalten, waren andere Methoden vonnöten.

Nicholas überflog den Text auf dem Datenblock. Kinnol hatte ihm eine aktualisierte Truppenaufstellung geliefert, zusammen mit einer Verlusteinschätzung und wichtigen Eckdaten eines möglichen Feldzuges. Die Planung sah bisher nur eine defensive Strategie vor. Sie war darauf ausgelegt, einen möglichen draconischen Angriff zu kontern und dann zurückzuschlagen. Nicholas reichte den Block wieder an den Oberbefehlshaber der SBVS zurück, der neben ihm Schritt hielt.

»Stellen Sie eine Planung für einen Präventivschlag auf, Nicholas«, befahl ihm der Erste Lord. Ians Methoden mochten vielleicht nicht mehr optimal in allen Lagen sein, das hieß aber noch lange nicht, dass sie dadurch weniger effektiv waren. Nicholas bevorzugte Diplomatie, hatte aber keine Skrupel, wenn nötig die Waffen sprechen zu lassen.

Als er sich der Sternenkammer näherte, musste er wieder an seinen Vater denken. Den Herzanfall vor vier Jahren hatte Ian Cameron überlebt – das Herzversagen zwei Jahre später nicht mehr. Nicholas war nicht auf Terra gewesen, als sein Vater eines Abends einschlief und nicht wieder aufwachte. Der Verlust, das riesige schwarze Loch, das Ians Tod hinterlassen hatte, schmerzte heute noch so stark wie damals. Und nicht nur Nicholas hatte es hart getroffen: In der gesamten Inneren Sphäre, auf jedem einzelnen Planeten, gingen die Menschen auf die Straße, um den Tod des Ersten Lords zu betrauern. Ein volles Jahr wehten die Flaggen auf Terra, New Avalon, Tharkad, New Samarkand, Atreus, Sian und den restlichen Welten auf Halbmast. Ian Cameron hatte noch im Tode seinen Traum zur Wirklichkeit werden lassen: Die Einigkeit der gesamten Menschheit nicht nur auf dem Papier, sondern vor allem in den Herzen.

Nicholas Cameron blieb vor dem Eingang der Sternenkammer stehen und holte tief Luft. Dann trat er ein.

Sanftes Stimmgewirr erfüllte die Kammer des Hohen Rates, brach sich an den ebenen Wänden und flutete wieder zurück. Die Gespräche verstummten sofort, als Nicholas Cameron, Erster Lord des Sternenbundes und mächtigster Mann der Inneren Sphäre, den Raum betrat. Das respektvolle Schweigen hielt für ein paar Sekunden, bis Nicholas sich wieder in Bewegung setzte.

Cameron gesellte sich zu Rhean Marik und Zane Davion, die am Thron der Vereinigten Sonnen in ein intensives Gespräch vertieft waren.

»Hallo Zane. Rhean.«

»Eure Lordschaft.«

»Mylord.«

»Wir haben gerade die Situation auf den Grenzwelten erörtert«, erklärte Zane mit einem Seitenblick auf die Tochter des Generalhauptmanns.

»Ah ja – das leidige Thema.« Nicholas versteifte sich.

»Mein Vater hatte Eurem vor vier Jahren angeboten, ihn in einem möglichen Krieg gegen das Kombinat mit allen verfügbaren Mitteln zu unterstützten. Ich möchte Euch hier und heute dasselbe Angebot machen.«

»Habt Dank, Zane«, erwiderte Nicholas ernst. »Wenn dieser Konflikt nicht in den nächsten Wochen beigelegt wird, muss ich vielleicht auf Ihr Angebot zurückgreifen. Verstehen Sie das nicht falsch« – der Erste Lord hob abwehrend die Hände – »es hat nichts mit Ihnen zu tun. Ich ziehe nur eine friedliche Lösung vor.«

»Wir alle, Lord Cameron«, nickte Rhean. »Zane ... Lord Davion fürchtet jedoch, genau wie ich, dass ein Frieden mit Leonard Kurita auf dem Thron des Koordinators nicht möglich ist. Der Generalhauptmann und ich«, fuhr sie fort, »haben schon mehr als eine Sitzung zu diesem Thema hinter uns. Unter der Vorraussetzung, dass das Parlament zustimmt, stehen auch die Truppen der Liga Freier Welten zur Verfügung, um die Sicherheit und den Frieden des Sternenbundes und der Inneren Sphäre zu gewährleisten.«

Nicholas war von dieser Eröffnung überrascht. Dass ein Davion bereitwillig mit dem Säbel rasselte, war ja fast schon zu erwarten. Dass aber die sonst eher neutrale Liga auf den Zug mit aufsprang, war ungewöhnlich. Es zeigte allerdings auch den Ernst der Lage. Alle Provokationen und Nadelstiche der letzten Jahre würden sich in einer gewaltigen Explosion entladen. Ob, war nicht die Frage, sondern wann.

Nicholas ließ seinen Blick durch die Sternenkammer schweifen. Kurita war wieder zu spät. Auch wenn sich der Zorn des Koordinators hauptsächlich gegen den Ersten Lord richtete, bekamen die anderen Herrscher ebenfalls ihr Fett weg, allen voran traditionsgemäß der Erste Prinz. Alle Hauslords wahrten ihre Fassade, wenn sich Leonard in seinen Possen erging oder mit beleidigenden Seitenhieben um sich warf. Konventionalstrafen störten ihn nicht im Geringsten. Und so zog er sich immer weiter den Unwillen der anderen Herrscher auf sich, die durch ihren Ärger über den unbeliebten Koordinator zu einer gemeinsamen Front zusammengeschweißt wurden.

Das Tragische an der gesamten Angelegenheit war nur, dass am Ende das draconische Volk die Rechnung zu tragen hätte. Ginge es nur um Kurita, wären die letzten vier Jahre am Rande der Katastrophe nie passiert. Wenn es allerdings zum Krieg käme, würden es draconische Bürger sein, die ihr Leben ließen. So blieb Nicholas nichts anderes übrig, als immer wieder nach einem anderen Ausweg zu suchen. Doch die Alternativen wurden immer geringer, bis bald nur noch eine Option übrig blieb.

Und genau *das* war es, was endlich auch Nicholas wütend machte. Leonards Verspätungen waren nicht schlimm und auch seine Auftritte konnte man ignorieren. Aber die Tatsache, dass er ihm keine andere Wahl ließ und einen Krieg aufzwang, machte ihn zornig.

Heute stand die Entscheidung bevor, heute würde über den Fortbestand des Friedens entschieden – und diese Entscheidung lag einzig und allein in den Händen Leonard Kuritas.

Kevin Dinesen, heute in einem Anzug mit feinem Schnitt und breiten Schultern, trat zu der Gruppe und nickte Cameron respektvoll zu.

»Eure Lordschaft.«

»Archon.«

Dinesen war schon länger hier und hatte vermutlich bereits mit Marik und Davion gesprochen, denn er begrüßte sie nicht, sondern blickte stattdessen demonstrativ auf seine Uhr.

»Kurita wird irgendwann kommen«, stellte er fest. »Aber es lohnt sich nicht, auf ihn zu warten. Lasst uns anfangen, Mylord.«

»In der Tat«, stimmte Davion zu. Nicholas musterte Dinesen und nickte. »Lords und Ladys«, fuhr er dann lauter fort, »lassen Sie uns mit der Sitzung anfangen.«

Brion Marik und Norman Aris blickten von ihrem Gespräch auf, beendeten es und begaben sich zu ihren Thronen. Nicholas wollte sich gerade auf den Weg zu seinem eigenen machen, als die Türen der Sternenkammer leise aufglitten. Alle Augen wandten sich der Gestalt zu, die sich dort als Schattenriss abzeichnete – dann trat Leonard Kurita aus der Dunkelheit heraus.

Trat? Nicholas verengte die Augen zu Schlitzen – der Koordinator wankte. Leonard Kurita, Hauslord, Verkörperung des Drachen und Herrscher über ein Milliarden Menschen umfassendes Sternenreich, stolperte ein paar Schritte auf Cameron zu und blieb dann leicht schwankend stehen. Es brauchte nicht die blutunterlaufenen Augen oder die Fahne, um festzustellen, dass er sturzbetrunken war. In der einen Hand hielt er eine halb leere Flasche seines Lieblingswhiskeys – Caledonia Traditional – umklammert, die andere war damit beschäftigt, sein Gleichgewicht auszubalancieren.

Alle Hauslords verharrten reglos. Kurita zwinkerte mühsam und erkannte dann Nicholas. Er schob den Kopf nach hinten, stieß ihn wieder nach vorne und spuckte dem Ersten Lord mitten ins Gesicht.

Sofort stürmten zwei Black Watch-Soldaten mit entsicherten Lasergewehren an Nicholas' Seite, doch dieser hob eine Hand, um sie zu bremsen. Schlagartig wich jedes Geräusch aus der Kammer. Vorher war es still gewesen, aber jetzt hörte man noch nicht einmal jemanden atmen. Ohne eine Miene zu verziehen, hob Cameron den Handrücken zum Gesicht und wischte sich die Spucke ab.

»Was hat das zu bedeuten, Leonard?«, forderte er ruhig.

»Das wissen Sie genau!«, keifte Kurita. Er kochte vor Wut. »Jeder glaubt, Sie wären ach so ehrenhaft und toll. Schaut mich an! Ich bin Nicholas Cameron! Mein Daddy hat den Sternenbund erschaffen!« Der Koordinator breitete die Arme aus und drehte sich im Kreis. »Ich bin die Ritterlichkeit in Person und alle lieben mich! Dabei sind Sie das verlogenste und hinterlistigste *baka yaro* der gesamten Inneren Sphäre!« Kurita stach mit einem schwankenden Zeigefinger nach Nicholas. Der Erste Lord hob eine Augenbraue.

»Seit Jahren schicken Sie ihre Lakaien auf alle Welten, um meine verlorenen Söhne und Töchter zu finden und zu entführen! Versuchen Sie gar nicht, es zu leugnen – ich weiß sehr wohl, welches Ziel Sie mit Ihren hinterlistigen Plänen verfolgen.« Leonard holte Luft und machte einen kurzen Schritt zur Seite, damit er nicht hinfiel. »Schon Ihr Vater hatte die völlige Vernichtung des Draconis-Kombinats im Sinn. Nur leider ist es ihm nicht gelungen! Schade! Daddy ist gestorben, bevor er den verhassten Koordinator vor sich auf den Knien hat kriechen sehen. Aber sein Erbe lebt ja weiter! Diabolischer und hinterhältiger als es Dad-dy je konnte, versuchen Sie nun seinen Plan zu Ende zu bringen. Aber es wird Ihnen nicht gelingen!« Kurita schwankte jetzt weniger, seine Augen brannten vor Hass. Allen wurde klar, dass nicht der Alkohol aus ihm sprach. »Glauben Sie, ich hätte nicht bemerkt, wie Ihr Vater die VSDK in den Vereinigungskriegen so eingesetzt hat, dass sie immer den Hauptteil der Angriffslast tragen mussten? Glauben Sie, ich wüsste nicht, wie Ihr Vater und jetzt auch Sie keine Möglichkeit auslassen, das Kombinat auszuweiden?!«

»Leonard, offensichtlich gab es einige Missverständnisse zwischen meinem Vater und Ihnen«, versuchte Nicholas die Situation zu entschärfen, als der Koordinator wieder Luft holen musste und einen Zug aus der Whiskey-Flasche nahm. »Lassen Sie uns zusammen hinsetzen und diese Angelegenheit in Ruhe diskutieren ...«

»DAS WERDE ICH NIEMALS!«

Plötzlich holte Kurita aus und warf die Flasche nach Nicholas. Das schwere Geschoss verfehlte den Ersten Lord, traf aber seine Black Watch-Leibwache. Die Soldatin, die sich links neben Cameron postiert und den Wortwechsel schweigend, aber wachsam verfolgt hatte, wurde an der Schulter erwischt und zuckte zusammen. Reflexartig krümmte sich ihr Finger um den Abzug des DiverseOptics LR-5 Lasergewehrs. Ein rubinroter Strahl zuckte durch die Kammer, schnitt durch Leonard Kuritas weite Gewänder und streifte ihn an der Hüftc.

Bevor irgendjemand reagieren konnte, warf sich der Koordinator des Draconis-Kombinats mit einem unkontrollierten Aufschrei auf die Soldatin. Etwas blitzte in seiner Hand, dann keuchte die Gardistin auf und sackte zusammen. Kurita sprang zurück und rannte aus der Kammer.

»Sanitäter!«, rief Nicholas, als er Kurita ignorierte und sich neben die Frau hinkniete. Ohne Zeit zu verlieren, riss er ihr braungrünes Uniformhemd auf, unter dem das Blut bereits in Schüben auf den Boden quoll. Mit einem Mal waren auch Zane Davion und Kevin Dinesen zur Stelle, um ihm zu helfen. Der Archon riss einen breiten Streifen Stoff aus seinem Oberteil, rollte es zusammen und reichte es Cameron, der es sofort auf die Wunde presste. Norman Aris langte von hinten über die Schultern des Ersten Lords und verstärkte den Druck.

»Sie hat keinen Puls!« Zane nahm Zeige- und Ringfinger vom Hals der jungen Soldatin und beugte sich über sie, um sie zu beatmen. Er winkte Rhean Marik, ihm zu helfen. Die Tochter des Generalhauptmanns verschwendete keine Zeit und schob die Überreste des Uniformhemdes beiseite, um ihre Handballen sicher auf die Brust der rothaarigen Frau zu pflanzen. Unter Zuhilfenahme der zweiten Hand begann sie, im Rhythmus mit Zane eine Herzmassage vorzunehmen.

Nicholas hielt den mittlerweile mit Blut voll gesogenen Stofffetzen fester auf die Wunde. Der kostbare Lebenssaft breitete sich in einer dunklen Pfütze auf dem Boden der Kammer weiter und weiter aus. Davion und Marik taten, was sie konnte – aber es war zu spät. Als die MedTechs schließlich eintrafen, konnten sie nur noch den Tod der jungen Frau feststellen.

Als Cameron schließlich aufstand, hatte sich die Sternenkammer mit weiteren Black Watch-Soldaten gefüllt. Nicholas blickte auf die Gardistin herab, die für ihn gestorben war. Er sah, wie das Blut über das spiegelnde Marmor kroch, sah, wie es an den Gewändern der Hauslords klebte, die alle sichtlich erschüttert waren. Er blickte in die steinerne Miene Zane Davions, bemerkte, wie sich Rhean Marik auf die Lippen biss, um Tränen zurückzuhalten. Sein Blick wanderte wieder zu der toten Gardistin und blieb lange an ihr hängen. Als die MedTechs sie schließlich auf eine Trage legten, stand Nicholas Camerons Entscheidung bereits fest.

»Wie ist der Name dieser Frau?« Die Stimme des Ersten Lords war fest und emotionslos, als er die Frage in den Raum stellte. Ein dunkelblonder Captain, ebenfalls in den Black Watch-Farben, beantwortete sie: »Tanya.«

»Also gut«, gab Cameron zurück. »Sagen Sie den Medien Bescheid – ich gebe in zehn Minuten eine Pressekonferenz.«

»Aye, Sir.«

20. Kapitel

»Hier ist Deborah Watson live für Terra News Broadcasting. Vor wenigen Minuten hat man uns überraschend darüber informiert, dass der Erste Lord eine unangemeldete Pressekonferenz geben wird. Die Gründe dafür sind uns bisher nicht bekannt. Einen Augenblick – da kommt er. O mein Gott! Lord Cameron ist völlig blutverschmiert!«

— *Live vom Hof des Sternenbundes,* Terra News Broadcasting, Terra, Terranische Hegemonie, 1. September 2604

Pressekonferenzsaal des Ersten Lords, Unity City
Terra, Terranische Hegemonie

1. September 2604

Nicholas betrat den Konferenzsaal von der Seite und schritt direkt zu dem Rednerpult auf dem Podium. Er hob eine behandschuhte Hand und brachte die Reporter damit zum Schweigen.

»Bevor Sie fragen – mir ist nichts passiert«, beruhigte er die Anwesenden vorab. Die Männer und Frauen der interstellaren Presse bewegten sich langsam und widerwillig an ihre Plätze, die Holokameras surrten leise. Nicholas wartete, bis alle so weit waren. Seine Miene war ernst, als er zu sprechen begann.

»Bürger des Sternenbundes, heute ist ein trauriger Tag. Etwa vor zwanzig Minuten betrat Koordinator Leonard Kurita den Sitzungssaal in einem unangemessenen psychischen Zustand. Er beleidigte mich und verhielt sich so, dass ein dem Protokoll angemessener Ablauf nicht mehr möglich war.« Cameron machte eine kurze Pause und ergriff das Pult mit beiden Händen. Das Blut auf seiner Kleidung war mittlerweile getrocknet und hatte eine rostbraune Färbung angenommen.

»Als ich versuchte, mit Lord Kurita vernünftig zu reden«, fuhr er fort, »geriet er in Rage und warf eine schwere, halb volle Whiskey-Flasche nach mir. Er verfehlte mich, traf aber eine Gardistin meiner Leibwache, die ihre Waffe auf den Koordinator feuerte. Lord Kurita wurde nur gestreift, aber er zog ein verstecktes Messer und griff sie damit an.« Nicholas sah, dass viele der Reporter schockiert und gebannt zugleich waren.

»Der Name der Gardistin war Tanya Kerensky und trotz Soforthilfemaßnahmen starb sie noch an Ort und Stelle.« Ein Raunen lief durch den hohen Saal, doch der Erste Lord stoppte die Presseleute mit einer Hand, bevor sie Fragen stellen konnten.

»Leonard Kurita hatte das Messer in die Sternenkammer geschmuggelt, in der Absicht, mich damit anzugreifen und womöglich zu töten. Sergeant Kerensky starb in Ausübung ihrer Pflicht, als sie mich beschützte. Der Sergeant war eine Terranerin und Soldatin der SBVS – aber vor allem war sie ein Bürgerin des Sternenbundes, so wie Sie alle. Kerensky brachte ein Opfer und zahlte den ultimativen Preis. Sie brachte ein Opfer, dessen ich nicht würdig bin und das ich ihr niemals vergelten kann. Ich kann nur versuchen, es annähernd wieder gutzumachen.« Nicholas pausierte. Er hatte die Rede nicht vorbereitet, deshalb musste er sich die Worte in kurzen Abständen zurecht legen. Das Auditorium war still, als er weitersprach.

»Aufgrund dessen verleihe ich Sergeant Tanya Kerensky posthum die Sternenbund-Ehrenmedaille. Sie wird ein Staatsbegräbnis bekommen und auf dem David Cameron Friedhof beigesetzt. Weiterhin verliehe ich der Familie Kerensky hiermit offiziell den Titel ›Beschützer des Ersten Lords‹. Von nun an sollen ihnen jede Akademie und jede

Universität der Inneren Sphäre offen stehen. Und an Tanya, wo immer sie jetzt sein mag«, fügte er abschließend hinzu, »Vielen Dank. Ich werde dich niemals vergessen.«

Nach Nicholas' Worten hing eine unwirkliche Stille über dem Saal. Dann geschah plötzlich etwas Unerwartetes: Ein Reporter in der zweiten Reihe stand auf und begann erst langsam und zögerlich, dann sicherer zu klatschen. Wie ein Lauffeuer schlossen sich die restlichen Presseleute an, bis der Konferenzsaal von frenetischem Applaus erfüllt war. Nicholas Cameron ließ sie gewähren, hob aber nach einer Zeit wieder die Hand.

»Sie haben jetzt die Möglichkeit, Fragen zu stellen.« Cameron hatte es noch nicht einmal ganz ausgesprochen, als schon die Ersten mit ihren Pressekarten wedelten und seine Aufmerksamkeit auf sich ziehen wollten.

»Ruhig und gesittet«, bat Nicholas mit lauterer Stimme. Die Reporter verstummten und begaben sich wieder auf ihre Plätze. Nahezu alle hatten jedoch ihren Arm mit der Pressekarte erhoben, um eine Frage stellen zu können. Nicholas sah sogar zwei Kameramänner aufzeigen.

»Deborah«, erteilte der Erste Lord schließlich einer schlanken Brünetten in einem anthrazitfarbenen Kostüm das Wort. Die Frau stand auf.

»Danke, Eure Lordschaft.« Sie tippte auf ihren Unterarmcomputer, dessen grünes Display auf ihren Blazer schien. »Deborah Watson, TNB. Was wird nun mit Lord Kurita passieren?«

Nicholas hatte gewusst, dass er sich dieser Frage früher oder später würde stellen müssen. Dem giftigen Blick nach zu schließen, den Watson von ihrer ärgsten Konkurrentin, Sharon Clarke, erntete, wäre das auch ihre Frage gewesen.

»Leonard Kurita hat einen Bürger der Terranischen Hegemonie getötet«, stellte er nach einem kurzem Räuspern fest. »Daher wird in der nächsten Zeit Haftbefehl gegen ihn ergehen. Aufgrund von Ratsdirektive Vier ist es ihm vorerst gestattet, Terra und die Hegemonie zu verlassen.

Generalbundesanwalt Blair ist persönlich mit diesem Fall betraut und wird die Rechtslage prüfen. Meine weiteren Schritte und die der Hegemonie werden von dieser Analyse abhängen.«

Watson nickte und setzte sich wieder. Wie erwartet blieb ihr Arm für eine zweite Frage oben.

»Miss Clarke«, erlaubte Cameron einer anderen Frau – ebenfalls in der vorderen Reihe – sich zu erheben.

»Habt Dank, Mylord. Sharon Clarke, CNN.« Clarke war einen Tick größer als Watson und trug eine kleine Anstecknadel mit dem rotweißen Logo von Crucis News Network an ihrem Jackenaufschlag. Das nackenlange, blonde Haar mit den braunen Strähnchen umrahmte ihr keineswegs unattraktives Gesicht. »Ist sonst jemand verletzt worden? Was ist mit den anderen Hauslords?«

»Mit Ausnahme von Miss Kerensky ist niemand verletzt worden«, antwortete Nicholas. »Die anderen Hauslords sind in guter Verfassung und befinden sich im Augenblick nicht in der Sternenkammer. Genau wie ich sind sie allerdings bestürzt und geschockt durch die Ereignisse. Alle vier werden in den nächsten Stunden ebenfalls an die Presse treten.«

Clarke setzte sich, als Nicholas schon auf einen Mann aus den mittleren Reihen deutete.

»Sie dort, in dem blauen Jackett.« Der Mann war sehnig, hatte kurz geschorenes Haar und einen Kinnbart. Er stand auf, einen Datenblock in der Hand.

»Christian Ohlig, Eure Lordschaft. Antenne Donegal. Wenn es etwas gäbe, was Ihr Leonard Kurita jetzt ins Gesicht sagen könntet, was wäre das?«

»Nun, Mister Ohlig«, antwortete der Erste Lord, »ich würde ihm sagen, dass er es zu weit getrieben hat – und dass er genau drei Monate Zeit hat, die zusätzlichen VSDK-Regimenter von den Grenzwelten abzuziehen, wenn er keinen Krieg riskieren will.«

21. Kapitel

»In einer bewegenden Zeremonie wurde heute Tanya Kerensky auf dem David Cameron Friedhof in Unity City beigesetzt. Nicholas Cameron betonte in einer ergreifenden Rede erneut ihre Opferbereitschaft. Er legte dabei Wert darauf, Kerensky als einfache Bürgerin des Sternenbundes darzustellen, die durch ihren starken Willen und tiefe Loyalität über sich selbst hinausgewachsen ist. Alle Hauslords – mit Ausnahme des Koordinators natürlich – nahmen an dem Begräbnis teil, und selbst die Herrscher der Peripherie waren eingeladen. Schalten Sie heute Abend ein, wenn wir eine Sondersendung für Sie vorbereitet haben.«

— *Day Break mit Deborah Watson*, Terra News Broadcasting, Terra, Terranische Hegemonie, 26. September 2604

Palast des Drachen, New Samarkand
Militärdistrikt Galedon, Draconis-Kombinat

14. Oktober 2604

Die Hausdienerin füllte die Schale von Kenshi Fukuoda lautlos mit grünem Tee. Dann stellte sie die Porzellankanne auf einen Beistelltisch und zog sich in den Hintergrund des Raumes zurück. Genau wie der Rest der weiblichen Dienerschaft war sie stark geschminkt – und genau wie der Rest wurde sie nicht beachtet. Die Schale des *Tai-shu* hätte sich von alleine füllen können, es hätte keinen Unterschied gemacht. Die langen und geehrten Traditionen Haus Kuritas waren schon immer seine Stärke. *Und manchmal auch eine Schwäche.*

Der Raum befand sich in einem der oberen Stockwerke der Pagode und war von drei Seiten durch *shojis* zu erreichen.

Die vierte Seite führte zu einem Balkon – genau so wie der Teeraum im Erdgeschoss in den Garten führte. Auf diesem Balkon, die Balustrade fest umklammert, stand Leonard Kurita und starrte auf einen unsichtbaren Punkt hinter den Palastmauern.

»Er steht da schon so, seit ich angekommen bin«, flüsterte Fukuoda. Er lehnte sich über den Tisch leicht in Richtung Okura Ebinas, ohne seinen Blick von dem Koordinator abzuwenden.

»Und wann war das?«, fragte der Kriegsherr des Militärdistrikts Rasalhaag nach.

»Vor zwei Stunden.«

»Oh.«

»*Fugo!*« Kurita wirbelte mit einem Mal herum. Seine Reaktion kam so unerwartet, dass alle vier Kriegsherren unwillkürlich zusammenzuckten. Der Koordinator warf Fukuoda einen strafenden Blick zu und verließ den Balkon.

»Cameron, dieser Bastard, hat es gewagt, mich öffentlich bloßzustellen.« Kuritas Stimme wurde mit jedem Wort lauter. »Er behandelt mich wie einen Verbrecher!«

Er hieb mit der Faust auf den niedrigen Rosenholztisch, an dem die Oberbefehlshaber der vier Militärdistrikte knieten. Die Teeschalen machten kleine Hüpfer, der Inhalt spritzte heraus. Sofort machte sich die Dienerin an die Arbeit, um es wegzuwischen.

»Dieser selbstgefällige *gaijin* wird sich nie wieder so aufspielen – nie wieder!«

»*Hai, tono*«, stimmte ihm Denbe Erizawa, der *Tai-shu* des Distrikts Galedon, zu. Fukuoda verzog angewidert das Gesicht – der Mann hatte weder Ehre noch Selbstachtung. Kurita selbst überging die Schleimerei – oder vielleicht hatte er sie auch einfach nicht bemerkt, wie so oft in letzter Zeit.

»Ich will einen schnellen und vernichtenden Schlag«, erklärte der Koordinator mit funkelnden Augen. »Zeigen Sie mir die aktuelle Situation.«

Der Palast des Drachen wirkte wie eine ehrwürdige Pagode aus alter Zeit, war aber mit neuester Technologie ausgestattet. Hinter falschen Deckenbohlen versteckte Holoprojektoren begannen sanft zu surren und zeichneten ein dreidimensionales Abbild der Inneren Sphäre über den Holztisch.

Kenshi Fukuoda langte in die kurz aufflimmernde Projektion und bildete mit den ersten drei Fingern seiner rechten Hand den Ursprung eines Koordinatensystems. Der Computer erkannte die Bewegung und begann einen rechteckigen Teil der Karte zu markieren. Die Markierung wuchs immer weiter, bis der *Tai-shu* schließlich seine Hand zur Faust ballte und damit den Befehl beendete. Die Karte verschwand, nur der Ausschnitt blieb stehen. Dann wurde er vergrößert und die im Inneren liegenden Systeme mit Namen und zusätzlichen Informationen angereichert.

»Ich nenne diese Operation ›*Haraikiyomeru Kaki*‹, Reinigendes Feuer, und mache Sie zum Oberkommandeur«, wandte sich Kurita an Fukuoda. Dieser nickte zackig.

»*Arigato.*«

»Die Speerspitzen werden die VSDK-Regimenter auf Biham, Ancha, Skal und Markab formen. In zwei gesonderten Angriffen sollen sie bei Murchinson und Al Na'ir in die Hegemonie vorstoßen. Dort errichten wir dann zwei Brückenköpfe für die nachfolgenden Angriffswellen, die durch die Einheiten von Yance I, Halstead Station, Sadachbia und Cylene gebildet werden.«

»Ein ausgezeichneter Plan, *tono*!«, stimmte Erizawa wiederum begeistert zu. Fukuoda beschloss, ihn nicht zu beachten.

»Was ist mit den SBVS-Divisionen auf unseren Welten? Bevor wir den Krieg in die Hegemonie tragen können, müssen wir ihn auf unserem eigenen Boden gewinnen.«

»Das geht natürlich der Operation voraus«, tat Kurita den Einwand des *Tai-shu* ab. »Arbeiten Sie mit der ISA zusammen, um entsprechende Vorkehrungen zu treffen. Ich will, dass so wenige *gaijin* wie möglich den Beginn der Operation erleben.«

»*Hai, tono.*« Fukuodas Nackenhärchen stellten sich auf und ein leichter Schauer rann ihm über den Rücken. Es würde keinen ehrenhaften Kampf geben, sondern ein Gemetzel. Einmal davon abgesehen, dass Kuritas Befehle kaum mehr etwas mit *Bushido* zu tun hatten, sie würden auch unweigerlich den Rest der Inneren Sphäre gegen das Draconis-Kombinat aufbringen. Und was die ISA anging – der Koordinator setzte sie in letzter Zeit ein wie ein Spielzeug, um seinen Willen zu bekommen.

Offensichtlich bewegten sich die Gedanken des bisher schweigsamen Michihiro Nahamura in denselben Bahnen wie Fukuodas, denn der *Tai-shu* des Militärdistrikts Benjamin räusperte sich und meinte dann: »*Sumimasen, tono,* aber ich fürchte, unsere Ressourcen lassen es womöglich nicht zu, diesen Befehl auszuführen, ohne die Ares-Konventionen zu verletzen.«

Fukuoda schürzte beeindruckt die Lippen – eine höchst diplomatische Antwort, die niemandem eine direkte Schuld zuwies. Natürlich sah Kurita das anders.

»Das ist nicht mein Problem«, fauchte der hoch gewachsene Mann. »Wofür sind Sie schließlich Kriegsherren! Ich kann mich nicht um jede Kleinigkeit kümmern.« Nahamura und Fukuoda wechselten vielsagende Blicke.

»*Tono* ...«, begann Nahamura erneut, wurde aber von Kurita jäh unterbrochen.

»Hören Sie auf, mich mit dieser Sache zu belästigen und beweisen Sie endlich einmal Ihre Nützlichkeit – oder soll ich Sie gleich Ihres Amtes entheben?«

»*Iie, tono.*« Nahamura senkte den Blick.

»Nachdem also die Brückenköpfe etabliert sind«, fuhr Kurita in einem Tonfall fort, als wäre nichts geschehen, »rückt Verstärkung von diesen Systemen nach. Ausgehend von Murchinson und Al Na'ir werden wir den Rest der Hegemonie noch innerhalb desselben Jahres nehmen.«

»Verstärkte Divisionen der SBVS sind ebenfalls an der Grenze zu den Vereinigten Sonnen und dem Lyranischen Commonwealth stationiert. Spätestens einen Monat nach Beginn der Kampfhandlungen werden diese Truppen uns in die Flanke fallen – entweder im draconischen oder im terranischen Raum«, gab Okura Ebina zu bedenken.

»Dann ziehen Sie eben jeweils zwei Regimenter der Regulären Benjamin und Dieron an die Flanken«, wischte Kurita den Einwand beiseite, ohne von der Projektion aufzusehen.

Ebina furchte die Stirn.

»Diese Regimenter stehen schon an der Front, *tono*. Wir haben keine Einheiten mehr, die wir zur Flankendeckung einteilen können.«

»Eine Unverschämtheit!« Die Faust des Koordinators krachte auf den Tisch. Zornig spießte er den *Tai-shu* des Rasalhaager Distrikts mit seinem Blick auf. »Wie können Sie es wagen, meine Befehle in Frage zu stellen!«

»Das würde ich nie wagen, *tono*«, entgegnete dieser ruhig. »Ich versuche nur, Euch die Fakten darzulegen.«

»Was soll das heißen: ›versuchen‹?!«

»Ich meine damit nur ...«

»Ich weiß, was Sie damit meinen! Sie denken, ich hätte keinen Überblick! Sie denken, ich wäre nicht mehr in der Lage, das Kombinat zu führen!« Kurita stockte. Plötzliche Erkenntnis flammte in seinen nachtschwarzen Augen auf. Er wich von dem Tisch und den Kriegsherren zurück. »Sie haben sich gegen mich verschworen«, murmelte der Koordinator. »Sie alle!«

Den letzten Satz rief er wieder lauter und wies anklagend mit dem Zeigefinger auf die perplexe Gruppe Oberbefehlshaber, als er wieder zum Tisch trat. »Sie sabotieren meine Pläne, damit ich eine vernichtende Niederlage hinnehmen muss! Sie wollen mich absetzen und selbst an die Macht – genau wie dieser ehrlose Higuchi! Ich sollte Sie alle erschießen lassen!« Kuritas Gesicht war wutverzerrt, das schwarze Haar peitschte um seinen hageren Schädel, als er beide Fäuste wuchtig auf den Tisch hieb. Denbe Erizawa zuckte zusammen, die anderen konnten ihre Fassung wahren.

Der Ausfall machte Fukuoda deutlich, was er insgeheim schon befürchtet hatte: Der Koordinator hatte jeglichen Bezug zur Realität verloren. Er würde einen Angriff auf eine überlegene Streitmacht befehlen und die VSDK damit dem Tode weihen.

Der *Tai-shu* erkannte plötzlich, dass er an dem klassischen Scheideweg des Schicksals stand, an dem er zwischen *ninjo* und *giri* wählen musste. Er war seiner Menschlichkeit verpflichtet, konnte nicht zulassen, dass Tausende von Soldaten auf beiden Seiten unnütz in einem Kampf starben, der von Anfang an entschieden war. Doch seine Pflicht bestand gegenüber dem Koordinator – Kurita war die Verkörperung des Drachen, sein Wille Gesetz. Man stellte den Koordinator nicht in Frage und zweifelte auch nicht an seiner Ehre. *Ninjo* und *giri*.

Fukuodas Hand senkte sich unter dem Holztisch auf seine Hüfte. In einem Halfter in dem gleichen Weiß wie seine mit orangefarbenen Streifen abgesetzte Uniformjacke trug der *Tai-shu* eine Dragon Defense SW99 mit einer Kugel bereits in der Kammer. Grundsätzlich waren im Palast des Drachen keine Waffen erlaubt, aber für die Kriegsherren wurde eine Ausnahme gemacht. Außerdem war im Falle eines Falles immer noch die *Otomo*, die Leibgarde des Koordinators, präsent. Fukuoda blickte auf den Tisch hinab und hörte der Tirade Kuritas nur mit halbem Ohr zu. Wie unter einem eigenen Willen arbeiteten seiner Finger an dem Halfter, das bereits offen war, bevor der *Tai-shu* realisierte, was er tat. Langsam wanderte sein Blick aufwärts, zog sich durch das Hologramm und heftete sich an Michihiro Nahamura, der ihn wachsam beobachtete. Ohne den Blickkontakt zu unterbrechen, zog Fukuoda bedächtig die Pistole auf dem Holster und legte sie auf seinen Oberschenkel. Die Miene des anderen Kriegsherrn veränderte sich nicht, obwohl er die Bewegung erkannt haben musste. Fukuoda wurde klar, dass Nahamura in denselben Bahnen wie er dachte. *Ninjo* und *giri*.

Der Kriegsherr des Militärdistrikts Pesht traf eine Entscheidung. Sein Griff um die SW99 verstärkte sich, als er sein *chi* für die finale Konfrontation mit dem Koordinator sammelte. Leonard Kurita würde eine letzte Chance bekommen.

»*Tono* ...«, unterbrach Kenshi Fukuoda die Hasstirade seines Herrn. Kurita war für einen Augenblick perplex. Er konnte es nicht fassen, dass irgendjemand in diesem Raum es überhaupt wagte, ihn mitten im Satz abzuschneiden.

»Was wollen Sie noch?!«

»Eure Befehle werden unweigerlich dazu führen, dass viele gute *bushi* ihr Leben lassen müssen. Diese Opfer werden weder ehrenhaft noch nützlich sein.« Als er sprach, fixierte Fukuoda einen Punkt auf dem sanft gemaserten Holz des Tisches. Jetzt hob er den Kopf, um Leonard Kurita direkt in die Augen zu sehen. »Ich flehe Euch an, überdenkt Eure Entscheidung, *tono*.«

»Ja, gibt es denn überhaupt keine Loyalität mehr?!« Kurita schnappte hörbar nach Luft und sein Kopf lief noch roter an. »Sie sind ein ehrloser Wurm, Fukuoda! Sobald die Hegemonie erobert ist, werde ich Sie auf irgendeinen gottverlassenen Hinterwäldlerplaneten versetzen – und zwar als Techniker!« Der *Tai-shu* schluckte. Nicht, weil er Angst vor der Versetzung und Degradierung hatte – so weit würde es eh niemals kommen –, sondern weil Kurita gerade eben seine letzte Chance nicht genutzt hatte. Fukuoda stählte sich für seine nächsten Worte.

»Dann sehe ich keine Möglichkeit, meine Pflicht Euch und dem Kombinat gegenüber zu erfüllen, ohne meine Ehre aufzugeben. Ich trete mit sofortiger Wirkung von meinem Posten als Kriegsherr des Militärdistrikts Pesht zurück und bitte Euch um Erlaubnis, *seppuku* begehen zu dürfen.«

»Sie werden gar nichts dergleichen machen, Sie Feigling!«, fauchte der Koordinator. »Sie haben den Oberbefehl über die Operation und sind dafür verantwortlich, dass sie gelingt!«

»Dann lasst Ihr mir leider keine andere Wahl.« Fukuoda erhob sich aus seiner knienden Position und richtete die Pistole auf Kurita. Die Reaktionen der Kriegsherren kamen sofort: Fast alle sprangen auf, während Michihiro Nahamura allerdings ruhig sitzen blieb. Okura Ebina versuchte beschwichtigend auf ihn einzureden, als Denbe Erizawa schnell mit der Waffe bei der Hand war und auf Fukuoda anlegte.

»Runter mit der Pistole oder ich erschieße Sie! Wie können Sie es nur wagen, den Koordinator zu bedrohen!«

Kurita selbst war weder schockiert, noch zeigte er irgendeine Anzeichen von Furcht. Einzig seine Wut steigerte sich ins Unermessliche.

»Was soll das? Stecken Sie die Waffe weg, *Tai-shu*!«, forderte er zornig. Der Koordinator war nicht eingeschüchtert und zeigte auch sonst keine Reaktion, die darauf hindeutete, dass er wusste, wie gefährlich die momentane Situation war.

Fukuoda reagierte nicht auf den Befehl, sondern warf Nahamura einen raschen Seitenblick zu. Dann spannte er die SW99 mit einer kurzen Daumenbewegung.

»Seien Sie doch vernünftig«, versuchte der Rasalhaager die Lage zu entschärfen. »Wenn Sie Kurita-*sama* töten, nützt das keinem.«

»Das ist Ihre letzte Chance!«, krakeelte Erizawa mit einer von Panik durchsetzten Stimme. »Nehmen Sie die Waffe runter, oder ich schieße!«

Innerhalb eines Wimpernschlages schwang die Mündung von Fukuodas vollautomatischer Pistole herum und zeigte auf den Kriegsherren des Distrikts Galedon. Die SW99 bellte einmal laut auf und deutete schon wieder auf Kurita, bevor Denbe Erizawa tot zusammenbrach.

Sofort machte Ebina einen Ausfallschritt nach hinten und zog seine eigene Waffe. Er legte beidhändig auf seinen Kollegen an und spannte sie.

»Keine weitere Bewegung, Fukuoda.«

»Es ist nur zu Eurem Besten, *tono*«, versicherte Fukuoda Kurita.

Der Koordinator war vor dem Kriegsherrn zurückgeschreckt und musterte ihn nun misstrauisch. Fukuoda konnte hinter den Papierwänden schon die schweren Schritte der durch den Schuss aufgescheuchten *Otomo* hören.

Vor seinem inneren Auge tauchten plötzlich die fröhlichen Gesichter seiner Frau und seines Sohnes auf. Der Kriegsherr des Militärdistrikts Pesht lächelte traurig. Ohne seinen Blick von dem Koordinator abzuwenden, schob er sich den Lauf der Autopistole in den Mund und drückte ab.

* * *

Die mit Blut bespritzten *shoji* wurden zur Seite gerissen, als eine Abteilung der Palastwache mit gezogenen Waffen den Konferenzraum stürmte. Kurita hatte sich schnell wieder im Griff und befahl ihnen, die Leichen wegzuschaffen. Michihiro Nahamura verharrte immer noch bewegungslos an dem Holztisch, so stoisch, als würde ihn das alles nichts angehen. Okura Ebina ließ seine Waffe schockiert sinken und steckte sie dann wieder ein. Wenn er jetzt allerdings erwartete, dass der Koordinator die Sitzung abbrechen würde, wurde er eines Besseren belehrt.

»Setzen Sie sich«, befahl Kurita, als die *Otomo* mit den Leichen wieder verschwunden war. »Nehmen Sie noch einen Schluck Tee.«

»*Tono*, ich ...«, begann Ebina, als er sich wieder an seinen Platz gekniet hatte.

»Nehmen Sie noch einen Schluck Tee, habe ich gesagt!«, bellte Kurita.

Der rasalhaager *Tai-shu* verschluckte eine Erwiderung und leerte wie befohlen die Teeschale. Sekunden später beugte sich die Hausdienerin von der Seite über ihn, um sie wieder aufzufüllen. Ebina sah, wie sie am ganzen Körper zitterte.

»*Arigato*«, flüsterte der Kriegsherr unmerklich. Ein kurzes Lächeln durchbrach die Fassade aufgesetzter Teilnahmslosigkeit der jungen Frau. Dann griff sie schnell mit der anderen Hand zu, um ein merkliches Zittern der Teekanne zu verhindern.

»*Tai-shu* Ebina«, forderte Kurita wieder seine Aufmerksamkeit, »Nach dem plötzlichen Unfalltod von Kenshi Fukuoda ernenne ich sie hiermit zum neuen Kommandeur von Operation *Haraikiyomeru Kaki*. Sie werden dafür Sorge tragen, dass die Terranische Hegemonie noch vor Ende nächsten Jahres als neuer Militärdistrikt im Draconis-Kombinat aufgegangen ist.«

»*Hai, tono. Arigato gozaimasu.*«

Ebina führte die volle Porzellanschale zum Mund und trank erneut. Doch selbst der beste Tee der Inneren Sphäre konnte nicht den großen Kloß in seiner Kehle hinwegspülen.

22. Kapitel

»Der hohe Militärgipfel auf New Samarkand wurde gestern durch die tragischen Tode Tai-shu *Kenshi Fukuodas und* Tai-shu *Denbe Erizawas überschattet. Die beiden Kriegsherren der Militärdistrikte Pesht und Galedon waren auf dem Rückweg vom Palast, als ihre Limousine in einen Unfall verwickelt wurde. Ein Schwerlaster geriet außer Kontrolle, traf das Fahrzeug der* Tai-shu *seitlich und zerquetschte es an einer Wand. Die Limousine explodierte und brannte völlig aus. Regierungsberichten zufolge waren Fukuoda und Erizawa sofort tot. Lord Kurita nahm persönlich zu dem Vorfall Stellung und betonte die Verschwendung von Menschenleben und den großen Verlust für die Generalität des Draconis-Kombinats. Auf den Fahrer des Lasters wartet eine Anklage wegen fahrlässiger Tötung. Es wird davon ausgegangen, dass er aufgrund der Schwere der Tat zum Tode verurteilt wird.«*

— *Nachrichten*, Die Stimme des Drachen,
New Samarkand, Draconis-Kombinat, 15. Oktober 2604

Stützpunkt des 15. Regulären Benjamin Regiments,
Shigayama, Cylene
Militärdistrikt Benjamin, Draconis-Kombinat

17. November 2604

»*Konnichi-wa, Tai-i.*«

»*Konnichi-wa*, Townsend–*san*«, grüßte Akira Watanabe zurück, als er die Waffenkammer betrat. Die Kammer war in zwei Bereiche unterteilt: das Lager und die Ausgabestelle. Hinter der halbhohen Wand, die zur Decke hin mit dem gleichen schusssicheren Glas abschloss, wie es auch in BattleMech-Cockpits verwendet wurde, saß Master Sergeant Townsend und schaltete unauffällig eine Spielekonsole unter seinem Schalter ab. Akira grinste.

»Was kann ich für Sie tun, *Tai-i*?«, wollte Townsend wissen.

»Jährliche Feuerwaffenqualifizierung«, antwortete der Infanteriekommandeur knapp. »Ich brauche meine SW99.«

»Kein Problem. Ausweis, bitte.« Akira klappte seine Brieftasche auf und zeigte seine ID. Townsend kannte ihn natürlich, doch gerade bei der Waffenausgabe gab es nichts Wichtigeres als die Vorschriften. Der blonde Master Sergeant warf einen kurzen Blick auf die Plastikkarte und stand dann auf, um Watanabes Pistole zu holen. Die auf den jeweiligen Besitzer eingetragenen Waffen lagerten in gesicherten Spinden. Wenn die Gefahrenstufe des Stützpunktes auf Orange oder Rot stand, hatte jeder Soldat freien Zugang zur Kammer, um sich jederzeit bewaffnen zu können. Wenn nicht, lief die Ausgabe über eine verantwortliche Person – in diesem Fall Patrick Townsend.

Der Master Sergeant kam wieder und schob die im Halfter steckende Draconis Defense-Pistole durch eine Klappe in dem Plexiglas.

»Ein Autogramm, bitte.«

Um den Empfang einer Waffe zu quittieren, wurde schon lange nicht mehr auf Papier unterschrieben, aber der Spruch hatte sich gehalten. Akira presste seinen rechten Daumen auf eine rechteckige, blinde Oberfläche in der Schalterverglasung und nahm dann seine Pistole entgegen. Im Alarmfall müsste er so die Tür zum Lagerraum öffnen, um an seinen Spind zu kommen.

»*Arigato*, Townsend-*san*.«

»Viel Spaß, *Tai-i*«, wünschte der Master Sergeant, als Akira sich das Halfter umband und die SW99 kurz überprüfte. »*Sayonara*.«

»Auf Wiedersehen.« Akira tippte sich mit zwei Fingern an die Stirn und verließ die Waffenkammer.

* * *

Innenstadt, Shigayama, Cylene

»Achtung! Der Träger schwenkt!«

Shinzo Ishiyama hörte die Warnung in dem Augenblick, als er den schweren, blank polierten Verbundstahlträger auf sich zukommen sah. Sofort warf er sich flach hin, die Hände schützend über den Kopf gerissen. Der vierschrötige Vorarbeiter spürte, wie die zweieinhalb Tonnen Metall die Luft über ihm zerschnitten. Wütend sprang er wieder auf die Beine.

»Verfluchte Scheiße! Miro, komm sofort her!« Shinzo rückte den gelben Schutzhelm zurecht, als er durch den Schlamm auf den großen Kran zustapfte. Die anderen Bauarbeiter wichen ihm aus und beeilten sich, einen geschäftigen Eindruck zu machen.

Die Arbeit an der Superstruktur des Hochhauses ging weiter, während Miro Goto leichenblass und zitternd aus dem Führerhäuschen kletterte und sich auf den Anschiss des Vorarbeiters vorbereitete.

»Was sollte das?«, fuhr Shinzo den jungen Draconier an. »Du kannst von Glück reden, dass niemand verletzt wurde!«

»*Sumimasen*, Ishiyama-*sama*«, entschuldigte sich Miro unter vielen Verbeugungen. Shinzo sah, dass ihm der Schreck noch tief in den Gliedern steckte. Er stemmte die Fäuste in die Hüften und ließ den angehaltenen Atem aus seinem massiven Brustkasten entweichen.

»Okay, Sohn, es ist ja nichts passiert. Pass nächstes Mal besser auf.«

»*Hai*. Es ist nur ...« Er stockte. Shinzo nahm den Schutzhelm ab und strich durch die langsam zurückweichenden Haare. Er wusste, was seinen besten Kranfahrer bedrückte. Kameradschaftlich legte er ihm eine seiner mächtigen Pranken auf die Schulter.

»Ich weiß, Miro. Du machst dir Sorgen wegen des kommenden Krieges. Wir alle tun das.« Miro nickte traurig. »Kennst du das Lagerhaus am Pier Drei, unten an den Docks?«

»*Hai.*«

»Gut. Komm da heute Abend um acht hin. Wir treffen uns dort mit ein paar Kumpels, um ein wenig zu reden.«

»In Ordnung.«

»Gut. Dann Abmarsch zurück an die Arbeit – dieser Wolkenkratzer baut sich nicht von selbst.«

»*Hai.*« Miro nickte ein drittes Mal, diesmal allerdings energetischer. Ihm war ein Stein vom Herzen gefallen, nachdem Shinzo seine Unachtsamkeit ausnahmsweise durchgehen ließ.

Der Vorarbeiter sah zu, wie der junge Draconier in seinen Kran zurückkletterte und dann sofort wieder mit der Arbeit begann. Miro war nicht der Einzige, der durch das drohende Unheil beunruhigt und abgelenkt war. Seit es in den TriVids hieß, dass sich die ersten Einheiten kampfbereit machten, war jede Hoffnung auf Frieden zerschlagen.

Shinzo machte sich auf den Weg die Front des enormen Gebäudes entlang und beobachtete gedankenverloren, wie etwas weiter entfernt ein BauMech einige Verstrebungen hielt, sodass die Arbeiter sie anschweißen konnten. Die Funken der Schweißgeräte sprühten im hohen Bogen herab und erloschen nach kurzer Zeit im Matsch. Der Vorarbeiter umrundete die Gruppe und winkte dem MechPilot zurück, als dieser ihn erkannte. Nachdenklich stieg er in einen Arbeitsaufzug und ließ sich zur aktuellen Arbeitshöhe tragen.

Genau wie er waren die Arbeiter hier normale, friedliebende Leute. Die hohen Herren auf New Samarkand oder Benjamin konnte es sich vielleicht leisten, ihr Leben als ›Samurai‹ zu träumen. Doch Shinzo und seine Kollegen hatte wenig Interesse daran, ihres für ein Wort aufzugeben.

»Wie sieht's aus?« Shinzo balancierte über einen freischwebenden Träger zu Marc deBoer, normalerweise Vorarbeiter der B-Schicht. Heute Morgen hatte es jedoch ein paar Schwierigkeiten mit einigen der schweren Bolzen gegeben. Deshalb war deBoer persönlich noch einmal zur Baustelle gefahren, um sich der Sache anzunehmen.

»Alles wieder im Lot«, schüttelte er Shinzos Hand. Sie kannten sich noch nicht lange – erst, seitdem Shinzo vor drei Monaten nach Shigayama versetzt worden war – wurden aber schnell gute Freunde, nachdem sie herausgefunden hatten, dass beide dieselbe Stammkneipen und denselben Humor hatten. »Einer der Bolzen war nicht richtig drin. Ein paar deiner Kumpels haben mir geholfen und jetzt sitzt er wieder.«

»Super. Komm, ich spendier dir einen Kaffee.«

Shinzo führte deBoer von dem Träger runter und in eine behelfsmäßige Wellblechhütte, die ein Stockwerk tiefer auf der bereits eingezogenen Decke errichtet worden war. Als sie dort ankamen, ließ sich Marc an dem einzigen Tisch im Raum nieder, während Shinzo zwei Tassen aus einer ständig laufenden Kaffeemaschine füllte.

»Hier.«

»Danke.«

»Ich habe gerade mit Miro gesprochen«, begann Shinzo nach ein paar Minuten unvermittelt. »Der Arme ist völlig durch den Wind. Ich hab ihn deshalb für heute Abend eingeladen.«

»Gute Idee«, nickte Marc ernst. »Meine komplette Schicht kommt auch – genauso wie Bordays.«

Nach diesem kurzen Wortwechsel trat Schweigen ein, als beide Männer mit ihren eigenen Gedanken beschäftigt waren. Die zwei Vorarbeiter leerten ihre Tassen mit der heißen, schwarzen Flüssigkeit und verabschiedeten sich dann.

»Pistole gesichert«, erklärte Akira Watanabe bevor sich der Pulverqualm verzogen hatte. Mit einer geübten Bewegung ließ er das Magazin aus der Waffe in die Rechte fallen. Danach entfernte er die Kugel aus der Kammer und klickte sie einhändig wieder zu den anderen. Als er dem verantwortlichen Offizier das Magazin zurückgab, pfiff der anerkennend.

»Reife Leistung, *Tai-i*. Sie sind heute der Erste, der die Übung mit dem Minimum an Munition durchführt«, meinte er, nachdem Akira den Gehörschutz entfernt hatte.

»Danke. Das müsste aber auch die letzte gewesen sein.«

»*Hai*«, bestätigte der Offizier nach einem kurzen Blick in seine Mappe.

»Gut.« Akira entspannte die Pistole und schob sie zurück in das Halfter. »Schönen Tag noch.«

»Auf Wiedersehen.«

Akira verließ den aus großen Zementhallen bestehenden Schießplatz und setzte sich in seinen Jeep. Der Platz war am anderen Ende des Stützpunktes und mehrere Fahrtminuten von den Baracken entfernt. Er warf einen kurzen Blick zur anderen Seite des Parkplatzes, wo ein *Chu-i* mit einem Master Sergeant stritt, drehte dann den Schlüssel im Zündschloss und setzte aus der Parklücke raus.

Er wollte den Bereich gerade verlassen, als er hinter sich jemand seinen Namen rufen hörte. Akira stoppte den Wagen und ließ den *Chu-i* von gerade aufholen.

»Sie sind Akira Watanabe?«, fragte er etwas außer Atem, nachdem er salutiert hatte. Akira gab den Gruß zurück.

»*Hai*. Was kann ich für Sie tun?«

»*Tai-sa* Watanabe hat eine außerplanmäßige Sitzung mit seinen befehlshabenden Offizieren für dreizehn-dreißig angesetzt. Ich bin hier, um Sie darüber zu informieren.«

Akira blickte auf die Uhr – das war in einer Stunde. Vielleicht nicht einmal Zeit genug, um zu Mittag zu essen.

»Danke, *Chu-i*. Ich werde da sein.« Das ›*Hai*‹ des Mannes hörte er schon gar nicht mehr, als er anfuhr. Was war denn so wichtig, dass es nicht bis zum morgendlichen Briefing warten konnte? Was war so außergewöhnlich, dass Akiras Onkel alle kommandierenden Offiziere sofort sprechen wollte?

* * *

Shinzo Ishiyama sah von seiner Arbeit auf und erkannte Miro Goto, als dieser sich etwas verängstigt durch die Menschentraube am Eingang schob. Miro sah ihn ebenfalls und setzte sich in Bewegung. Er warf verwunderte Blicke zu allen Seiten, wo Leute auf alten Tischen Plakate malten oder energisch diskutierend neben einer der vielen mannshohen Kisten standen.

»*Komban-wa,* Ishiyama-san«, begrüßte Miro seinen Vorgesetzten, immer noch unsicher, was er von dem Ganzen halten sollte.

»Schön, dass du kommen konntest, Miro«, antwortete der bullige Draconier. Shinzo steckte seinen Pinsel zurück in einen Topf mit roter Farbe und wandte sich ihm zu. Die anderen Leute am Tapeziertisch ließen sich hingegen nicht bei ihrer Arbeit stören. Ein paar nickte Miro zu und der junge Mann erkannte zwei seiner Arbeitskollegen.

»Es besteht kein Grund, so förmlich zu sein«, erklärte Shinzo. »Wir sind ja nicht auf der Baustelle.«

»Wie Sie wünschen, Ishiyama-san.«

»Shinzo«, soufflierte der Vorarbeiter.

»Shinzo«, wiederholte Miro.

»Guter Junge.« Shinzo grinste breit und klopfte ihm kameradschaftlich auf die Schulter. Miro wäre beinahe zusammengeklappt.

»Was soll das alles hier?«, platzte der junge Draconier heraus. Shinzo sah, dass ihm die Frage schon die ganze Zeit auf der Zunge gebrannt haben musste – vermutlich schon seit heute Morgen. Der Vorarbeiter entschied, dass er den Jungen nicht länger auf die Folter spannen wollte.

»Wir bereiten uns auf eine Demonstration vor«, ließ er die Katze aus dem Sack.

»Was?!« Miro verschluckte fast seine Zunge. Er konnte allerdings nicht zu sehr von dieser Eröffnung überrascht sein – die Plakate mit Schriftzügen wie ›2600 Jahre Krieg sind genug!‹ oder ›Lass uns da raus, Leonard!‹ gaben schon den einen oder andere Hinweis. Shinzo nahm deshalb an, dass er dadurch geschockt war, es einfach und direkt ins Gesicht gesagt zu bekommen. Im Draconis-Kombinat, wo die Presse stark durch die Regierung zensiert und Gehorsam dem Drachen gegenüber groß geschrieben wurde, war eine freie Meinung nicht selbstverständlich. Öffentlich gegen die Regierung und damit den Koordinator zu protestieren, kam damit fast Hochverrat gleich. In der dreihundertjährigen Geschichte des Kombinats hatte es so etwas noch nie gegeben.

»Aber ...«, stammelte er, »Aber das ist ...«

»Nicht nett, ich weiß.« Schalk blitzte in Schinzos Augenwinkeln, erlosch aber schon in der nächsten Sekunde, als er Miro wieder seine Hand auf die Schulter legte. »Sieh dich um, Sohn.«

Miro kam seiner Aufforderung nach und blickte sich in der Lagerhalle um. Männer aller Altersgruppen wanderten geschäftig von Tisch zu Tisch und Diskussionsrunde zu Diskussionsrunde. Erst meinte Miro, dass keine Frauen anwesend waren, aber dann entdeckte er weiter hinten ein Büffet mit belegten Brötchen und verschiedenen Getränken, wo sie die arbeitenden Demonstrantenanwärter verpflegten. Eine ganze Reihe war aber auch aktiv an den Vorbereitungen beteiligt. Je mehr Miro die Leute beobachtete, desto mehr kam er zu dem Schluss, dass ganz Shigayama hier versammelt sein musste.

»Siehst du die Frauen und Männer? Sie sind alle freiwillig hier und wissen genau, was sie tun. Genau wie du hatten sie Vertrauen in den Koordinator und nahmen bereitwillig alles hin. Bis jetzt.«

Shinzo ließ die Schulter des jungen Draconiers wieder los. Miro war immer noch erschüttert, schien sich aber langsam wieder zu fangen.

»Leonard Kurita ist verrückt geworden, Sohn – und wir haben nicht vor, uns deswegen schlachten zu lassen.«

Miro nickte zögerlich.

»Da ist noch mehr?« Eine rhetorische Frage.

»Ja. Wenn Kurita die Hegemonie angreift, handelt er damit gegen den Wega-Vertrag. Interne Angelegenheiten sind Sache der Hauslords, aber bei einem Konflikt zwischen den Mitgliedsstaaten greifen der Erste Lord und die SBVS ein. Kuritas Angriff würde nicht nur jämmerlich fehlschlagen, weil er sich plötzlich der gesamten Inneren Sphäre gegenüber sähe, sondern würde auch dazu führen, dass das Kombinat erobert und besetzt werden würde – so wie es mit der Peripherie geschehen ist. Es geht nicht nur um das Leben der Bewohner von Shigayama oder sogar Cylene, Sohn. Es geht um den Fortbestand des Draconis-Kombinats als souveränen Staat und den Erhalt eines Friedens, für den so viel Blut geflossen ist.«

»Deshalb die Demonstration«, erkannte Miro plötzlich. »Sobald die Entscheidungen des Drachen nicht mehr dem Fortbestand des Kombinats dienen, hat er seinen Anspruch verloren.«

»Genau.« Shinzo reichte ihm seinen Pinsel. »Plakate und Banner sind da hinten in den Tonnen.«

Miro holte sich ein Pappschild, das jemand an die Tonne gelehnt hatte und setzte an. Dann zögerte er jedoch.

»Glaubst du wirklich, das funktioniert, Shinzo?« In seiner Stimme schwangen Hoffnung und Verzweiflung mit. Der junge Draconier blickte zu seinem Vorarbeiter jetzt Mitverschwörer und versuchte, in seinem Gesicht zu lesen.

»Es muss, Sohn. Wenn die Leute in den anderen Städten sehen, was wir tun, denken sie vielleicht auch darüber nach. Und genauso auf anderen Planeten. Aber irgendjemand muss immer anfangen – diesmal sind wir es. Gemeinsam sind wir stark.«

Später würde sich herausstellen, dass es gar nicht so leicht sein würde, herauszufinden, wer denn tatsächlich angefangen hatte.

* * *

»Alle Männer in Position«, berichtete der Sergeant mit einem zackigen Salut. Akira erwiderte den Gruß und griff mit der behandschuhten Hand nach der Sprosse an der Seite des *Scorpio*-Panzers und kletterte auf den Turm.

Die Sonne brannte auf den Marktplatz der Stadt und zwang den *Tai-i* dazu, sein verspiegeltes Helmvisier herunterzuklappen. Als er schließlich nicht mehr geblendet wurde, konnte er die Umgebung in Augenschein nehmen. Der Marktplatz selbst war wie leer gefegt – und das an einem Samstagmittag. Die Männer von *Chu-sa* Yasudas Infanteriebataillon waren über die ganze Stadt verteilt, wobei Akiras Kompanie den Marktplatz abriegelte. Shigayama war nicht die Hauptstadt des Planeten, aber Cylenes Gouverneur verbrachte einen Großteil seiner Freizeit hier.

Der Marktplatz, die beiden großen Parks und der Hafen waren die Aufmarschgebiete der Demonstranten, die heute zur Gouverneursvilla ziehen wollten. Akira war hier, um sie daran zu hindern.

Der Infanteriekommandeur ließ die Besprechung noch einmal Revue passieren. Als er von der Demonstration erfahren hatte, war er wütend geworden. Wie konnten diese Zivilisten nur so aufrührerisch und undankbar sein? Als sein Onkel dann aber die Mobilmachungsbefehle des Oberkommandos ausgab, hatte Akira seine Antwort. Bis gestern hatte er noch gehofft, die Krise würde sich entschärfen. Heute wusste er, dass dies nicht mehr möglich war. Am

Morgen war er mit einem schweren Stein im Magen aufgewacht und bis jetzt war er nicht verschwunden.

Akira schob den unangenehmen Gedanken beiseite und konzentrierte sich auf die vor ihm liegende Aufgabe. Er hatte den Befehl, die Demonstration aufzulösen und die Rädelsführer zu verhaften. Wenn nötig, durfte er dabei auch Gewalt anwenden.

Ein leises Raunen schwappte gegen die abgegrenzte Blase seines peripheren Bewusstseins, durchbrach die Membran und entzerrte sich nach kurzer Zeit in Akiras Bewusstsein zu Sprechchören, die von den Demonstranten kamen.

»An alle Einheiten: Achtung.« Akira kontrollierte den Funk mit einem in die Schutzkleidung integrierten Unterarmcomputer. »Lasst die Leute auf den Platz, aber riegelt die Zugänge nach Osten hin ab. Keine Gewaltanwendung, außer zur Selbstverteidigung. Zugführer bestätigen.« Drei ›*Hai*‹s trommelten durch den Kanal, dann strömten auch schon die Ersten auf den Platz.

Akira besah sich die Spruchbänder der protestierenden Bürger. Viele berührten ihn mehr als er sich selbst eingestehen wollte. Diese Menschen, diese Bürger des Draconis-Kombinats, wollten keinen Aufstand. Sie hatten einfach nur Angst. Allein dass es zu solchen Massenprotesten gegen die Regierung kam, war ja schon außergewöhnlich genug. Aber nicht nur in Shigayama ging es heute rund, sondern auch in den zwei anderen größten Städten des Planeten.

Die Menge sammelte sich langsam. Aus den verschiedenen Nebengassen schlossen sich Nachzügler an, floss das Menschenmeer auf den Marktplatz.

Der erste Zug von Akiras Kompanie stand mit Duraplastschilden und Hartgummischlagstöcken vor dem Osttor in Zweierreihen. Der *Scorpio*, auf dem Akira stand, befand sich noch im Torbogen dahinter. Dem *Tai-i* missfiel es, die Arbeit der Polizei zu machen, er verstand aber den Ernst der Lage und wie wichtig es war, dass sich hier VSDK-Einheiten dem Volk stellten.

Ein Schauer lief Akira den Rücken hinunter. Die Soldaten stellten sich dem Volk – *gegen das Volk*. All die Menschen, die hier mit Spruchbändern, Schildern und Plakaten ihren Unmut äußerten, hatte er zu schützen geschworen. Er war dazu da, ihre Freiheit zu sichern – und doch tat er genau das Gegenteil.

* * *

»Die werden uns nicht durchlassen.« Marc deBoers Stimme war neutral, aber Shinzo spürte die Niedergeschlagenheit. Der breitschultrige Draconier blickte über die Köpfe der Menschen vor sich und fasste die Reihe Soldaten vor dem Tor ins Auge.

»Wir haben keine andere Wahl, Marc«, gab er zurück. »Zumindest müssen wir es versuchen.« Shinzo erkannte, dass die Entscheidung mittlerweile sowieso nicht mehr in seinen Händen lag. Die Menschenmassen hatten angefangen, sich auf das Osttor zuzuwalzen. Mit einem Spruchband nährte sich die erste Reihe den Soldaten. Shinzo selbst packte sein Plakat fester, hielt es über die Menge und schloss sich ihnen an.

* * *

Akira sah die Menge näher kommen. In die Linie der Soldaten kam Bewegung, als sie sich für den bevorstehenden Aufprall wappneten. Dann waren die Demonstranten heran und fanden sich gegen die Duraplast-Schilde gepresst. Zuerst verhielt sich die Menge gesittet. Dann wurde den Ersten jedoch klar, dass die VSDKler nicht vorhatten, sie weiterziehen zu lassen. Akira beobachtete von seiner erhöhten Position, wie einige Demonstranten begannen, die Soldaten zu beschimpfen. Akiras Leute waren aber gut ausgebildet und ließen sich nicht beirren. Stoisch hielten sie den Schildwall aufrecht.

Dann geriet die Situation plötzlich außer Kontrolle. Einer der Demonstranten hatte beschlossen, einen aggressiven Durchbruch zu versuchen und warf sich in die Linie der Soldaten. Er sprang in einen Bereich, wo sich zwei Schilde überlappten und brach durch die erste Linie. Sofort waren die VSDKler aus der zweiten Linie heran, um ihn wieder zurückzudrängen. Der Demonstrant wehrte sich und mit einem Mal begann einer der Soldaten auf ihn einzuknüppeln.

Akira unternahm nichts – der Soldat verhielt sich angemessen. Leider sahen die anderen Demonstranten das nicht so, als ihr Waffenbruder mit einem Schmerzenschrei in ihre Reihen zurückgedrückt wurde. Auf der ganzen Linie begannen die Leute nun auf die Soldaten loszugehen. Durch die Schilde konnten diese sich einigermaßen schützen, aber ein paar Schläge saßen doch. In einer Kettenreaktion zogen die Männer der ersten Reihe ihre eigenen Gummiknüppel und brachten sie zum Einsatz.

Akira stand auf dem *Scorpio* und sah, wie seine Leute auf die Demonstranten einschlugen. Die Gewaltanwendung war gerechtfertigt – so wie er es sah, erwehrten sie sich nur ihrer Haut. Trotzdem wurde der Stein in seinem Magen immer schwerer und schwerer.

Auf einmal erregte ein Tumult in seiner unmittelbaren Nähe seine Aufmerksamkeit. Auf diesem Teil, kurz vor dem Tor, waren die Demonstranten äußerst aggressiv vorgegangen. Eine kleine Gruppe war dort sogar durchgebrochen und hatte versucht, den Marktplatz zu verlassen. Die Soldaten hatten sie mit der gebotenen Härte aufgehalten. Doch anstatt sie wieder zu der Hauptmasse zu treiben, droschen sie weiter auf sie ein. Ein breitschultriger Bauarbeiter zog den Großteil der ›Aufmerksamkeit‹ auf sich. Akira konnte ihn aufschreien hören – vor Schmerz und Frustration.

Akiras Pflicht war es, das Tor zu sichern. Wenn er den Demonstranten gegenüber Rücksicht zeigte, würde es ihm als Schwäche ausgelegt werden. Doch ein erneuter Blick auf die kämpfenden und wogenden Massen unter ihm ließ ihn in seiner Entscheidung schwanken.

Ninjo und *giri*.

Der *Tai-i* zögerte einen Augenblick, dann sprang er von dem Panzer und drängte sich durch seine Leute nach vorne.

»Genug!«, brüllte er. Dann erinnerte er sich, dass er ja auch einen Funktranceiver besaß. »Aufhören! Niemand greift diese Leute mehr an!«, befahl er nachdrücklich über die Kompaniefrequenz, als er die gepanzerten Soldaten beiseite schob. Er riss einen der VSDKler an der Schulter nach hinten, als dieser weiter auf den am Boden liegenden Bauarbeiter einschlagen wollte.

»Genug! *Wakarimasu-ka*?«

»*Hai, wakarimas*«, bestätigte der Soldat und ließ seinen Schlagstock sinken. Die Demonstranten in der Nähe waren von der plötzlichen Wendung der Ereignisse so überrascht, dass sie ebenfalls aufhörten.

Akira schob das Helmvisier nach oben und reichte dem am Boden Liegenden seine Hand. Er zog ihn auf die Beine und ihre Blicke trafen sich. Der *Tai-i* erkannte Misstrauen und aufkeimende Hoffnung in den Augen des Bauarbeiters. Aber was noch wichtiger war: Er erkannte sich selbst.

Der Infanteriekommandeur trat einen Schritt zurück und signalisierte mit einer Hand, dass die Soldaten einen Korridor zum Tor öffnen sollten.

Akira Watanabe hatte eine Pflicht zu erfüllen. Doch vor seiner Pflicht als Soldat der VSDK stand seine Pflicht als Bürger des Draconis-Kombinats. Dieselbe Pflicht, der die Menschen vor ihm folgten. Nicht sie waren es, die sich falsch verhielten – er war es.

23. Kapitel

»Seit den ersten Berichten über die Manöver an der Grenze zur Terranischen Hegemonie ist die Stimmung hier auf Luthien immer unruhiger geworden. Heute Morgen jedoch nahm das Ausmaß des Unwillens der Bürger eine neue Dimension an, als Männer, Frauen und Kinder gemeinsam auf die Straßen gingen, um gegen den Kurs der Regierung zu protestieren. Die Aufstände niederzuschlagen dauerte in einigen Städten dazu noch unverhältnismäßig lange.«

— *Actual Hour*, Luthien News Corporation,
Luthien, Draconis-Kombinat, 26. November 2604

Palast des Drachen, New Samarkand
Militärdistrikt Galedon, Draconis-Kombinat

4. Dezember 2604

Elaine Kurita war jetzt vierunddreißig Jahre alt. Trotzdem war ihr schön geschnittenes Gesicht kaum mit Falten überzogen. Um die Augenwinkel spielten kleine Lachfältchen, die sich in letzter Zeit merklich geglättet hatten. Traditionsgemäß hätte sie die schwarzen, seidigen Haare zu einem Knoten hochstecken müssen. Heute verzichtete sie bewusst darauf und ließ sie offen über die Schultern fließen. Der enge Kimono verhinderte große Schritte, doch Elaine hätte auch keine gemacht, wenn Raum dazu gewesen wäre. Obwohl sie Holzsandalen trug, gab es kein Geräusch, als sie über den glatt polierten Fußboden schwebte. Elaine glitt dahin, einem Geist gleich. Sie wusste nicht, dass dieser Vergleich nicht näher an der Wahrheit sein konnte, ahnte es aber instinktiv.

Elaine war nicht das jüngste der Kurita-Geschwister – Raymond war zwei Jahre nach ihr geboren. Sie war allerdings die jüngere der beiden Schwestern und als solche fiel ihr die Rolle der Wahrerin der Hausehre zu. Von Kindesbeinen an war sie von Privatlehrern unterrichtet worden, die sie auf ihre spätere Rolle vorbereiten sollten. Sie hatte das Dictum Honorium auswendig gelernt und die Geschichte der Kuritas studiert – bis hin zu Takeo Kurita, einem japanischem Admiral im Zweiten terranischen Weltkrieg.

Doch seit Leonard den Thron des Koordinators erklommen hatte, war es immer schwerer geworden, die Ehre des Hauses zu wahren. In den vergangenen Jahren hatte sie ihren Bruder immer wieder beschworen, seine Entscheidungen zu überdenken. Als er sich auf Terra so unflätig benahm, hatte er völlig sein Gesicht verloren, und mit ihm das gesamte Haus. Heute, so schwor sich Elaine, würde sie sich nicht so einfach von ihrem Bruder abwimmeln lassen.

Als sich Elaine den *shojis* von Leonards Gemächern näherte, wurde sie plötzlich des rhythmischen Stöhnens gewahr, durch die Papierwände kaum gedämpft. Es waren zwei Stimmen: eine männliche und eine weibliche. Elaine fühlte, wie ihre Wangen heiß wurden. Für einen Augenblick zögerte sie. Dann hob sie entschieden ihre Stimme.

»Lord Kurita!« Elaine wagte es nicht, die Papiertür zur Seite zu schieben.

Keine erkennbare Reaktion.

»Ich muss mit Euch sprechen, *tono.*« Diesmal gab es eine Reaktion: Das Gestöhne steigerte sich und endete nach kurzer Zeit in einem erkennbaren Grunzen der männlichen Stimme.

»Es ist wichtig.« Elaine ließ sich nicht beirren. Dieses Mal nicht. Hinter den *shojis* raschelte es. Eine Minute später wurde die Papiertür zur Seite geschoben und Leonard Kurita stand plötzlich vor ihr.

»Was willst du?«, blaffte er, beide Hände damit beschäftigt, den Gürtel der Hose – seines einzigen Kleidungsstücks – zu schließen.

»Ich muss mit Euch reden.« Elaines fehlende Entschuldigung und ihr unnachgiebiger Blick verdeutlichten ihre Absicht und ließen keinen Widerspruch zu. Hinter dem verärgerten Koordinator konnte sie aus den Augenwinkeln ein zerwühltes Bett erkennen, auf dem die nackte, regungslose Gestalt einer Frau lag.

»Ich höre.« Leonard strich sich die schweißnassen, schwarzen Haare über den hageren Schädel nach hinten.

»Nicht hier. Folgt mir in den Tempel.« Erneute duldete Elaines Stimme keinen Widerspruch. Ohne auf eine Antwort zu warten, drehte sie sich um und schritt würdevoll von dannen. Leonard fluchte und suchte einen Augenblick nach seinen Stiefeln, bevor er ihr folgte.

Der Palast des Drachen besaß einen eigenen, dem Buddha geweihten Tempel. Obwohl eher klein, war die Inneneinrichtung ein Wahrzeichen draconischer Handwerks- und Holzschnittkunst. Ein dankbarer Patron hatte ihn damals Warren Kurita zum Geschenk gemacht. Der Tempel selbst war nicht mehr als ein offener Raum, an dessen Ende eine wertvolle Buddha-Schnitzerei aus terranischem Elfenbein in Lebensgröße thronte. In die Wände, in dekadenlanger Handarbeit gefertigt, war die Geschichte Haus Kuritas eingeschnitzt. Ein geschickt in Szene gesetzter Polymerüberzug veränderte subtil die Farben der Schnitzereien in dem Teakholz der Wand, sodass sie abhängig von dem Lichteinfall wie mit Gold überzogen wirkten. Allein die Buddha-Statue war unbezahlbar.

Seit mehr als zweieinhalb Jahrhunderten stand der Tempel nun auf einem Ehrenplatz in dem sorgfältig gepflegten Garten des Palastes und wurde von zwei eigens dafür angestellten Dienern gepflegt und vor den Unbilden der Witterung beschützt. Die Mitglieder der Kurita-Familie kamen hierher zum Beten oder zur Meditation. Kein Laut störte hier die heilige Ruhe, und jeder dämpfte automatisch seine Stimme, wenn er es überhaupt wagte, hier laut zu sprechen.

Elaine hatte hier den Entschluss gefasst, Leonards Wahnsinn endlich zu beenden. Die zwei Meditationsstäbchen links und rechts neben Buddha brannten auch noch, als der Koordinator endlich am Tempel eintraf.

»Wage es ja nicht, diesen Platz mit Stiefeln zu betreten«, stoppte ihn Elaine noch vor dem Eingang. Sie selbst hatte ihre Holzsandalen abgelegt. Leonard hielt inne und musterte seine Schwester aus kalten, nachtschwarzen Augen. Provozierend langsam setzte er erst einen Fuß in den Tempel, dann den anderen.

»Wage es nicht, mir Befehle zu erteilen«, knurrte er. »Ich bin der Drache.«

Elaine schwieg.

»Was gibt es denn jetzt so Dringendes? Ich hoffe für dich, dass es wirklich immens wichtig ist.«

»Du kannst so nicht weitermachen«, stellte Elaine rundheraus fest. Sie verzichtete auf Floskeln und das traditionelle Konversationsvorspiel. Nachdem ihr Bruder den Tempel entweiht hatte, verdiente er auch nicht mehr das letzte Quäntchen Respekt, das sie ihm früher gezwungenermaßen gezollt hatte.

»Dein Verhalten in der Ratskammer auf Terra«, fuhr sie fort, »hat Schande über dich und unsere Familie gebracht.«

»Es ist Camerons Schuld! Er hat mich provoziert«, entgegnete Leonard.

»Das ist Unsinn«, wischte Elaine seine Erklärung beiseite. »Ian und Nicholas Cameron hatten sehr viel Geduld mit dir, ganz besonders Nicholas. Wenn Ian heute noch leben würde, wärest du nicht hier auf New Samarkand.«

»Lügen!«, schrie Leonard. »Alles Lügen! Die Camerons haben seit jeher versucht, das Kombinat zu schwächen! Sie wollen uns vernichten!« So plötzlich wie sein Wutausbruch gekommen war, verging er auch wieder.

»Alles was ich tue«, fügte er in normalem Ton hinzu, »tue ich für das draconische Volk. Das musst selbst du erkennen, Schwester.«

Ein Lächeln breitete sich auf Leonards eingefallenem Gesicht aus, als er Elaine ermutigend zunickte. Der Wahrerin der Hausehre lief ein Schauer den Rücken herunter, als sie sich so direkt mit Leonards Wahnsinn konfrontiert sah. Sie verzichtete auf eine Antwort und trat stattdessen zu den Wandfresken, um ihre schlanken Finger über die kostbaren Schnitzereien gleiten zu lassen.

»Was siehst du hier an der Wand?«, wollte sie von ihrem Bruder wissen. »Und hier? Und hier?« Sie drehte sich um und deutete auf die anderen Wände. Leonard machte einen Schritt in die Mitte des Raumes und blickte sich um.

»Ich sehe Größe«, erklärte er dann. »Ich sehe, wie Haus Kurita aus einfachen Anfängen zu dem noblen und mächtigsten Herrscher der Menschheit wurde. Ich sehe Stärke und eisernen Willen.«

Elaine ließ die Worte ihres Bruders im Tempel verhallen, bevor sie sprach.

»Dort, wo du eine vollständige Geschichte siehst, steht in Wirklichkeit nur ein Prolog. Das, was du als Ende siehst, ist nur der Anfang der Wirklichkeit. Diese Fresken«, sie breitete ihre Arme aus, »erzählen nur die Einleitung zu einer Geschichte, die ein blutiges und unehrenhaftes Ende nehmen wird.«

»Was willst du mir damit sagen?« Leonards Stimme sank zu einem Grollen hinab.

»Ist das so schwer zu verstehen? Du führst das Kombinat in sein Verderben. Du besitzt keine Ehre.«

»Wie kannst du es wagen ...!« Erzürnt packte Leonard seine Schwester an den Schultern. »Ich bin es nicht, der wie ein feiger Hund die Zukunft schwarz malt und sich dann ängstlich davor verkriechen will!«

Elaine schlug ihm die Arme weg. Zum ersten Mal war sie wirklich angeekelt von ihm.

»Ich führe unsere tapferen Samurai in einen glorreichen und ehrenhaften Krieg. Die Schlachtfelder werden widerhallen von den Todesschreien unsere Feinde und den panischen Rufen ihrer noch lebenden Kameraden!« Leonards Augen funkelten. »Welt um Welt wird vor uns fallen. In einem überraschenden Handstreich werde ich die Hegemonie erobern und die ganze Cameron-Bagage ihrer rechtmäßigen Strafe zuführen.« In einer Imitation von Elaines Bewegung breitete auch er seine Arme aus, um den ganzen Tempel mit einzubeziehen.

»Du magst Recht haben, dass dies nur eine Vorgeschichte ist. Ich werde für die richtige einen weiteren Tempel errichten lassen. Er soll zehnmal größer sein und wird von den Taten Haus Kuritas berichten, wie es erst den Teufel Cameron vernichtet und dann die gesamte Innere Sphäre unter dem Banner des Drachen vereinigt hat!«

Es war zu spät. Elaine konnte nichts mehr tun. Hätte sie früher kompromissloser mit ihrem Bruder gesprochen, vielleicht hätte es etwas geändert.

Elaine musste erkennen, dass sie versagt hatte. Sie hatte versagt, als es darum ging, Leonard in seine Schranken zu verweisen. Ihre Lehrmeister hatten ihr Möglichstes getan, um sie auf solche Situationen vorzubereiten, aber sie hatte nicht den Mut und die Weisheit gehabt, dem Wahnsinn ihres Bruders Einhalt zu gebieten, als das noch möglich war. Leonard brachte Schande über sich und Haus Kurita – aber Elaine hatte ebenfalls ihr Gesicht verloren, als sie in dem Augenblick, in dem sie etwas hätte ändern können, geschwiegen hatte.

Traurig schlug sie die Augen nieder. Bis zu diesem Moment hatte sie ihre Pflicht versäumt, geblendet durch den falschen Glauben an Leonards Weisheit und durch die Unfähigkeit, über ihren eigenen Schatten zu springen. Jetzt blieb Elaine nur noch übrig, endlich ihre Versäumnisse nachzuholen und ihr Herz zu verschließen.

»Warum so traurig, Schwester?«, meinte Leonard jovial. »In nur ein paar Jahren wird das Draconis-Kombinat, gestählt durch große Kriege, aus der Asche der Inneren Sphäre wieder auferstehen, mit mir und dir an seiner Spitze. Unsere ehrlosen Feinde werden mich auf Knien um Gnade anflehen, bevor ich ihre Köpfe abschlagen und vor dem Palast auf Lanzen aufspießen lasse. Wir stehen am Anfang eines goldenen Zeitalters, Elaine!«

Die Angesprochene hob den Blick und musterte ihn. In ihren Augen lag Niedergeschlagenheit und Mitleid.

»Du nennst deine Feinde ehrlos, aber selbst hast du dafür gesorgt, dass Haus Kurita keine Ehre mehr besitzt. Du redest von glorreichen Kriegen und blutigen Schlachten, die aber nicht auf Terra, sondern hier vor unserer Haustür geführt werden. Du sehnst die Zeit herbei, in der das Kombinat wie ein Phönix aufersteht, aber übersiehst, dass selbst der Phönix vorher stirbt.« Das Lächeln wich aus Leonards Gesicht, und die Muskeln an seinen Schläfen traten hervor, als er mit den Zähnen knirschte. »Du benutzt deine Position dazu, deine Gelüste zu befriedigen und deine eigenen Wünsche und Bedürfnisse zu erfüllen. Du stellst dich über das draconische Volk – nicht als weiser Anführer und ehrenhafter Samurai, sondern als egoistischer, ehrloser Tyrann, der in seiner eigenen, verdrehten Realität lebt.« Leonard bebte, während sich seine Wut mit jedem Wort vervierfachte.

»Du bist wahnsinnig.«

»NEIN!«, brüllte der hagere Mann und schlug mit der geballten rechten Hand zu. Elaine zuckte zusammen, als Leonards Faust wenige Zentimeter neben ihrem Kopf die wertvollen Holzschnitzereien zerstörte. Splitter flogen durch ihr Gesichtsfeld, dann wurde es still.

Elaine drehte leicht den Kopf, um die zerstörten Fresken in Augenschein zu nehmen. Leonards Faust steckte immer noch bis zum Handgelenk im Holz, sein ganzer Körper bebte.

»Schau, Leonard«, meinte sie traurig und mit einer Stimme, als ob sie mit einem kleinen Kind sprechen würde. »Jetzt hast du den Drachen kaputt gemacht.«

Ohne ihren Bruder noch einmal anzusehen, verließ sie den Tempel. Allein gelassen, zog Leonard seinen Arm aus der Wand, das Handgelenk eisern mit der anderen Hand umklammert. Blut troff von seinen Fingern und den Knöcheln, wo sich Holzsplitter in seine Hand gebohrt oder sie schlichtweg aufgerissen hatten. Der Kurita-Drache, der sich an der Wand des Tempels entlangschlängelte, endete hier. Dort, wo früher einmal sein Kopf mit dem aufgerissenen, seinen Feinden Furcht einflößenden Maul gewesen war, klaffte jetzt ein Loch im Teakholz. An den spitzen und scharfen Kanten fing das Blut bereits an zu trocknen.

Leonard massierte seine Knöchel und starrte wütend auf die Wand.

* * *

Sanethia Kurita empfing ihren Bruder Raymond auf dem palasteigenen VIP-Raumhafen. Als Elaine alle noch lebende Mitglieder des Hauses nach New Samarkand bestellt hatte, war er auf Thimphu bei einem Empfang des Hochadels gewesen. Eine Stafette aus Sprungschiffen, die eigentlich für Raymonds Weiterreise bereitgestanden hatte, hatte Elaines Nachricht schneller als sonst befördert, und so waren noch nicht einmal zwei Wochen vergangen, bevor er eintraf. Siriwan McAllister-Kurita dagegen befand sich derzeit noch auf Luthien und würde nicht rechtzeitig ankommen können.

»Schön, dich wiederzusehen, Brüderchen«, begrüßte ihn Sanethia. »Auch, wenn ich wünschte, die Umstände wären fröhlicher.«

Raymond teilte sich die hageren Gesichtszüge mit seinem Bruder Leonard, war aber nicht so groß wie er. Dafür glomm in seinen opalschwarzen Augen immer ein Funken Neugier und Unternehmungslust. Im Gegensatz zu Leonards waren seine lebendig und – zumindest für einen Kurita – warm.

»Dich auch, Schwesterherz.« Raymond erwiderte die Umarmung und schlüpfte dann in die Limousine, die ihn und seine Schwester zum Palast bringen würde.

»Ich höre, die Leute demonstrieren mittlerweile sogar schon öffentlich gegen den Koordinator«, begann Sanethia. »Hast du etwas davon mitbekommen?«

»Nicht während ich noch auf Thimphu war, nein.« Raymond schüttelte den Kopf. »Die Präsenz eines Kurita reicht immer noch aus, um Illoyalitäten jeglicher Art zu unterdrücken.«

»Es gibt allerdings ernst zu nehmende Berichte von Cylene, Markab, Alshain, An Ting und sogar Kagoshima – um nur einige zu nennen. Die ISA hat wohl bereits Leute vor Ort – aber die Protestaktionen finden glühende Anhänger und Nachahmer im gesamten Kombinat.«

Raymond presste die Lippen aufeinander und schwieg.

»Du unterstützt das auch noch?« Sanethia hatte schon immer in ihrem Bruder lesen können wie in einem offenen Buch. Ihre Entrüstung hielt sich allerdings in Grenzen.

»Weißt du, San«, meinte Raymond, als er seinen Blick abwandte und durch die einseitig verspiegelten Scheiben nach draußen blickte, »Leonard hat sich nicht gerade mit Ruhm bekleckert. Zu glauben, das Volk wäre nicht loyal, ist ein Fehler. Leonard ist es nicht mehr.« Raymond wandte sich wieder seiner Schwester zu. Sanethia nickte langsam.

Mehr Zeit für einen Meinungsaustausch blieb ihnen auch nicht, denn die Limousine war bereits bei der Pagode angekommen.

* * *

Als Raymond Kurita eine Stunde später den verschneiten Garten betrat, trug er die Ausgehuniform eines *Sho-sa* des 5. Schwerts des Lichts-Regiments. Die Bügelfalten der Reiterhose waren so scharf, sie hätten die wenigen noch vom

Himmel fallenden Schneeflocken ohne Mühe zerteilen können. Das Weiß seiner Uniformjacke war so rein, dass der Schnee dagegen schmutzig wirkte. Etwas anderes kam aber auch nicht in Frage – diese Zeremonie war von größter Wichtigkeit und Bedeutung. In der einen Hand ein *Katana* in der schwarz lackierten Scheide, schritt Raymond den frei gefegten Weg aus Stützsteinen entlang und hielt direkt auf das niedrige Podest aus Teakholz zu, das aus dem Schnee herausragte wie eine Insel in einem sturmumtosten Meer. Zu seiner Rechten saßen bereits Sanethia zusammen mit dem 15 Jahre alten Blaine Kurita und seinem fünf Jahre jüngerem Bruder Urizen. Alle drei trugen ihre formalen Kimonos und knieten dem Podest zugewandt. Als Raymond das Ende des Weges erreichte, machte er einen ausladenden Schritt und trat auf die niedrige Bühne. Mit einem weiteren Schritt stellte er sich schräg rechts hinter das blütenweiße Seidenkissen, das neben einem kleinen Holzeimer Wasser mit einem Schöpflöffel und getrockneter Tinte lag. Auf der anderen Seite harrten ein Blatt Reispapier, ein Federkiel und ein lackierter Schwertständer der Dinge, die da kommen mochten. Aber dort, wo zwei Schwerter hätten hängen sollen, fehlte das *Katana* ganz und von dem *Wakizashi* war nur die hölzerne Scheide übrig.

Raymond blickte zu seiner Schwester und sah die Trauer in ihren Augen. Er spürte einen Stich in der Brustgegend und konzentrierte sich auf die vor ihm liegende Aufgabe.

Es dauerte nicht lange, bis Elaine Kurita von der Veranda der Pagode auf den Weg trat und gemessen auf die Versammlung zuschritt. Ihre langen Haare waren heute zu einem strengen Knoten auf den Kopf gebunden, keine Strähne berührte ihre Schultern. Mit einem gefassten Ausdruck auf den fein geschnittenen Gesichtszügen betrat sie das Teakholzpodest und verneigte sich vor Raymond. Raymond verneigte sich ebenfalls und hielt die Verbeugung länger als seine Schwester. Dann kniete sich Elaine auf das

Seidenkissen und verneigte sich vor Sanethia und den Kindern so tief, dass ihre Stirn fast das Holz berührte.

Als sie sich wieder aufrichtete, stand Blaine Kurita auf und brachte ihr ein goldenes Tablett, auf dem eine Schale mit Reiswein stand. Der Junge stellte es vor ihr auf die Holzbohlen und ging mit einer tiefen Verbeugung wieder zurück an seinen Platz. Elaine erwiderte die Ehrenbezeugung, nahm die Schale und leerte sie in zwei und zwei Zügen. Dann stellte sie das Tablett zur Seite.

Ohne ihre kniende Position zu verändern, griff sie nach dem Federkiel und Reispapier und rührte die Tinte an. Laut mitsprechend führte sie die Feder in sorgfältigen und präzisen *kanji* über das Papier.

Großer Drache schwach.
Gelber Vogel späht vom Dach.
Fünf Säulen stützen.

Das Haiku schwebte noch einige Herzschläge über der Versammlung, bevor Elaine das Papier und die Feder wieder zur Seite legte. Sie sammelte sich einen Augenblick lang und sagte: »Ich bin Elaine Kurita, Schwester von Leonard Kurita, Tochter von Hehiro Kurita und Wahrerin der Hausehre. Mit seinen Taten hat Leonard Schande über das Haus gebracht und es entehrt. Ich selbst hatte nicht den Mut und die Stärke, das zu verhindern. Ich schäme mich, dass ich meinen Pflichten nicht nachgekommen bin und das Kombinat so tief enttäuscht habe. Ich bin deshalb verantwortlich für Leonards Taten und die daraus resultierenden Konsequenzen. Ich bin heute hier, um meine und die Ehre Haus Kuritas wieder herzustellen.«

Elaine verbeugte sich tief vor der Versammlung. Diesmal berührte ihre Stirn tatsächlich das Holz. Als sie sich wieder aufrichtete, öffnete sie den Obi ihres Kimonos, und das Kleidungsstück aus Seide glitt lautlos von ihren Schultern herab.

Elaine faltete die Ärmel unter ihren Knien und wartete mit ausdruckslosem Gesicht und nacktem Oberkörper auf ihren Neffen, der ihr erneut ein Tablett brachte. Dieses Mal befand sich darauf das fehlende *Wakizashi*, dessen Schneide mit Reispapier umwickelt und an drei Stellen mit roter Kordel festgebunden war. Nur ein paar Zentimeter des blanken Stahls waren sichtbar, sowie das Heft, auf dem das Mon Haus Kuritas prangte.

Elaine nahm das *Wakizashi* entgegen und verbeugte sich ein letztes Mal. Der Junge erwiderte die Verbeugung ohne eine Gefühlsregung zu zeigen – ein Beweis, dass er mit seiner Ausbildung schon weit genug war, um seiner Tante keine Schande durch öffentliche Zurschaustellung von Trauer zu bereiten. Als Blaine wieder an seinen Platz zurückgekehrt war, nahm Elaine das Schwert und sammelte sich.

Normalerweise war es einer Frau nicht erlaubt, *seppuku* zu begehen. In der Geschichte des Kombinats gab es jedoch immer wieder einmal Ausnahmen. Für die Wahrerin der Hausehre musste jedoch keine Ausnahme gemacht werden – das Dictum Honorium erlaubte ihr explizit diese Art der Sühne.

Elaine stach das *Wakizashi* links unterhalb des Bauchnabels in ihren Körper. Von dort aus führte sie einen waagerechten Schritt zur anderen Seite. Elaine spürte keinen Schmerz, als sie das *Wakizashi* in der Wunde dreht und einen zweiten, diagonalen Schnitt aufwärts und nach links machte. Dann hörte sie hinter sich das unverwechselbare Geräusch von tausendfach gefaltetem Stahl, der aus seiner Holzumarmung befreit wurde.

Dunkelheit.

* * *

Mit einer fließenden Bewegung ließ Raymond das *Katana* wieder in die Scheide zurückgleiten. Die Klinge war nur für den Bruchteil einer Sekunde im Freien gewesen.

Nachdem er sich vor dem Leichnam seiner Schwester verbeugt hatte, fiel sein Blick zufällig auf ein Fenster im ersten Stock der Pagode. Dort verschwand das steinerne Gesicht Leonard Kuritas in dem Augenblick, als sich ihre Blicke trafen.

24. Kapitel

»Guten Abend, hier ist CNN – ich bin Sharon Clarke. Jüngsten Berichten zufolge stößt Leonard Kuritas äußerst fragwürdige Außenpolitik auf enorme Kritik in den eigenen Reihen. Nach dem Verlust zweier hochrangiger Militärs, die bei einem Autounfall ums Leben kamen, mehrt sich nun der Widerstand in der Bevölkerung. Zum ersten Mal in der Geschichte des Kombinats organisieren draconische Bürger einen gemeinsamen Widerstand gegen die Regierung und protestieren öffentlich gegen ihren Koordinator. Die örtlichen Sicherheits- und Militärkräfte treten diesen Unwilligkeitsbekundungen mit aller Härte entgegen. Inoffizielle Quellen sprechen bereits über Tausenden von Toten.«

— *Headlines with Sharon Clarke*, Crucis News Network, New Avalon, Vereinigte Sonnen, 28. November 2604

Richmond, Nordamerika
Terra, Terranische Hegemonie

4. Dezember 2604

Der Abend des 4. Dezembers war für viele Menschen nichts Besonderes. Man erholte sich vom Tagewerk und machte die ersten Geschenklisten für Weihnachten oder ähnliche religiöse Feste. Wer jetzt noch nicht wusste, wo er Silvester verbringen würde, versuchte noch verschiedene Last-Minute-Angebote zu ergattern und die wachsende Panik zu ignorieren.

Für einen Mann jedoch hielt dieser Abend des 4. Dezember eine sehr unschöne Überraschung bereit. Laut Akte hieß er Jerry Edwards, war unverheiratet und wohnte in einem mittlerweile abbezahltem Haus in der Nähe von Downtown Richmond. Die Nachbarschaft hier war Mittelklasse – insbesondere würde aber auch niemand zu sehr nachfragen, wenn Mister Edwards nachts mit ein paar Leuten das Haus verließ und vorerst nicht mehr wiederkam.

David Gibbs tippte auf den Datenblock und löschte die Anzeige mit Edwards Bild. Vier Jahre Recherche, Überwachung und Puzzleteile-Zusammenfügen würden sich heute Nacht endlich auszahlen. Es hatte gedauert, aber schließlich konnte er Edwards lückenlos nachweisen, dass er der Maulwurf gewesen war. Ohne die Hinweise in der Nachlassenschaft von Jin Zhang wäre das unmöglich gewesen.

»In Ordnung, Leute«, wandte er sich an sein Team. »Edwards' Gefahrenstufe ist niedrig – er ist ein Schreibtischschubser von Division XII. Seid trotzdem vorsichtig. Er hat dieselbe Grundausbildung bekommen wie ihr und weiß, wie man mit einer Waffe umgeht. Die Chancen stehen nicht schlecht, dass er bewaffnet ist.«

Die übrigen fünf Personen, mit denen David den Laderaum des Umzuglasters teilte, nickten. Genauso wie er zogen sie sich ihre Masken über und überprüften ein letztes Mal die Magazine ihrer Waffen. Dann waren sie bereit.

»Los, los, los!«

Der der Tür am nächsten sitzenden Agent stieß sie auf und sprang von der Ladefläche ins Freie. Durch die grün glühenden Nachtsichtgeräte über den Augen konnten die SBGKler trotz der nächtlichen Finsternis ausgezeichnet sehen.

Der Laster parkte in einer unbeleuchteten Seitengasse hinter Edwards' Haus, sodass sie niemand sehen konnte, als die sechs Gestalten wie Schatten über die Mauer kletterten und sich lautlos in den Garten dahinter fallen ließen.

David führte sein Team an. Er schlich an der Gartenabzäunung entlang, immer darauf bedacht, mit dem Dunkel der Nacht zu verschmelzen.

Sein Versagen über Alpheratz hatte lange an ihm genagt. Buchholz erklärte den Auftrag zwar nicht zu einem Fehlschlag, aber der SBGK-Agent wusste es besser. David war es gewohnt, jeden Einsatz erfolgreich zu Ende zu bringen. Daher hatte ihn der Fall um den Assistenten des Generalbundesanwalts so sehr aus der Bahn geworfen, dass er während der allgemeinen Wiederholungsqualifikationen vor drei Jahren nur einen Platz im guten Mittelfeld erreichte. Das alles war aber nur ein Rückschlag. Das wirklich nagende Gefühl war jedoch das Wissen, dass Joshua Turner nie getötet worden war – und dass die SBGK-Führung es wusste, allen voran natürlich der General SBGK selbst. Warum teilte man ihm nicht alle Fakten mit? Warum verschwieg man David, weshalb er tatsächlich diese Männer und die Frau gejagt hatte? Was war von so großer Bedeutung, dass man riskierte, den auf den Fall angesetzten Agenten einen Fehler machen zu lassen, weil dieser nicht den Gesamtzusammenhang kannte? Was war das große Geheimnis? Irgendetwas stank gewaltig.

David hatte eine Menge Zeit mit Katya Day verbracht – mehr, als einem der beiden eigentlich lieb war – um auch den letzten Hinweisen nachzugehen. Katya war widerstrebend zu seiner Mitverschwörerin geworden und hatte alle ihre Quellen bemüht und alle Tricks ihres reichhaltigen Arsenals angewandt, um Licht in die Dunkelheit zu bringen. Doch jedes Mal, wenn sie kurz vor der Antwort standen, gab es entweder eine Datei, die der höchsten Sicherheitsstufe unterlag, oder gingen ihnen die Zeugen aus. Sechs Monate lang hatte sich David in dieses unlösbare Mysterium festgebissen, bis er dann am Ende frustriert aufgegeben hatte. Über die Zeit war die Angelegenheit dann im Nebel des Vergessens verschwunden.

Vor drei Wochen jedoch hatte Jerry Edwards einen fatalen Fehler begangen, als er unvorsichtig wurde. Alles deutete erneut auf einen Maulwurf hin, und David hatte sich auf seine Fährte geheftet. Plötzlich gab es eine neue Spur und die Chance, in den eigentlich abgeschlossenen Ermittelungen doch noch weiterzukommen. Alles kam wieder hoch und entfachte neuen Eifer in David, der sich der Lösung nun so nah sah wie schon lange nicht mehr. Sein Herz pochte laut – nichts durfte heute schief gehen!

In der Nähe der Rückseite des Hauses ging er in die Hocke und deutete mit zwei Fingern aus dem Handgelenk nach rechts. Die Gyrosensoren in Handschuh und Armen registrierten die Bewegung, digitalisierten und interpretierten sie. Auf den HUDs der restlichen Mitglieder des Einsatzteams leuchtete ein cyanfarbener Pfeil mit einer kleinen Zwei an der Seite auf, der in die angegebene Richtung wies. Die beiden Agenten auf der rechten Seite bestätigten lautlos und schlichen an der Hausecke vorbei, um das Grundstück von vorne anzugehen.

David betrat die Veranda und bewegte sich vorsichtig zur Glastür, die in den dahinter liegenden Wohnraum führte. Abgeschlossen. Er formte einen Kreis mit Daumen und kleinem Finger der linken Hand und knickte die Hand dann ab, sodass sie auf den Boden zeigte. Die Sensoren des Schleichanzuges registrierten das Signal erneut und sendeten eine ›Schloss hier‹-Information gefolgt von einem ›Hierher kommen‹-Befehl an die restlichen Teammitgliedern. Im Nu war Quentin Aldridge – ein Lieutenant, mit dem er in den letzten Jahren einige Male zusammengearbeitete hatte – bei ihm und setzte ein kleines, zigarettenschachtelgroßes Gerät auf das Schloss der Tür. Wären er und David Darsteller in einem Agentenvid, würden die Zuschauer jetzt erwarten, dass eine Reihe grüner LCDs schnell hochzählte, um bei dem richtigen Türcode dann zu stoppen. Das sah vielleicht im Film besser aus, würde aber in der Realität die Einsatzkräfte in Gefahr bringen – warum sollten sie auch erst den ganzen Quatsch wie im-Schatten-halten oder Schleichanzüge-tragen machen, um sich dann fröhlich neben einer verdächtige Lichtquelle aufzustellen, die förmlich nach mehr Aufmerksamkeit schrie?

Nein, die Realität sah vollkommen anders aus und unterschied sich von den Hirngespinsten crucischer Regisseure wie Tag von Nacht.

David beobachtete, wie auf seinem HUD eine Reihe grüner, virtueller LCDs hochzählten, um dann schließlich anzuhalten, sobald sie den richtigen Zugangscode gefunden hatten. Codebrecher wie dieser waren im Grunde nicht besonders kompliziert. Jeder, der ein wenig Ahnung von Technik hatte, konnte sich ein solches Gerät bauen, das mit einem Brute-Force-Ansatz die Kombinationen durchprobierte. Das Problem bei solchen Eigenbauten (und übrigens auch bei einem Großteil der kommerziellen Produkte) bestand darin, dass mit zunehmender Länge des Codeworts die Zeit zum Knacken exponentiell zunahm. Das war mit ein Grund, warum das SBGK solche Ausrüstungsgegenstände nicht auf dem freien Markt kaufte, sondern lieber selbst entwickelte.

Die Tür entriegelte sich mit einem leisen Klicken, und Aldridge griff nach dem Codebrecher, um ihn wieder einzustecken. Im gleichen Augenblick öffneten sich auf Davids HUD zeitlich versetzt zwei kleine Kästchen, in denen die Blickfelder der beiden Agenten auf der Vorderseite zu sehen waren – sie befanden sich in Position. Auf dem linken LiveFeed konnte er beobachten, wie der Agent gerade einen identischen Codebrecher von der Tür löste. David formte die linke Hand zur Faust und machte eine Bewegung, als würde er an der Hupe eines Trucks ziehen.

Los, los, los!

Der Kommandotrupp stürmte das dunkle Haus, zwei blieben draußen zur Rückendeckung und falls die Zielperson flüchten wollte. Eine leichte, von der Entfernung abhängige cyanfarbene Umrandung fasste alle Personen schemenhaft ein, die zu Davids Team gehörten. Das war ein nützliches Gimmick, wenn man Wert darauf legte, nicht im Eifer des Gefechts seinen eigenen Leuten versehentlich einen tödlichen Schuss zu versetzen.

Der Wohnraum war verlassen, die nebenan liegende Küche ebenfalls. Während einer seiner Leute das Erdgeschoss sicherte, drang David mit dem Rest in den ersten Stock vor. Licht fiel dort aus einer halb geöffneten Tür, hinter der jemand rumorte.

Gerade als der SBGK-Agent seinen Fuß auf die letzte Treppenstufe setzte, kam Jerry Edwards schlaftrunken und nur in Shorts bekleidet aus dem Badezimmer. Seine Augen weiteten sich erschrocken, als er plötzlich der Eindringlinge gewahr wurde.

»Stehen bleiben!«

»Ach du Scheiße!« Edwards gab Fersengeld und stürmte den kurzen Flur zum Schlafzimmer hinab. David schwang sich akrobatisch über das Treppengeländer auf den Absatz, brachte die Waffe in Anschlag und feuerte. Die schallgedämpfte Pistole hustete zwei Löcher in das Holzfurnier der Wand und ließ Splitter fliegen.

Edwards erreichte die offen stehende Tür und schlug sie hinter sich zu. David brauchte nur eine Sekunde, um sie ebenfalls zu erreichen und kniete sich neben ihr hin.

»Kommen Sie mit erhobenen Händen raus, Edwards! Sie können nicht entkommen!«

»Nur über meine Leiche, ihr Arschlöcher!«, brüllte Edwards durch die Tür zurück. Dann zerrissen laute Schüsse die Nacht, als Holzsplitter aus der Tür flogen und kreisrunde Löcher hineingestanzt wurden. Einer der Agenten war nicht schnell genug in Deckung gegangen, wurde in der Brust erwischt und zu Boden geschleudert.

»Falsche Antwort«, kommentierte David. Er steckte die Waffe weg und hakte eine kleine Granate vom Gürtel. Dann zog er den Sicherungsstift heraus, zog die Tür einen Spalt auf und rollte sie in den Raum dahinter.

Als David Gibbs zum wiederholten Mal innerhalb weniger Tage seinen Fuß in den Eingangsbereich der Außenstelle des SBGK in Langley, Abteilung Sicherheitsverwahrung, setzte, fühlte er erneut die Frustration in sich hochkochen. Nachdem sein Team Jerry Edwards gefangen genommen hatte, war er hier inhaftiert worden. Als Sachbearbeiter des Falles war David auch zuerst zu ihm gelassen worden. Doch als er nach zwei Tagen immer noch nichts aus Edwards herausbekommen hatte, zog man ihn ab und setzte Spezialisten an seine Stelle.

David schritt durch die weite Eingangslobby des *George Bush Center for Intelligence* und bog dort zur Seite ab, wo zwei Glasschiebetüren unter anderem den Eingang zu den Gefängniszellen im Keller freigaben.

»Sir!«, rief der diensthabende Beamte hinter dem Empfangsschalter. »Sie dürfen dort nicht rein, Sir!«

David beachtete ihn nicht. Dieses Mal würde er sich nicht abwimmeln lassen. Jerry Edwards hatte Angst – mächtig Angst. Er musste offensichtlich um sein Leben fürchten, sollte er etwas sagen. Wer auch immer ihn so nachhaltig unter Druck gesetzt hatte, hatte gute Arbeit geleistet. Die Furcht vor einem grausamen, schmerzvollen Tod (oder Schlimmerem) konnte einem Mann ohne Probleme den Mund zuschweißen.

David warf einen kurzen Blick auf den Aufzug – er war in Benutzung. Also drängte er sich an ein paar wartenden Leuten vorbei zur Tür des angrenzenden Treppenhauses und machte sich an den Abstieg.

Mit normalen Verhörmethoden war bei Edwards nichts zu machen. Auch wenn es dabei darauf ankam, wie man ›normal‹ definierte. Selbstverständlich hatte David am zweiten Tag versucht, Penthothal einzusetzen. Der medizinische Befund wies allerdings eine hohe Konzentration eines Stoffes in Edwards Blutbahn auf, der auf das Wahrheitsserum eine heftige allergische Reaktion hervorrufen und zu seinem Tode führen würde. David kannte das

Zeug – er selbst hatte es oft genug bei der drohenden Gefahr eines Verhöres genommen.

Er stieß die Stahltür zum Zellentrakt auf und betrat den abgesicherten Vorraum.

»David Gibbs, SBGK«, identifizierte er sich gegenüber dem ihm unbekannten Offizier, der dort hinter Panzerglas in seiner Überwachungskabine saß.

»Ausweis?«

David reichte ihm seine ID. Als der Offizier sie überprüfte und ihm dann zurückreichte, meinte er: »Ich will zu Jerry Edwards, Zelle zwölf.«

Der Offizier blickte verwundert auf. »Edwards? Der hat's hinter sich.«

»Was?!« Mit einem Satz stürmte David an der Überwachungskabine vorbei, wich dem ersten der beiden patrouillierenden Soldaten aus und kam schlitternd vor der leeren Zelle Nummer zwölf zum Stehen. Ungläubig starrte er auf die leeren Wände und den sauber gewischten Boden.

»Treten Sie von der Zelle zurück und nehmen Sie die Hände über den Kopf!«, befahl der Wachsoldat, nachdem er jetzt das Sturmgewehr in Anschlag gebracht hatte.

»Ich bin vom SBGK, Sergeant«, stelle David immer noch irritiert klar. »Fragen Sie vorne nach.«

Das tat der Wachposten auch. Gerade als dieser die Waffe wieder runternahm, erinnerte sich David plötzlich an etwas. Mit einem kurz angebundenem »Guten Tag« sprintete er los und stürmte die Treppen hoch. Als er wieder im Erdgeschoss ankam, sah er gerade noch die beiden Rettungssanitäter, deren Rettungstransportwagen er vor dem Gebäude bemerkt hatte, mit ihrer Trage in die Hauptlobby einbiegen. Er rannte hinter ihnen her.

»Halt!«, riss er einen der beiden an der Schulter nach hinten. »Wohin wollen Sie damit?«

»Ins *Bethesda General*«, antwortete der Sanitäter leicht verärgert. Sein Kollege wartete darauf, dass er sich wieder in Bewegung setzte. David ließ ihn los und griff nach dem

Laken, das über dem Körper auf der Trage lag. Er schlug es zurück und blickte in das verzerrte Gesicht eines toten Jerry Edwards.

»Was soll das, Mister?«

Der SBGK-Agent beachtete den Protest des Sanitäters nicht und zog das Laken noch weiter herab. Auf Edwards' nacktem Oberkörper befanden sich zwei Brandwunden.

»Was ist mit ihm passiert?«, stellte er die beiden Männer zur Rede. Um sie herum blieben ein paar Besucher neugierig stehen.

»Herzversagen.«

»Und die Wunden?«

»Vom Defibrillator. Können wir jetzt weiter unsere Arbeit machen? Wer sind Sie überhaupt?!«

David starrte noch auf Edwards Leiche hinab, als er den Sanitätern mit einem unbestimmten Winken bedeutete weiterzumachen. Er sah eine der blank polierten Elektroden des Defibrillators noch aus der Umhängetasche eines der Männer hängen und fühlte, wie abermals alles, wofür er so hart gearbeitet hatte, zusammenbrach und die Wahrheit unwiederbringlich begrub.

* * *

Vier Tage später betrat David das Vorzimmer von General Buchholz, nachdem das Überwachungssystem eine positive Identifikation ausgespuckt hatte. Er und George Scott wechselten ein paar Sätze, bevor dieser ihn in das große und mondäne Büro des Generals ließ.

Während er noch salutierte, bedeutete ihm Buchholz, einen Augenblick zu warten. Der mittlerweile über 50 Jahre alte Terraner stand am Fenster, die eine Hand auf einem schlanken Ohrhörer mit dezentem Mikrofon, gerade einen Anruf beendend.

David warf einen kurzen Blick zu dem anderen Mann im Büro. Dieser saß bereits und hatte seine Finger um ein

Glas mit Bourbon gelegt, während er ihn aufmerksam musterte. Seine klaren blauen Augen funkelten unter der hohen Stirn und dem kahl rasierten Schädel. Ein sorgfältig getrimmter Vollbart verdeckte seinen kantigen Kiefer und ließ den Kopf ansatzlos in den wuchtigen Körper übergehen. Das dunkelgrüne Jackett spannte sich über dem Brustkasten, als er das Glas an die Lippen setzte und einen Schluck nahm.

»Schön, Sie wiederzusehen, Mister Gibbs«, begrüßte Buchholz David schließlich. Er deutete mit der offenen Hand auf den anderen Mann. »Dies ist Colonel Burton. Sie werden mit ihm zusammenarbeiten.«

Burton erhob sich und reichte David eine Pranke. Der schüttelte sie.

»Es ist mir eine Ehre, Sir.«

Burton war eine Legende unter den Feldagenten. Er hatte '79 eine taurische Festung auf New Vandenberg allein infiltriert, die Kommandeure ausgeschaltet und damit effektiv den Kampf um den gesamten Planeten beendet. Seitdem rangten sich alle möglichen Legenden um ihn: Er bekam nur die schwierigsten und riskantesten Aufträge und schaffte es trotzdem, immer wieder unverletzt und erfolgreich zurückzukehren – er war unverwundbar. Niemand wusste, wo er wohnte oder was er tat, wenn er nicht für das SBGK arbeitete. Burton war immer im Dienst und ständig auf ein nur ihm bekanntes Ziel konzentriert. Er erzielte jährlich Bestleistungen im Umgang mit allen Waffensystemen, konnte einen Mech besser steuern als ein Absolvent von Sanglamore und war ein Meister im unbewaffneten Nahkampf – er war das Beste, was der Sternenbund-Geheimdienst zu bieten hatte.

Es gab außerdem ein geflügeltes Wort beim SBGK: ›Wenn etwas für Gott zu schwierig ist, erledigt es Burton.‹

»Nehmen Sie Platz.«

»Danke, Sir«, löste sich David aus der Hab-Acht-Stellung und setzte sich in den einzigen freien Sessel neben Burton.

Vier Jahre zuvor hatte er genauso hier gesessen – und doch wusste er heute genauso wenig wie damals.

»Wie immer unterliegt alles, was hier besprochen wird, der absoluten Geheimhaltung«, begann Buchholz, als er um seinen Schreibtisch herumkam und den Holoprojektor warmlaufen ließ.

»Natürlich, Sir. Worum geht es?«

»Um diesen Mann.« Buchholz drückte auf einen nicht sichtbaren Knopf einer scheckkartengroßen, flachen Fernbedienung. David verschluckte sich und bekam einen heftigen Hustenanfall, als sich das Bild aufbaute.

»Leonard Kurita!«

»Ganz recht.« Buchholz und Burton wechselten einen kurzen Blick. Der Reaktion des Colonels entnahm David, dass dieser schon Bescheid wusste. Entweder das oder er war so verdammt cool, dass es hätte schneien müssen.

»Ihr Auftrag ist es, Leonard Kurita dezent und ohne viel Aufhebens nach Terra zu bringen. Er wird hier für seine Taten zur Rechenschaft gezogen werden – die Anklagen kennen Sie beide.«

David blinzelte ungläubig. Die Entführung eines Hauslords? Und dann noch Leonard Kurita? Das war unmöglich. Dann fiel ihm plötzlich etwas auf.

»Warum jetzt?«, wandte er sich an den General. »Warum lässt sich die Regierung erst drei Monate Zeit?«

»Die Formalitäten haben so lange gedauert«, erwiderte Buchholz und wollte weitermachen. Zu schnell für Davids Geschmack.

»Mit Verlaub, Sir, das nehme ich Ihnen nicht ab.«

Und dann, als ob er mit einem Schiff aus einem dichten Nebel segelte und endlich Festland sah, erkannte er mit einem Mal, was gespielt wurde.

Zum einen waren da die Attentäter, die offiziell schon tot gewesen waren – Nachforschungen hatten ergeben, dass es sich bei den anderen genauso verhielt wie bei Jin Zhang. Solche ›Untote‹ wurden von Geheimdiensten immer dann eingesetzt, wenn bei einem Fehlschlag der Nachweis einer Verbindung zu einer bestimmten Regierung zu gefährlich war.

Dann gab es Jerry Edwards, der zum Verräter wurde. Die Angst, die ihm im Nacken saß, konnte nur von wenigen Geheimdiensten erzeugt werden – und Edwards war zeitlebens nie in der Konföderation Capella gewesen. Dafür hatte er allerdings den gesamten Sommer '98 auf Dover verbracht – einem Planeten im Militärdistrikt Benjamin des Draconis-Kombinats.

Das alles waren nur Indizien – keine Beweise. Doch der General würde niemals einen solchen Einsatz genehmigen, wenn er nicht etwas Handfestes hätte. Etwas wie zum Beispiel eine Zeugenaussage ...

»Sie haben Edwards gefoltert«, stellte David fest. Er kannte Buchholz zu gut, um das kurze Aufflackern in seinen Augen übersehen zu können. »Und er hat Ihnen verraten, für wen er gearbeitet hat: die draconische Regierung und ihre ISA. Deshalb Leonard Kurita! Deshalb jetzt! Kamen die Befehle zum Mord '99 direkt von ihm?«

David hielt den älteren Mann mit steinharten Augen fixiert. Buchholz musterte ihn.

»Der Tod von Joshua Turner ist natürlich eine Tragödie ...«

»Oh, ja, mit Sicherheit«, entgegnete David zynisch. Er stand aus dem Sessel auf. Als er weiterredete, konnte er die Bitterkeit nicht völlig aus seiner Stimme verbannen.

»Ich bin bereit, mein Leben für den Sternenbund und das, was er darstellt, zu opfern, General. Aber wenn ich das tue, dann will ich die Wahrheit wissen. Ich bin ein Agent des Sternenbund-Geheimdienstkommandos und keine Puppe, die durch Ziehen an ihren Fäden nach Belieben zum Tanzen gebracht werden kann! Ich verdiene die Wahrheit, und ich will jetzt endlich wissen, was genau vor fünf Jahren geschehen ist.«

Buchholz hatte ihn ausreden lassen, ohne mit der Wimper zu zucken. Jetzt tippte er kurz auf die Fernbedienung und ließ Leonard Kurita verschwinden.

»Ich befürchte, Sie leiden unter Verfolgungswahn, Captain. Unter diesen Umständen kann ich Sie nicht für einen solch heiklen Auftrag abstellen. Melden Sie sich zuerst bei Colonel Carrington zu einer vorgezogenen medizinischen Untersuchung und danach bei Ihrem direkten Vorgesetzten, Colonel West, wegen einer einstweiligen Beurlaubung. Guten Tag.«

David blieb wo er war. Sein Blick traf auf den von Buchholz und ein stummer Kampf entbrannte. Der SBGK-Agent wusste, dass er Recht hatte – genauso wie Buchholz wusste, dass er es wusste.

»Nein«, brach Burtons Stimme durch die Stille. Es war das erste Mal, dass er etwas gesagt hatte, seit David in das Büro gekommen war.

»Ich möchte ihn dabei haben, General«, stellte er fest. »Der Junge hat Mumm – und das brauchen wir hier.«

›Junge‹?

Buchholz blickte zu dem Colonel und musterte ihn.

»Sind Sie sicher?«

Burton nickte nur und nahm einen Schluck von seinem Bourbon. »Setzen Sie sich hin, Gibbs.«

David wollte ihm gerade eine Erwiderung entgegenschleudern, da sah er ein, dass er Burton viel mehr verdankte, als nur von dem Fall abgezogen und vor ein Militärgericht gestellt zu werden. Der massige Colonel wartete, bis David wieder Platz genommen hatte und nickte dann dem General zu.

»Lassen Sie uns weitermachen.«

25. Kapitel

»Hier ist Deborah Watson mit Day Break, guten Abend. Gestern Nacht sind offiziellen Quellen zufolge die endgültigen Verlegungsbefehle für einen Großteil der an der terranisch-draconischen Grenze stationierten SBVS-Divisionen ausgegeben worden. Damit sind nun jegliche Hoffnungen auf Frieden zerschlagen und die Sternenbund-Verteidigungsstreitkräfte befinden sich in voller Kampfbereitschaft. Experten zufolge ist es nur noch eine Frage von Wochen, bis die Grenzwelten in Flammen aufgehen.«

— *Day Break mit Deborah Watson,* Terra News Broadcasting, Terra, Terranische Hegemonie, 12. März 2605

Ort unbekannt, New Samarkand
Militärdistrikt Galedon, Draconis-Kombinat

18. März 2605

Die *shoji* schoben sich zurück und Siriwan McAllister-Kurita betrat den Raum. Ihre einst umwerfende Schönheit, mit der sie nicht nur Warren Kurita, sondern die gesamte Innere Sphäre bezaubert hatte, war zu einem Abglanz ihrer selbst verblasst. Ihre Haare waren weiß, das Gesicht faltig geworden. Sie war zwar noch agil und stark für ihr Alter, aber bei einem Alter von 99 Jahren hieß das auch nicht viel. Mit ein wenig Mühe kniete sie sich an das Kopfende des Tisches, der das einzige Möbelstück in dem Raum war. Zu ihrer Rechten kniete bereits ihr Enkel Raymond, zu ihrer Linken seine Schwester Sanethia.

»Ich eröffne hiermit die Familienzusammenkunft in Abwesenheit von Leonard Kurita«, stellte Siriwan fest. »Wir haben uns heute hier versammelt, um über die Zukunft des Kombinats zu beraten.« Raymond und Sanethia nickten ernst.

»Wer verlangt das Wort?«

»Ich, Raymond Kurita, verlange angehört zu werden.« Raymond reckte sich, als er die traditionelle Antwort gab.

»Im Namen Haus Kuritas klage ich Leonard Kurita des Hochverrats an. Seit seinem Amtsantritt im Jahre 2591 hat jede seiner Entscheidungen dazu beigetragen, den Untergang des Kombinats herbeizuführen und Schande über das Hause zu bringen.«

Siriwan nickte langsam. Dann fragte sie: »Wer stellt sich dem entgegen?«

»Ich, Sanethia Kurita, stelle mich dem entgegen«, antwortete Sanethia, den alten Sitten und Gebräuchen folgend.

»So sei es.« Siriwan verneigte sich vor ihren beiden Enkeln und überließ dann Raymond das Wort.

»Als die Vereinigungskriege ausbrachen, war Leonard nicht auf New Samarkand. Stattdessen überließ er es den Kriegsherren, sich zu koordinieren und reiste planlos durch das Kombinat. Es gab Zeiten, in denen niemand wusste, wo er sich aufhielt.«

Sanethia ließ ihren Bruder seinen ersten Anklagepunkt vorbringen, bevor sie antwortete.

»Er ist der Drache.«

Nur eine einzige Feststellung, mehr nicht. Siriwan wandte sich wieder Raymond zu, der daraufhin seinen zweiten Anklagepunkt vorbrachte.

»Leonard versäumte weiterhin seine Pflichten, selbst als er von seinen ausgedehnten Vergnügungsreisen zurückkehrte. Er ließ es zu, dass die Kriegsherren ihre eigenen selbstsüchtigen Pläne verfolgten, während das Kombinat durch die Verluste in den Vereinigungskriegen gebeutelt war.«

»Er ist der Drache«, antwortete Sanethia wiederum, als ihr Bruder geendet hatte.

So ging es weiter und weiter. Raymond arbeitete sich chronologisch durch Leonards Regierungszeit, und Sanethia antwortete auf jede neue Anklage mit den gleichen Worten. Schließlich war Raymond am Ende angelangt.

»Leonard lud Schande auf sich und das Haus und zwang damit Elaine Kurita, *seppuku* zu begehen. Nachdem er so viele Tote auf dem Gewissen hat, kommt nun auch noch die Wahrerin der Hausehre dazu – sein eigen Fleisch und Blut.«

»Er ist der Drache«, antwortete Sanethia auch hier. Ihre Stimme klang müde.

»Weiter habe ich nichts hinzuzufügen«, beendete Raymond seine Aufzählung. Auf den fragenden Blick Siriwans hin schüttelte Sanethia den Kopf. Auch sie beschloss ihr Plädoyer.

»So sei es«, stellte die alte Frau fest. »Mitglieder des Hauses Kurita, wir haben die Anklage und die Verteidigung gehört. Es ist nun an uns, über Leonard zu richten.«

Jeder der drei Anwesenden hatte zwei zusammengefaltete Blättchen vor sich liegen. Raymond war der Erste, der eines auswählte und in die hölzerne Urne in der Mitte des Tisches gab. Sanethia tat es ihrem Bruder innerhalb weniger Augenblicke gleich. Siriwan selbst zögerte, bevor sie zielstrebig nach einem der beiden Papierstücke griff und es ebenfalls in der Urne versenkte.

Sie wartete einen Augenblick und fischte dann ein Blättchen nach dem anderen wieder heraus, um es zu öffnen. Auf allen drei waren die gleichen Schriftzeichen:

有 罪 判 決

Siriwan McAllister-Kurita legte beide Hände zurück auf die Oberschenkel, bevor sie mit ernster Mine verkündete: »Das Haus hat seine Entscheidung getroffen. Raymond, du wirst alles Notwendige in die Wege leiten.«

»*Hai*.«

* * *

Am Haupttor des Palastes, New Samarkand
Militärdistrikt Galedon, Draconis-Kombinat

Zwei Tage später

Als Buchholz begonnen hatte, die Details der Operation zu erläutern, war David bereits klar gewesen, worauf es eigentlich hinauslief: Er war die Ablenkung, während Burton die wirkliche Arbeit erledigte. David bezweifelte die Kompetenz des Colonels nicht. Aber als er jetzt so kopfüber an der Unterseite eines Lieferwagens hing und sich an die magnetischen Haltekrallen klammerte, konnte er doch nicht umhin, eine gewisse Enttäuschung zu verspüren.

David beobachtete, wie das Chamäleonpolymer auf der Oberseite seines Handschuhs die Farbe und Textur des Fahrzeugbodens imitierte, als der Transporter am Haupttor des Palastes anhielt. Der Tarnüberzog setzte sich am Handgelenk fort und den gesamten Arm herab. Der komplette Infiltrationsanzug, den David trug, war mit diesem Material überzogen und mit der entsprechenden Elektronik ausgerüstet.

Der SBGK-Agent presste sich so weit gegen die dreckige Karosserie wie möglich, um den Umriss des Transporters nicht unnötigerweise zu verändern. Er sah die schweren Stiefel eines draconischen Wachpostens, als der an die Fahrerseite trat, um die Papiere zu überprüfen. Danach würde das komplette Fahrzeug auf verschiedene Arten abgetastet werden, um die größtmögliche Sicherheit zu gewährleisten. Eine vollständige Sicherheit gab es nicht und das machte sich David zunutze.

An seiner Hüfte begannen sich die zwei zusätzlichen Energiezellen zu erwärmen, als er den Abtastschutz des Anzuges anschaltete. Die Ausrüstung des Sternenbund-

Geheimdienstes war ohne Frage state-of-the-art. Trotzdem war sie nicht allmächtig. Der umfassende Schutz hielt gerade einmal für ein paar Minuten und verbrauchte mehr Energie, als dem Infiltrationsanzug normalerweise zur Verfügung stand.

Dafür funktionierte er ausgezeichnet. David sah die Stiefel des Wachmannes ein paar Mal hin- und herwandern, dann wurde der Laster durchgewunken. Erleichtert entspannte er sich.

Das Erste, was Burton bei der Planung festgelegt hatte, war, den Einsatz am späten Abend bzw. nachts durchzuführen. Leonard Kurita zu entführen war so schon schwer genug – man musste es nicht auch noch unter den wachen Augen der Palastgarde und einem kompletten Mechbataillon versuchen.

Als Davids Mitfahrgelegenheit weiterrollte, rief er auf dem cyanfarbenem HUD vor sich eine Karte der Umgebung auf. Der Infiltrationsanzug hatte keinen Helm, sondern eine eng anliegende Haube mit Restlichtverstärker, Infrarotfilter und der gleichen visuellen Erkennungstechnik, wie sie auch bei Davids Sonnenbrille eingesetzt wurde: Unsichtbare Mikrokameras verfolgten die Augenbewegungen und setzten sie in entsprechende Befehle um. Durch die zusätzliche Elektronik befanden sich auf seinen Augen große, dunkle Halbkugeln in der Haube, die ihm ein insektenhaft-außerirdisches Aussehen gaben. Die Funktionalität machte dieses kleine kosmetische Manko aber mehr als nur wett.

Auf der Karte schimmerte ein glühender Punkt, der Davids Position anzeigte. Normalerweise hätte er zur Ortsbestimmung ein Satellitensignal benutzt. Aufgrund der hohen Sicherheitsbestimmungen im Palast war das jedoch nicht möglich. Deshalb benutzte David stattdessen eine Mischung aus stationärer Initialkalibrierung und Bewegungssensoren. Das war vielleicht etwas ungenauer als eine aktive Peilung, aber wenigstens einsetzbar.

Der Transporter fuhr einen der vielen Betonwege entlang und hielt auf die Mechhangars des ersten Bataillons des 5. Schwert des Lichts zu. Mit den Unterarmaktivatoren, die er geladen hatte, erschien das auch irgendwie sinnvoll.

David ertappte sich dabei, wie er zum wiederholten Male in den letzten Wochen eine äußerst sarkastische Einstellung an den Tag legte, die schon fast ins Zynische umzukippen drohte.

Als der Laster bei dem zweiten Tor anhielt und die ganze Sicherheitsüberprüfung erneut über sich ergehen lassen musste, ließ David das vereinbarte Signal von seinem Computer genau zwischen zwei Abtasttälern der Scanner absetzen: Burton wusste jetzt, das er auf dem Gelände war. Die Emissionen der Scanner würden außerdem dabei helfen, das Signal und seinen Sender zu verstecken.

Colonel Burton war bereits seit gestern Nacht im Palast. Während David draußen für Ablenkung sorgte, würde er sich Kurita schnappen. Außerdem musste er bereits Kontakt mit dem dritten SBGK-Agenten aufgenommen haben, der sich schon seit mehreren Jahren auf New Samarkand in der Nähe des Koordinators aufhielt. Das SBGK hatte auf allen Schlüsselwelten solche Agenten, die hauptsächlich nur Informationen sammelten und weitergaben. Da solche Infiltrationen unglaublich schwierig und zeitaufwendig waren, wurden die Identitäten der jeweiligen Agenten natürlich mit größter Vorsicht behandelt. Das SBGK brachte sie nur unter extremen Umständen in Gefahr, enttarnt zu werden. Extreme Umstände – wie heute.

Der Colonel und David kannten beide nur den Codenamen des Agenten – ›Morningstar‹ –, sowie einen alphanumerischen Code, mit dem man mit ihm in Verbindung treten konnte. Morningstar war der Schlüssel dazu, unbemerkt zum Koordinator zu gelangen und, viel wichtiger, auch wieder zu entkommen.

Die zweite Überprüfung des Lasters ging zügig vonstatten. David, der den rasant abnehmenden Ladungsvorrat der Energiezellen auf seinem Display schwitzend beobachtete, konnte das nur recht sein.

Dann aber hatte der Plan Feindkontakt: Ein zweites Paar Stiefel gesellte sich zu dem ersten und hielt es davon ab, den Laster durchzuwinken.

»Neue Befehle«, hörte der SBGK-Agent den Besitzer der neuen Stiefel sagen. »*Tai-sa* Kurita will die Streifen in den östlichen und westlichen Sektoren mit Mitgliedern der *Otomo* auffüllen. Wenn Sie hier fertig sind, melden Sie sich im Leitstand des Palastes.«

Das erste Paar Stiefel hatte sich dem zweiten zugewandt und wahrscheinlich salutiert. Während das zweite Paar sprach, blinkte einmal kurz die Anzeige für die Zusatzzellen und erlosch in der gleichen Sekunde wie Davids Signaldämpfung.

»*Hai, wakarimas*«, bestätigte das erste Paar ungerührt und wandte sich wieder seiner Arbeit zu. David schluckte, als es stehen blieb und plötzlich verstummte.

»Sie haben da eine ungewöhnliche Hitzesignatur am Unterboden«, stellten die Stiefel auf japanisch fest. »Steigen Sie bitte aus.«

David bereitete sich auf den Kampf vor. Seine Mission war gescheitert, bevor sie richtig begonnen hatte.

»*Iie*«, kam ihm plötzlich der Fahrer zuvor. »Das liegt an dem verdammten Laster – ein paar der Rohre sind angerostet. Eure Jungs am Haupttor hat das auch nicht gestört.« David hielt den Atem an, drückte sich gegen den Unterboden und versuchte, so cool wie möglich zu bleiben.

»Hrm.« Die Stiefel waren noch nicht überzeugt.

»Komm schon. Wenn wir jetzt eine Untersuchung durchführen, müssen wir alle wieder Berichte bis zum geht nicht mehr schreiben. Ich habe heute Abend noch was vor.«

»Na gut«, lenkten die Stiefel insgeheim erleichtert ein. »Fahren Sie weiter, aber sorgen Sie dafür, dass der Laster bis nächste Woche repariert ist.«

»Geht klar, Chef.«

Dann setzte sich der Wagen wieder in Bewegung und David entspannte sich erneut. Auf dem Weg zu den Mechhangars fuhr der Laster über einige dunkle Verteilerstraßen, auf denen er sich hinter einer der großen Hallen auf den Asphalt fallen ließ und sofort in das anschließende, kniehohe Gras in den Schatten rollte. Er richtete sich geduckt auf, hakte beide Zusatzzellen von seinem Multifunktionsgürtel und deponierte sie sorgfältig versteckt am Fuße eines Hangars. Die kleinen, sorgsam abgeschirmten SEMTEX 30-Päckchen, die den Rest des MFGs ausmachten, behielt er im Gegensatz dazu aber noch am Körper.

David kniete sich in die Dunkelheit an den Stahlbeton der Hallenwand und schraubte einen Schalldämpfer auf die Axton/Whitefire. Die Waffe war schon fertig geladen und gespannt, damit er keinen zusätzlichen Lärm machte.

Nachdem er fertig war, nahm David die Umgebung in Augenschein und verglich sie mit seinen Aufzeichnungen.

Wie geplant war der SBGK-Agent jetzt auf dem eingezäunten Areal des Elite-Mechbataillons. Auf der nördlichen Seite schloss sich der palasteigene Raumhafen mit einem Flugfeld und einem Extraplatz für ein sphäroides Landungsschiff an. Vergleichsweise niedrige Stahlbetonhangars rahmten zwei Startbahnen im Süden ein und beherbergten die im Palast stationierte Luft/Raumjägerstaffel. Mit höchstem Zoom und Restlichverstärkung konnte David auch noch zwei *Shoshone Warrior*-Kampfhubschrauber auf ihren quadratischen Landeplätzen stehen sehen.

Richtung Osten thronte auf einem Berg der innere Bereich des Palastes. Gegen den nachtblauen Himmel mit seinen funkelnden Sternen konnte David die Pagode ausmachen, die das absolute Machtzentrum des Draconis-Kombinats bildete. Irgendwo dort musste auch Burton mittlerweile sein.

Wenn man vom Teufel spricht ...

Auf Davids Display erschien eine Transmission am unteren Rand, mit der der Colonel Davids Ankunft bestätigte und einen Erfolg seines Infiltrations-Teilauftrages bis jetzt meldete. Es war jetzt an David, seinen eigenen Beitrag dazu zu leisten, dass alles funktionierte.

Sich ständig im Dunkel haltend, arbeitete er sich zum Raumhafen vor. Die Hangars und sonstige Gebäude warfen genügend Schatten, in denen er sich vor den patrouillierenden Militärstreifen und Halogenstrahlern verstecken konnte. Alleine die hohe Stahlbetonmauer zwischen Mechhangars und Flugfeld stellte ein größeres Hindernis dar.

David steckte die Axton weg und löste einen kleinen Kletterhaken von seinem Gürtel. Der Haken war mit einem fast durchsichtigen Kunststoffseil verbunden, an dem er hochklettern konnte, sobald es irgendwo hing.

Im Palast dienten die hohen Mauern hauptsächlich der Abschreckung und standen dort symbolisch, auch wenn fünf Meter schon verdammt unsymbolisch hoch waren. Weil aber zu jeder Zeit Soldaten patrouillierten, waren die Mauern nicht auch noch zusätzlich geschützt. Das kam David jetzt zugute, als er den Haken kreisen ließ und ihn dann zielsicher über die Stahlbetonkante warf. Er zog an dem Seil, bis es sich verhakt hatte, und kletterte dann so schnell wie möglich über die Mauer. Auf der anderen Seite sicher angekommen, riss er an dem Seil, um den Haken wieder zu lösen.

Nichts passierte.

»Hey, hast du das gehört?« Die Stimme kam von der Vorderseite der Baracke, an der David gerade verzweifelt versuchte, den verfluchten Wurfanker von der Mauer runterzukriegen.

»Nein, was?« Eine zweite Stimme, die jetzt schon näher war – David war in den Patrouillenweg von zwei Wachen geraten. Damit nicht genug, hatten sie auch noch Verdacht geschöpft. Die Vorderseite des länglichen, halb im Schatten liegenden Gebäudes war etwa vier Meter entfernt – und David hampelte mitten auf den um das Flugfeld führende Weg herum, um sein Seil wiederzubekommen.

Es half alles nichts. Er griff nach dem mit einem Gewicht beschwerten Ende und warf es kurzerhand über die Mauer zurück. Damit war zwar der Rückzug verbaut, aber wenigstens nicht die ganze Mission gefährdet. Mit derselben Bewegung zog er auch wieder seine Waffe und trat ein paar Schritte zurück in den Schatten.

Im selben Augenblick bogen zwei schwer gepanzerte Soldaten um die Ecke, die Lasergewehre im Anschlag.

»Siehst du was?«, wollte der eine von seinem Partner wissen, als sie vorsichtig den Weg entlanggingen und auf David zukamen. Der SBGK-Agent presste sich gegen die Wand und hielt den Atem an. Alle Patrouillen mussten sich regelmäßig bei dem Wachleitstand melden. Sollte er dazu gezwungen sein, die beiden Soldaten auszuschalten, würde es nicht mehr lange dauern, bis die gesamte Basis alarmiert war und der Palast abgeriegelt wurde.

Die zwei draconischen Männer waren jetzt direkt mit David gleichauf. Er meinte fast, die unablässig suchenden Augen hinter den schwarzen Visieren zu erkennen.

»Ich habe mich wohl geirrt«, stellte der eine fest. Der andere antwortete nicht, sondern suchte intensiv die Mauer ab. Dann drehte er sich herum und starrte David direkt an.

Die Zeit verlangsamte sich, bis sie dahinkroch wie zäher Sirup. Hinter dem verspiegelten Visier, auf dem ein entfernter Suchscheinwerfer glänzte, sahen sich Wachmann und Geheimdienstler in die Augen.

Dann drehte sich der Soldat weiter, als er nichts Auffälliges entdecken konnte, und schob sich das Gewehr wieder über die Schulter.

»Wahrscheinlich«, stimmte er seinem Partner zu und wartete, bis der sich ebenfalls seine Waffen übergezogen hatte. Dann marschierten sie weiter den Weg entlang und bogen hinter der Baracke ab.

David verharrte noch für einige weitere Herzschläge, dann löste er sich wieder von der Wand und schlich hinter der Streife her.

Er folgte dem im rechten Winkel abknickenden Weg hinter die Baracke und befand sich damit am äußersten Rand des Geländes zwischen Außenmauer und Hangars. Er ließ den Soldaten genug Vorsprung und schlüpfte dann durch eine Hintertür in den ersten Hangar.

Als er die große, tonnenförmige Halle betrat, schmeckte er sofort das bekannte Aroma von mit Schmieröl vermischtem Kühlmittel in der Luft. Das Hauptlicht war aus, und nur eine Hand voll Nachtleuchten, die an den Wänden und der Decke entlangliefen, tauchten den Hangar in ein kränkliches, gelbes Licht. Die große Halle teilten sich zwei fünfzehn Meter lange, achtzig Tonnen schwere SL-15 *Slayer*-Luft/Raumjäger. Verbunden mit zwei fahrbaren Computerterminals, die über Nacht eine Diagnose der Bordsysteme durchführten, waren sie völlig verlassen und ungeschützt.

David versicherte sich, dass er alleine war, und lief dann zu dem Heck des ersten Delta-Flüglers. Er steckte die Pistole weg, zog eine der SEMTEX-Ladungen aus den Laschen am Gürtel und machte sie scharf.

Behände zog sich der SBGK-Agent an dem *Slayer* hoch und schob das in Wachspapier geschlagene Päckchen mit langem Arm in eine der beiden Triebwerksöffnungen. Wenn es hier detonierte, würde es den Luft/Raumjäger fast vollständig vernichten. Sollte die Maschine jedoch die Triebwerke hochfahren, bevor David den Auslöser an seiner Uhr gedrückt oder ein entsprechendes Signal durch die Kontrollumgebung des Infiltrationsanzuges abgesetzt hatte, würde das SEMTEX allerdings nur harmlos verglühen. Das war jedoch ein Risiko, das er in Kauf nahm. Wenn die Jäger starteten, war alles bereits so sehr schief gelaufen, dass andere Methoden gefragt waren. David rutschte von dem Flügel runter, federte sanft in den Knien ab und machte sich auf den Weg zum zweiten Jäger.

* * *

Für Go Nasato war es eine große Ehre, im königlichen Palast arbeiten zu dürfen. Zwar wurde er nicht bis zur Pagode gelassen, aber das war ohnehin nur wenigen erlaubt. Dafür beteiligte man ihn an einigen der Projekte mit höchster Sicherheitsstufe, und das in der Nähe des privaten Raumhafens. Für Go, der zeitlebens immer nur an Maschinen rumschrauben wollte, war damit ein Traum in Erfüllung gegangen. Da fiel es auch nicht mehr ins Gewicht, dass die hier stationierten Soldaten ihn wie Dreck behandelten oder er regelmäßig unbezahlte Überstunden machen musste – so wie heute.

Mit sorgfältigen, methodischen Strichen zog er den breiten Pinsel über die Eisenkeramikhaut des 100-Tonnen-*Thunderbird*. Die schwarze, dickflüssige Farbe, die er dabei auftrug, trocknete schnell. Go hielt kurz inne und wischte sich mit dem Handrücken ein paar Schweißtropfen von der Stirn – die Arbeit war schon etwas kräftezehrend. Außerdem musste er aufpassen, dass er die Tarnfarbe gleichmäßig auftrug, sonst wirkte sie nicht mehr.

Tarnkappenjäger und vor allem -bomber waren nach und nach zum Rückgrat der modernen Streitkräfte des 21. Jahrhunderts geworden. Als Antwort darauf war dann die Entwicklung verschiedener Radar- und Entdeckungssystem entsprechend vorangetrieben worden, sodass am Anfang des 22. Jahrhunderts die Tarnkappe ihren Vorteil verloren hatte. Mit der Kolonisierung des Alls rückten Luft/Raumjäger dann weiter in den Mittelpunkt, bis konventionelle Jäger nur noch selten eingesetzt wurden.

Go hatte keine Ahnung, warum man plötzlich wieder Tarnkappenexperimente durchführte, aber er tat sein Bestes, damit der umgebaute *Thunderbird* morgen früh einsatzbereit war.

Mit dem langsam verfilzenden Pinsel trug er die letzten klebrigen Tropfen des Anstrichs auf und tauchte ihn dann erneut in dem Topf mit Lösungsmittel. Zufrieden blickte Go auf den jetzt nahezu vollständig lackierten Jäger. Eine, vielleicht noch zwei Farbkonserven mehr, und er war fertig.

»Wie weit bist du, Hikaro?«, rief er, ohne sich umzudrehen. Er hatte noch eine kleine Stelle entdeckt, die er rasch ausbesserte.

Keine Antwort.

»Hikaro? Wo bleibst du?« Go drehte sich um und stieg die kleine Aluminiumleiter herunter, die an den *Thunderbird* gelehnt war. Er schnappte sich einen dreckigen Lappen von einer nahen Werkzeugkiste, um sich damit die Hände abzuwischen, während er sich in dem nur teilweise erleuchteten Hangar umblickte. Um Strom zu sparen, waren nur drei Halogenstrahler in der Decke über die Nachtbeleuchtung geschaltet, die Gos Arbeitsplatz hoch oben am Steuerbordleitwerk ausleuchtete.

Go hatte Hikaro Sosa vor zwei Minuten losgeschickt, um einen neuen Eimer Farbe zu holen – und der Weg ins Lager war nun wirklich nicht sehr weit. Stirnrunzelnd und leicht verärgert schritt er über den Permabeton zu der umzäunten Wellblechhütte im hinteren Bereich des Hangars.

»Hikaro?« Go zog die Tür auf und blinzelte, um in dem dunklen, mit Regalen voll gestellten Raum etwas zu entdecken. Als sich seine Augen den Lichtverhältnissen angepasst hatten, sah er eine Gestalt zwei Gänge weiter am Boden liegen. Sofort rannte er zu ihr hin.

»Hikaro? Alles in Ordnung?«

Go packte den leblosen Körper an der Schulter und drehte ihn um. Er keuchte auf, als er plötzlich die Schusswunde in Hikaro Sosas Gesicht bemerkte. Dann spürte er etwas Schweres hinter sich auf dem Boden landen.

Der draconische Tech wirbelte noch schnell genug herum, um das wenige Licht auf dem matten Schalldämpfer brechen zu sehen, bevor David abdrückte und ihn kaltblütig erschoss. Er stieg über die Leiche des Mannes und griff eine kleine Metallschachtel aus dem Regal, in die er etwas von der Tarnfarbe füllte. Wenn er schon hier war, konnte er wenigstens auch in die Vollen gehen. Er schob die Schachtel in eine Kombitasche an der Hüfte und machte sich dann daran, den *Thunderbird* in der Halle ebenfalls mit Sprengstoff zu versorgen. Als David den Hangar auf demselben Weg verließ, den er gekommen war, löschte er auch noch das Licht: Für heute war Dienstschluss.

Wieder im Freien, versteckte er sich in einer Nische zwischen den Hallen, um nicht noch einmal den Weg der Patrouille zu kreuzen. Dann sendete er das vereinbarte Signal.

Während David auf eine Antwort wartete, nahm er sich die Zeit, um das Gelände besser in Augenschein zu nehmen. Das Flugfeld war nicht nur durch Maschendrahtzaun gesichert, sondern auch von Geschützbunker abgeriegelt. Auf dem Berghang dahinter erhoben sich stumm vier tödliche Geschütztürme, die mit einer Vielzahl von Mechabwehrwaffen ausgerüstet waren. Von seinem Standpunkt aus konnte der Geheimdienstler die schweren, in den Himmel gerichteten Schiffsgeschütze nicht erkennen, wusste jedoch von den Grundrissen, dass sie sich auf der anderen Seite des Bergs befanden und den Palast gegen alle Angriffe mit Kriegsschiffen beschützen würden.

Wo blieb Burtons Rückmeldung? Der Einsatzplan sah vor, dass der Colonel erst den Empfang der Nachricht bestätigte und dann später den Befehl zum Zünden der Pakete gab. Jetzt waren aber mehrere Minuten vergangen und Davids Anzeige blieb immer noch dunkel. Er probierte es erneut. Das Signal wurde ohne Probleme gesendet, der Fehler lag bei Burton.

David überlegte fieberhaft – was sollte er tun? Das ganze Gelingen des riskanten Einsatzes hing von dem älteren Offizier ab. Oder doch nicht?

Er zögerte erst, entschied sich dann aber dafür, ein Risiko einzugehen. Mit ein paar visuellen Befehlen hangelte er sich durch das HUD-Menü, bis er schließlich die Sichtverbindung fand. Er befahl dem Computer, eine Verbindung mit dem Infiltrationsanzug von Burton aufzubauen und das Bild an ihn zu übermitteln, ganz so wie auf Terra vor einigen Monaten.

Eine solche Verbindung erforderte allerdings einen größeren Datendurchsatz, der auch noch synchron sein musste. Mit anderen Worten, wenn er Burtons Computer den Befehl übermittelte, würde der eine direkte, stetige Verbindung zu ihm aufbauen, auf der große Datenmengen übertragen wurden, und die daher relativ leicht angepeilt werden konnte. Trotzdem, er musste herausfinden, was los war.

Nach kurzer Zeit öffnete sich am rechten unteren Bildrand ein Viereck, in dem erst nur statisches Rauschen zu sehen war. Dann jedoch wurde es entstört und scharf.

Was zur Hölle?

David blickte auf eine Wand. Eine schön gemaserte, aus Holz bestehende Wand. Außerdem bewegte er sich nicht – nicht einmal die üblichen Hintergrundbewegungen, die beim Atmen entstanden, waren vorhanden. Die Vitalsensoren bestätigten es: Burton war tot.

Das änderte Davids Position schlagartig. Es hing nun ganz alleine an ihm, ob er das zu Ende bringen konnte, weswegen er und der Colonel hierher gekommen waren. Aber wenn selbst Burton, der beste Agent des SBGK, die Legende unter den Legenden, hier nicht erfolgreich war und versagte – wie sollte David es dann je schaffen? Ihm fehlte Burtons langjährige Erfahrung, seine unzähligen Tricks und Kniffe sowie seine sprichwörtliche Unverwundbarkeit.

Mit einem Anflug von Trauer und Bedauern beendete er die laufende Übertragung. Zumindest Letzteres hatte dem Colonel heute nichts genützt.

David sackte gegen die kalte Wand des Jägerhangars und blickte nach rechts zu der Pagode, die sich über dem Berg erhob wie ein unförmiger Riese, der ihn hämisch verspottete. Es war zu Ende.

Nein! Es ist nicht zu Ende! Jede Faser in Davids Körper sträubte sich gegen diesen Gedanken. Seine logische Analyse ließ keine andere Wahl zu, aber sein Wesen bäumte sich dagegen auf. Nicht noch einmal würde er einen wichtigen Auftrag in den Sand setzen. Nicht noch einmal würde er sich selbst enttäuschen. Dabei war es egal, was das SBGK, der Sternenbund, ja, sogar Nicholas Cameron für Ziele verfolgten, und ob diese rechtmäßig waren. Er diente dem Sternenbund und er diente Terra. Und verdammt noch mal, das würde er heute Nacht ebenfalls tun oder bei dem Versuch sterben.

An den Türmen vorbeizukommen war nicht so schwierig gewesen, wie David es sich vorgestellt hatte. Die Sensoren der monströsen Waffenplattformen waren auf Ziele von Raumjägergröße und aufwärts geeicht, sodass er unbemerkt an ihnen und ihrer Mannschaft vorbeischlüpfen konnte.

Die Bunker mit den Miniaturkanonen waren da schon schwieriger gewesen. Aber auch von deren Besatzung hätte niemand ernsthaft damit gerechnet, ein feindlicher Agent würde einfach so hereinmarschiert kommen. Vier Soldaten waren jetzt zwar klüger, aber auch weniger lebendig.

Das alles waren aber nur Kleinigkeiten, verglichen mit der Aufgabe, in das heiligste Innere des Draconis-Kombinats vorzudringen. Denn selbstverständlich verließ sich der Koordinator – ob verrückt oder zurechnungsfähig – nicht auf die äußeren Tore und die vielen Soldaten. Daher war die hohe Pagode auch noch durch zusätzliche Sicherheitsmaßnahmen geschützt, inklusive einer massiven, schwarzen Mauer, die die gesamte Bergkuppe umschloss.

David schlich sich geduckt an dem nackten Fels entlang, bis er um die Ecke zum schwer bewachten Eingang spähen konnte. Zwei Bunker flankierten dort das Tor, an dem wenigstes ein kompletter Halbzug Infanteristen Wache hielt. Um die Mauer selbst patrouillierten in regelmäßigen Abständen weitere Soldaten, deshalb konnte David auch nicht lange bleiben.

Er prägte sich die Gegebenheiten ein, schlich zurück und kletterte den Abhang wieder ein Stück zurück, bis er hinter einem Felsvorsprung Deckung fand. Dann setzte er den alphanumerischen Code für den Agenten im Inneren ab.

Der Geheimdienstler wartete und wartete. Beinahe hatte er sich schon damit abgefunden, dass auch der Schläfer entdeckt worden war, da blinkte auf seinem HUD ein kurzer Schriftzug auf:

EINGEHENDE NACHRICHT ...

Der Agent bestätigte – der Kontakt war hergestellt. David gestattete sich kein erleichtertes Aufseufzen, sondern wählte eines der verabredeten Codewörter, damit der Agent ihm half, ins Innere der Pagode zu kommen. Außerdem hängte er noch seine Position an das Ende der Nachricht an.

David gab die Befehle an den Hochleistungscomputer, der die gesamte Elektronik des Infiltrationsanzuges steuerte, per Hand. Die optische Variante war für Situationen gedacht, in denen er beide Hände frei haben musste und war auf Dauer anstrengend.

David lehnte sich kurz aus der Deckung, um die beiden Wachen zu beobachten, die dort gerade wieder auf die andere Seite zum Eingang marschierten. Kurze Zeit später flog doch tatsächlich ein am Ende beschwertes Kunststoffseil über die Mauer.

David verlor keine Zeit und sprintete los. Er ergriff das Seil, das offensichtlich aus DEST-Beständen stammte, und kletterte damit über die Mauer. Er konnte von Glück sagen, dass diese nicht auch noch mit Stacheldraht gesichert war. Die letzten Meter auf der anderen Seite ließ er sich fallen und landete auf allen vieren im weichen, sorgfältig getrimmten Gras.

Ein Schatten verschwand hinter einer Papiertür in der Pagode, und David hörte Schritte von der Seite. Rasch langte er nach dem DEST-Kletterutensil und zog es über die Mauer zurück – offensichtlich waren die DEST-Seile besser als die des SBGK, denn man konnte sie sogar zwei Mal verwenden. Dann sprintete er so lautlos, wie es seine weichen Stiefel zuließen, hinter den uralten Buddha-Tempel wenige Meter entfernt.

Die Schritte näherten sich und David sah ein Mitglied der *Otomo* einen Kieselweg entlangschreiten. Die kräftig gebaute Person trug den traditionellen, eng anliegenden Harnisch mit dem vollständig den Kopf bedeckenden *Kabuto*-Helm der Palastwache.

Nachdem der Wächter vorbei war, bewegte sich David aus seiner Deckung heraus und auf die niedrige Holzveranda zu. Die Papiertür dort war einen Spalt geöffnet, sodass er in den dunklen Raum dahinter blicken konnte. Der Geheimdienstler wechselte kurzzeitig auf Infrarotsicht, um einen besseren Überblick zu bekommen. Eine ganze Reihe Wärmesilhouetten war in der Pagode unterwegs, eine sogar direkt in der Nähe. Als sich die letzte Silhouette auf den Raum zubewegte, huschte David los und versteckte sich in einem Wandschrank.

Angespannt beobachtete er dort, wie die Gestalt innehielt, um die *shoji* zu Seite zu schieben. Dann betrat sie den Raum. David dachte, sie würde weiter in den Garten hinausgehen, doch stattdessen blieb sie stehen und schien sich suchend umzublicken. Als sie dann zielstrebig auf Davids Versteck zuschritt, besiegelte sie damit ihr Schicksal.

Die Silhouette stoppte, langte nach der Schranktür und schob sie auf. Im selben Augenblick legte David auf sie an. Sein Finger krümmte sich um den Abzug.

»Halt!«, keuchte die Gestalt noch in fehlerfreiem Sternenbund-Anglik.

Die Millisekunde, in der David durch die akzentfreie Frauenstimme verunsichert war, rettete seinem Gegenüber das Leben. Sie machte keinerlei Anstalten, zu fliehen oder um Hilfe zu rufen.

Davids Pistole sackte in dem Moment ab, als er einen Schritt vorwärts machte, sie mit der Linken am Unterarm packte und in den Schrank zog. Die Tür schob er zu.

»Morningstar?« David schaltete zurück auf Restlichtverstärkung und konnte endlich das fein geschnittene Gesicht der jungen Draconierin vor ihm erkennen.

»Ja. Ich habe Ihnen das Seil zugeworfen.«

»Gute Arbeit. Hatte sich Dallas bei Ihnen gemeldet?« Burtons Codename.

»Vor etwa fünfzehn Minuten. Ich habe ihm alle Informationen gegeben. Was machen Sie hier?«, wollte Morningstar wissen. »Es ist nicht vorgesehen, dass noch ein dritter Agent das Innere des Palastes infiltriert.«

»Dallas ist entdeckt und ausgeschaltet worden«, erklärte David, als er sich im Infrarotmodus umsah – niemand in der Nähe. »Ich übernehme ab hier.« Die junge Frau runzelte die Stirn.

»Sind Sie sicher? Ich hab keine Kämpfe mitbekommen.« David richtete die Aufmerksamkeit wieder auf die Spionin.

»Ja, bin ich. Sagen Sie mir jetzt, wo Leonard Kurita ist und wie unser Evakuierungsplan aussieht?«

»Kurita ist im Moment auf der anderen Seite der Pagode im Garten der Stille. Vor dem Haupteingang steht eine Limousine, die wir benutzen können. Wenn ich vorne beim

Fahrer sitze, wird man annehmen, dass ich Leonards Konkubinen zurückbringe. Das funktioniert mit Glück dann auch beim Haupttor.«

»Mit Glück?«

»Unter Umständen werden die Posten dort Rücksprache mit dem Palast halten oder den Wagen untersuchen wollen.«

»Wir können uns nicht auf Glück verlassen, Miss«, antwortete David verärgert. Sie verloren zu viel Zeit, irgendwann würde man die tote Geschützturmmannschaft finden.

»Vielleicht haben Sie ja einen besseren Plan, Mister?«, schoss Morningstar gleichermaßen zurück. »Ich bin jetzt seit vier langen Jahren hier im Palast, und glauben Sie mir, es war nicht gerade einer meiner schönsten Einsätze. Ich habe mein Möglichstes getan, um eine Fluchtroute zu sichern, aber wir sind hier nun einmal im Draconis-Kombinat – hier wird alles scharf bewacht.«

»Schon gut, ich glaube Ihnen ja«, versuchte David sie zu besänftigen. »Wenn es hier keine andere Möglichkeit gibt, müssen wir eben improvisieren.«

»Eine gibt es vielleicht noch«, stellte die junge Frau fest. »Ich kenne die Zugangscodes für die beiden *Shoshone Warrior* unten am Raumhafen. Wenn sie für Ablenkung sorgen, können wir versuchen, mit denen zu entkommen.«

»Gute Idee, das halten wir als Plan B fest.« Insgeheim gratulierte sich David dazu, dass er seinen Plastiksprengstoff nur an die Luft/Raumjäger geheftet hatte, obwohl er ursprünglich auch die beiden Kampfhubschrauber hatte besuchen wollen.

»Treffen Sie mich in der Nähe des Gartens – und bringen Sie eine Decke oder einen Wäschesack mit.« Die SBGK-Agentin nickte und drängte sich an David vorbei zur Schranktür.

»Ich gehe zuerst. Kommen Sie in fünf Minuten nach.«

Dann schob sie die Tür auf und trat in den Raum dahinter. Sie korrigierte den Sitz ihres Obi und bewegte sich dann mit kurzen Schritten auf den Hauseingang zu. David kam nicht umhin, ihren wohlgeformten Hintern anerkennend zu bemerken. Morningstar warf einen kurzen Blick zurück.

»Und tun Sie uns beiden einen Gefallen und konzentrieren sich auf Ihren Auftrag«, bemerkte sie mit einem Lächeln in den Augenwinkeln, das ihrer Spitze die Schärfe nahm.

»Mache ich doch«, verteidigte sich David, als er die Tür langsam wieder zuzog. Auf der Infrarotsicht sah er, wie sie den Raum verließ und einen Stock höher ging. Nachdem fünf Minuten verstrichen waren, trat er ebenfalls aus dem Wandschrank und schlug den Weg zum Garten der Stille ein.

David bewegte sich nach Verlassen der Pagode an Pinien, Kiefern, Kamelien und verschiedene Teakholz- und Rosenholz-Bäumen vorbei, immer darauf bedacht, in Deckung zu bleiben.

Er fand Leonard Kurita schließlich auf einem flachen Findling inmitten einer Lichtung in einem kleinen Kirschbaumwald sitzend, in das Dunkel starrend und aus einem Flachmann trinkend. Der Koordinator hatte ihn noch nicht gesehen, konnte ihn wegen dem Infiltrationsanzug auch nicht sehen.

David trat auf die Lichtung und baute sich hinter Kurita auf. Anstelle der Axton hatte er eine Pfeilpistole gezogen, die mit einem schnell wirksamen Sedativum geladen war.

»Guten Abend, Eure Lordschaft«, begrüßte er ihn.

Kurita wandte ihm verärgert den Kopf zu.

»Was wollen Sie? Ich habe doch befohlen, nicht ...!« Die letzten Worte blieben ihm im Hals stecken, als er erkannte, dass er keinen Hausdiener vor sich hatte. Kurita fuhr auf und stolperte panisch ein paar Schritte rückwärts – er war offensichtlich angetrunken.

»Bitte beruhigt Euch, Eure Lordschaft«, versuchte es David zunächst auf dem höflichen Weg. »Ich werde Euch nichts tun.«

»Wer sind Sie? Was wollen Sie?«

»David Gibbs, SBGK«, stellte er sich vor. »Bitte rufen Sie nicht um Hilfe, sonst bin ich dazu gezwungen zu schießen«, schob er schnell hinterher, als er sah, wie sich Kuritas Augen weiteten.

»Cameron hat Sie geschickt, um mich zu töten!«, keifte er. »Er will das zu Ende bringen, was sein Vater nicht geschafft hat!« Die Stimme des Koordinators wurde lauter und David spannte die Waffe. Er war erschrocken darüber, wie sehr Kurita schon von seinem Wahnsinn umfangen war.

»Bitte beruhigt Euch, Eure Lordschaft. Wie ich schon gesagt habe, ich bin nicht hier, um Euch Schaden zuzufügen. Ich bin hier, um Euch nach Terra zu eskortieren.«

»Lüge!«, keifte der hagere Mann. Geifernd stieß er einen Finger in Davids Richtung.

»Ich sehe schon, so kommen wir nicht weiter«, seufzte der SBGK-Agent legte auf den Koordinator an.

»Waffe fallen lassen«, kommandierte plötzlich eine scharfe Stimme hinter ihm. David erstarrte in der Bewegung und blickte sich vorsichtig um. Begleitet von zwei muskulösen Wachen der *Otomo* stand dort ein kleiner, drahtiger Draconier in der schnörkellosen und funktionell geschnittenen schwarzen Uniform der Internen Sicherheitsagentur, eine böse glänzende Pistole auf Davis Rücken gerichtet. Der SBGK-Agent öffnete die Hand und ließ seine Waffe ins Gras fallen.

Alles war vorbei.

»Yatomo!«, begrüßte ihn der Koordinator erleichtert. »Wieder einmal sind Sie zur richtigen Zeit am richtigen Ort.«

»*Hai*«, bestätigte dieser, ohne seinen Blick von David zu nehmen. »*Sumimasen, tono.*«

»Keine Entschuldigung nötig«, wehrte Kurita ab, als er langsam näher kam. »Sie sind gerade rechtzeitig gekommen, um diesen *gaijin* daran zu hindern, mich zu töten.«

»Ich bitte Euch auch nicht um Verzeihungen für meine Verspätung«, erklärte Yatomo und richtete seine Pistole auf ihn. Die Augen des Koordinators weiteten sich, als er das volle Ausmaß des Verrats begriff.

»*Sayonara, tono.*« Yatomo drückte ab. Seine schallgedämpfte Pistole hustete einmal kurz, Leonards Kopf wurde nach hinten gerissen und er sackte tot zusammen. Dann wandte der drahtige Draconier wieder David seine Aufmerksamkeit zu.

»Sie müssen David Gibbs sein«, fuhr er fort, als ob nichts geschehen wäre. »Nehmen Sie die Maske ab. Ich möchte sehen, wer der Agent ist, der uns so lange hartnäckig im Nacken saß.«

Immer noch entsetzt über die beiläufige Exekution Leonard Kuritas und einer fehlenden Reaktion der beiden Palastwachen, griff David nach der Haube und zog sie ab. Seine Augen brauchten eine kurze Zeit, um sich an die Dunkelheit zu gewöhnen.

»Warum musste er sterben?«

»Familienangelegenheit«, antwortete Yatomo knapp. Die Selbstsicherheit, die er ausstrahlte, ließ David erkennen, wie sicher er sich fühlte – es war kein Putschversuch.

»Ich erkenne Sie«, stellte der SBGK-Agent langsam fest. »Sie waren '98 auf Icar. Damals lief wohl auch nicht alles nach Plan.«

Normalerweise war es keine gute Idee, jemanden zu provozieren, der einem eine Waffe an den Kopf hielt. David wollte aber endlich wissen, was hier gespielt wurde – und das am besten, bevor ihm erneut die Zeugen ausgingen – oder er den Zeugen.

»Ein unwesentlicher Rückschlag«, knurrte Yatomo. »Außerdem werde ich dafür sorgen, dass Sie mir demnächst nicht mehr in die Quere kommen können.«

»Moment«, fuhr ihm David erneut in die Parade, als er wieder auf ihn anlegte. »Bevor Sie mich töten, erzählen Sie mir, was 2599 auf Terra geschehen ist!«

»Wir sind hier nicht in einem AgentenVid, Mister Gibbs«, erklärte Yatomo, »in dem der Bösewicht dem Held noch schnell seinen Plan erklärt, bevor er ihn ausschaltet. *Sayonara.*«

Dann hob der ISA-Offizier die Waffe. Und erst im Augenblick seines drohenden Todes erkannte David endlich die Wahrheit.

26. Kapitel

»... ist es diesmal nicht nur ein einfacher Jahreswechsel. Nein, in knapp zwei Stunden bricht auch eine neue Dekade und ein neues Jahrhundert an. Entsprechend aufgeregt sind die Leute hier in Unity City – so etwas erlebt man schließlich nur einmal im Leben. Was wird uns das neue Jahrhundert bringen? Nun, in einem sind wir uns wohl alle einig: Endlich den lang ersehnten Frieden.«

— *Countdown mit Deborah Watson*, Terra News Broadcasting, Terra, Terranische Hegemonie, 31. Dezember 2599

Winterresidenz der Camerons, Kanada
Terra, Terranische Hegemonie

31. Dezember 2599

Der Abend war ruhig und das Bett aus blütenweißem Schnee um das Anwesen herum schluckte alle Geräusche. Die Winterresidenz der Camerons lag abgeschieden im tiefen Norden Kanadas, umgeben von Pinienwäldern am Fuße der Rocky Mountains. Sie bot ein Bild der Idylle, das allerdings Risse bekam, wann immer der Schnee unter den schweren Kampfstiefeln eines der zahlreichen Royal Black Watch-Soldaten knarzte, die die Residenz bewachten. Als das Anwesen gebaut worden war, hatte man darauf geachtet, dass es wie eine Villa aus Holz und Stein aussah. Die Zimmer und Flure drinnen wahrten diesen Schein – doch in den Wänden und Böden verbarg sich modernste Elektronik.

Die meisten Leute zogen es vor, im Winter an einen Ort zu ziehen, an dem es warm und sonnig war. Ian Cameron mochte allerdings den Schnee lieber. Im abgeschiedenen Nordwesten Kanadas konnte er in der wenigen freien Zeit, die ihm blieb, entspannen und abschalten. Glücklicherweise empfand seine Frau genauso – nur einer der vielen Gründe, warum er sie immer noch so sehr liebte wie früher.

Ian Cameron, Erster Lord des Sternenbundes und bei weitem mächtigster Mann der gesamten vereinigten Inneren Sphäre, verschloss die Weinflasche und stellte sie zurück auf den niedrigen Rolltisch. Er blickte durch das halb zugeschneite Fenster über die unter einer weißen Decke verschwundenen Wälder und musste unwillkürlich lächeln. Dann nahm er die beiden halb vollen Weingläser und schob mit der Schulter die massive Holztür zum Nebenzimmer auf.

»Danke, Liebling.« Shandra Noruff-Cameron lächelte, als ihr Mann ihr eines der Gläser reichte. Cameron selbst ließ sich in einen der beiden schweren Ledersessel fallen. Das warme Kaminfeuer tat sein Übriges, um den letzten Rest von Anspannung wegzuwischen. Er hob sein Glas.

»Auf ein neues Jahrhundert.«

»Auf weniger Sorgen und mehr Freude«, fügte Shandra hinzu und strahlte ihn schalkhaft über den Glasrand hinweg an. Ian spürte, wie sich ein Lächeln auf seinem Gesicht Bahn brach, als er mit ihr anstieß. Obwohl mittlerweile vierundachtzig Jahre alt, war sie immer noch so schön wie damals, als Ian sie bei dem großen Ball des Dukes von New Earth zum ersten Mal gesehen hatte. Damals war er neunzehn und sie siebzehn gewesen – und beide hatten den Ball bei der ersten Gelegenheit getrennt verlassen. Die Zeit hatte ihre Spuren an beiden hinterlassen, aber Ian fand, dass sie mit den grauen Strähnen in ihrem schwarzen Haar ungleich attraktiver wirkte. Und ihre dunkelgrünen Augen waren so klar wie eh und je.

»Woran denkst du?«, wollte Shandra wissen, nachdem sie einen Schluck von dem Rotwein gekostet hatte.

»Ich denke daran, wie wir uns damals kennen gelernt haben«, antwortete Ian. Er nippte ebenfalls an dem Glas und merkte, wie seine Gedanken abglitten.

Shandra runzelte die Brauen.

»Was ist los? Ganz so schlimm war es doch gar nicht. Am Ende ist doch alles gut geworden.«

Ian lächelte sie an, als er an die vielen Briefe denken musste, die sie beide ausgetauscht hatten – von den Eltern dazu gezwungen. Dann wurde er wieder ernst.

»Leonard Kurita«, erklärte er.

»Der schon wieder?« Shandra rollte genervt mit den Augen. Dann seufzte sie und stellte das Glas auf den niedrigen Eichentisch. Das Weinglas warf einen flackernden Schatten auf die in Saphirmuster gehaltene, in den Tisch eingelassene Glasplatte. »Was hat er dieses Mal angestellt?«, wollte sie wissen.

»Frag lieber, was er nicht angestellt hat«, presste Ian verbissen hervor. »Er hat seine Einheiten immer noch nicht von der Grenze abgezogen und verstärkt sie sogar noch.«

Shandra verzog das Gesicht.

»Ich dachte, das hätte sich mittlerweile erledigt.«

»Du kennst Leonard«, erwiderte Ian. »Er war schon immer ein wenig, hm, verwirrt. Er hegt einen tiefen Hass gegen mich und die gesamte Hegemonie. Der Koordinator glaubt, alle meine Erlasse und Entscheidungen hätten den geheimen Hintergrund, ihm und dem Draconis-Kombinat so sehr wie möglich zu schaden.«

»Ein wahrer Verfechter des Weges des Drachen«, kommentierte Shandra sarkastisch und nahm einen Schluck Wein. Ian sagte nichts, sondern nippte an seinem Glas.

»Ich brauche dir nicht zu erklären, wie angespannt die Lage an der Grenze ist«, meinte er nach einer Weile. Seine Frau, die der erste Commanding General der Sternenbund-Verteidigungsstreitkräfte gewesen war, nickte.

»Die regulären Einheiten sind angeschlagen von den Vereinigungskriegen, und eine konstante Alarmbereitschaft laugt sie aus«, erklärte sie. »Es dauert nicht mehr lange, bis ein MechKrieger oder ein Panzerfahrer glaubt, etwas zu sehen, was nicht da ist – auf beiden Seiten.«

»Dieser Draconier macht nur Ärger«, zischte Ian zwischen den Zähnen hervor. »Bei den Ratssitzungen taucht er immer als Letzter auf und lässt uns warten. Dann macht er sich einen Spaß daraus, die anderen Hauslords zu beleidigen und zu verhöhnen.«

»Und dieser Mann steht an der Spitze eines der kriegerischsten Reiche der gesamten Inneren Sphäre.« Ian sah, wie Shandra erschauderte, als sie das sagte.

Der Erste Lord versuchte, sich wieder zu entspannen. Er hatte keine Lust, sich am Silvesterabend mit Politik zu beschäftigen. Das neue Jahrhundert stand bevor und Ian wollte es so unbelastet wie möglich angehen.

Shandra stand auf und langte nach einer Holographie, die einen exponierten Platz in einem großen Bücherregal auf der langen Seite des Raumes einnahm. Das Bild zeigte eine junge Frau und einen älteren Mann in Hochzeitsgewändern. Es schien, als hätte Shandra seine Gedanken gelesen, als sie ihm das Holo zuwendete und das Gespräch in eine andere Richtung lenkte.

»Sind sie nicht zauberhaft?«, lächelte sie. Shandra ließ sich wieder im Sessel nieder und drehte das Hochzeitsbild so, dass auch Ian es betrachten konnte.

Der Erste Lord langte über den Tisch und nahm es ihr aus der Hand. Der Mann auf dem Bild war zweiundvierzig und trug die Zeremonienuniform der 43. Königlichen Leichten Reiterei mit den zwei grünen Captainsstreifen. Die Frau war zweiundzwanzig und in traditionelles Weiß gekleidet, auch wenn der Schnitt des Brautkleides ebenfalls militärisch wirkte. Unter dem glücklich lächelnden, frisch verheirateten Ehepaar schwebte ein Schriftzug: ›Nicholas und Lydia Cameron, 2598‹. Im Hintergrund erkannte Ian den Torbogen der ehrwürdigen kleinen Kirche in der Nähe von Edinburgh, wo auch Shandra und er geheiratet hatten.

»Wie geht es Lydia?«, wandte er sich an seine Frau.

»Ausgezeichnet«, antwortete sie. »Sie ist jetzt im vierten Monat. Die Ärzte sind sicher, dass es ein Junge wird.«

Ian lächelte flüchtig, doch seine Gedanken schweiften kurze Zeit später schon wieder ab. Sein Blick war an dem unregelmäßigen, achtstrahligen Stern hängen geblieben, der an den Kragenaufschlägen von Nicholas' Uniform zu sehen war. Unwillkürlich musste er daran denken, wie dieser Stern entstanden und schließlich zu einem gemeinsamen Symbol für eine geeinte Menschheit geworden war – und welchen Preis er gefordert hatte.

»Ich bin des Kämpfens müde«, gestand er. »Zeit meines Lebens habe ich für diesen einen Traum gekämpft. Erst mit und gegen die einzelnen Hauslords, später gegen die Peripherie. Selbst heute, wo der Sternenbund eine Realität und kein Traum mehr ist, muss ich kämpfen, Shandra.« Er legte das Holo auf den Holztisch und sah zu seiner Frau. Shandra war aufgestanden und hinter seinen Stuhl getreten. Jetzt lehnte sie sich nach vorne, legte die Arme um ihn und küsste ihn sanft.

»Der Preis des Friedens ist ewige Wachsamkeit.«

Ian schwieg und überlegte, wie viel Wahrheit doch in dieser einfachen Aussage lag.

»Manchmal«, meinte er dann, »fühle ich mich einfach kraftlos. Draconis-Kombinat und Vereinigte Sonnen belauern sich, Davion und Kurita versuchen sich ständig an die Gurgel zu gehen. Obwohl sich die SBVS aus den Peripheriestaaten zurückziehen und ich ihnen jede denkbare Hilfe beim Wiederaufbau zuteil werden lasse, gibt es tagtäglich Anschläge und Demonstrationen, bleibt die Peripherie ein einziges Pulverfass, bereit, bei dem kleinsten Funken zu explodieren. Ich fühle mich wie ein Raummaat, der ständig durch Wartungskorridore kriechen muss, um undichte Stellen in der Außenhaut eines Schiffes abzudichten – und zwar mit nur einer Rolle Panzertape.«

»Aber es funktioniert«, hielt Shandra ihm entgegen. »Dein Schiff ist fahrtüchtig und auf gutem Kurs.«

»Es wird bald einen neuen Steuermann brauchen«, sinnierte der Erste Lord und legte die Hände auf die seiner Frau.

»Nicholas ist auf diese Aufgabe gut vorbereitet.«

»Es gibt so vieles, auf das er Acht geben muss.« Ian legte die Stirn in Falten. »Alle Hauslords unter Kontrolle zu behalten und gleichzeitig ihren Interessen entgegenzukommen, ist ein Drahtseilakt in mehreren Kilometern Höhe. Vereint ist die Innere Sphäre vielleicht – *ge*eint allerdings noch lange nicht.«

»Du machst dir zu viele Sorgen, Ian.« Shandra kam um den Sessel herum und ließ sich auf der breiten, mit burgunderfarbenem Leder überzogenen Armlehne nieder. »In einer halben Stunde bricht das neue Jahrhundert an und du ärgerst dich immer noch über die Politik. Denk an das, was dir die Ärzte gesagt haben: Die ständige Aufregung schadet nur deinem Herzen.« Sie strich ihm mit einer Hand durch die ergrauten Haare, während sie das sagte.

Unwillkürlich wanderte Ians Rechte unter die leichte, goldgetrimmte Jacke und tastete über den Stoff seines weißen Hemdes auf der linken Brustseite. Seit zwei Jahren musste er einmal am Tag eine Pille einnehmen. Er hatte wahrlich kein Interesse daran, dass daraus zwei oder vier wurden. Ian entspannte sich bewusst und verdrängte alle Sorgen aus seinem Geist. Dann langte er nach Shandras Hand und küsste sie.

»Du hast wie immer Recht, Shan. Was würde ich nur ohne dich machen?«

»Silvester vermutlich alleine feiern«, grinste sie trocken. Ian erhob sich aus dem Sessel und drückte ihr einen weiteren sanften Kuss auf die Lippen.

»Das, meine Liebe, wäre eine Katastrophe.« Er wollte die beiden halb leeren Weingläser mitnehmen, als er sich an Shandra vorbei zur Tür schob, entschied sich dann aber dagegen. »Ich hole schnell den Rest Wein. Lauf nicht weg, ich bin gleich wieder da«, meinte Ian augenzwinkernd und verließ dann den Raum durch eine der beiden Türen.

* * *

Shandra wandte sich lächelnd wieder dem Tisch zu. Sie griff nach dem Hochzeitsbild und stellte es vorsichtig wieder auf seinen Platz im Regal. Ihre Finger glitten über den silbernen Rahmen. Sie dachte daran, wie sie Ian kennen gelernt hatte.

Gerade in der Terranischen Hegemonie, die ein sehr hohes Maß an persönlichen Freiheiten und Möglichkeiten zur Selbstbestimmung bot, waren arrangierte Hochzeiten schon seit langem nicht mehr Tradition. Umso größer war der kollektive Aufschrei gewesen, als der Herzog von New Earth seine Tochter mit dem Sohn der Generaldirektorin der Hegemonie verlobte, ohne dass auch nur eine der Ehepartner etwas zu sagen gehabt hatte. Die Reaktionen auf diese arrangierte Heirat waren deshalb verständlicherweise durchweg negativ gewesen – nicht zuletzt auch die der beiden jungen Leute.

Ein Grinsen huschte über Shandras Gesicht, als sie sich an ihr erstes Treffen mit ihrem späteren Ehemann erinnerte. Damals, bei dem Neujahrsempfang auf New Earth 2533, war sie gerade siebzehn gewesen. Eine junge Frau mit weitreichenden Zukunftsplänen, in denen eine Heirat höchstens als dräuende dunkle Wolken am fernen Horizont auftauchte. Mürrisch hatte sie den zwei Jahre älteren Ian Cameron begrüßt. Neunzehn Jahre alt und gerade in die Hegemonie-Streitkräfte eingetreten, bereitete er sich auf eine lange und ereignisreiche Karriere und vor allem ein freies und ungebundenes Leben vor. Auch wenn er nicht unattraktiv war, hätte sich damals fließendes Wasser zwischen ihren Blicken in Eis verwandelt. Shandra verließ den Empfang danach mit einer vorgetäuschten Magenverstimmung, während Ian – so hatte er es ihr später erzählt – unauffällig durch den Hintereingang hinausgeschlüpft war.

Die Erste Lady lächelte und glitt mit ihren schlanken Fingern über die Rücken der Bücher in dem Mahagonischrank, als sie sich weiter erinnerte.

Natürlich hätten beiden liebend gerne den Kontakt abgebrochen – Shandra tat dies tatsächlich mit ihrem Vater. Leider starb Herzog Montgomery Noruff kurze Zeit später, bevor sie sich wieder mit ihm versöhnen konnte. Vorher zwang er sie allerdings noch dazu, mit Ian per Brief für einen letzten Versuch in Kontakt zu bleiben. Ians erstes Antwortschreiben spiegelte dieselben Verhältnisse bei ihm zu Hause wider.

Der Briefwechsel zwischen ihnen war eine langsame, fast schmerzhafte Entwicklung gegenseitiger Anziehung, die schlimmstenfalls das Zusammenstoßen zweier hochintelligenter Leute mit festen Lebenszielen und -wegen war. Bestenfalls wurde es eine Freundschaft und vielleicht sogar eine Romanze. Shandra hatte zuerst nicht bemerkt, wie sie sich immer mehr zu Ian hingezogen fühlte. Zwei Jahre später heirateten sie dann in derselben kleinen Kirche, in der sich auch Nicholas und Lydia das Jawort gegeben hatten.

Shandra und Ian führten beileibe keine Bilderbuchehe: Sie stritten sich oft und trennten sich häufig, nur um sich dann auf gemeinsamen Urlauben oder mit intensiven Briefwechseln wieder zusammenzuraufen. Dies setzte sich so lange fort, bis Shandra 2536 ihr erstes Kind bekam – Timothy Cameron.

Die Ärzte fanden sehr bald heraus, dass Timothy einen inoperablen Herzfehler hatte – er starb kurze Zeit nach der Geburt. Shandra und Ian allerdings ließen alles stehen und liegen, um die letzten Wochen am Krankenbett ihres Sohnes gemeinsam Wacht zu halten. Ab da änderte sich alles: Timothys Tod schweißte beide zusammen.

Shandra horchte auf, als auf dem Gang ein dumpfes Geräusch erklang. Sie runzelte die Brauen.

»Ian?«

Keine Antwort. Vermutlich hatte ihr Mann nur wieder etwas fallen gelassen. Achselzuckend blickte sie erneut zu Nicholas und Lydias Hochzeitsholo. Am Anfang hatte es Probleme wegen des Altersunterschiedes gegeben – nicht zwischen den jetzt Verheirateten, sondern zwischen Eltern und Kind. Zwanzig Jahre waren eine lange Zeit, fand Shandra. Irgendwann hatte Ian allerdings mit den Worten ›Wo die Liebe hinfällt‹ grummelnd nachgegeben. Ihm blieb auch gar nichts anderes übrig, denn Nicholas hatte den Dickkopf seines Vaters geerbt. Und wo alle Koordinatoren, Erste Prinzen und Archonten auf Granit bissen, musste sich der Erste Lord seinem Sohn geschlagen geben.

Shandra drehte sich um, weil sie meinte, Schritte gehört zu haben.

Sie blickte zur Tür, die in die kleine Küche nebenan führte, aber die andere flog auf, von brachialer Gewalt fast aus den Angeln gerissen. Die Augen der Ersten Lady weiteten sich vor Entsetzen, als eine in schwarz gekleidete Gestalt mit seltsamen grünen Augen durch den Türrahmen platzte und etwas Unförmiges, Schimmerndes hob. Die ehemalige Oberkommandierende der Sternenbund-Verteidigungsstreitkräfte brauchte nur eine Zehntelsekunde, um die Mauser & Gray MP65 Maschinenpistole zu erkennen. Die blanke Mündung der automatischen Waffe spuckte eine Feuerzunge, die die Helligkeit des Kaminfeuers überstrahlte und in den Raum hineinleckte.

Die kleinkalibrigen Geschosse schlugen hinter Shandra in die Wand und rissen Furnier und gerahmte Bilder gleichermaßen auseinander. Ungläubig drehte sie sich um, als Holzsplitter durch die Luft segelten.

Dann, ohne Vorwarnung, gaben ihre Beine nach und sie stürzte auf den Tisch. Erstaunt, dass ihre Knie sie nicht mehr trugen, langte Shandra nach der Tischplatte und versuchte sich daran festzuhalten. Der Tisch gab nach und krachte zusammen mit ihr und den beiden Weingläsern zu Boden.

Shandra schlug der Länge nach hin, gerade im richtigen Winkel, um zu sehen, dass der Türrahmen wieder leer war. Sie drehte den Kopf, um nach den Gläsern zu sehen und bemerkte, wie sich die rote Flüssigkeit schon auf dem teuren Teppich ausbreitete.

Merkwürdig, dachte sie. *Warum ist Ian eigentlich Wein holen gegangen? Es ist doch noch genug da ...*

* * *

Die andere Tür schwang auf, als Ian Cameron sie aufstieß. Die internen Alarmsysteme des Anwesens waren schon beim ersten Schuss aktiviert worden, und die ersten Wachen würden innerhalb von Sekunden vor Ort sein. Doch das alles war jetzt nebensächlich.

»Shandra!« Der Erste Lord stürzte zu seiner Frau, die in der Mitte des Raumes lag. Um sie herum mischte sich in einer größer werdenden Lache Rotwein mit Blut. Verzweifelt sank er neben ihr auf die Knie und bettete ihren Kopf in seinem Schoß. Wie durch einen Schleier blickte sie zu ihm hoch, die schwarzen Haare hingen ihr blutverklebt über der Stirn. Ein Lächeln huschte über Shandras Gesicht, als sie ihren Mann erkannte. Ihre Lippen formten lautlos seinen Namen, dann wurden ihren Augen starr. Shandra Noruff-Cameron, Erste Lady des Sternenbundes, war tot.

In der Ecke läutete eine Standuhr mit zersplitterter Glaskuppel das neue Jahr ein.

27. Kapitel

Garten der Stille im Palast des Drachen, New Samarkand
Militärdistrikt Galedon, Draconis-Kombinat

21. März 2605

»Es war Shandra Noruff-Cameron.«

Yatomo erstarrte in der Mitte der Bewegung. Die Mündung der Pistole zielte immer noch auf Davids Kopf, aber er drückte nicht ab.

»Ich bin beeindruckt, Mister Gibbs«, stellte der drahtige Japaner fest. »Wie haben Sie das herausgefunden?«

Auf einen Wink mit Yatomos Waffe nahm David die Hände über den Kopf.

»Die Spur zur Regierung des Draconis-Kombinats zu finden und weiterzuverfolgen war schwer gewesen, aber nicht unmöglich«, erklärte der SBGK-Agent. »Trotzdem gab es Ungereimtheiten. Als mir Mason Price dann sogar offen ins Gesicht sagte, sie hätten Miss Blairs Assistenten nicht getötet und Sean Bradforth mich sogar verhöhnte, habe ich auch in andere Richtungen weiter geforscht.«

Yatomos Interesse war geweckt – und das war gut für David, denn so verschaffte er sich mehr Zeit.

»Als Erstes habe ich mir den angeblichen Tatort angesehen«, fuhr er fort. »Wie erwartet, gab es dort nichts Auffälliges, also habe ich diese Spur erst einmal auf Eis gelegt. Der Tod von Lady Shandra lag eigentlich nahe – aber ich konnte und wollte einfach nicht glauben, dass jemand zu einer solch schrecklichen Tat in der Lage sein sollte, vor allem weil sie so unmotiviert wirkte. Lady Shandra hatte sich schon vor Jahren von der politischen Bildfläche zurückgezogen. Es wäre sinnlos, sie zu töten. Außerdem war sie zum Zeitpunkt der Tat bei Lord Ian. Warum sollte man sie ermorden, aber den Ersten Lord unversehrt lassen?«

»Reden Sie weiter.« Yatomos Pistole zitterte nicht einmal.

»Dann jedoch verdichteten sich die Spuren, die zur draconischen Regierung führten, und Lord Kuritas methodischer Wahnsinn wurde sichtbar. Warum sollte jemand Lady Shandra töten, aber Lord Ian überleben lassen? Ganz einfach: Um dem Ersten Lord schwer zuzusetzen, um ihn leiden zu lassen. Als Motiv kam einfach nur blanker und unverfälschter Hass in Frage. Die Konsequenzen aus Lady Shandras Tod waren jedoch zu schwerwiegend, um einen politischen Mord aus einem solch schlichten Motiv zu rechtfertigen – zumindest für normal denkende Menschen. Aber das traf auf Leonard Kurita nicht zu.

Er hat den Mord in Auftrag gegeben. Er wollte Ian Cameron so tief wie möglich treffen – und das ist ihm auch gelungen.«

»Das sind Indizien und kluge Schlussfolgerungen, Mister Gibbs, doch wo bleibt der Beweis?«

»Den endgültigen Beweis lieferten Sie mir, als Sie mich vorhin beglückwünscht haben.« David gestattete sich ein gewinnendes Lächeln.

»Nicht schlecht, Sternenbundler.« Wenn Yatomo verärgert war, verbarg er es gut hinter einer Maske aus Gleichgültigkeit. Aus seiner Wortwahl konnte David jedoch schließen, dass er ihn erwischt hatte.

»Nur zu schade, dass Sie Ihr Wissen mit niemandem mehr werden teilen können .« Er hob die Waffe. »Wachen, rufen Sie Verstärkung – offensichtlich hat gerade ein ausländischer Agent den Koordinator ermordet.«

Yatomo blickte nicht hinter sich, deshalb war er überrascht, als die beiden *Otomo* nicht bestätigten.

»Haben Sie nicht gehört?« Verärgert warf der drahtige Japaner einen Blick über die Schulter und bekam gerade noch mit, wie der Oberkörper des einen Soldaten langsam an einem schrägen Schnitt von seinem Unterkörper rutschte und mit einem Übelkeit erregenden Platschen auf dem Boden landete. Daneben stand der zweite Soldat mit gezogenem Vibrokatana.

Yatomo schoss, David sprang zur Seite, zog im Flug seine Axton und schoss ebenfalls.

ISAler, SBGK-Agent und *Otomo*-Wächter landeten alle im Gras, doch nur David rappelte sich wieder auf. Er rannte zu dem Soldaten hin, den Yatomo niedergeschossen hatte. Im selben Augenblick stürzte Morningstar hinter den Kirschbäumen hervor. Noch bevor beide bei ihm ankommen konnten, richtete sich der *Otomo* auf und nahm den *Kabuto* ab.

»Penner«, grunzte Burton, als er den Helm auf den Boden fallen ließ und die Stelle rieb, an der Yatomo ihn getroffen hatte. »Ist er tot?«

»Nein.« David langte mit der linken Hand nach dem Hals des bewusstlosen Draconiers, um seinen Puls zu spüren. »Aber das kann man ändern.«

»Unnötig. Außerdem haben wir keine Zeit«, drängte Morningstar. Die hübsche Japanerin hatte einen gehetzten Gesichtsausdruck. »Auch wenn Yatomo ebenfalls eine schallgedämpfte Pistole benutzt hat, wird diese Schweinerei früher oder später entdeckt werden. Wir müssen hier weg.«

»Sie hat Recht«, stimmte Burton ihr zu und stand auf. David schnappte sich seine Haube und die Pfeilpistole und schloss sich den beiden an, als sie in Richtung der Pagode eilten.

»Sie haben da die ganze Zeit gestanden?«, zischte er ungehalten, als er kurz neben dem Colonel zum Stehen kam. »Sie hätten Yatomo die ganze Zeit erledigen können, haben mich aber schmoren lassen?!«

»Nur die Ruhe, Junge. Wenn er ernst gemacht hätte, hätte ich schon eingegriffen. Ich wollte sehen, ob du tatsächlich so gut bist, wie Buchholz behauptet hat.«

David hielt seine Antwort zurück, als vor ihm zwei Palastwachen über einen Kreuzgang hasteten. Als sie vorbei waren, meinte er: »Darüber reden wir noch.«

Dann setzte er sich an die Spitze und öffnete die *shoji* am Ende des Ganges.

* * *

Victor Ozuma genoss den klaren Nachthimmel über dem Palast. Etwas abseits vom Tor stand er an die blank polierte Limousine Leonard Kuritas gelehnt und zog an einer Zigarette. Beide Hände in den Taschen und halb auf der Motorhaube sitzend, trug er das schwarze Jackett offen und hatte den Knoten der gleichfarbigen Krawatte gelockert. Das rote Glühen der Zigarette spiegelte sich in seiner Sonnenbrille, als er kräftig zog. Heute Nacht war er zufrieden.

Das änderte sich schlagartig, als er den kalten Stahl einer Pistolenmündung am Hinterkopf spürte.

»Eine falsche Bewegung, und du bist tot«, flüsterte David. »Stell dich da hinten hin.«

Während der draconische Chauffeur ohne Widerrede der Anweisung des Geheimagenten nachkam, ging Burton um den Wagen herum, öffnete ihn auf der Fahrerseite und langte nach dem Knopf, um den Kofferraum zu öffnen.

Die Statur des Colonels war zu auffällig. Wenn sie hier leise und ohne viel Aufhebens herauskommen wollten, musste er sich verstecken. Deshalb begann er auch schon damit, die *Otomo*-Rüstung auszuziehen, während Morningstar auf den Beifahrersitz rutschte.

»Du wirst uns hier aus dem Palast fahren. Wenn du auch nur ein falsches Wort sagst oder eine falsche Bewegung machst, erschieße ich dich vom Rücksitz aus. Mir ist egal, ob wir dabei alle draufgehen, du stirbst als Erster – ich bin sehr rachsüchtig. *Wakarimasu-ka*?«

»*H... Hai*!«, nickte der Fahrer eingeschüchtert.

»Gut. Und jetzt gib mir dein Jackett.« Zügig zog der Draconier das Kleidungsstück aus und reichte es dem Geheimdienstler, der ja immer noch in seinem Infiltrationsanzug durch die Gegend rannte. Im Dunklen der Fahrgastkabine würde er jetzt nicht mehr so auffällig wirken.

»Fertig«, verkündete Burton und schlüpfte, nur mit Shorts und Unterhemd bekleidet, in den Kofferraum – mit der Rüstung wäre er zu klobig gewesen. Die Stiefel behielt er allerdings an.

David schlug die Klappe über ihm zu und bedeutete dem Fahrer einzusteigen. Er selbst rutschte auf den Rücksitz und reichte Morningstar seine Pfeilpistole durch die Fahrerabtrennung. Seine eigene Waffe behielt er auf dem Sitzpolster neben sich, versteckt im Schatten.

»Und los geht's.«

Der Fahrer betätigte die Zündung und ließ die Scheinwerfer der Limousine aufleuchten. Er rollte aus dem Haltekreisel mit der Drachenstatue in der Mitte und auf das Tor zu. Der Wagen stoppte, als die Wachen ihn wie erwartet anhielten.

»*Ohayou*. Guten Morgen.«

»Guten Morgen, *Tai-i*«, antwortete Morningstar höflich.

»Wohin soll es gehen, Miss Tanaka?« Der Wachposten behandelte sie mit Respekt – ganz so, wie es sich der Lieblingskonkubine des Koordinators gegenüber gehörte. Man wusste schließlich nie, ob sie nicht eines Tages ein gutes Wort einlegen konnte.

»Garden, *Tai-i*«, gab sie die große Metropole etwa zwanzig Kilometer entfernt an.

»Ich verstehe. Lassen Sie bitte das Fenster auf meiner Seite runter.«

Das Fenster neben David surrte leise, als es sich auf in die Tür zurückzog. Draußen stand ein gepanzerter Wachmann, auf dessen Helmvisier sich das gequälte Lächeln des SBGK-Agenten spiegelte. Wie von einer Neuropeitsche getroffen, zuckte der *Tai-i* zurück.

»In Ordnung, äh, alles okay, Miss Tanaka«, beeilte er sich zu sagen. »Sie können weiterfahren.«

»*Arigato gozaimasu*«, ließ sich Morningstar vernehmen, als das Fensterglas wieder die Fahrgastzelle schloss und der Fahrer die Limousine losrollen ließ. Die Heiterkeit in der Stimme der Spionin war unverkennbar. Sie blickte kurz über die Schulter zurück und zwinkerte ihm zu. David zog eine Grimasse.

Die Limousine fuhr derweil über den Zubringer in Richtung Haupteingang. Nur noch etwa einen Kilometer und sie hätten es geschafft.

Das Schicksal war dagegen.

Als der Chauffeur den Wagen auf den Hauptverkehrshub steuerte, heulte plötzlich der globale Alarm los. Suchscheinwerfer flammten auf, Geschütztürme gingen in Bereitschaft – und meterdicke Betonmauern schoben sich von innen in das Haupttor und versiegelten es.

»Nach rechts!«, befahl David, noch bevor irgendjemand etwas sagen konnte. Die Limousine schaffte die Abzweigung gerade eben noch so und fuhr nun in Richtung Militärgelände weiter.

»Machen Sie das Licht aus und fahren Sie da vorne an die Seite.«

Die Überlebenschancen der Geheimdienstler näherten sich mit jeder verstrichenen Minute rasant dem Nullpunkt. Es war Zeit, den Ersatzplan aus der Schublade zu holen.

Die Limousine hielt an der Wand zu den Mechhangars, in einem Abschnitt, wo zumindest noch für den Augenblick Dunkelheit herrschte. Ein kurzer Blick über das Areal ließ David erkennen, dass nach ein paar Minuten vermutlich fast der gesamte Palast taghell ausgeleuchtet sein würde. Außerdem war es nur noch eine Frage der Zeit, wann die ersten Schwert des Lichts-Mechs hochgefahren wurden.

Die Alarmsirenen im Hintergrund, stieß David die Tür auf und glitt nach draußen. Er riss die Tür zur Fahrerseite auf.

»Vielen Dank für Ihre Hilfe«, wandte er sich an den Fahrer, bevor Morningstar von der Seite auf ihn schoss. Als der Draconier über dem Steuer zusammensackte, langte David nach dem Kopf für die Kofferraumverriegelung. Nur Millisekunden, nachdem sich der Kofferraum mit einem Klicken entriegelte hatte, flog die Klappe auf, als Colonel Burton ins Freie trat.

»Die Helikopter?«

»Die Helikopter.«

»Wir brauchen die Helme der Piloten«, wandte Burton ein. »Die Flugkontrolle funktioniert sonst nicht.«

»Die Baracken sind nicht weit von hier. Wenn wir hinter den Hangars bleiben, haben wir gute Chancen.« David sprach aus Erfahrung.

»Na dann los!«

Die drei Agenten sprinteten in geduckter Haltung an der Mauer entlang und in Richtung Flugfeld. Während die gesamte Basis mobilisiert wurde, gelangten sie durch den Seiteneingang in das flache Gebäude. David hastete voran, gefolgt von Burton. Morningstar bildete die Rückendeckung, als sie die Korridore entlang zu den Ausrüstungsspinden rannten. Die Baracken selbst waren mittlerweile hell erleuchtet und die ersten Soldaten sprangen schon aus ihren Betten.

Morningstar zog die Tür zum Ankleideraum hinter sich zu und verriegelte sie, während David um eine Reihe Spinde bog, zwischen denen sich gerade zwei draconische Offiziere an Holzbänken ankleideten. Die Axton des Geheimdienstlers zuckte hoch und hustete zweimal. Dann suchte er mit den anderen nach den Spinden der Piloten.

Am anderen Ende der Halle wurden sie dann auch nach kurzer Zeit fündig. David schoss drei der vier Spinde auf und schnappte sich den ersten Helm. Morningstar und Burton griffen sich nicht nur die Helme, sondern nahmen sich auch noch kurz Zeit, in die Jumpsuits zu schlüpfen, die ebenfalls dort hingen.

Das Krachen an der Tür wurde lauter, als sich die übrigen draconischen Soldaten immer wieder dagegen warfen, bis sie schließlich aus den Angeln flog und in den Raum ließ. Als der Erste um die Ecke bog, zog Burton gerade sein Bein durch das Fenster nach und richtete sich davor wieder auf.

Die Geheimdienstler fielen in Trab und eilten über das Flugfeld auf die beiden stummen Hubschrauber auf der westlichen Seite zu. Mit den Helmen und der einheitlich eng anliegenden Kleidung – auch wenn Davids Jackett im Nachtwind flatterte – sahen sie auf den ersten Blick aus wie die dazugehörigen Piloten.

Ein Tech, der wohl gerade letzte Check-ups durchgeführt hatte, kam ihnen entgegen.

»Ihre Maschinen sind fertig«, eröffnete er ihnen auf japanisch. Seine Augen weiteten sich, als er Davids Gesichtszüge ausmachen konnte.

Der SBGK-Agent stieß ihm den Lauf seiner Waffe in den Magen und drückte zweimal ab. Dann steckte er sie weg, trat an der Leiche vorbei zum ersten Helikopter und setzte den Helm auf.

»Morningstar fliegt mit dir, ich nehme den zweiten«, befahl Burton, ebenfalls den Helm überziehend. David nickte.

»Ladys first«, wandte er sich an die Agentin und machte eine ausladende Geste.

»Ein wahrer Gentlemen.« Morningstar schob eine Abdeckklappe zur Seite und gab eine alphanumerische Kennung in das darunter liegende Tastfeld ein. Sie sprach laut mit, sodass Burton den Code ebenfalls mitbekam.

»Viel Glück«, wandte sich der Colonel an David.

»Danke, Ihnen auch. Wir sehen uns auf Terra.«

Die beiden Männer reichten sich die Hände, als hinter David auch schon die Kanzel des *Shoshone Warrior* zurückglitt. Morningstar kletterte an zwei aus dem kantigen Rumpf des Helikopters herausgeklappten Stufen auf den vorderen, leicht tiefer liegenden Sitz der zweisitzigen Kanzel. David griff nach der eigenen Tritthilfe und warf einen Blick zu den Baracken. Dort flog gerade die Vordertür auf und ein kompletter Zug Soldaten strömte ins Freie.

»Wir bekommen Besuch«, machte er Morningstar auf die schwer Bewaffneten aufmerksam, während er seine Stufen runterklappte. »Wären Sie so freundlich, sich darum zu kümmern?«

»Gerne.«

Bevor sich der SBGK-Agent in den Pilotensitz schwang, sah er, wie auf einige Tastendrucke der Japanerin hin an der Unterseite der Nase des Helikopters ein Stück der Panzerung nach unten fuhr und dann um hundertachtzig Grad rotierte, die Läufe von zwei Minikanonen freigebend.

Zweihundert Meter entfernt hatten die Soldaten sie entdeckt und begannen, auf sie zu schießen. Kugeln und Querschläger aus den vollautomatischen Sturmgewehren der VSDKler pfiffen David um die Ohren, als er sich in den Ledersitz fallen ließ und auf den Verriegelungscode für die Kanzel eingab. Noch im selben Augenblick fingen die zwölf in zwei Packs gebündelte Läufe an zu rotieren. Als sie auf Touren gebracht waren, drehte sich der Geschützturm den Soldaten zu und begann röhrend, zwanzig Millimeter Feuer und Vernichtung zu speien. Die Leuchtspurmunition erhellte die Nacht, als sie in stakkatoartigen Lichtimpulsen in die Menge der VSDKler schlug und sie niedermachte.

David ließ die Finger über die Tastatur rechts von ihm tanzen, als er die Flugsysteme des *Shoshone Warrior* hochfuhr. Er warf einen Blick nach links und sah Burton von der fahlen Cockpitbeleuchtung in ein blasses, blaues Licht gehüllt, seinen Helikopter bereits rotieren lassen. Dann gesellte sich zu dem durch das Kanzeldach gedämpfte Hämmern von Burtons Maschine schließlich das dumpfe Schlagen von Davids eigenem *Shoshone Warrior*, als er mit der Startsequenz durch war.

»Alle Systeme: check. Lassen Sie uns hier verschwinden.«

Burtons Maschine hob zuerst ab. Der schlanke Helikopter, der für eine niedrige Radarsignatur eine kantige und stromlinienförmige Silhouette besaß, kippte nach dem Start nach vorne ab und hielt auf die nächste Mauer zu. Am Boden drehten sich zwei Geschütztürme in Burtons Richtung und verfolgten ihn mit wirbelnden Kanonen. Der Helikopter des Colonels schlingerte nach rechts und links, um dem Kugelhagel so gut wie möglich zu entgehen.

David spürte das bekannte Gefühl in der Magengegend, als die Schwerkraft ihn für den Start nicht freigeben wollte. Die Reifen des *Shoshone Warrior* lösten sich vom Boden und wurden in den Rumpf zurückgezogen, als der SBGK-Agent den entsprechenden Befehl gab.

»Der Colonel hat keinen Bordschützen«, erklärte Morningstar. »Wir müssen ihm Feuerschutz geben.«

»In Ordnung. Feuern Sie nach eigenem Ermessen«, gab David zurück, als er den Hauptrotor kippte und den Helikopter dadurch auf den nächstgelegenen Geschützturm zujagen ließ. Sobald er in Reichweite war, klappte die Japanerin auf beiden Seiten des *Shoshone Warrior* die Aufhängungen für die *Anvil*-Luft/Bodenrakten aus und feuerte, unterstützt vom Feuerleitcomputer des Helikopters, eine Salve auf den Turm ab. Unter Fauchen lösten sich sechs Geschosse aus den Trommelmagazinen und schlugen in und um das Ziel ein. Der Turm explodierte in einem gleißenden Feuerball, wurde zu einem rauchenden Trümmerhaufen und konnte Burton nicht weiter verfolgen. Der Helikopter des Colonels verschwand über der Mauer.

»Guter Schuss.«

»Danke.«

Plötzlich wurde alles rot. Das Kanzeldach polarisierte schneller als überhaupt für das menschliche Auge erkennbar und wurde dann wieder durchsichtig. Außer der plötzlichen Hitze fühlte David auch den *Shoshone Warrior* unter sich bocken und aus dem Gleichgewicht geraten.

Der SBGK-Agent musste dem Zug der Schwerkraft nachgeben, und der Helikopter sackte nach unten rechts weg. Das Flugfeld näherte sich mit rasanter Geschwindigkeit, wurde aber gestoppt, als er die Maschine endlich wieder stabilisieren konnte.

»Da will noch jemand mitspielen«, kommentierte er, als ein *Night Hawk* mit schweren Schritten an den Mauern des Mechstützpunktes vorbei und in ihre Richtung stapfte.

»Los, weg hier!«

»Nein«, blockte David ab. »Wir müssen erst noch den zweiten Geschützturm ausschalten, sonst werden wir mit Sicherheit abgeschossen!«

Er riss an dem Steuerknüppel und ließ den *Shoshone Warrior* seitwärts über das Flugfeld gleiten, bis er in Reichweite des zweiten Turmes war. Der rotierte seine zwei schweren Minikanonen mit den sich immer noch drehenden Läufen in ihre Richtung.

»Ich hoffe, Sie wissen, was Sie tun«, murmelte Morningstar und brachte die stationäre Geschützplattform auf ihre Zielerfassungsscanner.

»Vertrauen Sie mir.« David gab mehr Power auf den Heckrotor und wirbelte die Nase des Helikopters direkt auf den Turm. Als die Zwillingskanonen Geschosshagel auf ihr Ziel schleuderte, ließ Morningstar den Rest der *Anvil* auf den Turm regnen. Der explodierte wie der andere und erleuchtete kurzzeitig grell die Umgebung.

David gab derweil sein Bestes, um den Angriffen des *Night Hawk* auszuweichen. Er konnte nach rechts aus der Kanzel blicken und hinter dem ersten Mech und unter dem Overlay aus verschiedenen Informationen, die ihm von dem Bordcomputer an den Helm übermittelt wurden, einen zweiten durch die Suchscheinwerfer staksen sehen. Als der Geschützturm endgültig den Geist aufgab, peitschte David den *Shoshone Warrior* herum und hielt auf den *Night Hawk* zu.

»Feuern Sie!«, befahl er seinem Bordschützen. »Er muss näher kommen!«

Morningstar verzichtete auf eine Beschwerde. Sie ließ die leeren *Anvil*-Magazine wieder in den Rumpf klappen und fuhr stattdessen die etwas tiefer gelegenen *Whirlwind*-Halterungen aus. Als der Bordcomputer eine sichere Erfassung signalisierte, schickte sie jeweils eine der lasergelenkten Raketen von den Vierer-Aufhängungen an beiden Seiten auf die Reise. Die Raketen donnerten in einem Herzschlag über den Raumhafen und schlugen zielsicher in die tonnenförmige Brustpartie des BattleMechs. Panzerplatten wurden qualmend abgesprengt, doch der *Night Hawk* steckte den Schaden einfach weg. Als sich der Qualm verzog, sah David, dass der Mech kaum beschädigt war.

Unbeirrt machte er einen weiteren Schritt auf sie zu und hob die Arme, um mit seinen eigenen Waffen zurückzuschlagen. Doch bevor er feuern konnte, griff der SBGK-Agent um den Steuerknüppel herum zu der Uhr am Handgelenk und drückte dort zwei Knöpfe gleichzeitig.

In einer vernichtenden Explosion detonierte das SEMTEX und riss Luft/Raumjäger und Hangars gleichermaßen in Fetzen. Lodernde, schwarzrote Feuerbälle stiegen über dem Flugfeld auf und fraßen sich ihren Weg ins Freie. Die Wucht der Detonationen war so groß, dass der *Shoshone Warrior* beinahe abstürzte.

Der *Night Hawk* allerdings, der schon an dem ersten Hangar vorbei gewesen war, wurde von der Druckwelle erfasst und in den Tower des Raumhafens getrieben, wo ihm Sekundärexplosionen weiter zusetzten.

»Nett«, kommentierte Morningstar. »Ich würde sagen, wir sind ein umwerfendes Team.«

»Ja«, stimmte David zu, dessen Sicht auf den Großteil des Palastes von schwelenden Rauchschwaden verdeckt war. »Eine explosive Mischung.«

Er riss den Steuerknüppel zur Seite und der *Shoshone Warrior* drehte in einen Fluchtvektor. Dann trat er die Pedale durch und ließ den Helikopter davonjagen, weg von dem Flugfeld, über die Mauer und hinein in die dunkle Nacht.

Epilog

Kammer des Hohen Rates, Unity City
Terra, Terranische Hegemonie

30. April 2605

Nicholas Cameron stand alleine in der Sternenkammer und ließ den Blick über die stummen Throne der Lordräte wandern. Marik, Aris, Davion, Dinesen und Kurita. Alle Embleme der Sternenreiche waren sorgfältig gearbeitet und auf Hochglanz poliert. Adler, Katana, Schwert, Faust und Drache rangen miteinander um die Aufmerksamkeit und die Gunst des Betrachters. Doch keins von ihnen konnte die Oberhand gewinnen, alle waren in ihrer Art gleich prächtig.

Nicholas wandte sich ab und dreht sich um hundertachtzig Grad zu dem Thron des Ersten Lords – seinem Thron. Die Solarscheibe der Terranischen Hegemonie prangte dort, in ihrer Größe die anderen übertreffend.

Der Erste Lord näherte sich und fuhr mit den Fingern der linken Hand nachdenklich über das Wappen. Pluto, Neptun, Uranus, Saturn, Jupiter. Dann Mars. Dann Terra. Dahinter: Venus und Merkur. Alle drehten sich um den hellen, prachtvollen Stern in der Mitte – Sol.

Nicholas Hand fiel von der schwarzen Scheibe mit den bunten Planeten herab, als er einen Schritt zurücktrat und den Thron genauer ins Auge fasste. Im selbem Maß, wie die Terranische Scheibe die Symbole der anderen Sternreiche übertraf, war auch der Thron größer, und seine Position betonte noch die zusätzliche Wichtigkeit seines Inhabers.

Erster Lord des Sternenbundes. Erster unter Gleichen.

Ian Cameron hätte das ›Erster‹ betont. Er hätte auf die Hauslords auf seinem Thron sitzend gewartet, sie empfangen wie Bittsteller, die zu ihrem Lehnsherrn für Brosamen gekrochen kamen.

In der Stille der Kammer klang das Geräusch der sich öffnenden Türen wie der Vorbote eines nahen Gewitters. Nicholas drehte sich um und sah Kevin Dinesen als Ersten in die Kammer treten. Ihm folgte Brion Marik II, Zane Davion und Norman Aris. Als Letzter schloss sich der Versammlung ein gerade einmal fünfzehnjähriger Blaine Kurita an. Er kam in Begleitung seiner Tante Sanethia, die allerdings draußen im Foyer blieb. Keiner der anderen Hauslords brachte Berater oder Verwandte mit. Nicholas hatte die Regenten alleine zu diesem außerplanmäßigen Treffen kurz vor Beginn der Ratssitzung bestellt.

Zane Davion hatte anscheinend vor, nach einer Verbeugung und einem »Eure Lordschaft«, seinen Thron zu besteigen, zögerte allerdings, als Nicholas keinerlei Anstalten machte, sich selbst zu setzen.

»Kommen Sie her, Zane«, winkte er ihn heran. »Sie alle.«

Nicholas' Stimme machte klar, dass es kein Befehl war, sondern eine Einladung – eine Bitte. Zögerlich traten die Hauslords näher, unsicher, was sie erwartete. Blaine Kurita hatte vor der neuen Umgebung mit Sicherheit Respekt, wenn nicht sogar Angst, aber er überspielte es schon so gut, wie man es von einem Koordinator nur erwarten konnte.

»Hallo, Blaine«, lächelte Nicholas ihm aufmunternd zu. »Willkommen im Hohen Rat.«

»Habt Dank, Eure Lordschaft«, erwiderte er ganz so, wie es sich für den Herrscher eines über zweihundert Planeten umfassenden Sternenreiches gehörte.

»Warum habt Ihr diese Zusammenkunft angeordnet, Lord Cameron?«, wollte Kevin Dinesen wissen. Zane Davion nickte zustimmend, die Arme locker hinter dem Rücken seiner Sonnenweste.

Nicholas nahm ihre Fragen zur Kenntnis. Doch anstelle einer direkten Antwort ging er in die Hocke über dem silbernen Stern in der Mitte der Kammer und winkte Blaine Kurita mit einem entwaffnenden Lächeln zu sich, um ihn sich ebenfalls anzusehen. Der junge Koordinator verließ den Kreis der Lordräte, der sich um Cameron gebildet hatte, und machte ein paar Schritte auf ihn zu.

»Wisst Ihr, was das ist?«, fragte ihn Nicholas, als er näher gekommen war und deutete auf den achtstrahligen, unregelmäßigen Stern.

»Aber natürlich, Eure Lordschaft«, antwortete der Junge in dem hochgeschlossenen schwarzen Anzug mit dem Drachen-Mon auf der linken Brust. »Das ist das Zeichen des Sternenbundes, Euer Symbol.«

»Wisst Ihr, wie es entstanden ist?«

Blaine schwieg und schüttelte dann den Kopf.

»Vor über dreißig Jahren«, begann Nicholas daraufhin zu erzählen, »schlossen sich die Staaten der Inneren Sphäre zum Sternenbund zusammen. Alexander Davion, Tracial Steiner, Terrence Liao, Albert Marik, Ian Cameron und Hehiro Kurita, Euer Großvater, waren bereit, einen Teil ihrer Autonomie aufzugeben, um der Menschheit Frieden und Wohlstand zu bringen. Die Verträge waren vergleichsweise schnell unterzeichnet, aber – welches Symbol sollte man für das neue Sternenreich wählen, das die Menschheit einte? Das Offensichtlichste, eine strahlende Sonne, wurde schnell verworfen, weil es zu sehr dem Emblem Haus Davions ähnelte.« Blaine warf einen kurzen Blick über die Schulter zum Thron der Vereinigten Sonnen.

»Es wurde lange überlegt und viele Designvorschläge ent- und wieder verworfen. Man wollte ein Symbol, das keinem von denen der Mitgliedsstaaten ähnelte. Doch alle Entwürfe der besten Designer und Zeichner waren auf die eine oder andere Weise unzureichend. So stritten sich die Lordräte in spe immer weiter, und keine Einigung zeichnete sich ab. Fast schien es, als würde der Sternenbund schon zerfallen, bevor er überhaupt gegründet worden war.« Nicholas machte eine Pause, um auch die anderen Anwesenden durch Blicke einzubeziehen. In der Kammer herrschte eine andächtige Stille, als die Lordräte gebannt lauschten.

»Dann, eines Tages«, fuhr er fort, »besuchte Ian Cameron seine Nichte, Tomasina Cameron-Havley, in ihrer Tagesstätte hier auf Terra. Als er sich ihr näherte, sah er, wie das kleine Mädchen hochkonzentriert versuchte, einen symmetrischen Stern zu zeichnen, genau so, wie es ihre Lehrerin vorgemacht hatte. Sie schaffte es jedoch nicht, und hatte am Ende einen Stern mit zwei Strahlen, die länger waren als die anderen. Als sie frustriert aufgab, bemerkte sie ihren Onkel und hielt ihm das Blatt Papier entgegen.

›Das ist ein schlechter Stern!‹, sagte sie verdrossen. ›Er ist krumm und schief!‹

Doch Ian lächelte nur, als er das Blatt nahm und sich neben sie kniete.

›Das ist kein schlechter Stern‹, erwiderte er. ›Dieser Stern ist großartig, denn es ist ein *Cameron*-Stern!‹«

Nicholas ließ die Worte langsam verebben und fuhr mit dem Finger die Konturen des Symbols unter seinen Füßen nach.

»Ian nahm die Zeichnung mit. Er gab sie an eine Reihe von Künstlern, die sie glätteten und verschönerten. Dann sandte er eine Kopie an jeden Hauslord mit einem Brief, in dem er erklärte, woher der Stern stammte. Diese Geschichte verzauberte alle Hauslords ausnahmslos, und so entschieden sie sich einstimmig dafür, diesen krummen, schiefen und unzureichenden Stern als Symbol für den größten Staat in der Geschichte der Menschheit zu bestimmen.«

Blaine lauschte still, bis Nicholas geendet hatte. Die anderen Lordräte kannte die Geschichte natürlich, aber dem Ersten Lord war es wichtig, sie noch einmal daran zu erinnern. Er stand auf.

»Keiner der ursprünglichen Gründungsmitglieder ist mehr am Leben, als Letzter starb Ian Cameron. Uns allerdings hinterließen sie etwas Großes und Einmaliges. Doch wo die alten Lordräte, Ihre Eltern und mein Vater, darum kämpften, Schranken niederzureißen und Abgründe zu überwinden, um den Sternenbund entstehen zu lassen, müssen wir darum kämpfen, ihn zu erhalten. Unsere Aufgabe ist es nicht, das Fundament zu legen, sondern gemeinsam das sichere Haus zu bauen, in dem wir alle zusammen leben. Wenn in Zukunft ein Historiker auf diese Zeit des Wandels zurückblickt, wird er sagen, dass den Sternenbund zu gründen eine großartige Leistung war. Er mag Recht haben – doch übersieht er dabei, dass es eine viel größere Leistung ist, dieses Bündnis zusammenzuhalten.«

Nicholas sah vereinzelt die Hauslords nicken.

»Die Medien berichten, wir hätten einen Krieg abgewendet. Doch in Wirklichkeit kommt ein harter, entbehrungsreicher Kampf erst noch auf uns zu. Lassen Sie uns ihn gemeinsam angehen! Zusammen können wir den fragilen Frieden bewahren. Zusammen werden wir den Sternenbund in ein goldenes Zeitalter führen.«

Nicholas streckte seine Hand über der Mitte des achtstrahligen Sterns aus und blickte zu den anderen fünf Lordräten.

Kevin Dinesen, Archon des Lyranischen Commonwealth, machte einen entschiedenen Schritt vorwärts. Die strohblonden Seitenzöpfe rahmten sein ernstes Gesicht ein, als er seine Hand auf die Nicholas' legte.

»Zusammen, Lord Cameron.«

Zane Davion, Erster Prinz der Vereinigten Sonnen, machte ebenfalls einen Schritt vorwärts und legte seine Hand auf die Dinesens.

»Zusammen, Lord Cameron«, versicherte auch er.

Blaine Kurita, Koordinator des Draconis-Kombinats und trotz seines Alters kein Kind mehr, schloss sich ebenfalls an.

»Zusammen, Lord Cameron.«

Brion Marik II, Generalhauptmann der Liga Freier Welten, trat zeitgleich mit Norman Aris, Kanzler der Konföderation Capella, in den Kreis.

»Zusammen, Lord Cameron«, bestätigten beide unisono.

Nicholas Cameron blickte in die Gesichter der Lordräte und sah Stolz, Freude, Hoffnung und die Bereitschaft zum Handeln. Er sah sich selbst.

»Bis zu diesem Augenblick lief alles noch nach Plan. Dann jedoch entdeckte mich der Palastwächter.« Colonel Burton nahm einen Schluck Bourbon, während General Buchholz den Datenblock mit seinem Bericht zur Seite legte, um seinen Ausführungen zu lauschen. Die Frühlingssonne hing tief über dem Horizont und tauchte das Areal des SBGK-Hauptquartiers hinter dem Fenster von Buchholz' Büros in ein goldenes Licht.

»Nach einem kurzen Handgemenge hatte ich ihn überwältigt und sein Genick gebrochen. Damit war ein Problem freilich gelöst, ein anderes jedoch geschaffen: Wenn einer der *Otomo* sich nicht mehr meldete oder seine Patrouille nicht fortführte, würde man Verdacht hegen. Also entschloss ich mich kurzerhand dazu, für meinen draconischen Kumpel einzuspringen.«

»Der Infiltrationsanzug hat nicht unter die Rüstung gepasst.« Buchholz füllte sein eigenes Glas wieder auf.

»Genau. Ich zog ihn aus und versteckte ihn in einem Schrank mit der Maske obenauf. In der Rüstung der *Otomo* standen mir nur meine Augen zur Verfügung und keine Möglichkeit mehr, mit Gibbs Kontakt aufzunehmen. Ich hatte ihm vorher eine komprimierte Nachricht geschickt, aber sie ist nie bei ihm angekommen. Gibbs meint, er wäre wahrscheinlich in die Reichweite einiger Interferenzen gekommen, als er sich in dem Schuppen des Hangars mit dem modifizierten *Thunderbird* versteckt hat. So wusste er nicht, was mit mir los war, und ich konnte ihn nicht bemerken, als ich im Garten direkt an ihm vorbeigelaufen bin.«

»Trotzdem sind Sie beide wieder sicher hier auf Terra – oder zumindest Sie sind es. Irgendeine Nachricht von Gibbs?«

»Nein, Sir«, schüttelte Burton den Kopf. »Ich bin aber sicher, dass er bald wieder auftauchen wird.«

* * *

***MS Pinafore,* Logandale**
Mark Crucis, Vereinigte Sonnen

Das Wasser im Swimmingpool teilte sich, als David an der schmalen Seite nach oben kam. Er blickte über das Achterdeck des leise durch die Nacht dahingleitenden Kreuzfahrtschiffes und schöpfte Atem. Das Haar lag ihm klatschnass am Kopf an, als er sich langsam umdrehte, um den wohlgeformten, nackten Beinen zu folgen, die um den erleuchteten Pool herumkamen. Nackte Füße blieben lautlos nur wenige Zentimeter von seinem Gesicht am Rande des Bassins stehen. Er schwamm näher, stützte sich, beide Arme überkreuzt, auf die angenehm temperierten Fliesen, und blickte an dem wohlgeformten Körper hoch.

Die Frau in dem Bikini kniete sich zu ihm runter und reichte ihm eines der beiden bauchigen, mit einer orangefarbenen Flüssigkeit gefüllten Cocktailgläser. Der Geheimdienstler lächelte breit und nahm einen Schluck.

»Ausgezeichnet«, urteilte er dann, ohne den Blick von seinem Gegenüber zu wenden. »Und der Cocktail schmeckt auch gut.«

»David Gibbs«, tadelte sie ohne Ernst. »Hast du eigentlich immer nur die Arbeit im Sinn?« Sie setzte sich auf die Kante, nur um im nächsten Augenblick sanft in das azurblaue Wasser zu gleiten.

»Nur wenn die Arbeit vielversprechend ist«, antwortete David und versuchte nicht an die Geschehnisse der letzten Monate zu denken und daran, wie seine Loyalität und Glauben an die Gerechtigkeit ausgenutzt worden waren.

Die Frau tauchte kurz ab und kam dann direkt vor ihm wieder hoch. Er stellte das Glas ab und strich ihr eine nasse Strähne aus dem hübschen Gesicht. Die schlanke Asiatin schwamm einen Zug näher und begann, an seinem Ohr zu knabbern.

»Sollten wir uns nicht langsam auf den Weg nach Terra machen?«

»Bald ...« David küsste ihren Nacken und dann ihr Schlüsselbein. Bevor er wieder zurück nach Terra gehen würde, hatte er noch über einige Dinge nachzudenken und sich über einige grundlegende Wahrheiten klar zu werden. Doch das konnte alles noch ein paar Tage warten.

Die Hände des Geheimdienstlers tauchten hinter Fumiko Shoda aus dem Wasser auf und begannen, ihren Bikini zu öffnen.

»Wir sollten vielleicht ... mit dem Debriefing ... schon einmal anfangen.« Fumikos Oberteil glitt von ihrem Körper und schwamm auf der Wasseroberfläche von sanften Wellen getragen davon.

»Oh, David ...!«

Zugegeben – vielleicht hatte Davids Beruf manchmal auch Vorteile.

ADK: Admiralität des Draconis-Kombinats. Sammelbegriff für die Raumflotte des Kuritamilitärs.

AMC: Allianz Militärcorps. Die Streitkräfte der Außenweltallianz.

ARTEMIS-IV-FEUERLEITSYSTEM (FLS): Das Artemis-IV-Feuerleitsystem erhöht die Zielgenauigkeit von normalen Raketenlafetten. Das in einer Kuppel seitlich der Lafette montierte System erfasst ein Ziel, markiert es mit einem Infrarotstrahl und feuert eine Raketensalve ab. Entsprechend den durch die Infrarotmarkierung errechneten Daten wird der Flug der Raketen konstant über eine Mikrowellenrichtstrahlverbindung korrigiert, sodass eine größere Anzahl Raketen das Ziel trifft. Wenn das einer Lafette zugewiesene Artemis-System zerstört ist, kann diese immer noch als gewöhnliche Raketenlafette abgefeuert werden. Artemis-IV-Einheiten können an alle normalen Langstreckenraketen- oder Kurzstreckenraketen-Lafetten angeschlossen werden.

AUTOKANONE: Autokanonen sind Schnellfeuergeschütze, die ganze Salven von panzerbrechenden Granaten abfeuern. Das Kaliber leichter Autokanonen reicht von 30 bis 90 mm, schwere Autokanonen können ein Kaliber von 80 bis 120 mm oder noch größer besitzen. Die vier Gewichtsklassen (leicht, mittelschwer, schwer und überschwer) werden auch als AK/2, AK/5, AK/10 und AK/20 gekennzeichnet. Jeder ›Schuss‹ einer Autokanone besteht aus einer Granatensalve, die ein komplettes Magazin leert. In jüngerer Zeit existiert auch eine fortschrittliche LB-X Version der Autokanone.

AUTOKANONENMUNITION: Die Standardmunition einer Autokanone besteht aus Explosivgranaten mit einer gehärteten Spitze aus abgereichertem Uran. Während

Ultra-AKs nur Munition dieses Typs abfeuern können, stehen für LB-X-AKs ein weiterer Munitionstyp zur Verfügung.

Die nur in LB-X-Autokanonen einsetzbare Bündelmunition lässt sich mit Schrotmunition im BattleMechformat vergleichen. Nach Verlassen des Laufs zerfällt eine Bündelgranate in kleinere Geschosse. Dadurch wird die Chance auf einen Glückstreffer erhöht, gleichzeitig jedoch der erzielte Schaden über das gesamte Zielgebiet verteilt, statt auf einen Punkt konzentriert Schaden anzurichten (verringerte Durchschlagskraft).

BATAILLON: Ein Bataillon ist eine militärische Organisationseinheit, die in der Regel aus drei Kompanien besteht.

BATTLEMECH: BattleMechs sind die gewaltigsten Kriegsmaschinen, die je von Menschen erbaut wurden. Diese riesigen humanoiden Panzerfahrzeuge wurden ursprünglich von terranischen Wissenschaftlern und Technikern entwickelt. Sie sind schneller und in jedem Gelände manövrierfähiger, besser gepanzert und schwerer bewaffnet als jeder Panzer des 21. Jahrhunderts. Sie ragen zehn bis zwölf Meter hoch auf und sind bestückt mit Partikelprojektorkanonen, Lasergeschützen, Schnellfeuer-Autokanonen und Raketenlafetten. Ihre Feuerkraft reicht aus, um jeden Gegner mit Ausnahme eines anderen BattleMechs niederzumachen. Ein kleiner Fusionsreaktor liefert ihnen nahezu unbegrenzt Energie. BattleMechs können auf Umweltbedingungen so verschieden wie glühende Wüstenei und arktische Eiswüsten eingestellt werden.

BEAGLE-SONDE: Die Beagle-Sonde ist eine wertvolle Systemerweiterung für Aufklärungseinheiten. Sie ist in der Lage, sogar stillgelegte und getarnte Einheiten auf Distanzen zu entdecken und zu identifizieren, die weit größer sind als die der herkömmlichen elektronischen Spürgeräte. In einem BattleMech-Gefecht entdeckt die

Beagle-Sonde jeden versteckten BattleMech beziehungsweise jedes versteckte Fahrzeug (jedoch keine Infanterie), wenn die verborgene Einheit innerhalb des Operationsradius der Sonde liegt. Eine Beagle-Sonde kann keine unter Wasser versteckten Einheiten entdecken.

CASE (ZELLULARES MUNITIONSLAGER): Das zellulare CASE-Munitionslager ist eine Schadenskontrollvorrichtung, mit deren Hilfe die Auswirkungen interner Munitionsexplosionen begrenzt werden. Kommt es in einem mit CASE geschützten Teil eines BattleMechs oder Fahrzeugs zu einer Munitionsexplosion, wird die Hauptkraft der Explosion von den lebenswichtigen Bauteilen wie Reaktor und Cockpit abgeführt und durch spezielle Sollbruchstellen des Lagergehäuses nach außen geleitet. Mechs können mit CASE ausgerüstet werden, allerdings nur im Torsobereich. Ein zellulares Munitionslager wiegt eine Tonne.

DEST: Draconis-Elite-SturmTruppen. DEST-Teams sind eine Kommandoeinheit der ISA. Sie bestehen aus einem Dutzend handverlesener Soldaten, sind mit neuester Technologie ausgerüstet und ausgebildet in allen Arten von bewaffnetem und unbewaffnetem Kampf. DEST-Teams werden normalerweise zu Infiltrations-, Zersetzungs- oder Terroroperationen eingesetzt, um den Feind zu schwächen, bevor man ihn angreift.

DIENSTGRADE: Eine Auflistung der Dienstgrade der Sternenbund-Verteidigungsstreitkräfte (SBVS) und der Vereinigten Soldaten des Draconis-Kombinats (VSDK) im Vergleich:

SBVS	**VSDK**
Commanding General	Tai-shu (Kriegsherr)
General	Tai-sho
Major General	
Lieutenant General	Sho-sho
Colonel	Tai-sa

SBVS	VSDK
	Chu-sa
Major	Sho-sa
Captain	Tai-i
Lieutenant	Chu-i
	Sergeant Major
Master Sergeant	Master Sergeant
Sergeant	Sergeant
Corporal	Corporal
Private	Private
Recruit	Recruit

DOPPELTER WÄRMETAUSCHER: Doppelte Wärmetauscher leiten Wärme durch eine spezielle Kühltechnikdoppelt so schnell ab wie Standardwärmetauscher und kühlen einen BattleMech erheblich effektiver ab. Sie haben dasselbe Gewicht, wie Standardwärmetauscher, sind aber erheblich wuchtiger gebaut und beanspruchen dadurch mehr Platz im Inneren eines BattleMechs. Auf Grund dieser sperrigen Bauweise können doppelte Wärmetauscher nicht wie Standardwärmetauscher in den Beinen eines Mechs montiert werden.

FERROFIBRIT-PANZERUNG: Ferrofibrit-Panzerung ist eine verbesserte Version der gewöhnlichen BattleMech- und Fahrzeugpanzerung, bei der gewebte Fasern aus Stahl und Titanstahl benutzt werden, um die spätere gesamte Verwindungssteifheit des Materials drastisch zu erhöhen. Genau wie ein Endostahlskelett ist Ferrofibrit-Panzerung sperriger als normale Panzerplatten von gleichem Gewicht. Einheiten, die Ferrofibrit-Panzerung benutzen, tragen mehr Panzerplatten beim selben für Panzerung aufgewendeten Gewicht.

FLAMMER: Wenn sie auch kaum physikalischen Schaden an BattleMechs anrichten, gehören Flammer trotzdem zu den gefürchtetsten Waffen. Sie können die ohnehin ständig problematische Innentemperatur eines Battle-

Mechs oder Fahrzeuges drastisch erhöhen und so die Effektivität des Zieles deutlich herabsetzen oder es gar zum Ausfall bringen. Allein schon durch den psychologischen Effekt auf den Gegner gehören Flammer außerdem zu der Art taktischer Waffen, deren Effekt über die reine Destruktivwirkung gewöhnlicher Waffen hinausgeht.

GAUSSGESCHÜTZ: Ein Gaussgeschütz benutzt eine Reihe von Elektromagneten, um ein Projektil durch den Geschützlauf in Richtung des Ziels bis auf Überschallgeschwindigkeit zu beschleunigen. Obwohl sein Einsatz mit enormem Energieaufwand verbunden ist, erzeugt das Gaussgeschütz nur sehr wenig Abwärme. Die erreichbare Mündungsgeschwindigkeit liegt doppelt so hoch wie bei einer konventionellen Kanone.

Gaussgeschütz-Munition besteht aus massiven Geschossen aus Nickeleisen. Daher kann es nicht zu einer Munitionsexplosion kommen, wenn feindliche Schüsse in ein Gaussmunitionslager durchschlagen. Der Treffer zerstört jedoch in der Regel den Lademechanismus. Ein Treffer an einem Gaussgeschütz selbst kann die Kondensatoren zerstören, mit deren Hilfe die Nickeleisenkugel beschleunigt wird. Die abrupt dabei freiwerdende gespeicherte Energie zeigt allerdings Folgen, die der einer Munitionsexplosion vergleichbar sind. Die explosive Entladung schlägt durch die Steuerleitungen bis in den Neurohelm des Piloten durch.

INFERNO-KSR: Infernos sind Brandraketen, die entwickelt wurden, um die Innentemperatur feindlicher BattleMechs dramatisch zu steigern. Statt wie normale Raketen im Ziel einzuschlagen, wird eine Inferno-Rakete durch einen Näherungszünder kurz vor dem Einschlag zur Detonation gebracht. Dadurch wird ein hoch entzündliches Gel (ähnlich der Brandchemikalie Napalm) freisetzt und über den Zielbereich verteilt, der daraufhin in Flammen aufgeht. Da das Brandgel an der äußeren

Panzerung des Zieles klebt, hält dieser Effekt ca. 30 Sekunden an. Im Falle eines BattleMechs erscheint diese Zeitspanne dem Piloten der betreffenden Maschine allerdings wie eine Ewigkeit. Zusätzliche Inferno-Raketen, die denselben BattleMech treffen, verlängern den Brandeffekt.

Natürlich sind Infernos ideal geeignet, um Brände zu legen. Mit KSR ausgerüstete Infanterie und jedes Fahrzeug mit einer doppelrohrigen KSR-Lafette kann Inferno-Munition mitführen. BattleMechs, die einen Infernotreffer einstecken müssen, können den Hitzeaufbau stoppen, indem sie in ein Gewässer eintauchen. Dies wäscht das flammende Gel von der Maschine, allerdings brennt dieses dann auf der Wasseroberfläche weiter. Da Inferno-Munition durch einen internen Hitzestau noch leichter zur Explosion gebracht werden kann als normale Munition, wird sie von BattleMechs nur sehr selten eingesetzt.

INNERE SPHÄRE: Mit dem Begriff ›Innere Sphäre‹ werden die Sternenreiche bezeichnet, die sich im 26. Jahrhundert zum Sternenbund zusammenschlossen. Diese Staaten bestehen aus derzeit sechs Herrscherhäusern: Haus Kurita (Draconis-Kombinat), Haus Aris (Konföderation Capella), Haus Dinesen (Lyranisches Commonwealth), Haus Davion (Vereinigte Sonnen), Haus Marik (Liga Freier Welten) und Haus Cameron (Terranische Hegemonie).

Haus Cameron und die Terranische Hegemonie nehmen unter den sechs Staaten eine besondere Position der Vorherrschaft in wirtschaftlicher, technologischer und politischer Sicht ein. Die Terranische Hegemonie ist den anderen fünf Staaten technologisch weit überlegen und kann dadurch seine Vorherrschaft, obwohl territorial kleiner, festigen. Während alle anderen Hausfürsten (Kurita, Aris, Dinesen, Davion und Marik) im Hohen Rat des Sternenbundes gleichberechtigt sind, stehen die Mitglieder von Haus Cameron als Erster Lord bzw. Erste Lady über allen anderen und sind damit faktisch die mächtigsten Herrscher im gesamten besiedelten Weltraum.

ISA: Interne SicherheitsAgentur. Der Geheimdienst des Draconis-Kombinats.

KOMPANIE: Eine Kompanie ist eine militärische Organisationseinheit, die aus drei BattleMech-Lanzen oder – bei Infanteriekompanien – aus drei Zügen mit insgesamt 50 bis 100 Mann besteht.

KURZSTRECKENRAKETEN (KSR): KSR sind ungelenkte Raketen mit hochexplosiven oder panzerbrechenden Sprengköpfen. Sie sind nur auf kurze Reichweiten wirklich treffsicher, haben durch den größeren Gefechtskopf aber eine stärkere Sprengkraft als Langstreckenraketen. KSR-Lafetten sind in Ausführungen mit zwei (leicht), vier (mittelschwer) und sechs (schwer) Abschussrohren verfügbar und feuern beim Einsatz eine Salve aus allen Rohren ab. Durch ihre gegenüber LSR größere Streuwirkung sind sie vor allem bei Angriffen gegen Ziele wirkungsvoll, die bereits an mehreren Stellen ihren Panzerschutz eingebüßt haben. Fahrzeuge sind für Angriffe durch KSR besonders empfindlich, da die Chance, dass eine einzige Rakete ausreicht, um das Fahrzeug auszuschalten, vergleichsweise groß ist.

LANDUNGSSCHIFFE: Da Sprungschiffe die inneren Bereiche eines Sonnensystems generell meiden müssen und sich dadurch in erheblicher Entfernung von den bewohnten Planeten einer Sonne aufhalten, werden für interplanetare Flüge Landungsschiffe eingesetzt. Diese werden während des Sprunges an die Antriebsspindel des Sprungschiffes angekoppelt. Landungsschiffe besitzen selbst keinen Überlichtantrieb, sind jedoch sehr beweglich, gut bewaffnet und aerodynamisch genug, um auf Planeten mit einer Atmosphäre aufzusetzen bzw. von dort aus zu starten. Die Reise vom Sprungpunkt zu den bewohnten Planeten eines Systems erfordert je nach Spektralklasse der Sonne eine Reise von mehreren Tagen oder Wochen.

LANGSTRECKENRAKETEN (LSR): Langstreckenraketen sind zum indirekten Beschuss entwickelte Raketen mit hoch explosiven Gefechtsköpfen. LSR-Lafetten sind in Ausführungen mit fünf (leicht), zehn (mittelschwer), fünfzehn (schwer) und zwanzig (überschwer) Abschussrohren verfügbar und feuern beim Einsatz eine Salve aus allen Rohren ab.

LANZE: Ein Lanze ist eine militärische Organisationseinheit, die in der Regel aus vier BattleMechs besteht.

LASER: Ein Akronym für ›Light Amplification through Stimulated Emission of Radiation‹ Lichtverstärkung durch stimulierte Strahlungsemission. Als Waffe funktioniert ein Laser, indem er Lichtenergie bündelt und als extreme Hitze auf einen minimalen Bereich konzentriert. BattleMechlaser existieren in drei Größenklassen: leicht, mittelschwer und schwer. Laser sind auch als tragbare Infanteriewaffen verfügbar, die über einen als Tornister getragenen Energiespeicher betrieben werden. Manche Entfernungsmessgeräte und Zielerfassungssensoren bedienen sich ebenfalls schwacher Laserstrahlen. Komm-Laser ermöglichen eine abhörsichere Verständigung zwischen Einheiten in direkter Sichtlinie zueinander.

LB-X-AUTOKANONE: Die LB-X (›Large Bore-Extended‹, Großkaliber-erweiterte Reichweite) Autokanone ist eine verbesserte Version der normalen Autokanone, bei der durch den Einsatz leichter, Wärme ableitender Legierungen Gewicht und Wärmeentwicklung reduziert worden sind. Die eingesetzten Materialien machen die Waffe teurer als eine normale Autokanone, aber die Vorteile wiegen die höheren Kosten auf. Zusätzlich zu Standardgranaten kann die LB-X Bündelmunition abfeuern, eine nur für diesen Waffentyp verfügbare Spezialmunition.

LYRANISCHES NACHRICHTENKORPS (LNC): Der lyranische Geheimdienst.

MASCHINENGEWEHR (MG): Obwohl sie selten gegen BattleMechs eingesetzt werden, sind Maschinengewehre durch ihre hohe Feuergeschwindigkeit exzellente Infanterie-Abwehrwaffen. Außerdem ist die Hitzeentwicklung im Vergleich zu allen anderen Waffen, die von BattleMechs ins Feld geführt werden, verschwindend gering.

MGUO: Ministerium für Geheime Untersuchungen und Operationen. Der zivile Arm des crucischen Geheimdienstes. Der militärische Arm ist das DMI, das ›Department of Military Intelligence‹.

NARC-RAKETENBOJEN: Das NARC-Raketenbojensystem, kurz auch einfach als NARC-Boje bezeichnet, ist eine weitgehend umgebaute Raketenlafette, die NARC-Module abfeuert. Diese verfügen über einen hinter einem Magnetkopf untergebrachten leistungsstarken Funksender. Trifft die Rakete ihr Ziel, beginnt dieser Sender ein Peilsignal für Raketen auszustrahlen, die auf das NARC-Signal eingepegelt sind. Wie das Artemis-IV-Raketenartilleriesystem erhöht auch die NARC-Boje die Zahl von Raketentreffern. Das NARC-System ist dem Artemis IV insofern überlegen als eine einmal erfasste Zielpeilung nicht mehr verloren gehen kann.

NARC-Bojen können zur Unterstützung von Kurzstreckenraketen- und Langstreckenraketen-Salven benutzt werden, nicht jedoch in Verbindung mit einem Artemis-IV-Feuerleitsystem. Raketen, die auf eine NARC-Boje reagieren können, kosten wegen ihrer Suchsprengköpfe doppelt so viel wie normale Raketen. NARC-Bojen fremder Einheiten im Zielbereich stören NARC-geleitete Raketen nicht, da das NARC-System die Peildaten individuell verschlüsselt. Auf Grund der notwendigen Peilstrahlung können NARC-Bojen nicht aus oder innerhalb von Gebäuden abgefeuert werden.

PARTIKELPROJEKTORKANONE (PPK): Die Partikelprojektorkanone ist ein magnetischer Teilchenbeschleuniger in Waffenform, der hoch energiegeladene Protonen- oder Ionenblitze verschießt, die durch Aufschlagskraft und hohe Temperatur Schaden anrichten. Als ›künstlichen Version eines Blitzschlags‹ gehört die PPK zu den effektivsten Energiewaffen, die eine BattleMech tragen kann.

PERIPHERIE: Jenseits der Grenzen der Inneren Sphäre liegt die Peripherie, das weite Reich bekannter und unbekannter Systeme, das sich bis in die interstellare Nacht erstreckt. Die einstigen terranischen Kolonien sammeln sich in vier kleineren Sternenreichen, die manchmal, genauso wie die großen Häuser, über die Herrscherfamilien identifiziert werden: Centrella (Magistrat Canopus), Avellar (Außenweltallianz), Amaris (Republik der Randwelten) und Calderon (Tauruskonkordat).

Nach den Vereinigungskriegen sind alle Peripheriestaaten als nicht stimmberechtigte ›Territorialstaaten‹ in den Sternenbund aufgenommen beziehungsweise eingegliedert worden.

REGIMENT: Ein Regiment ist eine militärische Organisationseinheit und besteht aus zwei bis vier Bataillonen von jeweils drei oder vier Kompanien.

SBGK: Sternenbund-Geheimdienstkommando. Der Geheimdienst des Sternenbundes.

SBVS: Die Sternenbund-Verteidigungsstreitkräfte sind der größte Militärapparat aller Zeiten. Die Reguläre Armee umfasst fast 15.000 Regimenter, die Raumflotte ebenso viele Kriegsschiffe und Transporter. Die SBVS sind die unangefochtene Macht hinter den Gesetzen des Sternenbundes.

SPRUNGPUNKT: Hyperraumsprünge werden überwiegend von einem der beiden Hauptsprungpunkte eines Sonnensystems aus durchgeführt. Diese befinden sich im Zenit und Nadir des Systems, wobei die Berechnungsachse senkrecht zur Ekliptik des Systems steht und durch dessen Schwerpunkt verläuft. Diese Sprungpunkte sind statisch und befinden sich in gleich bleibendem Abstand von allen Planeten auf der Systemekliptik. Andere Sprungpunkte innerhalb eines Systems existieren zwar, werden jedoch selten genutzt.

An den Sprungpunkten wichtiger Welten und bedeutender Handelsrouten befinden sich Raumstationen, an denen Landungsschiffe andocken oder in Umlaufbahn gehen können, während sie die Vorbereitung für den nächsten Sprung treffen, sofern ihr Eigner über kein eigenes Sprungschiff verfügt, oder sich die Zeit vertreiben, bis ihr Sprungschiff fertig aufgeladen ist.

SPRUNGSCHIFFE: Interstellare Reisen erfolgen mittels so genannter Sprungschiffe, deren Antrieb im 22. Jahrhundert entwickelt wurde. Der Name dieser Schiffe rührt von ihrer Fähigkeit her, ohne Zeitverlust in ein weit entferntes Sonnensystem zu ›springen‹. Es handelt sich um ziemlich unbewegliche Raumfahrzeuge aus einer langen, schlanken Antriebsspindel, in dessen Mitte sich der Kearny-Fuchida-Sprungantrieb durch das gesamte Schiff zieht und einem enormen Solarsegel, das an einen gigantischen Sonnenschirm erinnert. Das gewaltige Segel besteht aus einem Spezialmaterial, das gewaltige Mengen elektromagnetischer Energie aus dem Sonnenwind des jeweiligen Zentralgestirns zieht und langsam an den Antriebskern abgibt, der daraus ein Kraftfeld aufbaut, durch das ein Riss im Raum-Zeit-Gefüge entsteht. Nach einem Sprung kann das Schiff erst weiterreisen, wenn es durch Aufnahme von Sonnenenergie seinen Antrieb wieder aufgeladen hat.

Sprungschiffe reisen mithilfe ihres K-F-Antriebs in Nullzeit über riesige interstellare Entfernungen. Das Triebwerk baut ein Raum-Zeit-Feld um das Sprungschiff auf und öffnet ein Loch in den Hyperraum. Einen Sekundenbruchteil später materialisiert das Schiff am Zielsprungpunkt, der bis zu 30 Lichtjahre weit entfernt sein kann.

Sprungschiffe landen niemals auf einem Planeten und reisen nur sehr selten in die inneren Bereiche eines Systems. Interplanetarische Flüge werden von Landungsschiffen ausgeführt, Raumschiffe, die bis zum Erreichen des Zielpunktes an das Sprungschiff gekoppelt bleiben.

STERNENBUND: Der Zusammenschluss der sechs großen Häuser zu einem einzigen Sternenreich. Siehe auch ›Innere Sphäre‹.

VSDK: Vereinigte Soldaten des Draconis-Kombinats. Sammelbegriff für das Kuritamilitär ohne die ADK (siehe dort).

XL-(EXTRALEICHT-)REAKTOR: Fortschritte in der Abschirmungstechnologie für Fusionsreaktoren haben es möglich gemacht, Standardreaktoren nachträglich mit neuen, leichteren Abschirmungen zu versehen, die das Reaktorgewicht erheblich verringern. Allerdings sind diese extraleichten Reaktoren weit sperriger als die kompakter gebauten Standardmodelle und dadurch bei einem Bruch der Torsopanzerung anfälliger für Beschädigungen.

ZUG: Ein Zug ist eine militärische Organisationseinheit, die typischerweise aus etwa achtundzwanzig Mann besteht. Ein Zug kann in zwei Abteilungen aufgeteilt werden.

Bei Fanpro erschienen / erscheinen folgende Titel:

ISBN 3-89064-

Classic BattleTech

Das Schwert und der Dolch	Ardath Mayhar	Roman	425-2
Über dem Gesetz	Michael Diel	Roman	517-8
Schrapnell	Hrsg. M. Immig	Anth.	551-8
Väterchen Frost	Stephen Kenson	Roman	559-3
Triumphgebrüll	Blaine L. Pardoe	Roman	560-7
Blutsverrat	Pardoe & Odom	Roman	561-5
Feuertaufe	Robert N. Charette	Roman	576-3
Wahnsinn & Methode	Michael Diel	Roman	592-5
Clangründer: Abkehr	Randall N. Bills	Roman	596-8
Clangründer: Traum	Randall N. Bills	Roman	i. V.

Shadowrun

Chromscherben	M. A. Stackpole	Coll.	550-X
Wiener Blei	Leo Lukas	Roman	555-0
Nachtstreife	Björn Lippold	Roman	558-5
Born to Run	Stephen Kenson	Roman	564-X
Gifrmischer	Stephen Kenson	Roman	565-8
Auf dem Sprung	Harri Aßmann	Roman	567-7
Töne der Unendlichkeit	Harri Aßmann	Roman	569-0
Elementares Wissen	Harri Aßmann	Roman	570-4
Die Anfänger	Ivan Nedic	Roman	572-0
ASH	Lara Möller	Roman	574-7
Pesadillas	Maike Hallmann	Roman	575-5
Shelley	André Wiesler	Roman	580-1
Vertigo	Maike Hallmann	Roman	581-X
Hand am Hort	Sebastian Schaefer	Roman	583-6
Flynns Weg	Lara Möller	Roman	585-2
Matrixfeuer	Hrsg. Beck/ Hallmann	Anth.	587-9
Im Namen des Herrn	André Wiesler	Roman	594-
Quickshot	Lara Möller	Roman	595-X

Das Schwarze Auge

Thronräuber	Alexander Lohmann	Roman	512-
Roter Fluss	Daniela Knor	Roman	514-
Rabengeflüster	Wichert/Jäcke/Wolf	Roman	515-
Magische Zeiten	Hrsg. Momo Evers	Anth.	516-
Todeswanderer	Yvonne Gees	Roman	518
Todgeweiht	Markus Tillmanns	Roman	i.
Kompanie der Verdammten	Manuel Krainer	Roman	562

Das Dämonenschiff	Harald Evers	Roman	568-2
Der Tag des Zorns	Daniela Knor	Roman	573-9
Den Göttern versprochen	Charlotte Engmann	Roman	579-8
Der Schandfleck	Andre Helfers	Roman	582-8
Unsterblicher Traum	Patricia Renau	Roman	588-7
Blaues Licht	Daniela Knor	Roman	589-5
Spielsteine der Götter	Heike Wolf	Roman	591-7

Hardcover

Sturm über Windhaven	GRR Martin & Lisa Tuttle	Roman	531-3
Die Flamme erlischt	George R. R. Martin	Roman	530-5
Fiebertraum	George R. R. Martin	Roman	i. V.

Die »Eis und Feuer«-Saga:

Eisenthron	George R. R. Martin	Roman	532-1
Königsfehde	George R. R. Martin	Roman	533-X
Schwertgewitter	George R. R. Martin	Roman	i. V.

Weitere Titel

Der große Heliumkrieg	M.A. Stackpole u.A.	Anth.	563-1
Liverollenspiel-Handbuch	Evers und Schiele		557-7
Lexikon der Horror-Literatur	Hrsg. Alpers / Fuchs / Hahn		556-9
Lexikon der Fantasy-Literatur	Hrsg. Alpers u. A.		566-6

Es handelt sich um eine Bibliographie und nicht um ein Verzeichnis lieferbarer Titel. Es ist leider nicht möglich, alle Titel vorrätig zu halten.

Sollten Sie Fragen haben, kontaktieren Sie uns bitte unter

Fantasy Productions GmbH
Postfach 1517
40675 Erkrath
www.fanpro.com